教育部人文社会科学规划基金项目
"出土古文字材料与《楚辞》新证研究"（项目编号：12YJA751067 ）

国家社会科学基金项目
"考古发现与《楚辞》新证研究"（项目编号：13BZW045）

考古发现
与《楚辞》新证研究

徐广才　张秀华◎著

中国社会科学出版社

图书在版编目（CIP）数据

考古发现与《楚辞》新证研究/徐广才,张秀华著. —北京：中国社会科学出版社，2021.8
ISBN 978-7-5203-8741-5

Ⅰ.①考…　Ⅱ.①徐…②张…　Ⅲ.①楚辞研究　Ⅳ.①I207.223

中国版本图书馆 CIP 数据核字（2021）第 138193 号

出 版 人	赵剑英
责任编辑	郭晓鸿
特约编辑	杜若佳
责任校对	师敏革
责任印制	戴　宽

出　　版	中国社会科学出版社
社　　址	北京鼓楼西大街甲 158 号
邮　　编	100720
网　　址	http://www.csspw.cn
发 行 部	010-84083685
门 市 部	010-84029450
经　　销	新华书店及其他书店
印　　刷	北京明恒达印务有限公司
装　　订	廊坊市广阳区广增装订厂
版　　次	2021 年 8 月第 1 版
印　　次	2021 年 8 月第 1 次印刷
开　　本	710×1000　1/16
印　　张	17.75
插　　页	2
字　　数	256 千字
定　　价	99.00 元

凡购买中国社会科学出版社图书，如有质量问题请与本社营销中心联系调换
电话：010-84083683
版权所有　侵权必究

目　　录

绪论 ··· 1

第一章　郭店楚墓墓主与屈原 ································ 11
第一节　关于郭店楚墓墓主的研究 ························· 11
第二节　郭店楚墓墓主与屈原的关系 ······················ 13
第三节　郭店楚墓墓主研究中存在的问题 ················ 21

第二章　考古发现与楚辞体 ···································· 26
第一节　《凡物流形》重编释文 ······························ 26
第二节　《凡物流形》与《天问》体 ························ 29
第三节　《李颂》《兰赋》《有皇将起》
　　　　　《鹠鹦》与《橘颂》 ······························ 36

第三章　考古发现与《楚辞》异文考辨 ···················· 40
第一节　考古发现与《离骚》异文考辨 ··················· 40
第二节　考古发现与《天问》异文考辨 ··················· 54
第三节　考古发现与《九章》异文考辨 ··················· 67
第四节　考古发现与《九歌》《远游》
　　　　　《九辩》异文考辨 ··································· 83
第五节　考古发现与《招魂》《大招》异文考辨 ········ 90

第四章　考古发现与《楚辞》疑难词语训解 ·············· 96
第一节　考古发现与《离骚》疑难词语训解 ·············· 97
第二节　考古发现与《天问》疑难词语训解 ·············· 142
第三节　考古发现与《九章》疑难词语训解 ·············· 183
第四节　考古发现与《九歌》《远游》
　　　　《九辩》疑难词语训解 ························· 209
第五节　考古发现与《招魂》《大招》疑难词语训解 ······ 215

第五章　考古发现与《楚辞》押韵问题研究 ·············· 220
第一节　考古发现与《离骚》《天问》押韵问题 ·········· 220
第二节　考古发现与《九章》《卜居》
　　　　《九辩》《大招》押韵问题 ··················· 229

引书简称表 ··· 240
参考文献 ··· 241
后记 ··· 278

绪　　论

　　1926年，王国维在《古史新证》中说："吾辈生于今日，幸于纸上之材料外，更得地下之新材料。由此种材料，我辈固得据以补正纸上之材料，亦得证明古书之某部分全为实录，即百家不雅训之言亦不无表示一面之事实。此二重证据法，惟在今日始得为之。虽古书之未得证明者，不能加以否定，而其已得证明者，不能不加以肯定，可断言也。"这就是王氏著名的"二重证据法"。最先用"二重证据法"理念来研究《楚辞》的即是王国维。《楚辞·天问》"该秉季德，厥父是臧。胡终弊于有扈，牧夫牛羊"四句，是一个历史疑案。清代徐文靖笺《竹书纪年统笺》《管城硕记》指出："'该'，为冥子垓，是即该也。"刘梦鹏据《左传》《竹书纪年》《山海经》等指出："该"即殷先公"王亥"，"有扈"为"有易"之讹，"弊于有扈，牧夫牛羊"即王亥败于有易，有易"困辱之，使为牧竖"。但这种解释在当时并未得到楚辞学者的重视。一百多年后，王国维据甲骨卜辞进一步证成其说，断定卜辞中的王亥，小即《山海经》之王亥、《竹书纪年》之殷侯子亥。至此，"该"即王亥之说才得到学者们的普遍赞同。

　　王国维之后，明确提出用考古材料校读《楚辞》的学者是于省吾先生。于先生在《泽螺居楚辞新证·序言》中指出：

　　　　清代学者对于先秦典籍中文字、声韵、训诂的研究，基本上以《尔雅》、《说文》、《广雅》为主。由于近几十年来，有关商周时代的文字资料和物质资料的大量出土，我们就应该以清代和清代以前的考证成果为基础，进一步结合考古资料，以研究先秦典籍中的义训症结问题。换句话说，就是用同一时代或时代相近的地下所发现的文字和文物与典籍相证发。

基于此，于先生的《泽螺居楚辞新证》为了解释楚辞若干字句上的义训问题，"多半取证于周代尤其是晚周的文字或文物"。如《远游》"徐弭节而高厉"中的"厉"，洪兴祖训为"渡"，朱熹认为是"凭陵之意"，于先生根据金文"万""厉""迈"三字可以通假，认为辞句中的"厉"当读为"迈"，"高迈"是向高远处迈进。这个解释比旧注更符合文意。其他还如用甲骨文材料证成《天问》"启棘宾商"之"商"为"帝"之误，根据金文"纯"的用法，训《九章·哀郢》"皇天之不纯命兮"之"纯"为"厚"等。

随着考古发现材料越来越丰富，学者们一方面继续利用考古发现材料研究楚辞字句训诂、文本校勘，同时也涉及了楚辞研究的其他方面，如楚辞产生的历史文化背景、屈原生平、作品构思、著作权、篇题含义、楚辞文体、押韵等，学者们利用考古发现材料研究楚辞取得了一定的成果。

汤炳正素以治学谨严见称，善于运用地下出土文物与楚辞文献相印证，为其治学之显著特征。如利用陕西临潼出土利簋铭文、山东临沂银雀山汉简《汉武帝元光元年历谱》、湖南长沙马王堆帛书《五星占》推算屈原的出生时间为公元前342年夏历正月二十六日，亦即楚宣王二十八年乙卯，夏历正月二十六日庚寅。据曾侯乙墓棺画对《天问》"顾菟在腹"做出新解，这些研究均新颖可喜，令人惊异。至于字义训诂之间，亦注重文物资料的佐证，也有不少创获。如据史墙盘铭文所述昭王南征之事，以证《天问》"昭后成游"之"成"当读作"盛"。这些研究成果后集中收录于1984年出版的氏著《屈赋新探》中。

何剑熏比较关注考古新材料，并及时采用其来破释《楚辞》疑难问题。如《离骚》"余既滋兰之九畹兮，又树蕙之百亩"中的"畹"，王逸注为"十二亩",班固解为"三十亩",莫衷一是。何氏引山东临沂银雀山汉墓《孙子兵法》残简"以八十步为畹,以百六十步为亩"等出土成果,证明"半亩为畹"。相关研究成果可参看氏著《楚辞拾沈》《楚辞新诂》。

汤漳平利用简帛文献研究《九歌》取得了一定的成绩。他于1984年首次运用江陵望山一号楚墓和江陵天星观一号楚墓的祭祀竹简中有关祀神的记载,对《楚辞·九歌》做了对比研究,并写成《从江陵楚墓竹简看〈楚辞·九歌〉》一文。由于当时两座楚墓仅在考古学杂志上发表了比较简略的发掘报告,简文的内容也未作详细的考释发表,因此在这篇论文里他主要是试图找出二者的有机联系,而对有些内容未作深入分析。后来随着各种竹简原始资料以及相关研究论文的发表,汤漳平在以前研究的基础上,将楚墓竹简祭祀神系、《史记·封禅书》的祭祀神系与《楚辞·九歌》的祭祀神系结合起来,进行比较研究。通过对比,他发现这三组神祇系统之间具有一定的对应性:一是三组神祇大抵是同者多而异者少;二是其祭祀的顺序相同,分别是天神、地祇、人鬼。同时还发现作为配祀的人鬼均可称"殇",而殇是根据祭祀者的身份、地位、祭祀目的和类别不同而作出的选择。通过这种比较,汤漳平认为《九歌》确实是楚国王室的祀典,证明王逸的"祀神"说是可信的。相关论文后收入《出土文献与〈楚辞·九歌〉》一书中,该书可作为其《九歌》研究的代表。除根据出土文献研究《九歌》外,汤漳平认为出土文献与《楚辞·离骚》关系也非常密切,在《出土文献与〈楚辞·离骚〉之研究》一文中,结合出土文献,对《离骚》的作者、楚国的族属、屈原的生年等问题进行了回顾与总结。上博简《凡物流形》《兰赋》等材料发表后,学界对简文与楚辞体的关系问题进行了热烈的讨论。上博简整理者曹锦炎认为《凡物流形》与《天问》最为相似。曹峰虽不同意曹锦炎关于《凡物流形》"结构严密"的说法,但他认为此文称得上一首长诗,无论从思想上还是从文学上看,都有很高的研究价值。汤漳平在《〈天问〉与上博简〈凡物流形〉之比较》一文中对曹峰的说法持保留态度。他认为，首先，文中几乎找不到诗的意蕴；其次，"楚辞体"诗的特点是"书楚语，作楚声，纪楚地，名楚物"，是地方色彩特别鲜明的一种诗歌形式，《凡物流形》虽出自楚地，但能够看到的楚文学色彩实在不多。

  黄灵庚公开标举"二重证据法"，运用历年出土的战国及秦、汉简帛文献，重新检讨、研究在新材料、新发现的条件下《楚辞》研究的新方法和新途径。《楚辞异文辩证》一书搜集异文极为丰富，并利用文字学、训诂学等知识，对异文进行辩证。该书不但搜集异文丰富，而且已经有意识地用楚简文字进行辩证。《楚辞简帛释证》发表于《文史》2002 年第 2 期，该文"发明前贤剩义"，在文字笺释方面，获得较大进展。《〈九歌〉源流丛论》一文结合今传《九歌》文本及其相关的文献材料，尤其是近年出土的战国楚墓简帛文献材料，然后综合文化学、考古学、历史学、文字学、文献学等诸种学科，多角度、多层面、全方位地对《九歌》原始面貌及其流传的历史作了一番翔实的探讨考辨。作者认为原始《九歌》是夏启祭天颂禹的乐歌，因夏桀亡命于苍梧之野而流入了沅湘之域，逐渐成为充满南国风韵的越人的民间娱神之歌，最后由楚国诗人屈原"更定"之后，又成为极具个性化的文人之作。2011 年又出版《楚辞与简帛文献》一书，该书主要研究简帛文献在楚辞研究中的作用、出土文物与《离骚》《九歌》《天问》等篇疑难问题的破解等，涉及问题比较全面，有很多独到的见解，但在引用出土文献的时候亦有许多不严谨的地方，甚至有前后矛盾之处。

  周建忠利用考古材料研究屈原的生平、仕履，取得了一定的成绩。如《出土文献与屈原研究》一文，综合考古发现与出土文献、传统文献、民间传说以及学术史等多种信息，通过楚文化与楚辞的双向互证，探索了屈原世系、生平、仕履、放逐、沉江五大环节中的历史疑难问题。周建忠还发表了《荆门郭店一号楚墓墓主考论——兼论屈原生平研究》，该文是对高正《论屈原与郭店楚墓竹书的关系》一文的反驳。这些研究很有价值，推进了关于屈原生平、仕履等问题的研究。但周建忠在引用出土材料时，对有些材料的释读不够准确，如关于"左徒戈"的理解，彭春艳硕士论文《考古发现与屈原生年、仕履、流放研究》中已指出了其说存在的问题。

刘彬徽根据出土的珍奇的乐器实物资料，对《楚辞》一些诗句作了新的解释，并以此检索旧注的得失。如在《楚辞与楚文物》一文中，他结合信阳、江陵等地楚墓和曾侯乙墓出土的打击编钟的钟槌等文物，认为《九歌·东君》"箫钟兮瑶簴"中的"箫"当解为"撞击"，"瑶"应读为"摇"，意思是摇动。刘彬徽《从包山楚简纪时材料论及楚国纪年与楚历》一文，通过包山简研究当时楚国的历法，进而推算屈原的生日。

刘信芳在《秦简〈日书〉与〈楚辞〉类征》中运用秦简《日书》研究屈原生辰的宗教意义。在《包山楚简神名与〈九歌〉神祇》一文中，他将包山卜筮祭祷简中所出现的神名与《楚辞·九歌》中的神祇进行比较研究，认为它们之间是有对应关系的。并指出：有了包山楚简的一系神名，使得我们有可能揭开《九歌》诸神的千古之谜；而借《九歌》，使得我们可以确知楚简一系神名究为何神。虽说结论还有待更多材料证明，但毕竟已经注意到出土文献与楚辞之间的密切关系。

王泽强在其博士学位论文《战国秦汉竹简研究》中专辟一章"竹简与楚辞"，探讨出土秦汉竹简与楚辞之间的关系。该章主要从四个方面进行了阐述：一是从楚国故地出土的竹简看楚人的鬼神信仰；二是楚人的原始宗教思维与《离骚》的内在结构；三是从战国楚墓祭祀竹简看《九歌》的属性；四是郭店楚简与屈原辞赋思想的渊源。该文从文化背景、思想渊源等方面探讨了战国秦汉竹简与楚辞之间的关系。

廖群结合近几十年的各种考古发现，以《离骚》《哀郢》《卜居》《渔父》《远游》《招魂》等有争议的篇目为对象，在《出土文物与屈原创作的认定》中集中触及屈原创作的认定问题。作者认为，就迄今所能借助的出土文物来看，它们对于认定这些作品为屈原所作，虽还不能给以直接的确证，但却可以释解和排除否定论者提出的一些疑点，从而为肯定性论证提供有力的佐证。

韩高年在《先秦卜居习俗对〈离骚〉构思的影响》一文中，根据传世文献及甲骨文、江陵九店楚简、包山楚简等材料中关于卜居礼俗的记载，认为《离骚》的构思主要围绕"去留"问题展开，这一构思受到卜居习俗及其心理的潜在影响。结合先秦卜居习俗来分析《离骚》文本，可以看到屈原在创作该诗时的内心矛盾冲突及其升华过程对诗体的影响。

代生在博士学位论文《考古发现与楚辞研究——以古史、神话及传说为中心的考察》中，以上古史事、古史人物及其事迹等为中心，运用历史学、考古学、民俗学、文化人类学等多学科相结合的方法，以"二重证据法"为指导，从史料学角度出发，对楚辞所涉及的上古历史文化进行考古学阐释。

张树国《扬雄〈畔牢愁〉与〈九章·悲回风〉的"附益"问题》一文，利用考古发现材料对《悲回风》的结构、屈原晚年的流放路线等问题进行了较为深入的研究。在《〈楚辞·大招〉：汉高祖丧礼中的招魂文本》中，他依据出土文本和传世先秦文献的"隶变"现象，认为《大招》为汉高祖刘邦大殓出殡礼上的招魂词，《大招》对吴楚饮食的细致描写，证明其作者为来自东楚吴地的陆贾。他在《〈鄂君启节〉与屈原研究相关问题》中认为鄂君启舟节铭文为研究屈原晚年流放路线以及自杀结局提供了一定的启示，结合《鄂君启节》与《哀郢》《涉江》《悲回风》《怀沙》等具体诗篇，可探讨屈原晚年流放路线及自杀悲剧的成因。

陈民镇、钟之顺、张彩华、万德良等在曹锦炎关于上博简楚辞类简文研究的基础上，从不同角度对简文与楚辞之间的关系进行了阐述。这些文章讨论的问题基本未超出曹锦炎文中所涉及的范围。也有学者指出了简文与楚辞的不同之处，如张世磊《上博简类楚辞作品与屈骚比较探析》认为简文与屈骚相比，还是存在着较大差异的。

熊贤品《〈楚辞·天问〉"昏微遵迹"与商先公世系问题》结合战

国楚地出土文献的用字习惯,通过对相关文本的解读,认为《楚辞·天问》"昏微遵迹"中的"昏"不可能为人名,商先公世系中不存在"昏"这一世。史杰鹏《从楚简"沙"字的写法试解〈怀沙〉的意思》根据楚简"沙"的写法及楚简用字习惯,认为"怀沙"即"怀徙",是"悲伤迁徙"的意思。禤健聪《〈怀沙〉题义新诠》亦几乎同时提出了相同的看法。史杰鹏《从古文字字形谈〈楚辞·天问〉的"屏号"及相关问题》根据战国货币、睡虎地秦简、上博简、清华简、马王堆汉墓帛书等古文字材料,从字形、字音、古书用字实际情况等角度,证明《天问》"屏号起雨"中的"屏号"即"屏翳","号"是"嘳"的讹误字,"屏号"应该是"屏嘳",和"屏翳"是通假关系。吴广平《屈原〈九歌·东皇太一〉祀主考辨》根据望山楚简、郭店楚简《太一生水》,论证《九歌·东皇太一》的祀主为北极星神。黄人二《〈楚辞·离骚〉结构通释——兼从战国楚系卜筮祭祷简论其错简问题》根据战国楚系包山、望山、新蔡葛陵卜筮祭祷简与甲骨和其他传世典籍所见之习卜材料,研究《离骚》错简问题。黄杰《〈忠信之道〉"此"与〈招魂〉"些"》认为《忠信之道》简 3—5 中两个句末的"此"字与《招魂》的"些"用法相同、读音相近,应当是同一个词的不同书写形式,"些"很可能是在传抄过程中由"此"衍变而来的形体。戴伟华《楚辞音乐性文体特征及其相关问题——从阜阳出土楚辞汉简说起》通过对阜阳出土汉简楚辞与传世本楚辞异文的对比研究,探索了楚辞的音乐性文体特征。李锐《〈楚辞·天问〉上甲微事迹新释》根据清华大学藏战国简《保训》篇提供的资料,将《保训》与《天问》所述故事对征,互相发明,对《天问》"昏微遵迹,有狄不宁。何繁鸟萃棘,负子肆情?眩弟并淫,危害厥兄。何变化以作诈,后嗣而逢长"几句中的疑难字句,提出了一些新的解释。方铭《〈鄂君启节〉是一把钥匙》根据鄂君启节所记载的内容,认为鄂君启节不但对于研究楚国的政治经济制度以及地理与交通有重要文献价值,同时也是研究屈原的流放行迹,理解屈原与宋玉等战国时期楚国辞赋作家作品的一把钥匙。萧兵《引魂之舟——楚帛画新解》、张国荣《汉墓帛画天神与〈九歌〉天神的比较》及日本学者石川三佐男《从楚地出土帛画分析〈楚辞·九歌〉的世界》三篇文章分别根据马王堆汉墓帛画、长沙子弹库帛画研究《九歌》,探讨帛画与《九歌》之间的联系。周秦《屈赋·帛画·伯鲧故事——〈天问〉"鸱龟"章试说》根据马王堆汉墓帛画分析《天问》"鸱龟曳衔"一章,对文意做出新的解释。

我们在《考古发现与〈楚辞〉校读》中对楚辞中的二百余问题进行过新证研究。还有其他一些学者也利用考古发现做过《楚辞》校读工作,在正文部分有所征引,可参看。

20世纪末21世纪初,学者们除继续利用考古发现解决具体问题外,还对已有的研究成果进行了回顾,总结了考古发现在《楚辞》研究中的作用。如陈桐生《二十世纪考古文献与楚辞研究》结合自己的研究成果,认为考古文献对楚辞研究的巨大贡献,主要体现在以下几个方面:第一,推动了对屈原生辰的研究;第二,揭示了屈原生辰的宗教意义以及屈原生辰与创作之间的种种联系;第三,为批驳楚辞研究中的某些奇谈怪论提供了铁证;第四,为屈原从事巫术活动提供了旁证材料;第五,为屈原作品中某些艺术手法的运用提供了参照物;第六,为确定屈原某些作品的具体创作年代提供了佐证;第七,使唐勒研究有较大的突破,并由此带动了对宋玉作品真伪的研究;第八,考古文献或者与楚辞的某些内容相互印证,或者揭示了楚辞赖以成长的文化背景;第九,考古文献的丰硕成果带来了楚辞研究的思维转换,这或许是21世纪楚辞研究的最大进展。

黄灵庚的《简帛文献与〈楚辞〉研究》,发表于2006年,从五个方面阐述了简帛文献在《楚辞》研究中的作用:一是简帛文献对传世《楚辞》文本的校订;二是简帛文献对屈原作品的辩证及阐释;三是简帛文献对《楚辞》文化习俗的发微和补正;四是简帛文献对楚族先世的钩沉和补正;五是简帛文献为破译《楚辞》疑难问题提供全新证据。

周秉高在《也谈出土文献与楚辞研究》一文中认为:出土文献所具有

的"补正"和"证明"作用，对于楚辞研究十分重要。并举了学界周知的三个例证：一是阜阳汉简《楚辞》残片粉碎了"屈原否定论"；二是澄清《天问》中的一桩千古谜案；三是证明屈原著《远游》诗的真实性。同时，他也指出，对于出土文献在楚辞研究中的作用，一定要有清醒的客观认识，即我们不能因为出土文献对楚辞研究有重要作用而忽视对楚辞文本的研究。

毛庆多从宏观角度研究出土文献在楚辞研究中的作用。如《从考古发掘的楚文化资料看屈赋产生的艺术背景》一文，根据考古发掘的楚文化资料研究了屈赋产生的艺术背景。《略论楚辞研究中出土文物的功用与地位》从坐实背景、澄清迷雾、开拓思路、一锤定音等方面总结了出土文物在楚辞研究中的功用与地位。

曹胜高《屈原研究中对于考古资料的利用》认为，随着近年来楚地考古资料的大量发现，屈原及其辞赋研究也日渐深入，有些长期困惑学术界的问题逐步得以解决。考古资料不仅为楚文化研究提供了丰富的背景资料，还有助于了解屈原的身份和生平，更有益于解读屈原作品的内涵，进而全面理解屈原及其时代。

利用考古材料研究《楚辞》，虽取得了一定的成绩，但总体来看，尤其是与出土文献的丰富多彩相比，利用出土文献与考古成果研究楚辞的工作做得还不够。同时，比较严重的问题是，在利用考古发现研究《楚辞》的过程中，出现了不恰当的"趋同"现象，如高正《论屈原与郭店楚墓竹书的关系》认为郭店楚墓墓主就是屈原。该文多为推测，并无实证，因而此说一出，便招致学者们的一致批评。

今天，随着越来越多的出土材料的公布，学者们能够见到并可利用的古文字材料更加丰富，这些文字材料的刻、写年代与楚辞的创作时代大体接近，内容、数量极为丰富，它们表现出来的用字和书写方面的习惯以及对当时现实生活各方面的反映，都可以作为研究《楚辞》的根据。除战国楚文字资料外，还有其他大量的出土文字资料，如湖北随州擂鼓墩曾侯乙墓竹简、云梦睡虎地秦简、马王堆汉墓帛书、河北定县汉简、随州孔家坡汉墓简牍、张家山汉简、阜阳汉简、银雀山汉简、北京大学藏西汉竹简等，都可以作为研究《楚辞》的材料。我们相信，随着考古发现材料的越来越丰富，《楚辞》新证研究将会取得更大的进步。

第一章　郭店楚墓墓主与屈原

郭店楚墓墓主是谁？郭店楚墓墓主与屈原有无关系？自郭店楚墓发掘报告及《郭店楚墓竹简》发表以来，学界围绕墓葬规格、随葬品等展开了热烈的讨论。

第一节　关于郭店楚墓墓主的研究

1993 年 10 月，湖北荆门博物馆抢救性发掘了郭店楚墓。1997 年，湖北荆门博物馆在《文物》第 7 期上发表了发掘报告。1998 年，墓中随葬竹简在《郭店楚墓竹简》一书中著录发表。在对郭店竹简深入研究的同时，学者们也对墓主的身份做了研究。目前关于郭店楚墓墓主的身份，有如下几种说法。

1. 士、上士、下大夫。郭店楚墓发掘报告称：从墓葬形制和器物的特征判断，郭店M1具有战国中期偏晚的特点，墓主人当属有田禄之士，亦即上士。周建忠《荆门郭店一号楚墓墓主考论——兼论屈原生平研究》通过郭店一号楚墓与望山M1、望山M2，湘乡牛形山M1、湘乡牛形山M2，藤店M1，鄂城百子畈M5，浏城桥M1等"下大夫墓"的比较，认为郭店一号楚墓墓主的身份为"下大夫"。

2. 东宫之师或太子之师。1998年，李学勤《荆门郭店楚简中的〈子思子〉》一文将随葬漆耳杯铭文第四字改释为"帀（师）"，并对墓主身份做了推断：郭店一号墓所出漆耳杯，有"东宫之帀（师）"铭文，看来墓主人曾任楚太子师傅。庞朴《古墓新知》认为，墓主属士级贵族，很有可能便是殉葬漆耳杯铭文所称的"东宫之师"，即楚国太子的老师。刘宗汉认为郭店一号楚墓的墓主只有两种可能，一是"东宫之师"本人，一是"东宫之师"之子。这里的"东宫之师"，很可能就是楚顷襄王之师。罗运环《论郭店一号楚墓所出漆耳杯文及墓主和竹简的年代》根据漆耳杯杯文等材料，认为墓主是"东宫之师"，即楚太子的老师。

3. 环渊。范毓周《荆门郭店楚简墓主当为环渊说》认为墓中竹简《太一生水》篇为环渊所作，环渊曾是齐宣王的座上客，后又去楚国，于楚怀王二十四年（引者按：文中另一处作二十五年）答楚怀王之问，其声望地位足可以当太子之师。高华平赞同墓主即为楚人环渊的观点，并对此做了补充论证。首先，墓中竹简《性自命出》即环渊所著之"上下篇"，郭店一号楚墓中既有墓主所著"上下篇"随葬，则墓主就只能是"上下篇"的作者环渊了。其次，郭店楚墓竹书的内容明显带有稷下道家思想的特点，应属游学稷下的楚人所著或由稷下携归，史籍上记载的当时曾游学稷下的楚地学者，只有环渊一人。再次，根据残留的随葬品，如果将墓主定为"楚之同姓"，并曾任左徒和三闾大夫的屈原，或其他任何楚国的贵族都是不合适的；但如果将墓主定为环渊，则关于墓主身份与葬制的各种疑惑都可以得到合理的解决。

4. 陈良。姜广辉《郭店一号墓墓主是谁？》认为墓主很有可能是陈良。因为楚怀王太子横，在公元前328—前299年为太子，而陈良去世的时间是在公元前325—前320年间，从时间上看，可以说他是太子横早年的老师。

5. 慎到。李裕民《郭店楚墓的年代与墓主新探》认为墓主是慎到，其理由如下：一是慎到曾当过太子横（即楚顷襄王）之师；二是慎到曾是齐宣王时的稷下学士，郭店墓中出土道、儒等诸家著作，与他的身份、经历相合；三是墓中所葬道、儒著作，与慎到崇尚道、儒的思想相合。姜国钧《从郭店楚简内容看"东宫之师"》从教育史和教育学的角度进行论证，支持墓主为怀王太子横的老师慎到的观点。黄崇浩《郭店一号楚墓墓主不是屈原而是慎到》亦认为墓主是慎到。

6. 屈原。高正先后在《论屈原与郭店楚墓竹书的关系》《郭店竹书在中国思想史上的定位——兼论屈原与郭店楚墓竹书的关系》《屈原与郭店楚墓竹书》三篇文章中，认为墓主是屈原。

7. 宋玉。张正明《郭店楚简的几点启示》认为墓主可能为宋玉。

另外，龙永芳认为墓主生前可能为"门客之辈"。饶宗颐《涓子〈琴心〉考——由郭店雅琴谈老子门人的琴学》认为郭店墓主是一位晓得鼓琴的人士，又是儒道兼通的学人。

对墓主身份的判断，上举各家之说，可分为两类：一是泛指某一类人，如士、上士、下大夫、东宫之师、门客之辈等；一是确指某一具体历史人物，如环渊、陈良、慎到、屈原、宋玉。

第二节　郭店楚墓墓主与屈原的关系

在对郭店楚墓墓主的研究中，高正依据《荆门郭店一号楚墓》这篇发掘报告中的有关材料和郭店楚墓竹简简文的有关内容，印证传世文献中被认为是屈原作品的篇章和史籍中关于屈原生平事迹的记载，认为湖北荆门郭店一号楚墓的墓主就是屈原。高正的这一观点先后在《论屈原与郭店楚墓竹书的关系》《郭店竹书在中国思想史上的定位——兼论屈原与郭店楚墓竹书的关系》《屈原学与郭店楚墓竹书》三篇文章中阐述过，其中以《论屈原与郭店楚墓竹书的关系》一文论述最为详细，下文讨论时即以此文为准。高正认为墓主就是屈原，其主要依据有下列几点。

1. 墓葬形制的时代特征。发掘报告估计其下葬年代当在公元前4世纪中期至前3世纪初，其下限在公元前3世纪初，这正符合屈原生活的时代和去世的时间。

2. 墓主人的身份。墓主人的身份属"上士",墓中出土的大批竹简与主人生前的职业有关,同时也反映了死者的特殊地位,这正符合屈原的身份和地位。

3. 遗体骨骼的特殊姿势。墓主仰身直肢,两手交置于腹部,双腿分开,这很像是抱石投江而淹死后,被打捞上来,因尸体僵硬未能复原的姿势。据《史记·屈原贾生列传》,屈原正是怀抱石头,投汨罗江自沉而死。

4. 龙首玉带钩。墓中出土的陪葬品"龙首玉带钩",本是国君的用物,屈原与楚怀王的关系密切,此物可能是他早年任左徒、三闾大夫时,怀王所赐。

5. "东宫之杯"。陪葬的漆耳杯,底部刻有铭文"东宫之杯",应是东宫太子的用物。这漆耳杯或为太子老师所用,或为太子所赐,均显示墓主人与东宫太子有不寻常的关系。屈原与楚怀王太子正有这样的关系,其身份很可能就是太子老师,这在屈原作品和史籍记载中,均有所反映。

6. 鸠杖。墓中的鸠杖,显示墓主去世时年龄已有七十多岁。屈原死时,应正是七十出头。

7. 竹书。墓中陪葬竹书,其内容对于屈原思想和作品有重要影响。这批竹书似乎来自齐国稷下。据史籍记载,屈原公元前311年出使齐国,很可能这批竹书正是由他从齐国稷下带回楚国的。

这七条是高正归纳出来的纲目,在具体论证时又有所阐发和补充。

高正的这一观点发表后,即遭到纪健生、周建忠的批评。纪健生《郭店一号楚墓是屈原墓吗——〈论屈原与郭店楚墓竹书的关系〉献疑》从人物的年龄、身份、死因、屈原自沉的背景、屈原绝命的时间、屈原墓葬之有无等角度逐一进行了反驳。周建忠《荆门郭店一号楚墓墓主考论——兼论屈原生平研究》通过对楚系墓葬的椁室葬品进行研究,认定墓主的身份为"下大夫";据金文、简牍、帛书"不""而"二字的不同写法,认为漆耳杯铭文应为"东宫之杯";据《周礼》《礼记》《吕氏春秋》,认为"八十九十,加赐鸠杖"之礼始于汉代;据楚系墓葬中出土的各种"杖"

的形制特点,证明此墓"鸠杖"不是手杖;屈原未担任过太子之傅,郭店一号楚墓与屈原无关。纪、周二位先生所论平实可信,已在一定程度上否定了墓主即屈原的说法。实际上,高正论证过程中还有一些问题,纪、周二位先生未曾重点讨论,本文试从三个方面做些分析。

1. 竹书与屈原的关系。高正在上面七条证据中,有两处提到竹简和屈原的关系,分别见于第二条和第七条。在第二条证据中,高正认为,墓中出土了大批竹简,这不仅与墓主人生前的职业有关,同时也反映了死者的特殊地位,这正符合屈原的身份与地位。高正认为这批竹简反映了墓主生前的职业和特殊地位。据《郭店楚墓竹简》,郭店楚墓共出土竹简十六种,分别是《老子》(甲、乙、丙)、《太一生水》、《缁衣》、《鲁穆公问子思》、《穷达以时》、《五行》、《唐虞之道》、《忠信之道》、《成之闻之》、《尊德义》、《性自命出》、《六德》、《语丛一》、《语丛二》、《语丛三》、《语丛四》。前两种为道家文献,其余为儒家文献。我们实在想不出这批竹简反映出了墓主什么样的职业和特殊身份。如果结合写作目的及下文的论述,高正的意思应该是,这批竹简可以反映出墓主做过左徒、三闾大夫、太子师,因为这样才"正符合屈原的身份与地位"。

屈原任左徒一职,见于《史记·屈原贾生列传》,该传云屈原"为楚怀王左徒,博闻强志,明于治乱,娴于辞令"。屈原任三闾大夫之职,见于《渔父》:"渔父见而问之曰:'子非三闾大夫与?'"。屈原任太子师一事,史籍中没有任何明确记载。但高正认为在屈原的作品中,透露出了他任太子师的信息,其根据是《橘颂》的"年岁虽少,可师长兮"。他认为,排行最大曰"长",太子是楚怀王的"长子",屈原为太子师,故曰"师长",即当国王长子(太子横)的老师。对于这点,周建忠认为高氏将"师长"训为"长之师",显然是曲解,而且"长""长子""太子"亦不能完全等同,"长"指"长子"恐怕尤为牵强。根据楚辞学者的一般理解,此处的"师长"是不能解为"做长子之师"的,故高说无据。即使我们再退一步,承认屈原做过太子师,但这批竹简与屈原的左徒、三闾大夫、太子师的职业与特殊身份又有何必然联系呢？难道除左徒、三闾大夫、太子师这样的职业与身份，其他人墓中就不能出土大批竹简？包山楚墓、望山楚墓、九店楚墓、新蔡楚墓都有大批竹简出土，难道墓主的职业、身份也是左徒、三闾大夫、太子师？如果认为这些墓葬出土的竹简多为遣策、文书等而与郭店简不相类，那么上海博物馆收藏的楚简内容则与郭店简很相似，也有道家、儒家文献，且还有《缁衣》《性情论》等相同篇目，那我们能不能说上博简所从出的楚墓的墓主身份也是左徒、三闾大夫、太子师呢？

  在第七条中，高正提出了另一证据：墓中陪葬竹书，其内容对于屈原思想和作品有重要影响。为证明自己的观点，高氏将竹书与屈原作品做了对比研究，指出了其中相同或相似的地方。确实，郭店竹书与屈原作品有很多可比对的东西，但如果仅以此为据，就推断墓主为屈原，显然不妥。因为在其他地方的出土楚简中，可与屈原作品相比较的有很多，而且有些竹简与屈原作品的关系比郭店简还要密切。例如汤炳正《从包山楚简看〈离骚〉的艺术构思与意象表现》一文，通过包山楚简研究《离骚》的艺术构思与意象表现。汤漳平《出土文献与〈楚辞·九歌〉》将江陵望山一号楚墓、天星观一号楚墓和荆门包山楚墓竹简所记墓主祭祀的各种神祇和《九歌》神祇系统进行了比较研究。李家浩《九店楚简"告武夷"研究》将九店楚简与《招魂》《大招》对比研究。上海博物馆收藏的战国楚简与屈原作品的思想内容关系比较密切，可进行对比研究的地方很多。如屈原作品具有强烈的人民性，这点在上博简中可找到相对应的材料，如上博（四）《曹沫之陈》简5—6：曹沫曰："君亓毋惧，臣闻之曰：'邻邦之君明，则不可以不修政而善于民。不然，任亡焉。邻邦之君亡道，则亦不可以不修政而善于民。不然，亡以取之。'"同篇简20："毋获民时，毋夺民利。"《楚辞》中的"重德"思想在简文中也多有体现，如《曹沫之陈》简2—3："昔尧之飨舜也，饭于土塯，欲〈歠〉于土铏，而抚有天下，此不贪于美而富于德欤？"上博（五）《季庚子问于孔子》简3—4："是故君子玉其言而慎其行，敬成其德以临民，民望其道而服焉，此之谓仁之以德。"上博（六）《天子建州》简9："怀民则以德。"再如屈原的举贤授能的思想，可在简文中找到多处。上博（二）《容成氏》简1"皆不授其子而授贤"、简10"尧以天下让于贤者"、简13"尧为善兴贤，而卒立之"。上博（三）《中弓》简7："老老慈幼，先有司，举贤才，赦过与罪。"上博（五）《季庚子问于孔子》简21："毋信谀憎，因邦之所贤而兴之。"《九章·惜颂》表现出来的强烈的"忠而遇罚"思想，正可以《中弓》"古之事君者，以忠与敬，唯其难也"作注。至于仁、义、忠、信、礼等观念在简文中更是常见。而上博（三）《恒先》、上博（七）《凡物流形》这两篇简文与《天问》《远游》在哲学观念上可比对的地方更多。

上博楚简不但在思想上可以和屈原作品相比较，而且有些简文的文体与楚辞体极为接近。上博（八）收有《李颂》《兰赋》《有皇将起》《鹠鹞》四篇简文，整理者曹锦炎认为皆是楚辞体作品，并指出：很有可能，屈原正是从这些早期的楚辞作品中汲取丰富的营养，以他的优异才华，创作出一系列不朽的楚辞作品。《李颂》等四篇，从写作手法、语言形式以及体现出的思想等方面看，将它们归入楚辞类作品是可信的。

通过上面的分析，我们认为，上博简在与屈原作品比较研究中的意义要高于郭店简，如果仅从这点看，上博简所从出的楚墓的墓主更可能是屈原。因此，根据竹书内容来确定墓主身份是没有说服力的。

2. 葬姿与屈原的关系。高正说，据发掘报告，墓主仰身直肢，两手交置于腹部，双腿分开。这很像是抱石投江而淹死后，被打捞上来，因尸体僵硬未能复原的姿势。据《史记·屈原贾生列传》，屈原正是怀抱石头，投汨罗江自沉而死。

要想使这条证据有一定可信度，必须满足两个条件：一是屈原归葬；二是这种葬式为抱石投江者特有。关于屈原的生平记载比较详细、重要的有司马迁的《史记·屈原贾生列传》和刘向的《新序·节士》篇。它们对屈原的死说得很明确，《史记》说："于是怀石，遂自投汨罗以死"，《新序》云："遂自投湘水汨罗之中而死。"另外贾谊《吊屈原赋》亦说："侧闻屈原兮，自沉汨罗。"屈原自沉而死，是学术界所公认的。至于屈原投江后，遗体是否被打捞上来归葬，在汉代则没有明确的记载。高正认为屈原是归葬了，他推测说，屈原抱石投汨罗江自尽后，遗体被家人和弟子们打捞上来，按其遗愿运回旧都郢郊贵族墓地安葬。但这种说法既无文献根据，亦无传说根据。高氏唯一的理由就是墓主的葬姿与屈原"抱石投江而淹死后，被打捞上来，因尸僵硬未能复原的姿势"相似。在这里，高氏犯了循环论证的错误。我们认为，作者首先应该证明屈原确实归葬，然后才能根据葬姿推断二者的关系。在证明屈原确实归葬前，墓主的葬姿与屈原应该没有任何关系。而作者为证明屈原确实归葬，在无其他任何可用的证据下，只好将墓主的葬姿当作证据。本是待证明的，但在高正这里，却被当作了证据。因此从作者的论证中，我们无法确定屈原归葬，仅从这一点就可证明高说是不可信的。

即使承认屈原归葬，墓主的葬姿似乎与屈原"怀石水死"后的葬姿也无必然联系。周建忠说，根据考古发掘统计，楚人的葬式，几乎全为仰身直肢型，其中有两手交于腹者，有两手置于腹部不相交者，亦有两手向后背于臂部相交者。如当阳赵家塝的8座楚墓，有3座葬式可辨，皆头向南、面上，上肢略屈，双手交于腹上，下肢直伸；郧县属于楚文化系统的59座战国墓，其葬式可辨者有52座，都是仰身直肢葬，其中两手交于腹者43座，两手置于腹部不相交者4座，手臂已朽不明者5座；毛坪26座楚墓，葬式多为仰身直肢单人葬，但也有两手交于胸前的。如果仅仅据尸骸"仰身直肢，两手交置于腹部"这一葬式，就判断死者为"怀石水死"的姿势，则楚墓中"怀石水死者"何其多哉？根据这段文字，郭店楚墓墓主的葬姿是正常的楚人葬式，应该与"怀石水死"无关。

既无法确定屈原归葬，又不能建立墓主葬姿与"怀石水死"之葬式的必然联系，则高氏据遗体骨骼的特殊姿势推断墓主是屈原的结论自然也就不可信了。

3. 墓主与屈原年龄的关系。高正说："墓中的鸠杖，显示墓主去世时

第一章 郭店楚墓墓主与屈原

已有七十岁以上的年龄。屈原死时，应当是七十出头。"高正此条主要是想证明墓主与屈原年龄接近。如果这条理由成立，其前提条件是墓主和屈原的年龄必须是确定的。

高正认为，根据陪葬的鸠杖，可确定墓主去世时已超过七十岁。屈原的年龄，作者根据《离骚》"摄提贞于孟陬兮""老冉冉其将至兮"和《涉江》"年既老而不衰"的"老"字以及其卒年，推断为七十一岁。

据鸠杖推断墓主年龄，首先要解决鸠杖与墓主年龄之间是否有必然联系；其次，如果有必然联系，则墓主应该多大年纪。有人认为鸠杖与墓主年龄无关，如郭店楚墓发掘报告在"重点介绍"时未分析其用途，但是在《荆门郭店M1出土器物登记表》中，作者将其划入"兵器"类，显然认为此杖为"兵杖"。而许多学者认为鸠杖与墓主的年龄是有关系的，如李学勤、刘宗汉、姜广辉等，但具体观点则又有不同。如李学勤说，随葬品有两根鸠杖，可知他是年事已高的男子。刘宗汉说，一号楚墓墓主人因有鸠杖随葬，其年龄在七十岁以上，应无问题。高正亦认为墓主年龄在七十岁以上。姜广辉说，随葬品中有鸠杖，依古礼，年七十授玉杖，八十、九十礼有加，赐鸠杖，以此推测墓主年龄在八十岁以上。

汉代有尊老、优老、养老的法令，其中规定给七十岁以上的人授予"王杖"。这种王杖，长九尺，顶端以鸠鸟作装饰，也称鸠杖。我国先秦古籍，如《吕氏春秋·仲秋纪》《礼记·曲礼》《周礼·秋官·伊耆氏》中已有"养衰老，授几杖"的记载。但根据1959年和1981年武威磨嘴子汉墓两次出土写有颁赐王杖诏书令，胡平生《说"鸠杖"》已经指出，"七十赐王杖"是汉家制度。周建忠亦认为赐杖尊老之礼始于汉代。如此说可信，则墓中鸠杖与墓主年龄无关。

就目前的研究成果看，鸠杖是否可作为墓主年龄的标志还需进一步研究；即使可作为年龄的标志，亦有七十岁以上、八十岁以上等不同说法。

在推断屈原年龄时，高氏比前人多用了一种材料，即《离骚》"老冉冉其将至兮"和《涉江》"年既老而不衰"中的"老"。高氏根据先秦、两汉文献普遍有"七十"曰"老",认为《离骚》《涉江》中的老亦应指七十。这条证据有两个问题,第一,"老"并非专指七十岁。纪健生指出:七十岁可称老不等于老只能指七十岁。《礼记·曲礼》的"七十曰老"是专指。至于泛指,五十岁以上至八十、九十岁,都可称老。比如《论语·季氏》"及其老也,血气既衰,戒之在得",皇侃疏:"老谓五十以上。"第二,《离骚》《涉江》中的"老"不当坐实为"七十"。每个社会,因为某种制度的需要,如养老制度,会对"老"做个年龄限定,如七十岁为老,但这种限定大概只在一定场合使用。通常情况下,只要我们认为自己或对方"老"即可,一般很少考虑"老"到底限定为多少岁,尤其在文学性较强的作品中。《战国策·赵策》和《史记·赵世家》都记载了赵太后对极力劝谏的大臣说的话:有再说让长安君做人质的,"老妇必唾其面"。赵太后是惠文王的妻子。据《史记·赵世家》记载,赵武灵王十六年,娶吴广之女娃嬴,即惠文王的母亲。赵武灵王二十七年,将王位传给惠文王。惠文王在位三十三年而卒。从武灵王娶娃嬴到惠文王去世,共四十四年。故照常理推断,惠文王去世时42岁左右。根据惠文王的年龄,自称"老"妇的赵太后当时也当四十岁左右,即使再大,似乎也不可能到七十岁。因此,楚辞作品中的"老"似乎不能作为推断屈原年龄的根据。

学者推断屈原生年,主要根据《离骚》中"摄提贞于孟陬兮,惟庚寅吾以降"这一句,但结果较为分歧,有胡念贻的公元前353年、邹汉勋的公元前343年、郭沫若的公元前340年、浦江清的公元前339年、林庚的公元前335年、汤炳正的公元前342年等不同说法。①

学者研究屈原的卒年,主要根据《卜居》"既放三年"、《九章·哀郢》"九年不复"及《史记·屈原贾生列传》:"自屈原沉汨罗后百有余年,汉有贾生,为长沙王太傅,过湘水,投书以吊屈原"这三条材料,但

---

① 上引各家之说,参崔富章等主编《楚辞集校集释》,湖北教育出版社2003年版,第51—62页。

结果则有卒于公元前 296 年、公元前 288 年、公元前 283 年、公元前 282 年、公元前 278 年、公元前 277 年、公元前 276 年的不同。①

在研究屈原的生卒年时,学者所依据的材料一样,所用方法也大致相同,但结果如此分歧,说明屈原的年龄还是一个需要进一步研究的问题。

从上面的分析可以看出,无论是墓主的年龄还是屈原的年龄,都是不确定的,将两个不确定的因素放在一起比较,其结论的可信度可想而知。

高正力图在楚墓和有关屈原的历史文献中找出几个相似点,在各点连线交叉处定位屈原与墓主实为一人。在科学研究中,我们容许合理推断、大胆假设,但应以实实在在的证据为基础。但是,经过纪健生、周建忠及我们的分析,我们发现高正所说的这七条证据,或过于宽泛而无多大价值,或不准确,或不确定,在墓主与屈原之间无法形成一个具体可信的交叉位置。因此就目前的研究现状而言,还无法证明墓主就是屈原。

第三节 郭店楚墓墓主研究中存在的问题

上节我们主要讨论了高正在郭店楚墓墓主研究中存在的问题,但并不意味着其他各家在这个问题上就无可商榷之处。实际上,有些问题是共同的,如漆耳杯铭文的释读、随葬竹书的作用等。

一 漆耳杯在确定墓主身份方面存在诸多不确定性

无论是将郭店楚墓墓主确定为太子之师还是具体到环渊、陈良、慎到、屈原,各家都默认了这样一个证据:漆耳杯铭文为"东宫之师",其含义为太子之师或与太子有关。但这样一个极其重要的证据本身却有诸多的不

---

① 上引各家推算结果参王德华《汉代记载屈原生平事迹考论》,载李国章、赵昌平主编《中华文史论丛》总第七十六辑,上海古籍出版社 2002 年版。

◆◇◆ 考古发现与《楚辞》新证研究

确定性，下面分别讨论。

（一）"不（杯）""币（师）"之争

郭店楚墓出土一件漆耳杯，杯底有铭文，如图所示。

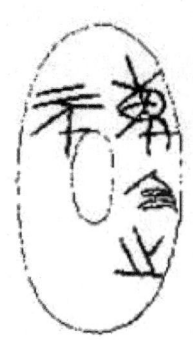

1997 年发表的发掘报告称：底部刻有铭文"东宫之杯"。很明显，发掘者是将最后一字释为"不"，读为杯。1998 年，李学勤先生在《荆门郭店楚简中的〈子思子〉》一文中将铭文第四字改释为"币（师）"，同年 5 月，在美国达慕思大学召开的郭店楚简《老子》国际学术讨论会上，李先生再一次就墓主问题发表感想，据王博先生的会议纪要：

　　本次会议上，李学勤提出，墓主人可能是楚太子的老师。其根据主要是在一个随葬的漆木耳杯底部，刻有"东宫之师"的字样。另外，大量的随葬文献（竹简）也是证据。他幽默地称墓主是一个 old professor （老教授），因为随葬品中发现了鸠杖，这在古代是老年人的象征。①

李先生的改释，得到了裘锡圭先生的赞同。②由于李、裘二位先生在古文字学界的权威地位，这种改释很快为学界所广泛接受。

但也有一些学者认为原释读比较合理。如李零先生认为发掘者的意见比较合理，其理由如下。第一，现在考古学界称为"耳杯"的器物，战国秦汉时期多叫"杯"，出土器物除木制，也有铜制。这类耳杯，铜杯的铭文比较复杂，其铭例一般是以"置用之所"或"器主名"加"器名"加"容量"加"重量"；木杯多省略，不记容重，只有前面两项。郭店一号墓的耳杯也没有最后两项，如果释为"东宫之杯"，"东宫"是置用之所，"杯"

---

① 王博：《美国达慕思大学郭店〈老子〉国际学术讨论会纪要》，载陈鼓应主编《道家文化研究》第 17 辑，生活·读书·新知三联书店 1999 年版，第 1—12 页。
② 裘锡圭先生的意见参见王博《美国达慕思大学郭店〈老子〉国际学术讨论会纪要》，载陈鼓应主编《道家文化研究》第 17 辑，生活·读书·新知三联书店 1999 年版，第 3 页。

是器名,从铭例看非常合适。相反,如果释为"东宫之师",则比较奇怪。第二,楚国文字的"不"与"帀"相像,但很多"帀"字的一撇一捺并不交叉,有的还分开,竖画也多向左撇。郭店楚墓的耳杯,其第四字,两横下面的一撇一捺,仔细观察,是相互交叉的,竖画也垂直。如果说,两者会发生混淆,那也是以释为"不"的可能性更大。①饶宗颐也说:"以字形论,我认为释'不'指杯为妥。从墓葬制度只有一椁一棺的士礼看来,墓主人不可能是太子师傅,亦不适合工师的身份。"②周建忠通过金文、楚简、帛书"不""帀"的字形比较,也认为当释为"不"。

就目前所见楚文字资料,没有一个"不"或"帀"字与杯铭最后一字完全相同,但有些字形又与其极为相似,因此,该字是释为"不(杯)"还是释为"帀(师)",皆有可能,而从形体特征上看,杯铭之字与"不"的写法更为接近。

(二)杯铭的含义

考定墓主为太子之师或确指为环渊、陈良、慎到、屈原的学者,皆将杯铭"东宫之师"理解为太子之师。且不说"师"字之释尚存重大疑问,即使该字确为"帀(师)"字,杯铭也不一定只有"太子之老师"一种理解。如裘锡圭先生认为"师"指工师,彭浩也将"师"理解为工师,认为刻铭反映当时的"物勒工名"制度,说明此件出自东宫工师之手。③

东宫古代亦有多种含义,既可指"太子所居之宫",亦可指"诸侯媵妾所居之宫"。这样,即使杯铭最后一字释为"帀(师)",其含义除"太子之老师"外,还可理解为"太子所居之宫之工师""诸侯媵妾所居之宫之工师"。

---

① 李零:《郭店楚简研究中的两个问题——美国达慕思学院郭店楚简〈老子〉国际学术讨论会感想》,载《郭店楚简校读记》(增订本),北京大学出版社 2002 年版,第 185—193 页。
② 饶宗颐:《涓子〈琴心〉考——由郭店雅琴谈老子门人的琴学》,载沈建华编《饶宗颐新出土文献论证》,上海古籍出版社 2005 年版,第 162 页。
③ 彭浩:《郭店一号墓的年代与简本〈老子〉的结构》,载《道家文化研究》第 17 辑,生活·读书·新知三联书店 1999 年版,第 13—21 页。

如果将杯铭释为"东宫之不（杯）"，则"东宫"可如李零先生所说，为置用之所，若依上文对东宫的解释，此杯或为太子宫中所用，或为诸侯媵妾宫中所用。

（三）漆耳杯与墓主的关系

考定墓主为太子之师或确指为环渊、陈良、慎到、屈原的学者，皆认为墓主是漆耳杯的主人。但也有学者对此提出不同看法，如上文提到的在美国达慕思大学召开的郭店楚简《老子》国际学术讨论会上，就有人提出了这样的观点：

> 德国的瓦格纳和法国的马克教授提出更有趣的说法，这个杯子并不一定帮助说明墓主人的身份，因为它很可能只是一件礼品——譬如朋友的赠品。①

彭浩先生提出了类似的观点：这件刻有"东宫之帀（师）"的漆耳杯并非墓主所有，而是他人送给墓主或墓主生前所得。周建忠则认为此杯可能为太子所赠。

就目前材料看，我们虽不能确定此杯是赠品，但也不能排除它为赠品的可能。如果此杯是一件赠品，则上面的铭文无论是释读为"东宫之杯"还是"东宫之师"，都与墓主身份无关。

二　随葬竹书在确定墓主身份方面作用有限

范毓周推定墓主为环渊，主要证据是他认为墓中竹简《太一生水》篇为环渊所作。高华平赞同墓主即楚人环渊的观点，主要证据是他认定墓中竹简《性自命出》即环渊所著之"上下篇"。李裕民认为墓主是慎到，其理由是郭店墓中出土道、儒等诸家著作，与他的身份、经历相合，墓中所葬道、儒著作，与慎到崇尚道、儒的思想相合。李学勤、高正等人也谈到

---

① 王博：《美国达慕思大学郭店〈老子〉国际学术讨论会纪要》，载《道家文化研究》第 17 辑，生活·读书·新知三联书店 1999 年版，第 1—12 页。

了竹书与墓主的关系。

虽然学者们注意到了随葬竹书与墓主的关系，但着眼点并不完全相同。范毓周、高华平是从简文作者与墓主的关系入手做出的推断，李裕民、李学勤等是从竹书的性质、内容与墓主的身份、经历、思想相近角度讨论的。

根据我们现在了解的古书体例，古书多不题作者，推断《太一生水》《性自命出》即为环渊所作，还需更多的证据。另外，即使能证明这两篇简文的作者即为环渊，根据常理也无法断定墓主就是环渊。因为，第一，随葬自己的书籍，未见先例；第二，随葬书籍一般是墓主生前喜欢阅读的，不一定是自己的作品。

根据竹简内容推断墓主，我们在第二节已经讨论过，在此不赘。

关于能否凭随葬书籍破译墓主的身份和性格，李零和李学勤两位先生有过一段对话。李零问李学勤，我们是不是可以凭随葬书籍，破译墓主的身份和性格。李先生说，西方有个说法，就是你千万别让人参观你的图书馆，因为别人一看这些书，就能猜出你是什么人。然后我（李零）又问，如果我发现的是切·格瓦拉死时身上带的小书包（里边有毛泽东和托洛茨基的书），或许可以这样讲，但如果书很多，像上博楚简那样，我们也能这样回答吗？他不回答。[①] 从二位先生的对话中，我们可以体会到，根据随葬书籍破译墓主身份的做法是很危险的。

我们认为，鸠杖、漆耳杯、竹书等考古发现材料对推断墓主身份有一定作用，但这种作用较为有限，不足以确定墓主即为屈原、环渊、慎到等。在利用这些材料推断墓主身份时，我们还是应该持审慎态度为好。

---

① 李零：《郭店楚简校读记·后记》（增订本），北京大学出版社2002年版，第242页。

第二章　考古发现与楚辞体

楚辞是用楚国方言按照独特的语言方式写作，富有浓郁的地方色彩和风情，并且能够用楚国地方音乐演唱的一种新的诗体。这种诗体最早是在楚国民间产生的。屈原等上层贵族知识分子在楚民歌的基础上，发展并对其加以改造，最终形成了使用典型句式，并大量使用语气词"兮"，颇具地方色彩的新诗体。[①]但早于屈原时代的楚辞作品，存世极少，且有不少争议；对战国时期流行于江汉地区的楚辞这种诗歌新体的形成及发展过程，亦因限于材料而语焉不详。近年来，随着出土材料的不断公布发表，学者们能够见到的新材料越来越多，尤其是一些与"楚辞"有关的材料的陆续发表，为我们研究"楚辞"体提供了可能。在这些新材料中，最引人瞩目的是上海博物馆藏战国楚竹书。经过整理，学者认为有五篇简文与"楚辞"有关，它们分别是《凡物流形》《李颂》《兰赋》《有皇将起》《鹠鹏》。

第一节　《凡物流形》重编释文

《凡物流形》收录于《上海博物馆藏战国楚竹书》（七），该篇分甲、乙本。甲本共三十支简，比较完整，其中少数简首尾略有残损，有缺字，可据乙本补足。据乙本，甲本有抄漏、抄错现象。乙本有残缺，现存简二

---

① 金开诚、董洪利、高路明：《屈原集校注》，中华书局1996年版，"前言"第2页。

第二章 考古发现与楚辞体 ◆◇◆

十一支，内容可与甲本互补和校正，简文有抄漏、抄重现象。①因甲本较为完整，故下文讨论时我们以甲本为基础。

简文发表后，引起了学界的广泛关注，学者们在文字释读、竹简编联、文本结构、思想内容等方面展开了热烈讨论。随着讨论的深入，原释文在文字考释、竹简编联等方面存在的问题，被逐步廓清。这为进一步讨论《凡物流形》与《天问》的关系打下了基础。为下文讨论方便，我们在复旦大学出土文献与古文字研究中心研究生读书会所作《〈上博（七）·凡物流形〉重编释文》的基础上，②吸收学界相关研究成果，将《凡物流形》释文重写在下面（释文尽量用通行字）：

凡勿（物）流型（形），奚得而城（成）？流型（形）城（成）豊（体），奚得而不死？既城（成）既生，奚募（顾？）而鸣？既本既槿（根），奚后[1]之奚先？佥（阴）昜（阳）之处，奚得而固？水火之和，奚得而不危（诡）？晤（问）之曰：民人流型（形），奚得而生？[2]流型（形）城（成）豊（体），奚失而死？又（有）得而城（成），未智（知）左右之请（情）？天地立终立始：天降五尼（宅—度），吾奚[3]衡奚从（纵）？五既（气）竝至，吾奚异奚同？五言才（在）人，管（孰）为之公？九域出誨（诲），管（孰）为之佳？吾既长而[4]或（又）老，管（孰）为箭（荐）奉？鬼生于人，奚古（故）神盟（明）？骨（骨肉）之既靡，其智愈暲（彰），其夬（慧）奚适？管（孰）智（知）[5]其彊（疆）？鬼生于人，吾奚古（故）事之？骨（骨肉）之既靡，身豊（体）不见，吾奚自飲（食）之？其来亡（无）尼（度），[6]吾奚耑（时）之？奎祭员奚升，吾女（如）之可（何）思（使）饱？川（顺）天之道，吾奚以为页（首）？吾欲得[7]百眚（姓）之和，吾奚事之？敬天之盟（明）奚得？鬼之神奚飲（食）？先王之智奚备？晤（闻）之曰：升[8]高从埤，至远从迩。十回（围）之木，其始生女（如）薛（蘖）。

---

① 马承源主编：《上海博物馆藏战国楚竹书》（七），上海古籍出版社2008年版，第221页。
② 复旦大学出土文献与古文字研究中心研究生读书会：《〈上博（七）·凡物流形〉重编释文》，载刘钊主编《出土文献与古文字研究》第三辑，复旦大学出版社2010年版，第274—283页。

足将至千里，必从夯（寸）始。日之又（有）[9]耳，将可（何）圣（听）？月之又（有）军，将可（何）正（征）？水之东流，将何涅（盈）？日之始出，可（何）古（故）大而不炎？其人〈入？〉[10]中，奚古（故）少（小）雁（？）暲敂？瑁（问）天管（孰）高与？地管（孰）远与？管（孰）为天？管（孰）为地？管（孰）为靁（雷）[11]神？管（孰）为帝（霆）？土奚得而坪（平）？水奚得而清？卉（艸—草）木奚得而生？[12A]含（禽）兽奚得而鸣？[13B]夫雨之至，管（孰）雩口之？夫风之至，管（孰）颷飙而迬之？瑁（闻）之曰：察道，坐不下席。耑（揣）文[14]，箸（书）不与事，之〈先〉智（知）四海，至圣（听）千里，达见百里。是古（故）圣人处于其所，邦家之[16]危安鹰（存）忘（亡），恻（贼）盗之作，可之〈先〉智（知）。瑁（闻）之曰：心不胜心，大乱乃作；心女（如）能胜心，[26]是胃（谓）少（小）彻。奚胃（谓）少（小）彻？人白为察。奚以智（知）其白？终身自若。能寡言乎？能一[18]（吾）乎？夫此之胃（谓）少（小）城（成）。曰：百眚（姓）之所贵，唯君；君之所贵，唯心；心之所贵，唯一。得而解之，上[28]宾于天，下番（播）于渊。坐而思之，每（谋？）于千里；起而用之，陈于四海。瑁（闻）之曰：至情而智（知），[15]察智（知）而神，察神而同，【察同】而佥（险），察佥（险）而困，察困而复。氏（是）古（故）陈为新，人死复为人，水复[24]于天，凡百勿（物）不死女（如）月：出恻（则）或（又）内（入），终则或（又）始，至则或（又）反（返）。察此言起于一端。[25]瑁（闻）之曰：一生两，两生佥（参），佥（参）生四，四城（成）结。是古（故）又（有）一，天下亡（无）不又（有）；亡（无）一，天下亦亡（无）一又（有）。亡（无）[21]【目】而智（知）名，亡（无）耳而瑁（闻）圣（声）。卉（艸—草）木得之以生，含（禽）兽得之以鸣，远之矢[13A]天，忻·（近）之矢人，是古（故）[12B]察道，所以攸（修）身而治邦家。瑁（闻）之曰：能察一，则百勿（物）不失；女（如）不能察一，则[22]百勿（物）具失。女（如）欲察一，卬（仰）而视之，俯而癸（揆）之。母（毋）远怵（求），宅（度）于身旨（稽）之。得一【而】[23]图之，女（如）并天下而担之；得一而思之，若并天下而治之。肘（守）一以为天地旨。[17]是古（故）一，咀之又（有）未（味），嗅【之又（有）臭】，鼓之又（有）圣（声），

第二章　考古发现与楚辞体

忻（近）之可见，操之可操，握之则失，败之则[19]高（槁），测（贼）之则灭。察此言起于一耑（端）。聧（闻）之曰：一言而禾（久〈终〉）不穷，一言而又（有）众，[20]{众}一言而万民之利，一言而为天地旨。握之不涅（盈），尃（敷）之亡（无）所容，大[29]之以智（知）天下，少（小）之以治邦。之力古之力乃下上。[30]

从字体、句式、思想内容和竹简形制看，有学者认为简 27 不属于本篇①，当剔除。重编释文在文字释读方面较原释文有许多不同，其中涉及一些比较关键的字的改读与改释，如"聧"字，曹锦炎先生皆读为"问"，而重编释文根据语境或读为"问"，或读为"闻"。这种改读，对分析《凡物流形》的文体有直接影响。再如将"豸（貌）"改释为"一"，这种改释，使简文内容、前后逻辑关系变得更为紧密，与战国时期的哲学思想的联系也更为直接。

第二节　《凡物流形》与《天问》体

曹锦炎先生在谈到上博简楚辞类作品时说：上海博物馆藏战国楚竹书，经过整理，共发现有五篇楚辞类作品，已先后在《上海博物馆藏战国楚竹书》第七、第八册予以全部发表。这五篇作品皆不见于今本《楚辞》，从体裁和句式看，也比今本各篇显得更具原始性。②在《上海博物馆藏战国楚竹书》第七、第八册中，曹先生对这五篇作品作了概要说明。在分析《凡物流形》的文本结构与内容时，曹先生说：

《凡物流形》共分为九章，无章节号。除第一章开篇省略、第四章省写为"问"、第九章省写为"曰"外，其余各章皆以"问之曰"起首。每章均是问句，特别是

---

① 寻墙而豊，并气而言，不失其所然，古（故）曰坚。和佣和气，室圣好也。
② 曹锦炎：《上海博物馆藏战国竹书〈楚辞〉》，《文物》2010 年第 2 期。

前四章，每章几乎全都是以若干问句组成，体裁独特新颖。从简文内容分析，全篇可分为两大部分。前四章为第一部分，主要涉及自然规律；后五章为第二部分，主要涉及人事。如第一章是有关物体形成，阴阳、水火等较为原始抽象的命题。第二章是关于人之生死由来，天地之立终立始，五度、五气、五言以及人鬼等内容。第三、四章主要是天地、日月、水土、风雨、雷电、草木、禽兽等自然现象。第五至九章主要是圣人之能和关于人才之选拔，着重强调"识貌"的积极意义及其重要性，并围绕"貌"这个中心议题展开讨论。全篇有问无答，层次清晰，结构严密，步步深入，中心突出。这种采用问而不答的启迪语气，更加促使人们对真理的不断求索。①

在谈到《凡物流形》与《天问》的关系时，曹先生说：

《凡物流形》是一篇有层次、有结构的长诗，体裁、性质与之最为相似，几乎可以称之为姐妹篇的，当属我国古代伟大诗人屈原的不朽之作——《楚辞·天问》。《天问》也是有问无答，全诗三百七十四句，就内容可分为四章和一个尾声。清代学者王夫之指出："（《天问》）篇内事虽杂举，而自天地山川，次及人事；追述往古，终之以楚先，未尝无次序存焉。"（《楚辞通释》）用王夫之的"自天地山川，次及人事"来概括楚竹书《凡物流形》篇，也是十分妥帖的。虽然《凡物流形》的内容和思想比不上屈原《天问》的"奇气纵横，独步千古"（夏大霖《屈骚心印》），其文采词藻也稍逊一筹，但其"创格奇，设问奇"（同上），与《天问》一样，的确是别具一格。非楚人之浪漫性格，焉能有此诡丽奇谲之作？因此，从文章体裁，与《天问》内容的参照，以及文字的地域特色等，我们将《凡物流形》篇归入楚辞类作品。

曹先生将《凡物流形》篇归入楚辞类作品的一个重要理由是它与《天

---

① 马承源主编：《上海博物馆藏战国楚竹书》（七），上海古籍出版社 2008 年版，第 221 页。

问》形式上的相似性，即全篇自始至终皆采取了"有问无答"的形式。但此说实可商榷。从结构上看，曹先生认为《凡物流形》可分为两部分，前四章为一部分，后五章为一部分，这是为学者所认可的。但在竹简编联上，学者们提出了不同意见。复旦大学出土文献与古文字研究中心研究生读书会《〈上博（七）·凡物流形〉重编释文》认为，第十二简与第十三简二断简虽然相连，但原释文连接方法有误，提出将第 12 简分为"神（电），孰为啻。土奚得而坪（平）。水奚得而清。卉（草）木奚得而生"（12 A）与"天近之矢人，是古（故）"（12B）；第 13 简分为"而智（知）名、亡耳而闻声。卉（草）木得之以生、含（禽）兽得之以鸣。远之矢"（13A）与"含（禽）兽奚得而鸣"（13B）各两部分，而以 12A +13B、13A +12B 顺序相连接。顾史考在已有编联成果基础上，最后将甲本编联为：1+2+3+4+5+6+7+8+9+10+11+12A+13B+14+16+26+18+28+15+24+25+21+13A+12B+22+23+17+19+20+29+30。

此说已得到学者认可。其中"1—11+12A+13B+14 上"大致相当于曹先生说的第一部分，只不过将 13A、12B 移出。调整后的第一部分，由四十三个问句组成，以"奚""孰""何"做疑问词，对天地万物之生成、人类之生死等问题提出一连串的疑问，各章押韵也较为严格。从形式看，这部分与《天问》极为相似。而第二部分，即第 14 简后半以下，乃重点阐述"察一"的概念及作用，以叙述句为主，虽偶有韵文但并不规律。在《凡物流形》篇中，提问题的部分仅是开头的三章，占全篇的 1/3，后面的六章则全是叙述性文字，明显地分为两个部分，它和《天问》都是一问到底的写法不同。

曹锦炎先生将《凡物流形》看作楚辞体，还有一个原因，即"与《天问》内容的参照"。也就是说，曹先生认为这两篇作品在思想内容上是相似的。这两篇作品在内容上确实有其一致的地方，即都是从天地自然的问题问起，其后才涉及人事、社会方面的问题，这是从大的方面表现出来的相似性和可比性。但如果我们进一步深入分析，则会发现它们之间的不同，关于二者之间的差异，汤漳平有过说明：

> 《凡物流形》与《天问》的开头都明显有关天地与自然界万物的起源问题，但《天问》从天地如何形成，天体的构造模型，日月星辰如何运行，大地洪水泛滥及治理，九州的规划与设置，等等。在一百余行诗中，其叙述层次自远而近，自上而下，自无形而有形，自混沌而明晰，显得井然有序。然而《凡物流形》之前三章，一章和二章开头的内容重复，所问的问题跳跃性颇大，到了第三章，突然写出一段"登高从埤，至远从迩。 十围之木，其始生如蘖。 足将至千里，必从寸始。日之有珥，将何听？月之有晕，将何征？ 水之东流，将何盈？"在问过日之远近与其大小炎凉之关系后，又出现"天孰高欤？ 地孰远欤？ 孰为天？ 孰为地？ 孰为雷？ 孰为帝？"等等。 这种思路的跳跃，只能说明作者并未做过认真的构思，倒颇像意识流的创作一样，想到那里就写到那里。①

汤先生认为，虽然两篇作品开头皆是有关天地与自然界万物的起源问题，但《天问》的叙述层次自远而近，自上而下，自无形而有形，自混沌而明晰，显得井然有序；而《凡物流形》则是思路跳跃性很强，说明作者并未做过认真的构思，倒颇像意识流的创作一样，想到哪里就写到哪里。这说明，二者仅仅在形式上有相似性，而在内容上是有很大不同的。因此，从整体上看，《凡物流形》与《天问》体裁不同，将其归入楚辞体并不合适。

将《凡物流形》与《天问》联系起来的还有日本学者浅野裕一。浅野裕一认为：

> 《凡物流形》不是单一的文献，而是本来完全不同的两个文献连接在一起的。第一个文献（暂且命名为《问物》）……第二个文献（暂且命名为《识一》）……

---

① 汤漳平：《〈天问〉与上博简〈凡物流形〉之比较》，《福建论坛》2010年第12期。

第二章 考古发现与楚辞体 ◆◇◆

《问物》与《楚辞·天问》相同，全篇为采取"有问无答"形式的楚赋。《识一》是采取通常的叙述形式的道家系统的思想文献，各段落以"闻之曰"开始。 与上博楚简《从政》相同，采取记言的形式。我认为：由于《问物》的末尾和《识一》的开头都有与草木、禽兽相关的记述；因此，被收入到了同一个册子里；而其册子在反复转抄的过程中，发生了混乱而被连接在了一起。 从而，《凡物流形》不应该当作一个单一的文献来对待，而应将其分成《问物》和《识一》的两篇而进行研究。①

浅野裕一认为，《凡物流形》篇当分为《问物》与《识一》两篇文献。《问物》由以下两个部分组成，即简1"凡物流形"开始到简8中间"先王之智奚备"为止的部分，简9"日之又（有）"开始经简10、简11、简12A、简13B，到简14中间"而屏之"为止的部分。《识一》为除简27外剩下的部分。这两篇文献内容全异，《问物》篇与《楚辞·天问》相同，全篇采取"有问无答"的形式，为楚赋之一种，《识一》是道家系统的思想文献。这两种性质不同的文献，之所以会抄接在一起，是因为《问物》的末尾和《识一》的开头都有与草木、禽兽相关的记述，两篇文献在反复转抄的过程中，发生了混乱而误被连接到了一起。

浅野裕一还认为《问物》篇虽采用了"有问无答"的形式，为楚赋之一种，但与《楚辞·天问》在疑问句的数量、所涉及的话题方面还有很大不同，并由此推论说"有问无答"之文体形式绝非屈原之独创，《楚辞·天问》篇为屈原创作说，自然完全颠覆。②

浅野裕一将《凡物流形》分为《问物》与《识一》两篇，并认为是两种性质不同的文献，这种说法是无根据的。曹峰通过《凡物流形》与《逸周书·周祝解》的对比研究，指出："虽然可以借用浅野裕一先生《问物》和《识一》的框架，但我们认为这两者间不是割裂的关系，也不是像曹锦

---

① 浅野裕一：《凡物流形的结构》，简帛网，http://www.bsm.org.cn/show_article.php?id=981，2009年2月2日。
② 浅野裕一：《上博楚简〈凡物流形〉之整体结构》，复旦大学出土文献与古文字研究中心网，http://www.gwz.fudan.edu.cn/web/show/908，2009年9月15日。

炎先生所认为的那样是并列的关系，而是上下对应的有机的整体。"①这个说法是可信的，因此《凡物流形》还应当作一篇文献来看。

另外，浅野裕一为使《问物》篇都成为疑问句，除采纳复旦大学出土文献与古文字研究中心研究生读书会关于简 12、简 13 的正确处理意见外，还将简 8 下"闻之曰升"及简 9 "'高'至'从寸始'"这部分移出，归入《识一》部分。这种做法是不妥当的。首先，从图版看，简 8、简 9 为完简，无拼接痕迹，不存在误拼的可能；其次，从文意看，简 8、简 9、简 10 连读十分通畅；再次，"有问无答"这种形式并不一定排除叙述句式，如《天问》"纂就前绪，遂成考功""禹之力献功，降省下土四方""闵妃匹合，厥身是继""启代益作后，卒然离蠥"皆为叙述句。因此，既然单独的《问物》篇不存在，则在此基础上所得出的"《问物》为楚赋之一种"结论自然就不可信了。

浅野裕一认为"'有问无答'之文体形式绝非屈原之独创"，这个结论有合理的地方。一种文体的产生，应该是受到多方面的影响，如社会文化环境、已有的文学体裁、作家自身的因素等，《天问》这种文体的产生，据常理推断，也应该受到已有文学样式的影响，诸如《凡物流形》这种几十个疑问句连用的形式。

浅野裕一还认为，《问物》篇的发现，"《天问》篇为屈原创作说，自然完全颠覆"。这个结论混淆了文体与具体作品的关系。且不说目前尚未发现比《天问》早的"有问无答"体作品，即使发现了这样的作品，也不能否定屈原的《天问》创作权，因为屈原完全可以借用"有问无答"这种文体形式创作出《天问》这样内容的作品。

虽说《凡物流形》还不能称为"天问"体，虽说它们之间还有诸多不同，但屈原创作《天问》时曾受类似《凡物流形》篇作品的影响应该是没有问题的。这种影响，我们可从两个方面考虑。第一，形式方面的影响。

---

① 曹峰：《从〈逸周书·周祝解〉看〈凡物流形〉的思想结构》，复旦大学出土文献与古文字研究中心网，http://www.gwz.fudan.edu.cn/web/show/1084，2010 年 2 月 16 日。

第二章 考古发现与楚辞体

《凡物流形》开篇连续提出43个问题,而且都是问而不答,虽然所提问题的数量只是《天问》所提 173 个问题的 1/4,但提问部分已占《凡物流形》整个篇幅的近 1/2 了。《逸周书·周祝解》《庄子·天运》篇与马王堆帛书《十问》篇亦有连续提问的地方,但其所占篇幅比例明显不如《凡物流形》。这种连续提问而不回答的方式对《天问》文体的产生是有一定影响的。另外,在疑问词的使用上,《天问》在提问时使用了"谁""何""孰""焉""安""胡""爰"等疑问词;《凡物流形》使用了"奚""孰""何"三个疑问词。通过对比,我们发现《凡物流形》所用疑问词的个数少于《天问》,这可能是因为二者提问的问题数量不同造成的。同时,《凡物流形》使用次数最多的"奚"字(29 次),《天问》中竟一次未用。而《天问》中使用次数最多的"何"字(126 次),在《凡物流形》中仅使用5 次,使用次数最少。我们推测,这一方面可能与作者的用字习惯有关;另一方面,也许这种文体就要求有一个"主问词",如《天问》中的"何",《凡物流形》中的"奚"。如果我们后一种推测成立的话,也就可以回答在有两个或几个疑问词都可使用的情况下,为什么有的词使用次数会如此之多而有的会如此之少的问题了。同时,我们还可进一步推断,最初因作者用字习惯形成的文本形式上的某一个疑问词的大量使用,进一步发展为连续提问过程中"主问词"的形成。《凡物流形》"奚"字的大量使用对《天问》"何"字的大量使用产生过影响。第二,内容方面的影响。《凡物流形》在内容安排上,前四章为第一部分,主要涉及自然规律,如第一章是有关物体形成、阴阳、水火等较为原始抽象的命题;第二章是关于人之生死由来,天地立终立始、五度、五气、五言以及人鬼等内容;第三、第四章主要是天地、日月、水土、风雨、雷电、草木、禽兽等自然现象;后五章为第二部分,主要涉及人事问题。《天问》在内容安排上,亦是"自天地山川,次及人事"。《凡物流形》在内容上从自然到人事的安排对《天问》提问问题的安排次序应该产生过影响。

总之,《凡物流形》还不是《天问》体,但它对《天问》体的出现产生过一定影响。

第三节 《李颂》《兰赋》《有皇将起》 《鶹鷅》与《橘颂》

《上海博物馆藏战国楚竹书（八）》收有《李颂》《兰赋》《有皇将起》《鶹鷅》四篇简文，曹锦炎先生认为这四篇都是楚辞类作品，并对这四篇简文作了介绍。这四篇简文，在创作上，都采用了托物言志的手法；在句式上，以四言为主，掺杂五言、六言；在句末语气词的使用上，《兰赋》不用语气词，《李颂》偶句后用，《有皇将起》《鶹鷅》句句用；《李颂》单用"可（兮）"，《有皇将起》《鶹鷅》使用双音节"含可（兮）"，《有皇将起》结尾部分连用三音节"也含可（兮）"。

在《上海博物馆藏战国楚竹书〈八〉》正式出版前，曹锦炎先生在《上海博物馆藏战国竹书〈楚辞〉》一文中对这四篇简文已经做了介绍。如介绍《李颂》时说：本篇内容是以李树为歌颂对象，句式主要为四字句，偶有五字句穿插，但隔句末字皆为语气词"可（兮）"，格式显得尤为齐整。综观全文，作品体现了春秋战国时期上层知识分子追求高尚品格的一种"君子"心态，同时作者借此抒发自己独立忠贞而又被视为异类之情感。其与屈原作品及其所反映的思想，有异曲同工之妙。很有可能，屈原正是从这些早期的楚辞作品中，汲取丰富的营养，以他的优异才华，创作出一系列不朽的楚辞作品。介绍《有皇将起》时云：本篇句式主要为四字句、五字句交叉运用，个别地方出现六字句。从体裁形式看，尚未演变为典型的楚辞五字句或六字句格式。全篇于每句句末都使用双音节语气词"含可（兮）"，结尾部分甚至出现三音节语气词"也含可（兮）"。介绍《鶹鷅》时说：本篇楚辞以鶹鷅起兴，句式与《有皇将起》相同，也是为五字句、四字句交叉运用，从体裁形式看，尚未演变为典型的五字句格式，而且于

第二章　考古发现与楚辞体

每句末也都使用双音节语气词"含可（兮）"。①

曹先生主要从思想情感、创作手法、语句对比、修辞之美、句式、语气词等几方面阐述了简文与楚辞的关系。

由于当时简文尚未正式发表，学者无法进行深入研究。简文正式发表后，学者从文字释读、竹简编联等方面对简文进行了讨论。这些讨论文章及观点主要发表在复旦大学出土文献与古文字研究中心网站、简帛网等。经过学者研究讨论，在简文文字考释、文意理解等方面，学界有了更为清晰的认识。如整理者认为《李颂》是以李树为歌颂对象，学者指出此篇歌颂的对象是桐树，此说已为学界所认可。再如"置中"之"置"，学者或释读为"疏"，这样与桐树的特征比较吻合。又如"敬而勿集"的"集"，学者从押韵、用字习惯等角度认为当读为"萃"；《兰赋》"攸（涤）荅（落）而猷不失氏（是）芳"中的"攸荅"据楚辞改读为"摇落"，"氏"改释为"氒"；《有皇将起》"莫不吏（使）攸（修）"中的"吏攸"改释为"变改"；《鹠鹈》中的"膀飞"释读为"翩飞"等等。

除释读文字外，还有文章专门研究简文与《楚辞》之间的关系，如陈民镇的《上博简（八）　楚辞类作品与楚辞学的新认识——兼论出土文献与中国古典文学研究的关系》、钟之顺的《上博简（八）楚辞类作品与屈原赋词类比较研究》、张彩华的《上博简（八）　楚辞类作品草木意象初探——以〈李颂〉、〈兰赋〉为中心》、万德良与陈民镇合写的《上博简〈李颂〉与〈楚辞·橘颂〉比较研究》、陈民镇的《上博简〈兰赋〉与〈楚辞〉所见"未沫（沫）"合证》、张世磊的《上博简类楚辞作品与屈骚比较探析》、蔡靖泉的《上博楚简〈桐颂〉与屈原〈橘颂〉》等。这些文章从不同角度对简文与《楚辞》之间的关系进行了阐述。这些文章讨论的问题基本未超出曹先生文中所涉及的范围。学者除认同曹先生的观点并有所补充外，也有人指出了简文与《楚辞》的不同之处，如张世磊认为简文与屈骚相比，

---

① 曹锦炎：《上海博物馆藏战国竹书〈楚辞〉》，《文物》2010年第2期。

还是存在着较大差异的，如：

> 从句式来看，上博简五篇文献（引者按，其中包括《凡物流形》）皆以四言为主，如《李颂》、《兰赋》为四言，《有皇将起》和《鹠鹅》虽伴有五言，但仍以四言为主，《凡物流形》主体也为四言。而屈骚中除《橘颂》、《天问》以四言为主外，《离骚》以六言为主，间或有七言，《九章》诸篇以六言为主，《九歌》中《东皇太一》、《云中君》、《湘君》、《河伯》诸篇以五言为主，《山鬼》、《国殇》则主要为六言，而且较之上博简五篇，屈骚的句式要更整齐、稳定。①

张世磊认为简文与楚辞体在句式上存在较大差异，其表现是简文以四言为主，偶伴有五言；而屈骚除有以四言为主的《橘颂》《天问》外，还有以六言为主的《离骚》《九章》《山鬼》《国殇》，以五言为主的《东皇太一》等。张世磊的这种分析并不可信。《楚辞》篇目不同，句式亦有所不同，这正表明楚辞体在句式上并不是单一的，而是灵活多变的。《橘颂》以四言为主，上博简四篇简文亦以四言为主，这就是它们在句式上的相似性。将以四言为主的《李颂》等四篇简文与以六言、五言为主的《离骚》《东皇太一》在句式上进行比较是毫无意义的。

传世《楚辞》作品的数量远远多于出土材料所见，因此想对二者做比较全面细致的对比分析，目前条件还不成熟。就目前掌握的出土材料，同时参照学者的研究成果，我们对这四篇简文与《楚辞》的关系，做如下概括：（1）《李颂》等四篇简文可与《橘颂》对比，它们之间有相似之处亦有不同之处，将简文与其他《楚辞》作品进行比较，意义不大；（2）简文托物言志的艺术表现手法对《橘颂》的创作应该产生过一定影响；（3）简文以四言为主的句式为《橘颂》所吸收借鉴；（4）《橘颂》沿袭了简

---

① 张世磊：《上博简类楚辞作品与屈骚比较探析》，《船山学刊》2014年第2期。

文中普遍使用的语气词"可（兮）"；（5）简文的句式不如《橘颂》整齐；（6）《橘颂》语气词的使用呈现出很强的规律性，即偶句后单用；简文在语气词使用的数量及位置上，呈现出一定的随意性。前四点表明《橘颂》对简文的继承，后两点体现了《橘颂》对简文的改进与创新。

第三章　考古发现与《楚辞》异文考辨

《楚辞》异文是在漫长的流传过程中不断形成的。每个时代的文字形体、用字习惯都可能对《楚辞》文本产生影响。利用考古发现材料研究《楚辞》异文，具有重要的意义，它不但可以为已有成果提供更多例证（也可能是反证），也可以使我们对异文类型有更为清楚的认识，并可根据文字出现的时代，大致推断《楚辞》的古本面貌。

第一节　考古发现与《离骚》异文考辨

001. 皇览揆余初度兮

览，洪兴祖、朱熹皆引一本作鉴。唐《文选集注》《文选》尤本、六臣本作览，《文选》陈本作鉴。王逸注："览，睹也。"王逸所见本作"览"。梁章钜《文选旁证》云："潘安仁《西征赋》'皇鉴揆余之忠诚'，沈休文《和谢宣城诗》'揆余发皇鉴'，注引《楚辞》，知古本应作鉴也。"陈直亦曰："洪《补注》'览一作鉴'，是也。《文选》卷十潘岳《西征赋》云：'皇鉴揆余之忠诚，俄命余以末班。'李善注引'《楚辞》曰皇鉴揆余于初度'。是潘岳、李善所见之一本，与洪兴祖均相同。"[①]朱季海说："王注《屈赋》，'览'有二义：其一训'望'，《九歌·云中君》：'览冀州兮

[①] 梁章钜、陈直之说参崔富章主编《楚辞集校集释》，湖北教育出版社2003年版，第62页。

第三章　考古发现与《楚辞》异文考辨

有余'是也，此自常语；其一训'观'，与'察'训'视'者，义实相近。盖楚之代语，览亦察也，故《离骚》又言览察矣。《老子》语楚，其云'涤除玄览，能无疵乎？'正与《离骚》相应。明乎是，则知'览揆'、'览余'，一本作'鉴'者，后人不谙楚故，遂循时俗，改旧文耳。"①

今按：当作"鉴"。"鉴""览"古皆有"观察"之义。唐慧琳《一切经音义》卷三九："杜注《左传》云：'鉴'炤察也。"《龙龛手鉴·金部》："鉴，察也。"《说文·见部》："览，观也。"因此，据文意，作"鉴"或"览"，似皆可。然据文字产生及发展情况看，作"鉴"更为可信。《说文·金部》："鉴，大盆也。一曰监诸，可以取明水于月，从金，监声。"古盛水之鉴，铜器铭文或作"鉴"，或作"监"。春秋晚期智君子鉴："智君子之弄鉴。"又吴王夫差鉴："攻吴王夫差择氒吉金，自乍御监。"吴王光鉴："隹（唯）王五月，既字白期，吉日初庚，吴王光择其吉金，幺（玄）銧（铽）白銧（铽），台（以）乍（作）吊（叔）姬寺吁宗彝荐鉴。"据器形，鉴、监所指为一物。又，《周礼·天官·凌人》："春始治鉴。"陆德明《经典释文》："鉴，本或作监。"

《说文·卧部》："监，临下也。从卧，衉省声。"《说文》据讹形说解，不足信。林义光《文源》："监即鉴之本字，上世未制铜时，以水为鉴。"②唐兰《殷墟文字记》："监字本象一人立于盆侧，有自监其容之意。"③郭沫若《两周金文辞大系考释》说，临水正容为监，盛水正容之器亦为监。《六书故·工事四》："监，盆类。"据"监"之字形及学者之研究，监，用为动词，为监临、监视之义；用为名词，为监临、监视之容器，即后来之鉴。鉴始见于上引春秋晚期青铜器，从文字发展演变过程看，鉴当为监之后起形声字。从目前所见出土材料看，览字后出，见于汉印。④

---

① 朱季海：《楚辞解故》，上海古籍出版社1963年版，第14页。
② 林义光：《文源》，中西书局2012年版，第214页。
③ 唐兰：《殷墟文字记》，中华书局1981年版，第76—77页。
④ "览"字字形及时代参汉语大字典字形组编《秦汉魏晋篆隶字形表》，四川辞书出版社1985年版，第618页。

由此，我们推断，在"览""鉴"二字中，《离骚》原本作"鉴"的可能性更大。

朱季海认为当作"览"，其证据主要是与《楚辞》同为楚文献的《老子》中有"览"字。但其证据并不可靠。传世本《老子》"涤除玄览"之"览"，马王堆帛书《老子》甲本《道经》作"蓝"，乙本作"监"。关于此处异文，高亨、池曦朝在《试谈马王堆汉墓中的帛书〈老子〉》一文中指出："'览'字当读为'鉴'，'鉴'与'鑑'同，即镜子……'监'字即古'鉴'字……古人用盆装上水，当做镜子，以照面孔，称它为监，所以'监'字象人张目以临水盆之上……后人不懂'监'字本义，改作'览'字。"①"涤除玄览"亦见于北京大学收藏的西汉中期简本《老子》第五十三章，作"脩（涤）除玄鉴"。②由出土汉代简帛文献用字情况看，《老子》古本作"蓝""监""鉴"，不作"览"，传世本作"览"，非古本原貌。因此，朱季海以《老子》作"览"为楚语而认为《离骚》亦当作"览"的说法并不可信。

002. 肇锡余以嘉名

锡，王逸注曰"赐也"。

今按：《说文·贝部》："赐，予也。从贝易声。"《说文·金部》："锡，铅银之间也。从金易声。"二字本义有别。据《说文》，"赐予"义当以"赐"为本字，但传世文献多借"锡"字为之，如《易·师》："王三锡命。"《书·禹贡》："锡土姓。"《诗·大雅·韩奕》："王锡韩侯。"古文字材料中表"赐予"义时多借"易""睗""锡""惕""汤"等表示。如：

1. 乙卯卜，亘贞：勿易牛。（《合集》9465）

---

① 高亨、池曦朝：《试谈马王堆汉墓中的帛书〈老子〉》，《文物》1974年第11期。
② 北京大学出土文献研究所编：《北京大学藏西汉竹书》（贰），上海古籍出版社2012年版，第148页。

2. 王易兮甲马四匹。（兮甲盘《集成》16.10174）

3. 王睗乘马，是用左（佐）王。睗用弓，彤矢其央。睗用戊（钺），用政（征）蛮方。（虢季子白盘《集成》16.10173）

4. □白（伯）令□史事□□白（伯），锡赏。（生史簋《集成》07.4100）

5. 禺（遇）邗王于黄池，为赵孟疥（介），邗工之惕金，以为祠器。（赵孟疥壶《集成》15.9678）

6. 王三湯命。（马王堆《六十四卦·师》九二）

"易"借为"赐"，在甲骨文、金文中很常见。《说文·目部》："睗，目疾视也。"以《说文》所列本义解释铭文，很难讲通。故王国维认为：睗，古文以为赐字。杨树达曰："《说文》睗训目疾视，赐训予，义训不同，非一字也。金文以睗为赐者，声类同通假耳。又经传多以锡为赐者，亦通假也。"①容庚《金文编》卷四"睗"字条下曰："睗，与赐锡为一字。"②我们认为杨说较为可信。虽然金文中"睗"不用为本义，但文献中有用为本义的例子。如《文选·左思〈吴都赋〉》："忘其所以睒睗，失其所以去就。"李善注："睗，疾视也。"《古文苑·庾信〈枯树赋〉》："木魅睗睒。"章樵注："疾视貌。"韩愈《永贞行》："狐鸣枭噪争署置，睗睒跳踉相妩媚。"锡赏即赐赏，"锡"借为"赐"。"惕"，当也是假借为"赐"。"湯"，字书未见，但字从易得声，金文中亦多见"锡（赐）命"一语，故亦当为"赐"的通假字。

战国时期始有"赐"字，如中山王嚳鼎："寡人庸其德，嘉其力，氏（是）以赐之乎命：隹（虽）有死辠，及参（三）世亡（无）不若（赦）。"上博（二）《容成氏》简33："亓生赐养也，亓死赐葬。"上博（三）《周易》简5："上九：或赐鞶带。"简7："九二：在师中吉，亡咎，王三赐

---

① 王国维、杨树达的说法参刘志基等编《古文字考释提要总览》第二册，上海人民出版社2010年版，第130页。

② 容庚：《金文编》，中华书局1985年版，第235页。

命。"清华（玖）《治政之道》简 7："非为臣赐。"从文字演变过程看，战国时期已有"赐"字，则《离骚》中的"锡"字应为"赐"之通假字。

003. 杂申椒与菌桂兮

菌，洪兴祖《补注》："菌一作箘，其字从竹。"朱熹《集注》："菌，渠陨反，或从竹。"戴震《屈原赋注》本作"箘"，解释说："箘桂，以其似箘竹，故名。讹作菌，非。"①

今按："菌""箘"皆从"囷"声，故"箘""菌"可通。《韩非子·十过》："其坚则虽菌干之劲弗能过也。"《战国策·赵策一》"菌"作"箘"。又因隶书"竹"旁"艸"旁多讹混，如武威汉简《泰射》甲本简 2 "竿"字从"艸"，而据文意该字当释为"竿"。②故"箘"也可能为"菌"之形讹。马王堆汉墓帛书《养生方》第 124 行中"菌桂"之"菌"正作"菌"，第 112 行有原释作"芍"的字，原注以为"芍桂"即"菌桂"。③周波根据第 124 行"菌"字写法，指出该字显然应释为"菌"。④从出土文献用字情况看，"菌桂"之"菌"当作"菌"。

004. 众皆竞进以贪婪兮

婪，刘师培指出慧琳《一切经音义》四十二、四十八并引作惏。

今按："婪""惏"义近。《说文·女部》："婪，贪也。"《说文·心部》："惏，河内之北谓贪曰惏。"段玉裁注："内字衍，小徐本作'河之北'，即河内也。惏与女部婪字通。"《左传·昭公二十八年》："贪惏无餍，忿纇无期，谓之封豕。"陆德明《释文》引《方言》云："楚人谓贪为惏。"《大戴礼记·保傅》："饱而强，饥而惏。"王聘珍解诂：

---

① 戴震：《屈原赋注》，中华书局 1999 年版，第 102 页。
② 甘肃省博物馆、中国科学院考古研究所编：《武威汉简》，中华书局 2005 年版，第 183 页注二。
③ 裘锡圭主编，湖南省博物馆、复旦大学出土文献与古文字研究中心编纂：《长沙马王堆汉墓简帛集成》（陆），中华书局 2014 年版，第 52 页。
④ 周波：《马王堆简帛〈养生方〉〈杂禁方〉校读》，《文史》2012 年第 2 辑，第 94 页。

"惏,贪也。"据《说文》《方言》,婪、惏似为通语与方言之别。"惏"已见于战国楚文字,如清华(叁)《芮良夫毖》简4:"母(毋)惏愈(贪)"。愈,从心酓声,而"酓"从酉今声;"愈"可以读作"贪",也有可能就是"贪"的异体字。① "惏贪"即贪惏也。据王逸注"爱财曰贪,爱食曰婪",知干本作"婪"。

005. 何桀纣之猖披兮

披,洪兴祖引一本作被。《九歌·大司命》"灵衣兮被被"、《九章·哀郢》"妒被离而鄣之"、《九叹》"妒被离而折之",上引各句中的"被",洪兴祖皆引一本作披。又,《九辩》"被荷裯之晏晏兮",被,洪兴祖引《艺文类聚》作披。又,《九辩》:"奄离披此梧楸。"披,洪兴祖引一本作被。

今按:《说文·衣部》:"被,寝衣,长一身有半,从衣皮声。""被",本义为被子,后引申出覆盖、承受等义,再由"承受"义虚化为表被动意义的"被"。《说文·手部》:"披,从旁持曰披,从手皮声。"《释名·释丧制》:"两旁引之曰披,披,摆也。各于一旁引摆之,备倾倚也。"据此可知,"披"本义为古代丧具,即用在柩车两旁牵挽的帛,以防倾倚。后引申出分开、裂开、散开、分散等义。"被""披"本义、引申义各不相同,然二字皆从"皮"得声,故古可通用。《史记·建元以来王子侯者年表》:"披阳。"《汉书·地理志》作"被阳"。《汉书·扬雄传》:"亡春风之被离。"颜师古注:"被读曰披。"《老子》七十章:"圣人被褐怀玉。"范应元《道德经古本集注》"被"作"披"。杜虎符:"凡兴士被甲用兵,五十人以上,必会君符乃敢行之。"新郪虎符:"凡兴士被甲……"张家山汉简《引书》:"蚤(早)起,弃水之后,用水澡漱,疏齿,被发,步足堂下。"上引三例中的"被"皆读为"披"。

---

① 清华大学出土文献研究与保护中心编,李学勤主编:《清华大学藏战国竹简》(叁),中西书局2012年版,第149页。

006. 各兴心而嫉妒

妒，洪兴祖《补注》本、毛晋汲古阁本作妒，唐《文选集注》本、《文选》陈本、尤本、朱熹《集注》本、黄省曾、朱多煃、庄允益本作妬。

今按：《说文·女部》："妒，妇妒夫也。从女户声。"后世治《说文》者，多从许慎之说，唯段玉裁《说文解字注》以"妬"代"妒"，曰："妬，妇妬夫也。从女石声。各本作户声，篆亦作妒，今正。此如柘、橐、蠹等字皆以石为声，户非声也。"黄灵庚受段注影响，认为："妒，从女、户，会意，非户声。户有闭止义。《释名·释宫室》：'户，护也。所以谨护闭塞也。'《小尔雅·广诂》：'户，止也。'掩蔽美色谓之妒。"①

"妒""妬"当为异体。妬，从女石声，古为端母铎部，石，古为禅母铎部。妒，从女户声，古为端母鱼部，户，古为匣母鱼部，户为妒之声旁当无疑义。即使如黄灵庚所说，承认"户"亦表意，仍不能否认"户"为声旁之作用。故"妒""妬"可看作因声旁不同而形成的异体字。

黄灵庚认为"妬"始见《马王堆汉墓帛书·十六经·称》。②而实际上，云梦睡虎地秦简《日书》乙96中已有"妬"字。③清华（陆）《郑武夫人规孺子》简7亦有"妬"字。④从文字的出现时代及使用情况看，《离骚》原本作"妬"的可能性极大。

007. 长太息以掩涕兮

太，唐《文选集注》本作大。

今按："太"，由"大"字分化而来，二字为古今字关系。传世文献之"太"字，出土先秦、秦、汉文献多作"大"。白于蓝在《战国秦汉简

---

① 黄灵庚：《楚辞章句疏证》，中华书局2007年版，第152页。
② 黄灵庚：《楚辞集校》，上海古籍出版社2009年版，第56页。
③ 王辉主编：《秦文字编》，中华书局2015年版，第1782页。
④ 清华大学出土文献研究与保护中心编，李学勤主编：《清华大学藏战国竹简》（陆），中西书局2016年版。

帛古书通假字汇纂》中搜集例证甚多。①如随县竹简一四九有"大官"一词，《汉书·百官公卿表》少府属官有"太医""太官"，简文之"大官"当读为"太官"。郭店简《大一生水》之"大一"，《庄子·天下》作"太一"。"太子"之"太"，上博简《昔者君老》、北大汉简《周驯（训）》皆作"大"。"太学"之"太"，郭店简《唐虞之道》作"大"。"太宰"之"太"，上博简《柬大王泊旱》《二年律令·秩律》作"大"。"太史""太卜""太祝"之"太"，《二年律令·史律》作"大"。"太仆"之"太"，《秦谳书》作"大"。"太公望"之"太"，上博简《柬大王泊旱》、《武王践阼》（乙）、银雀山汉简《六守》《守国》《发启》《三疑》《武韬》《葆启》皆作"大"。银雀山汉简《听有五患》"昔者周武王举大公望"、马王堆帛书《战国纵横家书·虞卿谓春申君》章"大公望封齐"，"大公望"即"太公望"。《战国纵横家书·触龙见赵太后》章"赵大后规（亲）用事，秦急攻之，求救于齐，齐曰：'必以大后少子长安君来质，兵乃出。'大后不肯。""大后"，《战国策·赵策四》及《史记·赵世家》皆作"太后"。马王堆帛书《春秋事语·卫献公出亡》章"大叔仪"，《左传·襄公二十七年》作"太叔仪"。又，《春秋事语·吴人会诸侯》章"子赣（贡）见大宁〈宰〉喜"之"大宰"，《左传·哀公十二年》作"太宰"。郭店简，马王堆帛书甲、乙本，北大汉简本《老子》"大上，下知有之""往而不害，安平大"句中的"大"传世本皆作"太"。北大汉简《赵正书》："病笃，喟然流涕长大息"，"长大息"即"长太息"。银雀山汉简《晏子·外篇第八》："公组（作）色大息，藩（播）弓矢"，"大息"，即"太息"。从出土文献反映出来的实际用字情况看，《离骚》古本当作"大息"，唐《文选集注》存古本之旧。

008. 固乱流其鲜终兮

固，洪兴祖引一本误作国。鲜，洪兴祖、朱熹、钱杲之皆引一本作尠。姜

---

① 白于蓝：《战国秦汉简帛古书通假字汇纂》，福建人民出版社2012年版，第503—506页。

亮夫《屈原赋校注》说："王逸训鲜少也，则尠乃本字，鲜则借字也。然经典多借鲜为尠，王逸仍作鲜，尠则后人据本字改也。"

今按："固""国"形近，容易致误。如北大汉简《老子》第54—55简："夫天多忌讳而民弥贫，民多利器而固家兹（滋）昏。""固"，郭店本、帛书甲本作"邦"，乙本此处缺，王弼本、河上公本、严遵本、傅奕本皆作"国"，①据文意，作"国"是也。"固"，当为误字。

"鲜"，本为一种鱼的名称。《说文·鱼部》："鲜，鱼名，出貉国。"《说文》无"尠"字。段玉裁以"尠"为"尟"字的俗体。《说文·是部》："尟，是少也。"段玉裁注："《易·系辞》：'故君子之道鲜矣。'郑本作尟，云：'少也'。又'尟不及也。'本亦作鲜。又，《释诂》：'鲜善也。'本或作尟。尠者，尟之俗。"根据《说文》及段注，在表示"少"这个意义时，"尟"和"尠"是本字，"鲜"是假借字。但传世典籍多借"鲜"表示"少"的意思，如《诗·大雅·荡》："靡不有初，鲜克有终。"郑玄笺："鲜，寡。"出土文字材料也是用鲜表示"少"的意思，如：

1. 上旬（苟）昌之，则民鲜不从矣。（郭店《成之闻之》简9）
2. 屯可与忱，而鲜可与惟。[清华（叁）《芮良夫毖》简26]
3. 亦鲜克以诲。[清华（伍）《厚父》简11]
4. 女子鲜子者产。（马王堆《胎产书》）
5. 万乘主□□希不自此始，鲜能冬（终）之，非心之恒也，穷而反（返）矣。（马王堆《十六经·本伐》）

上引句中的"鲜"即"少"的意思。出土的秦汉之前的文字材料里尚未见到"尟""尠"字。据《秦汉魏晋篆隶字形表》第103页所收字形看，"尠"字始见于魏晋时代。因此我们认为《离骚》古本当作"鲜"。

---

① 北京大学出土文献研究所编：《北京大学藏西汉竹书》（贰），上海古籍出版社2012年版，第181页。

009. 循绳墨而不颇

循，洪兴祖、朱熹皆引一本作脩。

今按：根据文意，当作"循"，"脩"为形近讹字。汉代隶书"脩"可以写作从"亻"：脩（《老子》甲后四二四、《字形表》第 272 页），也可以写作从"彳"：脩（《老子》甲一〇八、《字形表》第 272 页）。而从"彳"的"脩"则和"循"字形极为接近，如"脩"可写作：脩（礼器碑、《字形表》第 272 页），"循"可写作：循（石门颂、《字形表》第 122 页）。二字的字形正如洪适所说"只争一画"。《居延汉简》里面从"彳"的"脩"字有的学者就误释为"循"。这说明二字的形体确实很接近。由于形体接近，以致古书中二字常讹混，如裘锡圭先生根据汉简材料，指出《后汉书》《晋书》的"循行"，是"脩行"的误文。①《新书·谕诚》记载了汤网开三面的故事，其中有"今之人脩绪"一句，句中"脩"字卢文弨校本作"循"。过去注解《新书》的学者多以"脩"字为正，刘娇根据同样记载了这个故事的河北定县八角廊汉简《儒家者言》第七章及马王堆汉墓帛书《缪和》第十九段的异文材料，认为《新书》当以"循"字为正。②古书中还有一些"循""脩"互讹的例子，参看上引刘娇文。另，《离骚》"余独好脩以为常"一句中的"脩"，洪兴祖引一本作"循"。根据王逸注："我独好脩正直以为常行也"，知本当作"脩"，"循"为形近讹字。

010. 日忽忽其将暮

暮，《楚辞音》残卷、毛晋本作莫。

今按："莫"为"暮"之本字。《说文·茻部》："莫，日且冥也。从日在茻中。"秦汉以前用"莫"表示"日暮"之义，如：

---

① 裘锡圭：《考古发现的秦汉文字资料对于校读古籍的重要性》，《中国出土古文献十讲》，复旦大学出版社 2004 年版，第 122—124 页。
② 刘娇：《是"循绪"还是"脩绪"》，中国古文字学会、复旦大学出土文献与古文字研究中心编：《古文字研究》第 29 辑，中华书局 2012 年版，第 783—785 页。

1. 夙莫不貣（忒）。（越王者旨于赐钟《集成》01·144）

2. 行传书、受书，必书其起及到日月夙莫，以辄相报殹（也）。（睡虎地《秦律十八种·行书》）

3. 虽旦莫饮之，可殹。（马王堆《养生方》）

4. 蚤（早）卧蚤（早）起，莫卧莫起。（马王堆《十问》）

5. 道远日莫。（张家山汉简《算数》简33）

6. 此朝开莫闭之时也。（银雀山汉简《阴阳时令、占候·禁》）

7. 莫春者，冠服既成。（定州汉简《论语》简305）

8. 莫屯（纯）乃室中，乃父。[清华（肆）《筮法》简43]

9. 辰雨，毋蚤（早）莫，皆少，巳霁。[北大（伍）《雨书》简41]

上引各例，或"夙莫"连用，或"旦莫""早莫""日莫""朝莫"连用，故"莫"当用为本义。例7中的"莫"亦见于平壤出土西汉简本、伯2584、唐石经《论语》。①例8中的"莫"整理者读为"暮"。②又，上博（三）《周易》简38："莫誉有戎"，帛书本《周易》作"蓩夜有戎"，今本作"莫夜有戎"。"誉"，整理者读作"夜"。"蓩"从莫从夕，当是一个从夕莫声的形声字，可看作"暮"的异体字。"莫夜"连用，又帛书本作"蓩"，因此简本及今本的"莫"很显然用作本义。"暮"字后起，见于武昌莲溪寺所出永安五年（262）彭卢买地券，但还不用作"日暮"义。③因此根据出土文献的实际用字情况看，《离骚》原本当作"莫"，《楚辞音》残卷、毛晋汲古阁本存古本之旧。、

011. 保厥美以骄傲兮

傲，洪兴祖引一本作敖，朱熹引一本作慠。王逸注"倨简曰骄，侮慢

---

① 单承彬：《平壤出土西汉〈论语〉竹简校勘记》，《文献》2014年第4期。
② 清华大学出土文献研究与保护中心编，李学勤主编：《清华大学藏战国竹简》（肆），中西书局2013年版，第115页。
③ 鲁西奇：《六朝买地券丛考》，《文史》2006年第2辑，第127页。

曰傲。"

今按：《说文·放部》："敖，出游也。从出从放。"段玉裁注："从放，取放浪之意。"据《说文》，敖为"遨游"之"遨"的本字。朱骏声《说文通训定声》："敖，俗字作遨。"《说文·人部》："傲，倨也。""傲"为"骄傲"之"傲"的本字。《说文·马部》："骜，骏马。从马，敖声。"《玉篇·马部》："鷔，骏马。""骜""鷔"当为异体字。"敖""傲""骜"三字虽义各有别，但皆以"敖"为声，故可通用。《书·舜典》："简而无傲。"《汉书·礼乐志》引"傲"作"敖"。《诗·小雅·桑扈》："彼交匪敖。"《左传·成公十四年》《汉书·五行志》并引"傲"作"敖"。《史记·魏其武安侯列传》："诸客稍稍自引而怠傲。"《汉书·窦婴田蚡灌夫传》"傲"作"骜"。出土文献中也有三字相通的例子。睡虎地秦简《为吏之道》："一曰见民倨敖（傲）。"①马王堆帛书《十六经·雌雄节》："宪（悍）敖（傲）骄居（倨），是胃（谓）雄节。"张家山汉简《盖庐》："公耳之孙，与耳□门，暴敖（骜）不邻者，攻之。"银雀山汉简《晏子·内篇问上》第十七："在上不犯下，任治不骜（傲）穷。"据王逸注及智骞《楚辞音》"傲，五耗反"，王逸及智骞所见本作"傲"。

012. 芬至今犹未沫

芬，洪兴祖引一本作芬芬。

今按：上句作"芳菲菲而难亏兮"，"芬""芳"互文，故此处当作"芬"。就目前所见出土文献看，当同一字上下相连时，后一字多不重写，而是以"="等重文符号代替。古籍在传抄过程中，有误衍重文符号之例，如：

1. 中（仲）弓曰："若夫老=（老老）慈=幼，既昏（闻）命矣。"［上博（三）

---

① 武汉大学简帛研究中心、湖北省博物馆、湖北省文物考古研究所编，陈伟主编：《秦汉简牍合集》（壹），武汉大学出版社2014年版，第327页。

《中弓》简8]

"老"和"慈"下皆有重文符号。而简7作：

老=（老老）慈幼，先又（有）司，举贤才，赦过与罪。

前一个"老"和"慈"是意动用法，后一个"老"和"幼"是宾语。根据文意，再对照简7，可知例1"慈"下的重文符号当是误衍，可能是涉"老"下的重文符号而衍。

2. 复众之所=过。（郭店《老子》甲简12）

帛书本、北大汉简本、传世本《老子》作"复众人之所过"，①郭店本"所"下重文符号当衍。

3. 赛=侯亦取（娶）妻于陈。[清华（贰）《系年》简23]

"赛"下重文符号衍。②

4. 而阴脩甲兵=饬斗士。[北大（叁）《赵正书》简31]

与此相关语句亦见于《史记·李斯列传》，作"阴脩甲兵，饬政教"。据文意，简文"兵"下重文符号衍。

出土文献及传世古籍中误衍重文符号的例子甚多，可参看蔡伟的相关

---

① 相关对比情况可参看北京大学出土文献研究所编《北京大学藏西汉竹书》（贰），上海古籍出版社2012年版，第184—185页。
② 清华大学出土文献研究与保护中心编，李学勤主编：《清华大学藏战国竹简》（贰），中西书局2011年版，第148页。

研究成果。①《离骚》在传抄过程中，可能受上文"菲"下的重文符号影响而在"芬"下误加重文符号，后来在将重文符号改回文字时，又转写成"芬芬"。

013. 腾众车使径待

待，洪兴祖引一本作侍，朱熹引一本作持。汪瑗《楚辞集解》校曰："待，一作持，非是。"林云铭《楚辞灯》作"持"，校曰："旧本'持'误'待'字。"陆侃如说："王逸注云：'使从邪径以相待也'，则古本当作'待'。此盖浅人不知古音，妄改之以便与'期'相叶也。"②姜亮夫《屈原赋校注》、金开诚等《屈原集校注》认为当作"侍"。

今按："待""侍""持"三字皆从"寺"声，古可通用。《仪礼·士婚礼》："媵侍于户外。"郑注："今文侍作待。"《战国策·魏策四》："欲王之东长之待之也。"姚曰："待，曾作侍。"《仪礼·公食大夫礼》："左人待载。"郑注："古文待为持。"此为传世文献中待、侍、持相通的例子，出土古文字材料中亦有相通的例子。睡虎地秦简《封诊式》："即以甲封付某等，与里人更守之，侍令。"侍，整理者读为待。③马王堆汉墓帛书《战国纵横家书·谓起贾》章："天下齐（挤）齐不侍（待）夏。"《老子》甲本卷后佚书《明君》："有积也，有侍（待）也。"帛书《老子》乙本卷前古佚书《十六经·观》："圣人正以侍（待）天，静以须人。"又，马王堆《天下至道谈》："微出微入，侍盈是常。"原释文作者读为"待"，周一谋、萧佐桃认为"侍盈，可理解为持盈"。④银雀山汉简（壹）之《孙子兵法·虚实》简 53："先处战地而侍（待）战者佚。"银雀山汉

---

① 蔡伟：《误字、衍文与用字习惯——出土简帛古书与传世古书校勘的几个专题研究》，台湾花木兰文化事业有限公司 2019 年版。
② 陆侃如说参崔富章主编《楚辞集校集释》，湖北教育出版社 2003 年版，第 674 页。
③ 武汉大学简帛研究中心、湖北省博物馆、湖北省文物考古研究所编，陈伟主编：《秦简牍合集》（壹），武汉大学出版社 2014 年版，第 291 页。
④ 裘锡圭主编，湖南省博物馆、复旦大学出土文献与古文字研究中心编纂：《长沙马王堆汉墓简帛集成》（陆），中华书局 2014 年版，第 165 页注释五。

简（贰）之十五《善者》简 1162："我饱食而侍（待）其饥也，安处以侍（待）其劳也，正敬以侍（待）其动也。"北大汉简（叁）《周驯（训）》简 115："处三年，晋灵公欲杀宣孟，伏士于房中以侍（待）。"简 155："成王既弗信也，而积其志以侍（待）周公。"张家山汉简《盖庐》："适（敌）人侍（待）我以戒，吾侍（待）之以台（怠）。"北大汉简本《老子》简 129："万物作而弗始，为而弗侍，成功而弗居。""侍"，整理者根据简 39 "为而弗持" 认为当读为"持"。①武威汉简《燕礼》："胜（媵）爵者执觯持于洗南。""持"，今本作"待"。②

既知"待""持"古通用，则陆侃如"此盖浅人不知古音，妄改之以便与'期'相叶也"的说法就不足为据了。《远游》有"左雨师使径侍兮，右雷公以为卫"，"侍""卫"相对，且"径侍"连言，这是学者认为当作"侍"的主要原因。然王逸注："言昆仑之路，险阻艰难，非人所能由，故令众车先过，使从邪径以相待也。"则王逸所见本作"待"。据文意，作"侍"为长。

第二节　考古发现与《天问》异文考辨

014. 圜则九重

圜，《后汉书·崔骃传》注引作圆。

今按："圜"，从"睘"得声，古为匣母元部，"圆"，从"员"得声，古为匣母文部。声同为匣母，韵元文旁转，从"睘"得声之字与从"员"得声之字古可通用。《易·系辞上》："蓍之德圆而神。"《仪礼·少牢馈食礼》郑注引"圆"作"圜"。《周礼·春官·大司乐》："冬日至，于地上

---

① 北京大学出土文献研究所编：《北京大学藏西汉竹书》（贰），上海古籍出版社 2012 年版，第 145 页。

② 甘肃省博物馆、中国社会科学院考古研究所编：《武威汉简》，中华书局 2005 年版，第 178 页注十八。

之圜丘奏之。"《通典·礼二》《初学记·礼部》并引"圜"作"圆"。《礼记·经解》："规矩之于方圜也。"《初学记·礼部上》引"圜"作"圆"。《礼记·经解》："不可欺以方圜。"《荀子·礼论》"圜"作"圆"。张家山汉简《盖庐》简 9："天地为方圜。""圜",通"圆"。清华（叁）《说命上》简 7："亓（其）隹（惟）敚（说）邑,才（在）北海之州,是隹（惟）员土。""员",读为"圜"。圜土,《周礼·大司寇》注："狱城也。"《墨子·尚贤下》："昔者傅说居北海之洲,圜土之上。"

015. 伯禹愎鲧

愎,洪兴祖引一本作腹。朱熹《集注》本作腹,引一本作愎。

王逸注曰："禹,鲧子也。言鲧愚很,愎而生禹,禹小见其所为,何以能变化而有圣德也？"洪兴祖《补注》曰："愎,戾也。《诗》云：'出入腹我。'腹,怀抱也。"洪本作"愎",但亦释"腹"字,态度犹疑。王夫之《楚辞通释》曰："鲧之愎,禹之圣,父子一气,而变化殊,天性异耶？抑所谋之顺逆异耶？"林庚《〈天问〉论笺》云："愎,音必,刚愎、婞直。《离骚》：'鲧婞直以亡身兮终然殀乎羽之野。'屈原以'愎'和'婞直'称鲧,实亦寓有称道之意。"程嘉哲则认为"愎"有倔强、暴戾等含义,"愎鲧"是对鲧的恶称。

学者亦有从朱本,认为当作"腹"的。如钱澄之《屈诂》云："禹为鲧子,是鲧腹中出也。"林云铭《楚辞灯》说："禹固出于鲧之怀抱也。"闻一多《楚辞校补》认为："'禹''鲧'二字当互易,愎当从一本作腹。《广雅·释诂》一曰：'腹,生也。'腹训生者,字实借为孚。玄应《一切经音义》二引《通俗文》曰：'卵化曰孚,'《玉篇》曰：'孵,卵化也,'《集韵》曰：'孵,化也。'孚孵同,化亦生也。《夏小正》曰：'鸡桴粥,'《乐记》曰：'煦妪覆育万物。'桴粥、覆育并即孚育,犹化育也。覆与腹通。'伯鲧腹禹'者,《海内经》《注》引《归藏·启筮篇》曰：'鲧死三岁不腐,剖之以吴刀,化为黄龙,'《初学记》二二,

《路史·后纪》《注》一二并引作'鲧殛死，三岁不死，副之以吴刀，是用出禹。'据此，则传说似谓鲧为爬虫类，卵化而成禹，此正问其事，故下云：'夫何以变化'也。《海内经》曰：'帝令祝融杀鲧于羽山之郊，鲧复生禹，'复生即腹生，谓鲧化生禹也。《海内经》之'鲧复生禹'，即《天问》之'伯鲧腹禹'矣。"

孙作云《天问新注》亦认为今本"伯禹愎鲧"应作"伯鲧腹禹"，并进而认为这两句话："保存一个古传说，这传说保存一个古制度，这制度即是产翁制，也即母亲生孩子，男人坐蓐子这一奇怪的风俗。在母系氏族社会，人们'知有母而不知有父'——主要由于女子在生产中占有主要地位，所以氏族以女系为主，由女子传承，子女从母而居，这是当时的生产关系所决定的，不得不如此；后来，男子在生产中占有主要地位，畜牧与农业由男子所从事，男子有了私有财产，为了把私有财产传给儿子，氏族乃以男子为主，由男系继承，子女（特别是儿子）从父而居，属于父方氏族。这是亘古未有的大变化，在当时也是天翻地覆的大变化。但是子女确实是母亲生的，不是父亲腹生的，而今要从母方氏族改为父方氏族，这矛盾必须设法解决。'聪明的'古人便想起这个聪明的法子：母亲生孩子、父亲坐蓐子，这样就把儿子过渡到父方氏族来，就是'伯鲧腹禹'传说的由来。"

金开诚《屈原集校注》认为："'伯禹愎鲧'，义不可通，当从一本作'腹'，形近而误作'愎'。'伯禹腹鲧'指伯禹腹于鲧。"黄灵庚《楚辞章句疏证》亦认为"伯禹腹鲧"，即伯禹腹生于鲧也。

学者或认为"愎""腹"皆为误字。刘梦鹏《屈子章句》作"伯禹复鲧"，当是认为"愎"或"腹"为"复"字之形误，而"复，修其业也。《书》曰：'既修太原。'蔡《传》以为因鲧之功而修之者也"。俞樾《读楚辞》认为："作'愎'作'腹'并于文义未安，其字当作夏。《说文·夊部》：'夏，行故道也。'言禹治水亦惟行鲧之故道，何以能变化乎？'夏'字隶变为复，作'愎'作'腹'，均传写误增偏旁耳。"沈祖緜以为俞说允洽。高亨亦认为当作"复"。

第三章　考古发现与《楚辞》异文考辨

刘永济认为"愎""腹"皆"后"之误字。姜亮夫《屈原赋校注》亦认为"愎"字当为"后"字之形讹。这句话的意思是说，禹后于鲧，又何以变化其治水之法也。聂石樵《楚辞新注》亦持此观点。

今按：《天问》原文除作"愎"或"腹"，还有作"复"者，如李庆甲指出《古逸丛书》本、崇文书局木《楚辞集注》作"复"。王逸注中为"愎"，黄本、夫容馆本、湖北本、朱本、冯本、俞本、四库章句本作"腹"。据此，黄灵庚《楚辞章句疏证》认为："《章句》未注'愎'义，则旧作'腹'字。又《章句》'愚狠'云云，因《离骚》'鲧婞直以亡身'说解之，非释'愎'义。后或据《章句》改'腹'作'愎'尔。"黄说当可信。另亦可从以下两点得到证明：第一，王逸注中的"生"字当是解释"腹"的；第二，现在能见到的出土古文字材料及《说文》皆未见"愎"字。

刘永济、姜亮夫等认为"愎""腹"皆"后"之误字，然刘氏所举字形及与"后"字讹混之字皆为"复"字，与"愎""腹"无关。"愎""腹"为"后"之讹字的说法实不可信。

姜亮夫《重订屈原赋校注》说："《山海经·海内经》云：'帝令祝融杀鲧于羽山之郊，鲧复生禹。'与此伯禹愎鲧之说似相合（原注：禹鲧二字互倒，即山经原文矣）。然伯禹之生，其传说固有异，下文亦已言之，此处又明言鲧禹父子治水事，不得忽插入禹生故事。"姜亮夫对文意的理解是对的，这句话应该依然在说鲧禹治水之事。故闻一多、孙作云之说亦不可信。

我们认为，原文作"腹"的可能性较大，但"腹"非"生"义。"腹"读为"复"。"腹""复"二字古通用。《诗·小雅·蓼莪》："出入腹我。"《艺文类聚》二十、《初学记》十七引"腹"作"复"。《礼记·月令》："水泽腹坚。"《吕氏春秋·季冬纪》"腹"作"复"。睡虎地秦简《封诊式》："甲到室即病复（腹）痛，自宵子变出。""有（又）讯甲室人甲到室居处及复（腹）痛子出状。"周家台秦简《病方及其它》："即取守室〈宫〉二七，置楹中，而食以丹，各尽其复（腹）。"张家山汉简《引书》："信（伸）复（腹）折要（腰），力信（伸）手足，軵踵

（踵）曲指。"马王堆汉墓帛书《阴阳十一脉灸经甲本》："上【当】走心，使复（腹）张（胀），善噫。""心痛与复（腹）张（胀），死。"马王堆汉墓帛书《五十二病方》之《婴儿病痫》："闲（痫）者，身热而数惊，颈脊强而复（腹）大。"

"复"，重也，因也。《汉书·律历制》："制不相复。"颜师古注："复，重也，因也。"《汉书·叔孙通传》："谓不相复也。"颜师古注："复，重也，因也。"《汉书·武帝纪》："朕闻五帝不相复礼。"颜师古注："复，因也。""伯禹复鲧"是说大禹继续鲧治水之事。

016. 墬何故以东南倾

墬，洪兴祖引一本作地，朱熹《集注》作"墬"，明翻宋本作墬。王泗原《楚辞校释》说："墬，地的籀文。今本《说文》及许多古籍上右为彖，彖不能得声，传写误。铉本'从隊'已误。字从土从阜，豕声。彖与豕是一字的异形，义皆谓豕。……由彖豕字同，故字本篇与汉碑（原注：繁阳令杨君碑，灵帝熹平三年；无极山碑，灵帝光和四年）皆作墬（墬），非省。本篇墬字犹存汉时写法。"

今按："墬"，《康熙字典·阜部》引《韵会》："墬，古文地字。"《古今韵会举要·实韵》："地，籀文作墬。"《说文·土部》："地，从土也声。墬，籀文地从隊。"段玉裁分析其字形为"从自土，彖声"，并注曰："从小徐本。惟彖字小徐作彖，非其声也，今正，作彖。从自，言其高者也，从土，言其平者也。……地字古音本间于十六十七两部也，若大徐作从隊，自部隊音徒玩切，其缪愈难纠矣。汉人多用墬字者，传写皆误少一画。"

"地""墬""墬"当为一字之异体。"地"，从土也声，也古为余母歌部；"墬"，从阜从土，豕声，豕古为书母支部；"墬"，当从小徐本之分析，从阜从土，彖声。彖古为透母元部。余、书、透三母古皆为舌齿音，读音较近。歌、元二部是严格的阴阳对转关系。支、歌二部古常通，如《周礼·司弓矢》："恒矢痺矢用诸散射。"郑玄引郑司农云：

"庫，读为人罷短之罷。"庫，支部，罷，歌部。睡虎地秦简《日书》甲《诘咎》："……令民勿丽凶央（殃）。""丽"读为"戁"，"丽"，支部，"戁"，歌部。因此，"也""豕""象"皆可作"地"之声符。段玉裁、王泗原要将"墬"之声符改为"彖"，是认为"象"不能作声符，而"象"与"墬"（定母歌部）声母同为舌头音，韵部为歌元对转，二字古音极近，因此"象"作"墬"的声符完全可以，无必要改为"彖"。同时，既然汉人皆写作"墬"，正说明此字从"象"而不从"彖"，否则无法解释为什么"皆误少一画"。

楚文字中"地"字主要有三种写法：埅（郭店《老子甲》简 18）、𨸏（郭店《忠信之道》简 5）、𨿳（包山简 149）。其中尤以第一种写法为最常见，①其结构可分析为从阜从土，它声。第二种写法可分析为从阜从土，豕声。第三种写法可分析为从土，它声。楚文字中最常见的第一种写法在秦统一后已不见踪迹；第二种写法不但在后世字典辞书中保留着，而且在楚地文献《天问》中还在使用；第三种写法在西汉中晚期演变成"地"。

017. 南北顺㯼

㯼，洪兴祖引《释文》作随，引一本作堕。姜亮夫引《柳集》作橢。

今按："㯼""橢"异体字。《字汇·木部》："㯼，同橢。"古文字中常见因改换偏旁位置而形成的异体字。如被，既可作：𧛔（为左右结构，包山简 199），亦可作：𧚍（为上下结构，包山简 203）；再如裳，既可作：𧛟（为左右结构，包山简 199），亦可作：裳（为上下结构，包山简 244）；又如精，既可作：𥹿（为左右结构，郭店《缁衣》简 39），亦可作：𥻨（为上下结构，郭店《老子甲》简 34）。"橢""㯼"当与上举"被""裳""精"之例相同。

---

① 相关字形参张守中《包山楚简文字编》，文物出版社 1996 年版，第 201 页；张守中《郭店楚简文字编》，文物出版社 2003 年版，第 183 页；李守奎、曲冰、孙伟龙《上海博物馆藏战国楚竹书（一—五）文字编》，作家出版社 2007 年版，第 598 页；张新俊、张胜波《新蔡葛陵楚简文字编》，巴蜀书社 2008 年版，第 205 页。

《说文·木部》："楕，车笭中橢橢器也。从木，隋声。"王筠《说文句读》："谓车笭中器，其形橢橢然，即以其形为之名也。"朱骏声《说文通训定声》："凡狭长之器皆得曰橢。"《广韵·果韵》："橢，器之狭长。""橢"，本指长圆形的容器，后凡长圆形皆可称为"橢"。《尔雅·释鱼》："蠬，小而橢。"郭璞注："橢，谓狭而长。"《广雅·释诂二》："橢，长也。"

"橢（隳）"与"隋""堕"当为通假关系。"隳（橢）""堕"皆从"隋"声，可通用。马王堆帛书《五十二病方·牡痔》："燔小隋（橢）石，淬酨中，以尉（熨）。"《经法·国次》："兼人之国，隋（堕）其城郭，棼（焚）其钟鼓，布其鬻（资）财。"马王堆帛书《老子》甲本："物或行或随，或炅（热）或【吹，或强或挫】，或坏（培）或撱。""撱"，乙本及通行本作"堕"，北大汉简本作"隋"。①"撱"，《汉语大字典·手部》说同"橢"。睡虎地秦简《日书甲·诘咎》："丈夫女子隋（堕）须（须）蠃发黄目。"张家山汉简《脉书》："其衷（中）约隋（堕），上下不通，矢瘕殹（也）。"《敦煌悬泉月令诏条》："继长增高，毋有坏隋（堕）。"②

018. 羿焉彃日

彃，洪兴祖引一本作弹，一本作毙。弹，洪兴祖、朱熹、姜亮夫等皆指出当为"彃"字之形误。毙，姜亮夫《重订屈原赋校注》认为是声近而讹。

今按：以"弹"为"彃"之形讹，可信。作"毙"者，非声近而讹，二者为通用关系。"毙"，从死敝声，古为并母月部，"彃"从弓毕声，古为帮母质部，帮并同为唇音，月质二部关系密切。③敝声与毕声关系很近。《释名·释衣服》："韠，蔽也，所以蔽前膝也。"《礼记·玉藻》郑玄注："韠之言蔽也。"这是声训的例子。包山简204："凡此蔽也，既尽迻。"

---

① 北京大学出土文献研究所：《北京大学藏西汉竹书》（贰），上海古籍出版社2012年版，第158页。
② 中国文物研究所、甘肃文物考古研究所编：《敦煌悬泉月令诏条》，中华书局2001年版，第5页。
③ 月质二部关系密切，我们有过集中举证，参徐广才著《考古发现与〈楚辞〉校读》，线装书局2009年版，第192—193页。

李家浩先生指出,"箅"当读为"毕",①正确可从。这是"毕""敝"相通的例证。

019. 禹之力献功,将省下土四方

四方,洪兴祖曰:"一无'四方'二字。"朱熹《集注》"将省下土四方"作"将省下土方",并校曰:"土下,或有四字。洪云:'或并无四方二字。'今按:下土方,盖用《商颂》语,四字之衍明甚。然若并无二字,则又无韵矣。"闻一多《楚辞校补》认为朱说是也,并曰:"《书序》曰:'帝釐下土方设居方。''下土方'古之恒语。此盖因王《注》释'下土方'为'下土四方',后人遂援《注》以增正文。一本无'四方'二字,则又无韵,亦非。《困学纪闻》二引亦作'下土方'。《柳集》同。"

今按:据洪兴祖、朱熹所引异文,"将省下土四方"一句或作"将省下土",或作"将省下土方"。朱熹、闻一多根据《商颂》"下土方"一语,认为当作"将省下土方"。但正如刘永济所说:"朱熹谓屈子用《商颂·长发》'禹敷下土方'语。刘勰谓屈子之文'自铸伟词',未必效后世文人,捃摭经典词句也。"朱熹、闻一多还认为此句不能作"将省下土",因为若如此,则无韵。他们的意思是,若原文作"将省下土",则"土"与下文"桑"字不押韵。这是据押韵校勘古书。虽说据押韵可校勘古书,但这种方法在此处则不合适。如果原文作"将省下土",则"土"与下文"桑"字为鱼、阳通韵,并非无韵。鱼、阳通韵,古书常见,《楚辞》本身就有鱼阳通韵的例子。如:

汩余若将不及兮,恐年岁之不吾与。
朝搴阰之木兰兮,夕揽洲之宿莽。

——《离骚》

---

① 李家浩:《包山楚简"箅"字及其相关之字》,《著名中年语言学家自选集·李家浩卷》,安徽教育出版社2002年版,第278页。

"与""莽"押韵，"与"，鱼部，"莽"，阳部。

  滔滔孟夏兮，草木莽莽。
  伤怀永哀兮，汩徂南土。

——《九章·怀沙》

"莽""土"押韵，"莽"，阳部，"土"，鱼部。

"鱼""阳"通韵的现象也见于出土的楚地古文字资料，如河南淅川下寺十号墓出土的黝钟，共十七件，其中镈钟八件，钮钟九件。在这些钟上，有完整的相同铭文六篇，现录其中一篇铭文如下：

  黝择吉金，铸其反钟。
  其音嬴（赢）少（小）则汤（荡），龢
  平均（韵）韹；霝印（色）若华。
  敀（批）者磬磬，舌（吹）者长竽，
  会（合）奏仓（鎗）仓（鎗）。歌乐自喜，
  凡（汎）人（及）君子父兄。
  千岁鼓之，龝（眉）寿
  无疆。黝余吕王
  之孙，楚成王之盟
  仆，男子之埶（臬）。余
  不貣（特）甲天之下，
  余臣儿难得。①

李家浩先生通过对钟铭的研究，认为铭文是有韵的，"荡""韹""鎗"

---

① 释文参李家浩《黝钟铭文考释》，《著名中年语言学家自选集·李家浩卷》，安徽教育出版社2002年版，第64—65页。

第三章 考古发现与《楚辞》异文考辨

"兄""疆",阳部;"华""竽",鱼部。上面所说的钟铭押韵字,可看作阳、鱼通韵。

鱼、阳通韵现象亦见于楚简。如九店简43—44:

尔居复山之基,不周之埜(野),帝胃(谓)尔无事,命尔司兵死者。含(今)日某将欲食,某敢以其妻□妻女(汝)聂币芳粮以量犊某于武夷之所:君昔(夕)某受之聂币芳粮,囟某迹(来)归食故。①

此段简被文学术界通称为"告武夷",为一篇向主管兵死者之神武夷祷告之文。这段简文是有韵的,野、者、所、故,鱼部,粮,阳部,鱼阳通韵。

上博(六)中的《用曰》篇,整理者张光裕先生作了精彩的校释,并指出文中有押韵现象。李锐循此思路,对简文作了重新编联,他认为简11"用曰:举算(竿)于野"和简4"德径于康"应当相接。②如此则"野"与"康"押韵,"野"为鱼部,"康"为阳部,正是鱼阳相押。另外,简2"柬柬疋(疏)疋(疏),事非与有方","疏"与"方"押韵,"疏"为鱼部,"方"为阳部,也是鱼、阳相押。

鱼阳通韵还见于秦简,如睡虎地秦简《日书》甲种156背—160背:

马禖。祝曰:"先牧日丙,马禖合神。"东乡(向)南乡(向)各一马□□□□□中土以为马禖,穿壁直中,中三朘,四厩行。"大夫先牧兕席,今日良日,肥豚清酒美白粱,到主君所。主君苟屏诵马,敺(驱)其殃,去其不羊(祥),令其□耆(嗜)□,□耆(嗜)飲,律律弗御自行,弗敺(驱)自出,令其鼻能糗

---

① 释文参湖北省文物考古研究所、北京大学中文系编《九店楚简》,中华书局2000年版,第50页;李家浩《九店楚简"告武夷"研究》,《著名中年语言学家自选集·李家浩卷》,安徽教育出版社2002年版,第318—338页。

② 李锐:《〈用曰〉新编(稿)》,简帛网,http://www.bsm.org.cn/show_article.php?id=615,2007年7月13日。

（嗅）乡（香），令耳恖（聪）目明，令头为身衡，脊为身刚，脚为身【张】，尾善敺（驱）囗，腹为百草囊，四足善行，主君勉饮勉食，吾岁不敢忘。"

整理者认为，"马禖"之"禖"同"高禖"之"禖"，通"媒"，马禖为祈祷马匹繁殖的祭祀。此段简文是有韵的，土、所、马，鱼部；席，铎部；行、梁、殃、祥、行、乡、明、衡、刚、囊、行、忘，阳部；整段简文鱼、铎、阳通韵。

由上引材料可见，鱼、阳通韵在先秦尤其是在楚地是很常见的，因此"土""桑"押韵是完全可以的。据此，朱熹等据押韵校此处异文的观点是不可信的。

020. 而黎服大说

服，洪兴祖引一本作伏。刘永济认为伏是服字之讹。

今按："伏""服"古皆为并母职部，可通。《战国策·秦策一》："嫂蛇形匍伏。"《史记·苏秦列传》"匍伏"作"蒲服"。《史记·项羽本纪》："众乃皆伏。"《汉书·项籍传》"伏"作"服"。《管子·四称》："诸侯臣伏。"《册府元龟》二四二引"伏"作"服"。《庄子·说剑》："剑士皆服毙其处也。"《太平御览》三四四又四六二引"服"作"伏"。《易·同人·九三》："伏戎于莽。"汉帛书本"伏"作"服"。马王堆帛书《五十二病方》："伏食，父居北在，母居南止，同产三夫，为人不德。""伏"，当读为"服"。①

刘永济指出，"服"当为"民"字之误。"伏"这个异文，应该产生在"民"误为"服"之后，因为如果原文作"民"，"民"与"伏"形、音、义皆不近，产生异文的可能性很小。而讹误、异文产生的时间应该在王逸之后。

---

① 马继兴：《马王堆古医书考释》，湖南科学技术出版社1992年版，第413页。

021. 箕子详狂

详，洪兴祖、朱熹皆引一本作佯。

今按：《说文·言部》："详，审议也。从言羊声。"《玉篇·人部》："佯，诈也。"据文意，当以作"佯"为是。然古书中表"诈"义时，"详""佯"通用。《逸周书·官人》："佯为不穷。"《大戴礼·文王官人》"佯"作"详"。《战国策·楚策一》："乃佯有罪。"《史记·张仪列传》"佯"作"详"。从传世字书看，"详"字已见于《说文》，而"佯"字《说文》未收，最早见于《玉篇》。从出土材料看，"详"字出现较早，已见于抄写于西汉前期的银雀山汉简，而"佯"字于出土文献中未见。银雀山汉简《十问》："曰：'击此者，三军之众分而为四五，或傅而详北，而示之惧。'""曰：'击此者，或陈（阵）而支之，规而离之，合而详北，杀将其后，勿令知之。'"两句中的"详"皆应读为"佯"。张家山汉简《奏谳书》简17："临淄狱史阑令女子南冠缴（缟）冠，详病卧车中，袭大夫虞传，以阑出关。"简220—221："改曰'贫急毋作业，恒游旗下，数见买券人，言雅欲剽盗，详为券，操，视可盗，盗置其券旁，令吏求买市者，毋言。'"简文中的"详"也应读为"佯"。睡虎地秦简《语书》："争书，因恙瞋目扼揩（腕）以视（示）力。"马王堆帛书《春秋事语》之《鲁文公卒》章"东门襄中（仲）杀适（嫡）而羊以【君】令（命）召惠伯"及《晋献公欲得随会》章"晋献公欲得随会也，魏州余请召之。乃令君羊囚己"中的两个"羊"字，据文意，皆当读为"佯"。据上引材料，在表"诈"义时，古人不写作"佯"，而是借用"详""恙""羊"等通假字。"佯"应该是后起的本字。裘锡圭先生认为，"佯"应该是改换假借字"详"的形旁而成的分化字。[①]但从上文所举出土文献用字情况看，"佯"字产生的原因也许很复杂，如还可理解为改换"恙"字形旁而成，或在"羊"上加注意符而成。

[①] 裘锡圭：《文字学概要》，商务印书馆2013年版，第226页。

因此，从文字产生的时代及出土文献所反映的用字情况看，《天问》原文作"详"的可能性比较大。

022. 又使至代之

代，洪兴祖引一本作伐。闻一多《楚辞校补》说："代与戒韵，作伐，则失其韵矣，一本非是。"

今按：王逸注："言王者既已修行礼义，受天命而有天下矣，又何为至使异姓代之乎？"据注，当作"代"。又若作"伐"，则失其韵。"伐"，"代"之讹字。上博（三）《周易》简13："利用侵代，亡（无）不利。""代"，帛书本残缺，今本作"伐"。整理者直接释作"伐"，①但据字形，此字明显是"代"，《上海博物馆藏战国楚竹书（一—五）文字编》于此下加按语曰："'戈'旁与'弋'旁形近讹混"，②也认为此字为"代"。帛书《周易经传·系辞》："子曰：'劳而不代。'"张注："劳而不代，代，韩本作伐。汉孔彪碑'劳而不伐'。"③《战国纵横家书·苏秦自齐献书于燕王》章："王信田代、缲去【疾】之言功（攻）齐，使齐大戒而不信燕。""田代"，《战国纵横家书》第一章《苏秦自赵献书燕王章》作"田伐"。马王堆帛书《老子》甲本《德经》："夫伐司者杀，是伐大匠斫也。夫伐大匠斫者，则【希】不伤其手矣。""伐"，马王堆帛书乙本、北大汉简本、今本皆作"代"。④出土文献中还有"代""伐"讹混的例子，可参看《秦汉简帛讹字研究》。⑤

---

① 参马承源主编《上海博物馆藏战国楚竹书》（三），上海古籍出版社2003年版，第154页。
② 参李守奎、曲冰、孙伟龙编著《上海博物馆藏战国楚竹书（一—五）文字编》，作家出版社2007年版，第396页。
③ 裘锡圭主编，湖南省博物馆、复旦大学出土文献与古文字研究中心编纂：《长沙马王堆汉墓简帛集成》（叁），中华书局2014年版，第67页。
④ 相关用字情况参北京大学出土文献研究所编《北京大学藏西汉竹书》（贰），上海古籍出版社2012年版，第189页。
⑤ 刘玉环：《秦汉简帛讹字研究》，中国书籍出版社2013年版，第60页。

第三章　考古发现与《楚辞》异文考辨

第三节　考古发现与《九章》异文考辨

023. 㯭木兰以矫蕙兮

㯭，洪兴祖引一本作搗，朱熹《集注》本亦作搗。姜亮夫《屈原赋校注》认为："㯭，六朝以后误字也。六朝以后人写本木旁与手旁常有不别者，当作搗为是。"沈祖緜《屈原赋证辨》曰："搗，洪本作㯭。唐人手木多混。"

今按：《说文·手部》："搗，手推也。"《说文·木部》："㯭，断木也。"朱熹注曰："搗，舂也。"用作动词，当作"搗"。"㯭"，"搗"之讹字。在楚文字中，"手"旁作：⿰（郭店《性自命出》简28"指"字所从），"木"旁作：⿰（郭店《唐虞之道》简26"枳"字所从）。区别比较明显，不大容易相混。但到隶书阶段，"手"作偏旁时写作：⿰（《白石神君碑》"指"字所从 《字形表》第157页），"木"字作偏旁时可写作：⿰（武威医简三"桂"字所从《字形表》第364页）。形体非常接近，因此从"木"的字与从"手"的字常常讹混。马王堆帛书《五星占》："复为聂（摄）提挌。""摄提挌"即"摄提格"，"挌"为"格"字之误。① 北大汉简《老子》简36："咒无所㯭其角。""㯭"，帛书甲本同，传世本作"投"，"㯭"，当为"揣"字之讹；简61—62："是谓深根固抵，长生久视之道也。""抵"，王弼本、傅奕本作"柢"；简134："㭞其脱（锐）。""㭞"，传世本作"挫"；简145："槫气致柔。""槫"，帛书乙本同，传世本作"专"，"槫"当为"抟"之误，"专"亦当读为"抟"，聚集之义。②

---

① 裘锡圭主编，湖南省博物馆、复旦大学出土文献与古文字研究中心编纂：《长沙马王堆汉墓简帛集成》（肆），中华书局2014年版，第223页
② 上引汉简《老子》材料见北京大学出土文献研究所编《北京大学藏西汉竹简》（贰），上海古籍出版社2012年版，第128、133、145、148页。

由此，我们认为"檮"讹为"擣"的时代很可能在汉代，姜亮夫、沈祖緜认为讹误时代在六朝或唐代略嫌稍晚。

024. 悲江介之遗风

介，洪兴祖引一本作界。又，《九叹》："立江界而长吟兮。"界，洪兴祖引一本作介。

今按："介""界"古通用。《诗·周颂·思文》："无此疆尔界。"《释文》"界"作"介"。《左传·僖公二十四年》："介之推。"《后汉书·郡国志》作"界之推"。《史记·赵世家》："左衽界乘。"《集解》："界一作介。"银雀山汉简《五令》："灾则发罚，令界虫为灾，则发义令。""界虫"，即"介虫"。《吕氏春秋·孟冬纪》："其虫介，其音羽。"高诱注："介，甲也。""介虫"即"甲虫"。马王堆帛书《战国纵横家书·苏秦使盛庆献书于燕王》章："臣之所□□□□□□□不功（攻）齐，全（诠）于介。"《战国纵横家书·谓起贾》章："交以赵为死友，地不兵〈与〉秦攘（壤）介。"上引两句中的"介"皆读为"界"。据文意，"江介"之"介"亦当读为"界"，一本作"界"，是用本字。《九叹》作"界"，用本字，一本作"介"，用借字。

025. 憎愠惀之脩美兮

脩，洪兴祖引一本作修。

"脩""修"多形成异文，如《离骚》"夫唯灵脩之故也"，黄省曾本、朱多煃本、庄允益本"脩"作"修"；《天问》"东西南北，其修孰多"，朱熹本、黄省曾本、明翻宋本、朱多煃本、庄允益本、毛晋本"修"作"脩"。关于"脩"与"修"的关系，洪兴祖在"恐脩名之不立"下曰："脩与修同，古书通用。"姜亮夫在《楚辞通故》"脩""修"条下说：

《楚辞》脩字，皆修字借，无用脯修一义者。脩字凡四十余见，在屈、宋赋

第三章 考古发现与《楚辞》异文考辨

中，皆作脩，无作修者，汉人赋中则多作修，惟《天问》"东西南北，其修孰多"作修。依屈、宋用字例之，则亦脩之误。其义大抵不出修长、修美、修饰三义……《楚辞》修字凡十余见，皆在汉人赋中。《楚辞》修字多训修饰，此字之本义也。然屈、宋赋，皆以脩脯字为之，惟汉人赋乃作修……则吾人谓修乃汉人字法，而脩则屈宋字法也。

今按："脩""修"二字在《楚辞》中共出现 46 次；"脩"，出现 35 次。《离骚》中出现 18 次："又重之以脩能""夫唯灵脩之故也""伤灵脩之数化""恐脩名之不立""謇吾法夫前脩""余虽好脩姱以鞿羁兮""怨灵脩之浩荡兮""退将复脩吾初服""余独好脩以为常""汝何博謇而好脩兮""固前脩以菹醢""路曼曼其脩远兮""吾令謇脩以为理""孰信脩而慕之""苟中情其好脩兮""莫好脩之害也""路脩远以周流""路脩远以多艰兮"；《九歌·山鬼》中出现 1 次："留灵脩兮憺忘归"；《天问》出现 1 次："而鲧疾脩盈"；《九章》中出现 4 次：《哀郢》"憎愠惀之脩美兮"、《抽思》"览余以其脩姱"、《怀沙》"脩路幽蔽"、《橘颂》"纷缊宜脩"；《九辩》出现 2 次："憎愠惀之脩美兮""今脩饰而窥镜兮"；《大招》出现 1 次："姱脩滂浩"；汉人作品中出现 8 次，其中《七谏》3 次："便娟之脩竹兮""哀灵脩之过到""怨灵脩之浩荡兮"，《哀时命》出现 1 次："愁脩夜而宛转兮"，《九怀》出现 1 次："搴玉英兮自脩"，《九叹》出现 3 次："辞灵脩而陨志兮""山脩远其辽辽兮""道脩远其难迁兮"。

"修"，出现 11 次，屈、宋作品中出现 5 次，其中《天问》出现 1 次："东西南北，其修孰多"；《远游》出现 1 次："路曼曼其修远兮"；《招魂》出现 3 次："入修门些""姱容修态""离榭修幕"；汉人作品中出现 6 次，其中《七谏》出现 2 次："修往古以行恩""明法令而修理兮"，《九怀》出现 2 次："修余兮袿衣""修洁处幽兮"，《九叹》出现 1 次："冀灵修之一悟"，《九思》出现 1 次："修德兮困控"。

姜先生对《楚辞》中"脩""修"的意义总结得较为全面，但这段总结还有一些问题。第一，根据上面的统计，"脩"字在《楚辞》中共出现35次，而不是"四十余见"。第二，屈、宋赋中，除《天问》外，《远游》有一处、《招魂》有三处作"修"。①"屈、宋赋中，皆作脩，无作修者"之说不确。第三，楚辞"脩""修"皆用，并无严格区别，《天问》中的"修"字不一定是"脩"字之误。第四，《楚辞》中"修"字共出现11次，汉人赋中只有六处。"《楚辞》修字凡十余见，皆在汉人赋中"之说不确。第五，屈、宋赋及汉人赋除用"脩"外，也用"修"，"吾人谓修乃汉人字法，而脩则屈、宋字法也"的结论与《楚辞》实际用字情况不符。姜先生这段话中存在的问题，我们还仅仅是根据《楚辞》用字情况分析得出的，如果结合出土战国秦汉古文字材料，姜先生的说法中还有可修正的地方。

"脩"字，已见于战国文字。②在战国秦汉时代，其用法主要有以下五种：第一，用为本义，如包山简255、257中的两个"脩"字；第二，用为地名，如魏玺"脩武"；第三，读为"修"，如青川木牍"更脩为田律""以秋八月脩封埒""脩波（陂）堤"；云梦睡虎地秦简《语书》简4"故腾为是而脩法律令"、《为吏之道》简5"正行脩身""地脩城固"；第四，读为"滫"，如睡虎地秦简《日书》甲《诘咎》"以脩康（糠）寺（待）其成也"；③第五，读为"涤"，马王堆帛书《老子》甲本《道经》："脩除玄蓝（鉴），能毋疵乎？"乙本："脩除玄监，能毋有疵乎？"北大汉简《老子》简145："脩除玄鉴，能毋有疵虖？"简帛本中的"脩"，传世本皆作"涤"。④又，帛书《老子》卷前古佚书《称》："诸侯不报仇，不脩俚（耻），唯□所在。"整理者疑"脩"读为"涤"。

---

① 我们统计所依版本与姜先生作《二招校注》所依不同，姜先生以明翻宋本为据，但即使如此，查明翻宋本及《二招校注》，"入修门些""姱容修态"之"修"作"修"，"离榭修幕"之"修"作"脩"。另，姜先生《二招校注》不同意《招魂》的作者为宋玉，而认为是屈原，不论是宋玉还是屈原，皆为"屈、宋赋"无疑。姜说见《姜亮夫全集》第6辑，云南人民出版社2002年版，第517页。

② 参汤余惠主编《战国文字编》，福建人民出版社2001年版，第263页。

③ 读"脩"为"滫"，参王辉《古文字通假字典》，中华书局2008年版，第217页。

④ 参北京大学出土文献研究所编《北京大学藏西汉竹书》（贰），上海古籍出版社2012年版，第195页。

第三章 考古发现与《楚辞》异文考辨

"修"字,战国文字中未见。"修"字所记录的意思,战国楚文字材料多借"攸"等字表示,如:

1. 攸(修)之身,其悳乃贞(真)。攸(修)之家,其悳又(有)舍(余)。攸(修)之向(乡),其悳乃长。攸(修)之邦,其德乃奉(丰);攸(修)之天□□□□□□□。(郭店《老子》乙简16—17)

2. 昏(闻)道反己,攸(修)身者也。上交近事君,下交得众近从正(政),攸(修)身近至仁。(郭店《性自命出》简56—57)

3. 下攸(修)其本,可以断狱。(郭店《六德》简41)

4. 人民少者,以攸(修)其身。(郭店《六德》简47)

5. 昏(闻)道反己,攸(修)身者也。上交近事君,下交得众近从正(政),攸(修)身近至仁。[上博(一)《性情论》简25]

6. 不攸(修)不武,胃(谓)之必城(成)则弄。[上博(二)《从政》(甲)简15]

7. 天地四时之事不攸(修)。[上博(二)《容成氏》简36]

8. 五纪必周,唯(虽)贫必攸(修)。[上博(三)《彭祖》简5]

9. 大宰进答:"此所胃(谓)之旱母,帝将命之攸(修)。"[上博(四)《柬大王泊旱》简11]

10. 大宰答:"女(如)君王攸(修)郢高方若然里,君王母(毋)敢灾害。"[上博(四)《柬大王泊旱》简13]

11. 王许诺攸(修)四蒿。[上博(四)《柬大王泊旱》简15]

12. 邻邦之君明,不可以不攸(修)政而善于民。不然,任亡焉。邻邦之君亡道,则亦不可以不攸(修)政而善于民。[上博(四)《曹沫之陈》简5—6]

13. 城郭必攸(修),缮甲利兵,必有战心以兽(守),所以伥(长)也。[上博(四)《曹沫之陈》简18]

14. 既祭之,后安(焉),攸(修)先王之法。[上博(五)《竞建内之》简4]

15. 远者不方,则攸(修)者(诸)乡邦。[上博(五)《竞建内之》简7—8]

16. 不攸（修）兀成。[上博（五）《三德》简 17]

17. 所以攸（修）身而治邦家。[上博（七）《凡物流形》简 22]

18. 偃也攸（修）亓（其）悳（德）行，以受臤（戰）攻之。[上博（八）《子道饿》简 2]

19. 孔子曰：攸（修）身以尤，则民莫不从矣。[上博（八）《颜渊问于孔子》简 6]

20. 先或（国）变之攸（修）也。[上博（八）《成王既邦》简 11]

21. 又不善心耳含可（兮），莫不使攸（修）含可（兮）。[上博（八）《有皇将起》简 4]

22. 竞（景）公使翟（狄）之伐（茷）聘于楚，且攸（修）成。[清华（贰）《系年》简 087]

23. 共王使王子辰聘于晋，或（又）攸（修）成。[清华（贰）《系年》简 087—088]

24. 母（毋）攸（修）长城，母（毋）伐廪丘。[清华（贰）《系年》简 123—124]

除以"攸"表"修"外，还以"坙""卣"表"修"，如：

1. 备坙（修）庶戒，方（旁）时安（焉）作。[上博（八）《兰赋》简 2]

2. 我亦隹（唯）又（有）若且（祖）祭公，坙（修）和周邦，保乂王家。[清华（壹）《祭公之顾命》简 7]

3. 不坠卣（修）彦。[清华（叁）《周公之琴舞》简 16]

"修"字，已见于出土汉代古文字材料，且用为本字，如张家山汉简《二年律令》简 247："十月为桥，修波（陂）堤，利津梁。"虽然"修"字已出现，但表"修"义时，秦汉简帛仍多用"脩"字，如今本《老子》第 54 章：

修之于身，其德乃真；修之于家，其德有余；修之于乡，其德乃长；修之于国，其德乃丰；修之于天下，其德乃普。

这段文字亦见于郭店竹简本、马王堆帛书本、北大汉简本《老子》，其中五个"修"字，郭店本皆作"攸"；帛书甲本此段文字多残，只存一"脩"字；帛书乙本、北大汉简本皆作"脩"。① 《银雀山汉简文字编》收有"脩"字，凡十二见，编者注曰："脩通修。"② 秦汉简帛文献中，还有很多以"脩"字表"修"义的例子，可参看白于蓝编著的《战国秦汉简帛古书通假字汇纂》。

从目前掌握的出土战国秦汉简帛文献用字情况看，战国时期，在表示"修"义时，楚国多用"攸"，偶尔用"坙""卣"表示，秦国用"脩"表示，三晋文字用"攸"表示。③ 汉代在表"修"义时，除偶尔用"修"外，绝大多数用"脩"字。根据出土文献反映的用字情况，我们认为，《离骚》《九歌》《天问》等战国时期作品中的"修""脩"原本应该多写作"攸"，偶尔写作"坙"或"卣"。《七谏》《哀时命》等汉人作品中的"修""脩"原本应该多写作"脩"，偶尔写作"修"。

现在看到的楚辞文本"脩""修"杂用，除二字可通用外，后人的改写也是一个重要原因。时代为战国时期的《离骚》《九歌》等作品，"修"义本写作"攸"或"坙""卣"，到汉代楚辞重新兴起时，汉人根据当时的用字习惯将"攸"等改为"脩"或"修"。写作时代为汉代的《惜誓》《招隐士》等作品，原文即写作"脩"或"修"。即就"脩""修"二字而言，在汉代对楚辞进行改写或汉代人自己创作的过程中，似乎应该是根据当时的用字习惯先写作"脩"，而后才逐渐改写成本字"修"。如果我们的推断不误，则姜亮夫所谓的"修乃汉人字法，而脩则屈、宋字法也"

---

① 参北京大学出土文献研究所编《北京大学藏西汉竹书》（贰），上海古籍出版社 2012 年版，第 181 页。

② 骈宇骞编著：《银雀山汉简文字编》，文物出版社 2001 年版，第 148 页。

③ 战国各系用字情况参周波《战国时代各系文字间的用字差异现象研究》，线装书局 2012 年版，第 142 页。

的结论不但不合楚辞用字习惯，亦不合战国秦汉用字习惯。其实际情况应该是"脩"乃汉人字法，而"攸"则屈、宋字法也。

026. 蓋为余而造怒

蓋，洪兴祖引一本作盍。

今按："蓋"从"盍"声，二字古通用。《礼记·檀弓上》："子蓋言子之志于公乎？"郑注："蓋皆当为盍。"《战国策·韩策三》："则蓋公仲之攻也。"姚曰："三本同作蓋，一作盍。"上博（六）《竞公疟》简2："盍诛之？"简3："公盍诛之？"简11："盍必死愈（偷）为乐乎？"上博（六）《平王与王子木》简3："王曰：'釅不盍'。"简3—4："先君智（知）釅不盍。"上引各句中的"盍"，皆读为"蓋"。据文意，"蓋为余而造怒"之"蓋"当读作"盍"。《广雅·释诂三》："盍，何也。"杨树达《词诠》卷三："盍，疑问代名词，亦'何'也。"此句是问君王为何对我发怒。

027. 愿荪美之可完

完，洪兴祖引一本作光。马其昶、陆侃如、徐英、闻一多、姜亮夫、刘永济、沈祖緜、苏雪林、胡念贻等皆认为当从一本作光。

今按："完"当与上文"亡"押韵，然"完"为元部，"亡"为阳部，学者以为元、阳二部不能相押，故上述楚辞学者皆认为当从一本作"光"。实际上，元部与阳部读音有关，二部可押。《国语·鲁语上》"尧能单均刑法以仪民"，《礼记·祭法》与此相当的文字"单"作"赏"。"单"属元部，"赏"属阳部。《荀子·非相》"谈说之术……欣欢芬芗以送之"，《韩诗外传》卷五第二十二章、《说苑·善说》第一章与此相当的文字，"芬芗"分别作"芬芳""愤满"，"芗""芳"属阳部，"满"属元部。《说文》石部"矿"字古文作"卝"，"卝"与"卯""卵"古本一字，属元部，"矿"属阳部。《周易·夬》九五爻辞"莧陆夬夬"，孔颖达疏："马融、郑玄、王肃皆云：'蓫陆，一名商陆。'""蓫"，元部，"商"，阳部。郭店《五行》简39—40有"东〈柬〉之为言犹练也"之语，马王堆帛书《五行》与此相当的文字，"练"字经文部分作"贺"，说文部分作"衡"，"练"属元部，"贺"属歌部，"衡"属阳部。楚国早期都城之一"丹阳"，李家浩认为即秦汉时期的"当阳"。① "当"属阳部，"丹"属元部。元、阳二部相押，古书中有其例。《诗经·大雅·抑》："告之话言，顺德之行。"王力《诗经韵读》指出言、行押韵。言，元部，行，阳部。《管子·正》："如四时之不贰，如星辰之不变，如宵如昼，如阴如阳，如日月之明"，变、阳、明押韵，变，元部，阳、明，阳部。《淮南子》中亦多见阳元押韵之例，张双棣《淮南子用韵考》多有揭示。如《览冥训》："若夫以火能焦木也，因使销金，则道行矣。若以慈石之能连铁也，而求其引瓦，则难矣。"行、难押韵，行，阳部，难，元部。《主术》："奸不能枉，谗不能乱，德无所立，怨无所藏。"枉、乱、藏押韵，枉、藏，阳部，乱，元部。

028. 孔静幽默

默，《史记》作墨。

今按："默""墨"虽义各有别，但古皆为明母职部，可通用。《左传·昭公十四年》："贪以败官为墨。"《孔子家语·正论解》"墨"作"默"。《左传·昭公二十九年》："蔡史墨。"《吕氏春秋·召类》《淮南子·说山》作"史墨"。《史记·魏其武安侯列传》："魏其日默默不得志。"《汉书·窦婴田蚡灌夫传》"默"作"默"。《吕氏春秋·应同》："解在乎史墨来而辍不袭卫。"《召类》"史墨"作"史默"。《隶释》三《楚相孙叔敖碑》："其意常墨墨。"洪适释以"墨"为"默"。出土文献中亦有"墨""默"相通的现象。银雀山汉简《为国之过》："……无动，静言墨也……""墨"，当读为"默"。马王堆帛书《十问·文挚》：

---

① 李家浩：《谈清华战国竹简〈楚居〉的"夷屯"及其他——兼谈包山楚简的"坉人"等》，清华大学出土文献研究与保护中心编《清华简研究》第1辑，中西书局2012年版，第254页。

"食不化,必如扰(纯)鞠(鞫),是生甘(箝)心密墨。""墨",马继兴读为"默"。①马王堆帛书《周易经传·衷》:"是故文人之义,不侍(待)人以不善,见亚(恶),墨(默)然弗反,是谓以前戒后。""墨(默)亦毋誉。"北大汉简《荆决》简16:"疾蜚(飞)哀鸣,忧心墨墨。""墨墨",整理者读为"默默"。②从古书尤其是出土古文字材料所反映的用字情况看,"幽默"之"默"多借"墨"字来表示,由此推断,《史记》所引《怀沙》作"墨",更符合当时人的用字习惯。

029. 冤屈而自抑

冤,洪兴祖引《史记》作俛。

今按:"俛",《说文》以为"頫"字异体。《说文·页部》"頫,低头也。从页,逃省。太史卜书頫仰字如此。扬雄曰:人面頫。俛,或从人、免。""頫",见于《广韵·虞韵》,反切为方矩切,解释为"頫,太史公书頫仰字如此"。古注多以"頫"为"俯"之古字,如《汉书·陈胜项籍传》:"百粤之君頫首系颈。"颜师古注:"頫,古俯字。"《文选·司马相如〈上林赋〉》:"頫杳眇而不见。"李善注引《声类》:"頫,古文俯字。"如果根据"頫""俯"的读音推断,"俛"也应读成"俯"字之音。但这样一来,"俛"的读音为帮母侯部,与"冤"的影母元部读音就相差较远,二字相通就比较困难。

段玉裁在"頫"字之下曾辨析过"俛"字读音:"《匡谬正俗》引张揖《古今字诂》云:'頫,今之俯俛也。'盖俛字本从免。俯则由音误而制,用府为声,字之俗而谬者。故许书不录。俛,旧音无辨切。頫,《玉篇》音靡卷切,正是一字一音。……《过秦论》:'俛起阡陌之中',李善注引《汉书音义》音免。《史记·仓公传》:'不可俛仰',音免。《龟

---

① 马继兴:《马王堆古医书考释》,湖南科学技术出版社1992年版,第965页。
② 北京大学出土文献研究中心编:《北京大学藏西汉竹书》(伍),上海古籍出版社2014年版,第172页。

策列传》：'首俛'，《索隐》、《正义》皆音免。玄应书卌云俛仰无辨切。《广韵》：'俛，亡辨切，俯俛也。'《玉篇·人部》：'俛，无辨切，俯俛也。'此皆俛之正音。而《表记》：'俛焉日有孳孳。'《释文》音勉。毛诗'黾勉'，李善引皆作僶俛。俛与勉同音，故古假为勉字，古无读俛如府者也，颒音同俛。"裘锡圭先生亦指出："其实'俛'跟'俯'原来是读音截然不同的两个字。'俛'字从'人''免'声，本应该读为'免'，《段注》'颒'字条论之甚详。银雀山竹书本《尉缭子·兵谈》有'儹者不得迎'之文，应读为'俛者不得迎'。'菡'、'免'音近，'儹'应即'俛'的异体。这也是俛仰之'俛'原来读'免'不读'俯'的一个证据。只是由于'俛'跟'俯'同义，后来就被换读为'俯'了。"① 根据段玉裁、裘锡圭先生的分析，"俛"字当为从人免声。这样，"俛"与"冤"读音相近，可通。

030. 羌宿高而难当

宿，洪兴祖引一本作迅，朱熹《集注》本作迅，引一本作宿。楚辞学者多认为原本当作"迅"。汤炳正《楚辞类稿》据《九辩》"愿寄言夫流星兮，羌倏忽而难当"认为，"宋多袭屈句，此处易'迅高'为'倏忽'，即承袭'迅'义而来。则宋玉所见屈赋原姑（引者注：'姑'似当为'古'字）传本作'迅高'，不作'宿高'可知。"②宿、迅二字的关系，学者多认为是形近而讹。闻一多《楚辞校补》曰："宿为夙之异体。古隶夙作𡖊，迅作𨒪，形相近。疑此本作𨒪，误为𡖊，又转写作宿。"姜亮夫《屈原赋校注》亦曰："宿者字之讹也。古宿字作夙，隶或作𡖊，𨒪与𡖊形近而讹。"

今按：《说文·夕部》："夙，早敬也。㑊，古文夙，从人、函。佃，亦古文夙，从人，因。宿从此。"《说文·宀部》："宿，止也。从宀，佃

---

① 裘锡圭：《文字学概要》，商务印书馆2013年版，第211页。
② 汤炳正：《楚辞类稿》，巴蜀书社1988年版，第344页。

声。佋，古文凤。"闻一多、姜亮夫的说法当以此为据。然根据宿、凤的古文字写法，①二字实为不同的两个字，并非异体关系。《说文》所录"夙"之古文二形，实为"宿"字。商承祚《说文中之古文考》曰："佋、侸实宿之初字。"既知"宿""凤"之关系，则古"宿"字不会隶作"夙"。"宿"既不会隶作"夙"，则无由因形近而讹作"迅"。因此，"宿""迅"的异文关系还需重新考虑。

闻一多、姜亮夫皆认为"迅"因形近讹为"夙（凤）"。虽说"卂""卂"形近，但"夕"与"辵"字形相差较大，因此"迅"直接讹为"夙"的可能性不大。我们认为，"迅"先因形近误作"逌"。上博（二）《民之父母》简8："城（成）王不敢康，逌夜基命又（宥）密。"此段文字见于《诗·周颂·昊天有成命》，毛诗"逌"作"夙"。"逌"，当分析为从辵，佋省声。"迅"字《说文》古文从"西"，"西"与"西"字形相近，②故"迅"有可能讹为"逌"。"迅"讹为"逌"后，"逌（夙）"在原诗中讲不通。但"夙""宿"古可通用，如《易·解》："有攸往，夙吉。""夙"，汉帛书本作"宿"，上博简本作"佋（宿）"。曹伯敔簠："曹伯敔（赤）乍（作）夙公尊簠。""夙"即春秋时的宿国。晋侯苏钟中的"夙夷"即"宿夷"。③于是"逌（夙）"又被转写作"宿"。这样，《思美人》原文的"迅"字就有了"宿"这个异文。

031. 何贞臣之无辠兮

辠，洪兴祖引一本作罪。又，《天问》"汤出重泉，夫何辠尤"，洪兴祖《补注》曰："辠，古罪字。"

今按：《说文·辛部》："辠，犯法也。从辛从自。""辠"为"犯罪""罪过"等意的本字。《说文·网部》："罪，捕鱼竹网。从网、非。"

---

① 相关字形可参季旭升《说文新证》，福建人民出版社2010年版，第573、618页。
② 上博简中有"讯"字，从言从西，所从"西"与"西"形极近。可参看李守奎、曲冰、孙伟龙编著《上海博物馆藏战国楚竹书（一——五）文字编》，作家出版社2007年版，第117页。
③ 王辉：《古文字通假字典》，中华书局2008年版，第337页。

第三章 考古发现与《楚辞》异文考辨

"罪"本义为一种渔网。古书常借"罪"表示"辠"。如《易·解》："君子以赦过宥罪。"孔颖达疏："罪谓故犯。"《韩非子·内储说上》："有过不罪，无功受赏，虽亡不亦可乎？"楚简在表示"罪"这一意思时，皆作"辠"，如：

1. 辠莫厚乎甚欲。（郭店《老子》甲简5）
2. 又（有）大辠而大诛之，行也。（郭店《五行》简35）
3. 又（有）大辠而大诛之，东〈柬（简）〉也。又（有）少（小）辠而亦（赦）之，匿也。（郭店《五行》简38）
4. 举贤才，赦过与辠。[上博（三）《中弓》简7]
5. 获寅（引）颈之辠。[上博（四）《昭王毁室》简7]
6. 臣辠亓（其）容于死。[上博（四）《昭王毁室》简8]
7. 刑罚又（有）辠。[上博（四）《曹沫之陈》简21]
8. 昔微段（假）中于河，以复又=易=（有易，有易）怀（服）氒（厥）辠。[清华（壹）《保训》简8]

除上引材料外，"辠"字还见于上博（五）《竞建内之》简2，《季庚子问于孔子》简20、21、22；上博（六）《竞公疟》简7，《孔子见季趄子》简1、3、4、15；上博（八）《志书乃言》简2、3、4、6、7。清华（壹）《皇门》简8、《祭公》简15；清华（贰）《系年》简051；清华（叁）《周公之琴舞》简8、《芮良夫毖》简27；清华（陆）《郑武夫人规孺子》简10、15，《管仲》简20，《子产》简9、11。

不但出土楚文献在表示"犯罪"的"罪"这个意思时写作"辠"，出土的秦文字材料也多如此，如《诅楚文·湫渊》："以氏楚王熊相之多辠"。另秦骃玉版、睡虎地秦简《语书》"罪"义亦用"辠"字表示。

按照《说文》的说法，"辠"为"犯罪"的"罪"的本字，因为"辠"的字形和"皇"接近，于是秦改"辠"为"罪"。秦代的龙岗秦简，西汉前期的马王堆帛书、张家山汉简、银雀山汉简均用"罪"表"辠"义,可见秦代确有改"辠"为"罪"之事。改"辠"为"罪",除了两个字读音相同或相近外,可能还是一种形借,关于这一点,裘锡圭先生有过论述。①

"辠"改为"罪"之后,"辠"字并没有马上被"罪"字全部代替,还在一定时间内行用过。1986 年,甘肃省天水放马滩 1 号秦墓出土竹简 460 多枚,木牍 4 件。整理者认为放马滩秦墓的时代早至战国中期,晚至秦始皇统一前。其中 1 号墓的下葬时代约在公元前 239 年以后。②程少轩在其博士学位论文《放马滩简式占古佚书研究》中指出:简文中有两处改"民"为"黔首"的例子,竹书抄写年代一定是在秦统一以后。他同时又说,尽管这批竹简属于"秦简"的可能性非常大,但也不能完全排除晚至汉初属于"汉简"的可能性。日本学者海老根量介《放马滩秦简钞写年代蠡测》一文全面检讨放马滩秦简中的"罪"和"辠"、"黔首""殹""也"的使用后认为,根据"罪"字的使用情况,确定放马滩秦简是秦统一以后抄写的。但《日书》乙种还使用"辠"字,暗示它是秦代统治者将"辠"改换成"罪"后不久抄写的。"黔首"与"殹"也是具有秦国特色的字词,这些字词在西汉以后就不常用了。放马滩秦简既然还使用这些字词,其抄写年代不大可能晚到汉代。陈松长在《〈岳麓简(三)〉"癸、琐相移谋购案"相关问题琐议》中指出岳麓秦简中有关购、赏的律令中,多次出现"辠"字,并且可见"辠"与"黔首"共存的条文。岳麓秦简中的律令,大抵应书于秦统一之后。而迄今所见秦简牍中的"黔首",时代明确者皆在秦统一之后。此外,岳麓书院藏秦简《奏谳书》案例十五简 237 记有"廿六年九月乙卯朔",简 240 记云:"辠。毋(无)解。"根据这些材料,陈伟指出,秦统一后的一段时间"辠"字还在行用。③

今传《楚辞》文本,"罪"义除前引两条作"辠"外,还作"罪",

---

① 裘锡圭:《文字学概要》,商务印书馆 2013 年版,第 209—210 页。
② 甘肃省文物考古研究所:《天水放马滩秦简》,中华书局 2009 年版,第 128 页。
③ 武汉大学简帛研究中心、湖北省博物馆、湖北文物考古研究所编,陈伟主编:《秦简牍合集·序言》,武汉大学出版社 2014 年版,第 5 页。

如"反成乃亡,其罪伊何(《天问》)""忠何罪以遇罚兮(《惜诵》)""信非吾罪而弃逐兮(《哀郢》)""得罪过之不意(《惜往日》)"。前引出土楚文字材料已经证明,战国楚地以"辠"表"罪"义,据此,楚辞文本原文皆当作"辠"。

《史记·秦始皇本纪》李斯言始皇曰:"臣请史官非秦记皆烧之。非博士官所职,天下敢有藏诗、书、百家语者,悉诣守、尉杂烧之。有敢偶语诗书者弃市。以古非今者族。吏见知不举者与同罪。令下三十日不烧,黥为城旦。所不去者,医药卜筮种树之书。若欲有学法令,以吏为师。"由于秦惩罚制度的严酷,又因秦楚本是敌国,《楚辞》的主要作者屈原又是力主抗秦的政治家,所以秦代统治者是不会让《楚辞》在秦流行的。因此,《楚辞》因秦灭楚而严重受阻以至于有所湮没,到了汉初又经过一番搜集发掘才得以重见于世。①

《楚辞》到汉代重新兴起后,要经过一个文字转写的过程,即将楚文字转写成汉代通行的隶书。这个过程不但有书体的变化,还涉及用字习惯的变化。因汉代已以"罪"表"罪"义,故《楚辞》原本的"辠"依例皆当被改为"罪"。前引《惜往日》《天问》中的"辠"字,可能是汉代转写时改而未尽,也可能是后人又回改造成的。

032. 微霜降而下戒

下,一本作不。谭介甫《屈赋新编》说:"下,一作不,按不字是,盖'不'左脱一'丿'成'下'字。"

今按:"下""不"当为形近而讹。谭介甫的说法可备一说。今查碑刻文字,发现有写作"丕"形的"下"字,②这种写法的"下"与"不"形体极为接近,因此"不戒"之"不"有可能被误认为"下"。

谭介甫、王泗原认为当作"不"。谭介甫引《九辩》"秋既先戒以白

---

① 金开诚、董洪利、高路明:《屈原集校注·前言》,中华书局1996年版,第1—9页。
② 臧克和主编:《汉魏六朝隋唐五代字形表》,南方日报出版社2011年版,第3页。

露兮，冬又申之以严霜"后说："因白露为霜之始，故此称微霜。盖微霜降若不警戒，则严霜降时，芳草必致早夭。"王泗原《楚辞校释》说："下戒谓霜，不戒谓人。微霜降而人不戒，应当是谓人。作不戒是。微霜即当戒，防微杜渐。"据文意，谭、王之说可从。

033. 背法度而心治兮

治，洪兴祖、朱熹引一本作殆。闻一多《楚辞校补》说："《韩非子·用人篇》曰：'释法术而用（引者按："用"字衍）心治，'语意与此同。一本治作殆，非是。"《楚辞》学者也多就"心治"而立言，唯吴孟复有不同看法，他说："心治，洪兴祖、朱熹同引一本作'心殆'，疑心为必之误，必殆者，必危也。前两句中既无表明结果的字词，此两句中似不可再无。"①

今按：吴孟复认为"治"当从一本作"殆"，其说实不可信。第一，说"心"是"必"字之误，无版本上的根据。第二，从字形上看，二字并不相近，无由致讹。战国时期楚文字"必"作：（包山简139）、（郭店《成之闻之》简7），心作：（包山简247）、（郭店《缁衣》简8）。到篆隶阶段，"必"作：（《说文解字·八部》）、（帛书《老子甲》一六六）、（武威简《士相见》一〇），"心"作：（《说文解字·心部》）、（帛书《老子》甲二四）、（马王堆《战国纵横家书》一〇）。

从战国时期的楚文字到汉、魏时期的小篆、隶书，"心"和"必"两个字字形都相差较大，不太可能讹混，如果相混，也应该是在楷书阶段。第三，"心治"一词见于古书，参上引闻一多之说。第四，"背法度而心治"，王逸注曰"背弃圣制，用愚意也"，"用愚意"正释"心治"，可见王注本作"心治"。第五，"背法度而心治"前面的"乘骐骥而驰骋兮，无辔衔而自载。乘泛泭以下流兮，无舟楫而自备"描写了这样一种现象：乘无辔衔之骏马驰骋、乘无舟楫之船顺流而下。这种现

---

① 崔富章主编：《楚辞集校集释》，湖北教育出版社2003年版，第1752页。

象导致的危险结果不言而喻，正如治理国家"背法度而心治"一样，其结果之危险不言自明，正因为上下文有如此的相似性，所以作者紧接着才说"辟与此其无异"。如照吴孟复的理解，"背法度而必殆"强调的是结果，与上文"乘骐骥"云云所言的现象无相似性，既无相似性，则二者之间就无法构成譬喻，既无法构成譬喻，则下文"辟与此其无异"也就没有了根基。因此，我们认为原文当作"心治"。

034. 辟与此其无异

辟，洪兴祖引一本作譬，并解释说："辟，喻也，与譬同。"

今按："辟"的本义是法、法度。《说文·辟部》："辟，法也。"《尔雅·释诂一》："辟，法也。""譬"的本义是譬喻。《说文·言部》："譬，谕也。"古代在表示"譬喻"义时，"辟""譬"通用。朱骏声《说文通训定声·解部》："辟，叚借为譬。"《论语·子张》："譬之宫墙。"《汉石经》"譬"作"辟"。《荀子·仲尼》："辟之是犹伏而咶。"杨倞注："辟读为譬。"战国楚文字材料中，在表示"譬喻"义时，也是借"辟"字为之。郭店《五行》简 47："俞〈喻〉而智（知）之胃（谓）之进之。辟而智（知）之胃（谓）之进之。""辟"，整理者读为"譬"。"譬"字出现较晚，除《说文》收录其小篆形体外，在古文字材料中尚未见到该字。从文字的产生时代及古书的用字习惯看，《惜往日》原文当作"辟"，一本作"譬"，当是后人以本字改之而成。

第四节　考古发现与《九歌》《远游》《九辩》异文考辨

035. 猋远举兮云中

猋，《文选》五臣本作焱。朱熹《楚辞集注》本亦作焱，并注曰："焱，卑遥反，其字从三火。"洪兴祖曰："《大人赋》曰：'猋风涌而云浮。'李善引此，作焱，其字从火，非也。"毛晋说："焱，今本作'猋'，乃读艳，火焰也，非。"①

今按：当作"猋"，洪、毛所校是。王逸注："猋，去疾貌也。"《说文·犬部》"猋，犬走貌。"段玉裁注："猋，引申为凡走之偁。"《说文·火部》："焱，火华也。"《广韵·锡韵》："焱，火焰也。""焱"为"猋"形近讹字。战国楚文字尚未见到"猋"和"焱"字，但从其所从偏旁看，犬与火形体差别较大，因此二字在战国时期不可能相讹。《说文》已收"猋""焱"，形体还是有很大差别的。隶书中有"猋"字，还未见"焱"字，但从"焱"字中"火"旁的写法看，"猋"与"焱"相讹的可能性也不大。二字讹误，当发生在楷书阶段。

036. 鼂骋骛兮江皋

鼂，洪兴祖引一本作朝。《天问》："而快鼂饱。"鼂，洪兴祖、朱熹皆引一本作朝，又引一本作晁。

今按：《说文·黾部》："鼂，匽鼂，读若朝。扬雄说，匽鼂，虫名。杜林以为朝旦非是。从黾从旦。"关于"鼂"字之构形，文字学家多有猜测。根据战国秦简材料，"鼂"字当从日，而非从旦。汉印中也有此字，也是从日的。《汗简·日部》《古文四声韵·宵韵》收有《古尚书》及《籀韵》此字，也是从日。古书"鼂""朝"常通用。《左传·昭公七年》："史朝。"《汉书古今人表》作"卫史鼂"。 颜师古认为"鼂"为古"朝"字。《汉书·严助传》："鼂不及夕。"颜师古注："鼂，古朝字。""晁"，根据汉字一般结构，当分析为从日兆声，古人认为也是朝之古字。《文选·上林赋》："晁采琬琰，和氏出焉。"李善注："晁，古朝字。""朝"，《说文》亦训为"旦也"。因此，如果从传世文献用字情况看，《楚辞》

---

① 毛晋说参崔富章主编《楚辞集校集注》，湖北教育出版社2003年版，第756页。

原文作"朝""鼂""晁"皆有可能。但从出土文献材料看，《楚辞》原文当作"朝"。首先，"晁"字晚出，不但出土战国秦汉文献中未见，《说文》亦未收；而"朝"字早在商周时期就已出现。①"鼂"字虽见于战国时期的睡虎地秦简，②但却是秦系文字的用法；楚文字中未见"鼂"字。其次，表"朝旦"之义，秦文字是"朝""鼂"并用，而楚文字皆用"朝"字。

《楚辞》中"朝夕"之"朝"或作"鼂"，当是经汉人改写而成。根据出土汉代竹简、帛书、石刻等材料，可知"鼂"字在汉代仍在使用，但仅用为姓氏；"朝夕"之"朝"写作"朝"，与《史记》反映出的用字情况一致。《汉书》表"朝夕"义时，"朝""鼂"并用，这与班固好用古字有关。《楚辞》在汉代流传时，一些与班固类似的好古之士，因为不知道"鼂"是秦系文字特有的用法，而将其中部分"朝"字改写为"鼂"。③

037. 灵之来兮如云

如，洪兴祖引一本作若。

今按："如"，日母鱼部，"若"，日母铎部，二字都有"如同""如果"的意思，因此王力《同源字典》认为它们是同源关系。因为二字音义皆近，所以古书中常通用。《易·夬》："遇雨，若濡。""若"，帛书本作"如"，上博简本作"女（如）"。《老子》："爱以身为天下，若可托天下。""若"，郭店简本、北大汉简本、王本作"若"，帛书甲、乙本作"女（如）"。《老子》第20章："如享太牢。""如"，河上公本作"如"，帛书甲、乙本，北大汉简本，想尔注本，傅奕本作"若"。"如婴儿之未孩。""如"，河上公本作"如"，帛书甲、乙本，北大汉简本，想尔注本，傅奕本作"若"。"澹兮其若海。""若"，帛书甲、乙本及各传世本皆作"若"，北大汉简

---

① 汉语大字典编辑委员会编纂：《汉语大字典》（缩印本），四川辞书出版社、湖北辞书出版社1993年版，第874页。
② 鼂字字形参张守中撰集《睡虎地秦简文字编》，文物出版社1994年版，第199页。
③ 张世超：《战国秦汉时期用字情况举隅》，《中国文字研究》第1辑，广西教育出版社1999年版，第180—195页。

本作"如"。《老子》第64章:"慎终如始。""如",传世本及北大汉简本作"如",郭店简本作"女(如)",帛书甲、乙本作"若"。①

关于它们之间的差异,周法高指出,《书经》《庄子》《左传》等假设句多用"若",《诗经》《论语》《孟子》等则多用"如",可能是由于方言或习惯的差异。周守晋通过调查统计指出,在出土战国文献中,表"如同"时,秦简基本用"如",楚简用"若",也用"如"。表"如果"时,秦简基本用"若",楚简基本用"如"。在表示"如同"时,楚文献"如""若"都用,功能上没有明显的差异,显得无规律可循。②因此,根据楚简及汉代简帛的用字习惯,很难断定《湘夫人》原文当作"如"还是"若"。

038. 羡韩众之得一

众,洪兴祖、朱熹皆引一本作终。洪兴祖引《列仙传》曰:"齐人韩终,为王采药,王不肯服,终自服之,遂得仙也。"姜亮夫《屈原赋校注》云:"洪补引《列仙传》作终,则众乃音近而误。"

今按:"众""终"古音皆为章母冬部,二字古通用。《易·杂卦》:"大有众也。"《释文》"众",荀作"终"。《书·舜典》:"怙终贼刑。"《史记·五帝本纪》同,《集解》引徐广曰:"终一作众。"《仪礼·士相见》:"众皆若是。"郑注:"今文众作终。"武威汉简《士相见之礼》简11亦作"终"。《老子》第21章:"自古及今,其名不去,以阅众甫。""众",帛书甲本、乙本,北大汉简本同,想尔注本作"终"。《老子》第26章:"是以圣人终日行,不离辎重。""终",帛书甲本作"众"。银雀山汉简《晏子内篇杂上》第二:"过(祸)始弗智(知)也,过(祸)众弗智(知)也。""众",读为"终"。1977年甘肃玉门花海

---

① 上引《老子》用字情况参北京大学出土文献研究所编《北京大学藏西汉竹书》(贰),上海古籍出版社2012年版,第195、199、185页。

② 周守晋将传世文献与出土文献结合起来,探讨了"如"和"若"的用法。详细情况可参周守晋《出土战国文献语法研究》,北京大学出版社2005年版,第119—129页。

汉烽燧遗址出土一枚七面棱形觚，其铭为制诏，文云："……朕体不安，今将绝矣！与天地合同，众不复起……审察朕言，众身毋久。"文中"众"当读为"终"。上皆"众""终"通用之例，因此，"众""终"当为通用关系，而非姜亮夫所说音近而误。

039. 高阳邈以远兮

以，洪兴祖引一本作已。

今按："以""已"通用。《易·随》："有孚在道，以明，何咎。""以"，马王堆帛书本、上博简本皆作"已"。又，《易·蒙》初六："发蒙，利用刑人。用说桎梏以往，吝。""以"，马王堆帛书本作"已"。睡虎地秦简《法律答问》："以乞鞫及为人乞鞫者，狱已断乃听，且未断犹听殹（也）。"《战国纵横家书·苏秦使盛庆献书于燕王》章："勺（赵）以用薛公、徐为之谋谨齐，故齐【赵】相倍（背）也。"《苏秦自赵献书于齐王》章（一）："臣以好处于齐，齐王终臣之身不谋燕。"《苏秦谓齐王》章（四）："王以和三晋伐秦，秦必不敢言救宋。"上引各句中的"以"皆读为"已"。

040. 自压桉而学诵

压，洪兴祖引一本作厌。朱熹《集注》本作厌，引一本作压。又，《大招》："举杰压陛"，压，洪兴祖引一本作厌。《九叹·怨思》："伤压次而不发兮"，压，洪兴祖引一本作厌。

今按：《说文·甘部》："猒，饱也。"段玉裁注："'厌'专行而'猒'废矣。"《说文·厂部》："厌，笮也。"段玉裁注："竹部曰：笮者，迫也。此义今人作压，乃古今字之殊。"《说文·土部》："压，坏也。一曰塞补。"徐灏笺："猒者，猒饫本字，引申为猒足、猒恶之义。俗以厌为厌恶，别制餍为餍饫、餍足，又从厌加土为覆压字。""猒""厌""压"等字的记录职能是变化的，"饱"及其引申义"满足""厌恶"本由"猒"字记录，后又借用本义为"笮"的"厌"字来记录，以致后来"猒"字废弃不用；"厌"被借去之后，同时记录本义、引申义、假借义，后主要用来记录假借义，其本义、引申义借用"压"字来记录；"压"本有本义及引申义，被借去之后，同时记录本义、引申义、假借义。三字记录职能似乎带有一种递相转移的特征。由于这几个字记录职能的变化错综复杂，古书在记录某个意义时，"猒""厌""压"常通用。《礼记·檀弓上》："死而不吊者三畏厌溺。"《公羊传·定公十五年》何注引"厌"作"压"。《左传·成公十六年》："楚晨压晋军而陈。"《通典·兵三》引"压"作"厌"。《列子·汤问》："彼其厌我哉。"《释文》："厌本又作压。"《荀子·强国》："如墙厌之。"杨倞注："厌读如压。"出土简帛文献中亦有它们相通的例子。银雀山汉墓竹简《孙膑兵法·官一》："□□乖举，所以厌津也。""厌"，读为"压"。

041. 被荷裯之晏晏兮

晏晏，洪兴祖说《艺文类聚》引作炅炅。

今按："晏晏"，见于古书，如《尔雅》："晏晏，柔也。""晏晏"又写作"宴宴"，如《诗·卫风·氓》"言笑宴宴"。毛传："宴宴，和柔也。"古书未见"炅炅"连用。王逸注："晏晏，盛貌也。"可见王逸本作"晏晏"。关于"晏晏"与"炅炅"的关系，我们在《考古发现与〈楚辞〉校读》一书中，曾根据"炅"的"古迥切"读音，认为"炅"与"晏"读音接近，在传抄过程中，"晏晏"误作"炅炅"。现在关于二者之间的关系，还可做进一步分析。

马王堆帛书《老子》甲本《德经》："趮胜寒，靓（静）胜炅。""炅"，乙本残，郭店本《老子》作"然"，传世本作"热"。又："或炅或吹之"，"炅"，乙本作"热"。"炅"，整理者说此字从火，日声，为热字异体。王辉在《古文字通假字典》"炅"字条下怀疑："此字上部非日，而是呈字之省，《玉篇》：'呈与埕同。'《方言》卷六：'涅，垫，下也。'

钱铎（引者按：当作绎）笺疏：'《广雅》："埿，下也。"《说文》："埿，黑土在水中也。"涅、埿古今字。'昱、涅质部泥纽，与热质月旁转，泥日准双声，音甚接近。也可看作从火日声。日月部匣纽（引者按：当为日纽），与热叠韵。"学者皆从形声角度分析"昦"字结构，此字也可分析为从日从火会"热"之义。《素问》之《举痛论》《调经论》《五过论》亦有"昦"字，皆训为"热"。因此，无论字形结构如何分析，该字为"热"之异体似为没有问题。作为"热"的异体的"昦"，与《广韵》注为古迥切、古惠切的"昦"字，似乎是同形字。①

"昦（热）"，日母月部，"晏"，影母元部，月部、元部是严格的阴阳对转关系。从读音看，"晏"与"昦"（热）关系似乎更近一些。另外，"昦""晏"在字形上也比较接近，②因此，"晏"和"昦"形成异文，与字形相近也有关系。

042. 前轾辌之锵锵兮

轾，洪兴祖引一本作轾。闻一多《楚辞校补》认为当作轾。

今按：闻说可从。"轾"，车前重向下。《玉篇·车部》："蛰，前顿曰蛰，后顿曰轩。轾同蛰。"《说文·车部》："轻，轻车也。""辌，卧车也。""辌"也可指轻车。《招魂》："轩辌既低"，王逸注："轩辌皆轻车名。""轩""辌"连用，指轻车，与下文"后辎乘之从从"之"辎乘"指重车正好相对。若作"轾"，则为车行前重向下之状，与"辌"连用，很难理解，又与下文"辎乘"不对应。故"轾"当从一本作"轻"。"轾""轻"当是形近而误。但这种讹误应该发生在秦汉以后，因为在战国楚文字中，两个字的字形并不接近。尽管目前接触到的楚文字中还没有发现"轾"和"轻"字，但"至"旁作：⚘（郭店《语丛一》简69）、⚘（郭店《唐虞之道》简26）；"巠"旁作"𦀰"（郭店《太一生水》简7"经"字所从），两个

---

① 关于同形字，可参看裘锡圭《文字学概要》，商务印书馆2013年版，第201—210页。
② 相关字形参看汉语大字典字形组编《秦汉魏晋篆隶字形表》，四川辞书出版社1985年版。

偏旁的差别很大，因此"轻""輊"讹混的可能性不大。秦汉以后，"轻"作"軽"（《孙子》七八），"輊"，篆隶字形中仍未见，"至"作偏旁写作"至"（西陲简五一·九一"到"字所从），与"軽"（轻）字右边所从的"王"已经很接近了，文献中确有"至"旁与"巠"相混的例子，如《素问·厥论》："手阳明少阳厥逆，发喉痹，嗌肿，痓。林亿注云："按全元起本痓作痉。"因此，"轻""輊"极有可能讹混。

第五节　考古发现与《招魂》《大招》异文考辨

043. 惟魂是索些

惟，洪兴祖引一本作唯。

今按：《说文·口部》："唯，诺也。"《说文·心部》："惟，凡思也。""唯""惟"各有本义，然在古书中又皆可用为语词。但在目前所见出土文献中，在表语词义时，多写作"唯"或"隹"。郭店《缁衣》简7—8："《少（小）夏（雅）》员（云）：'非其止之共唯王邛。'"今本《礼记·缁衣》"唯"作"惟"。《成之闻之》简23："《君奭》曰：'唯冒不（丕）单禹（称）惪（德）。'害（盍）？言疾也。"今本《尚书·君奭》"唯"作"惟"。随州孔家坡汉简《随日·直室门》："使人必赊，唯人尽出，三日言必大至。"上博《亘先》："天道既载，隹（唯）一犹一，隹（唯）复以犹复。"郭店《缁衣》简5："《尹诰》员（云）：'隹尹（伊）尹及汤，咸又（有）一惪（德）。'""隹"，今本《缁衣》作"惟"。从出土文献实际用字情况及与今本用字对照情况看，《招魂》原本作"唯"或"隹"的可能性较大。

044. 豺狼从目

豺，黄省曾本作犲。

今按："豻"见于《说文·豸部》。出土文献中亦见此字，如睡虎地秦简《日书》甲77反、龙岗秦简255皆有此字。"犴"为"豻"之俗字。《字汇·犬部》："犴，俗豻字。""犴"见于汉魏时代，徐美人墓志写作：犴（《字形表》，第673页）。

人们通常认为俗字后起，又因"豻"在战国时期就已出现，而"犴"出现于汉魏时代，所以人们很容易得出《招魂》原文当作"豻"的结论。但在这里我们要指出的是，有些俗字来源很古，关于这一点，早有学者提及。李学勤先生在《伞》这篇文章里说：

> 现在知道，至少在秦代已经存在"伞"这个写法，并不是晚出的。这个例子说明，研究汉字的发展不可轻视所谓"俗字"，有的"俗字"来源很古，后来成为"正字"，"伞"不过是其中之一而已。

除李学勤先生举的"繖"的俗体字"伞"在秦代就已产生的例子外，还有俗体产生时代比较早的例子。如"狥"字，《正字通·犬部》："狥，即豹字。豹之省作狥，犹豻之省作犴。""狥"即"豹"的俗体。"狥"的产生可以早到战国时代。如《古玺汇编》1015号"肖狥"的"狥"、《集成》第17册第461页第11391号二十九年相邦赵戈中的"狥"，就是"豹"字。[①]再如"礼"字，其简俗体"礼"春秋时期就已出现。通过上面这些例子，我们应该意识到，传世文献中的"俗字"可能有较早的来源，保留俗字的版本也许更能反映古书原貌。

045. 参目虎首

参，洪兴祖引一本作三。

今按：王逸注："言土伯之头，其貌如虎，而有三目。"王逸将"参"

[①] 参吴振武《赵二十九年相邦赵豹戈补考》，四川联合大学历史系主编《徐中舒先生百年诞辰纪念文集》，巴蜀书社1998年版，第170—172页。

理解为数目字"三",故解"参目"为"三目"。"参""三"作数目字用时,古通用。《周礼·地官·大司徒》:"其食者参之一。"《左传·昭公十三年》《正义》引"参"作"三"。《左传·隐公元年》:"大都不过参国之一。"《诗·小雅·鸿雁》《正义》引"参"作"三"。《史记·淮阴侯列传》:"参分天下王之。"《汉书·韩信传》"参"作"三"。《易·蒙》:"初筮告,再三渎,渎则不告。"汉帛书《周易》三作参。《战国策·赵策一》:"韩亡三川。"马王堆帛书《战国纵横家书》"三"作"参"。郭店《语丛三》简 67:"名式(二),勿(物)参(三)。"上博(五)《姑(苦)成家父》简 1:"姑(苦)成家父以亓族参郄正(征)百豫,不思(使)反(返)廷。"《三德》:"天共甞(时),地共材,民共力,明王无思,是胃(谓)参(三)悳(德)。"上博(六)《用曰》简 1:"参(三)节之未得,豫(舍)命乃萦。"虽说"参""三"可通用,但"参目"不能读为"三目",当读为"眈目",汤炳正先生结合出土实物资料已做过说明。①

046. 溺水㴲㴲只

溺,朱熹引一本作弱。

今按:"溺""弱"古通用。《书·禹贡》"导弱水。"《释文》:"弱本或作溺。"《左传·昭公八年》:"陈侯溺卒。"《史记·陈杞世家》"溺"作"弱"。《楚辞·九怀·陶壅》"浮溺水兮舒光",洪兴祖曰:"溺与弱同。"郭店《老子》甲简 33—34 "骨溺筋柔而捉固"和简 37 "溺也者,道之用也"中的"溺"字,马王堆帛书甲本及王弼本皆作"弱"。郭店《太一生水》简 9 "天道贵溺"中的"溺"当读为弱。上博(五)《姑(苦)成家父》简 10:"参(三)郄既亡,公家乃溺(弱)。"睡虎地秦简《封诊式》:"下道矢弱(溺),污两却(脚)。"张家山汉简《脉

---

① 汤说参汤炳正《曾侯乙墓的棺画与〈招魂〉中的"土伯"》,《屈赋新探》,齐鲁书社 1984 年版,第 278 页。

书》："在戒，不能弱（溺），为闭。"马王堆汉墓帛书《五十二病方·加（痂）》"以南（男）潼（童）弱（溺）一斗半并口，煮熟……"北大汉简《节》简12："阳在室曰臧（藏），在堂溺，在庭卑，在门顺。""溺"，当读为"弱"。"弱""溺"战国时期皆已出现，根据王逸注"其水淖溺"，可知王本作"溺"。汤炳正说："溺水，漩急的水，易于沈没物体，故曰'溺水'。"

047. 豕首纵目

纵，洪兴祖引一本作从。

今按："纵""从"古书中常通用。《诗·齐风·南山》："横从其亩。"《白孔六帖》八引"从"作"纵"。《诗·大雅·民劳》："无纵诡随。"《左传·昭公二十年》《孔子家语·正论》引"纵"作"从"。出土古文字资料中也有二字相通的例证。郭店《唐虞之道》简15："从仁、圣可与，岂（时）弗可及歟（嘻）"。①简文中的"从"当读为"纵"。上博（七）《凡物流形》甲本简3—4："天降五度，吾奚衡奚从？""从"与"衡"相对，当读为"纵"。马王堆汉墓《战国纵横家书》第十三："使从（纵）亲之国，如带而已。"北大汉简《节》简24："险则员（圆）之，丘陵则从之。"简26："冬为从陈，杸（殳）为前行。"简文中的两个"从"字，皆读为"纵"。张家山汉简《算数书》中"纵横"之"纵"皆作"从"。②虽然出土战国文字资料中，"从""纵"都已出现，但根据战国秦汉时期的用字习惯，《大招》古本作"从"的可能性比较大。

048. 清馨冻歈

歈，洪兴祖引一本作饮。朱熹引一本作饮，一本作歈。

---

① 及，《郭店楚墓竹简》释文释为"秉"，用尖括号括注为"及"，以为是"及"的误字。李零根据《正始石经》《汗简》《古文四声韵》等材料指出此字并非"秉"字，而是"及"字的古文。参看李零《郭店楚简校读记》（增订本），北京大学出版社2002年版，第97页。

② 参白于蓝《战国秦汉简帛古书通假字汇纂》，福建人民出版社2012年版，第641—642页。

今按：《说文·欠部》："歙，歙也。从欠，酓声。""歙"已见于甲骨文，像人张口伸舌饮酒之形，西周金文将"口"形及"舌"形改造为"今"声，遂成形声结构。"饮"，《说文》未收，然已见于时代为春秋时期的铜器曾孟嬭谏盆中，武威汉简中亦有使用。① 该形为今楷书所从。古人认为"歙"为"饮"之古文。《玉篇·欠部》："歙，古文饮。""歆"，后世字书未见，其形当源于"歙"字。"歆"左下之"音"旁应为"歙"字左旁"今"之下部与"酉"字之误合或俗写。② "歆"可看作"歙""饮"之异体。出土文献中，表"饮用"之义时，多作"歙"。马王堆汉墓帛书《养生方·加》："善裹以韦，日一歙（饮）之。悔（每）歙（饮），三指最（撮）入酒中。"关沮秦汉墓简牍《病方及其它》简 309—310："用之，取十余叔（菽）置鬻（粥）中而歙（饮）之，已肠辟。不已，复益歙（饮）之。"据出土古文字材料尤其是秦汉简帛文献材料，我们认为《大招》原文作"歙"的可能性极大。

049. 曼鹔鹴只

鹴，洪兴祖引一本作鹴。

今按：《说文·鸟部》："鹔，鹔鹴也。"《广韵·阳韵》："鹴，鹔鹴。鹴同上。"《集韵·阳韵》："鹴，《说文》：'鹔鹴也。'西方神鸟，或从霜。"据《广韵》《集韵》，"鹴""鹴"当为异体字。"鹴"，除见于《说文》外，还见于汉神爵元年鹴首残砖。"鹴"字为后起异体字。"鹔鹴（鹴）"，出土文献或作"萧相"。马王堆汉墓帛书《十问》："举凫雁、鹄、萧相、蚖檀、鱼鳖（鳖）、奘（蟮）动之徒，胥食而生者也。""萧相"，整理者读为"鹔鹴"。③ "鹴"字很可能是在通假字"相"的基础上逐渐形成的。

---

① 季旭升：《说文新证》，福建人民出版社 2010 年版，第 723 页。

② 这种误合或俗写，可能还有读音上的考虑，歙、音古皆为影母侵部，将"歙"左下方写成"音"，可能是对声旁的一种改造。

③ 整理者意见参裘锡圭主编，湖南省博物馆、复旦大学出土文献与古文字研究中心编纂《长沙马王堆汉墓简帛集成》（陆），中华书局 2014 年版，第 149 页。

050. 以娱昔只

昔，洪兴祖引一本作夕。

今按："昔"，古属心母铎部，"夕"，属邪母铎部，二字韵部相同，声母为齿音旁纽，读音相近，常通用。《战国策·楚策四》："宿夕而死。"《韩非子·奸劫弑臣》《韩诗外传》四"夕"作"昔"。《庄子·天运》："则通昔不寐矣。"《意林》引"昔"作"夕"。古文字资料里亦能见到二字相通之例，如《九店》简44："君昔受某之聂币芳粮，囟（思）某遬（来）归飤（食）故。""昔"，李家浩先生《九店楚简"告武夷"研究》认为当读作"夕"。马王堆汉墓帛书《十问》："故一昔不卧，百日不复。""昔"，当读为"夕"。银雀山汉简《晏子》："今昔吾薨（梦）二丈夫立而怒。""昔"，读作"夕"。"昔""夕"在楚文字资料中都已出现，很难断定《大招》古本作何字。

第四章　考古发现与《楚辞》疑难词语训解

闻一多在《楚辞校补·引言》中说：

　　较古的文学作品所以难读，大概不出三种原因。（一）先作品而存在的时代背景与作者个人的意识形态，因年代久远，史料不足，难于了解；（二）作品所作的语言文字，尤其那些"约定俗成"的白字（训诂家所谓"假借字"），最易陷读者于多歧亡羊的苦境；（三）后作品而产生的传本的讹误，往往也误人不浅。《楚辞》恰巧是这三种困难都具备的一部古书。

　　《楚辞》中的疑难词语，经过历代学者的不断努力，能用传世文献解决的问题，前人基本上都解决了，尚未解决的问题，如果没有新材料的发现，也难以有实质性的进展。近年，随着出土古文字材料的不断发现和公布，尤其是战国时期楚国材料的不断发现，我们看到了与屈原生活时代大致相同的文字材料，这些新材料为我们解决《楚辞》疑难词语提供了基础。

第四章　考古发现与《楚辞》疑难词语训解

第一节　考古发现与《离骚》疑难词语训解

001. 兮

语气词"兮"的使用，是《楚辞》形式上的一大特点。在不同篇章中，"兮"出现的位置不同，如《离骚》《远游》及《九章》的大部分出现在奇数句句末，《九歌》《九辩》出现在每句句中，《橘颂》及《九章》之《涉江》《抽思》的乱辞部分出现在偶数句句末。

今按："兮"在《切韵》《广韵》中都列为"齐"韵，反切为胡鸡反。上古音"兮"该归入何部，古音学家意见并不一致。段玉裁、朱骏声等将其归入支部。孔广森则将其归入歌部，他在《诗声类》卷七中说："'兮'，《唐韵》在十二齐，古音未有确证。然《泰誓》'断断猗'，《大学》引作'断断兮'，似'兮''猗'音义相同。'猗'古读'阿'，则'兮'字亦当读'阿'。尝考《诗》例，助字在韵句下者必自相协。若《墓门》之、止同用，《北门》之、哉同用，《采菽》之、矣同用，皆之、咍部字也。兮字则《旄丘》、《君子偕老》、《氓》、《遵大路》皆与'也'同用。今读'兮'为'阿'，与'也'声正相类。又《九歌》：'愁人兮奈何''愿若今兮无亏'。《天问》：'斡维焉系？天极焉加？八柱何当？东南何亏？''亏'字亦五支之当改入歌戈者，《说文》乎从'丂'，或从'兮'，未必非'兮'声也。"①孔氏把"兮"归入歌部，除根据押韵外，"兮"与"猗"异文是另一个重要证据。胡敕瑞主要根据异文材料，认为"兮"与"可"在古本中为一字。②他所依据的文献主要有传世本《诗经》与阜阳汉简《诗经》，传世本《老子》与郭店简、帛书本、北大汉简本《老子》。如：

---

① 孔广森：《诗声类》，中华书局1983年版，第22页。
② 胡敕瑞：《试论"兮"与"可"及其相关问题》，《民俗典籍文字研究》2015年第1期。

1. 父兮母兮，畜我不卒。（《诗经·邶风·简兮》）

   父旖母旖，畜我不卒。（阜阳汉简《诗经》）

2. 简兮简兮，方将万舞。（《诗经·邶风·简兮》）

   简旖简旖，方将万舞。（阜阳汉简《诗经》）

3. 湛兮，似或存。（传世傅奕本《老子》）

   湛旖，佁或存。（北大本《老子》）

   湛呵，佁或存。（马王堆《老子》乙本）

4. 渊兮，似万物之宗。（传世傅奕本《老子》）

   渊旖，佁万物之宗。（北大本《老子》）

5. 湛兮，似或存。（传世傅奕本《老子》）

   渊呵，佁万物之宗。（马王堆《老子》甲、乙本）

6. 道之出言，淡兮其无味。（传世傅奕本《老子》）

   古道□□□，淡可亓无味。（郭店本《老子》）

   故道之出言也，曰淡呵其无味也。（马王堆《老子》甲、乙本）

   道之出言，曰淡旖其无味。（北大本《老子》）

另外，阜阳汉简《诗经·郑风·缁衣》"□予有（又）荙（改）造猗"及《狡童》"□□我言猗"两句中的"猗"，今本皆作"兮"。通过对比发现，与今本"兮"形成异文的有"旖""旖""猗""呵""可"几个字。"旖""旖""猗""呵"的一级声符皆为"可"。传世本《诗经》之《葛覃》《螽斯》《伐檀》中的"兮"字，在新近公布的安徽大学藏简本《诗经》中作"可"。[1] 上博简《李颂》使用了较多的语气词"可"，"可"所在的位置同于《橘颂》中"兮"所在的位置。学者认为上博（八）中《李颂》《有皇将起》《鹠鹓》三篇楚辞作品中的语气词"可"皆当读为"兮"。还有一种重要材料胡敕瑞没有引到，即阜阳汉简《楚辞》。阜阳汉简是1977

---

[1] 安徽大学汉字发展与应用研究中心编，黄德宽、徐在国主编：《安徽大学藏战国竹简》（一），中西书局2019年版，第72页。

第四章　考古发现与《楚辞》疑难词语训解

年在发掘阜阳县双古堆一号汉墓时发现的。整理小组在《阜阳汉简简介》一文中说："阜阳简中发现有两片《楚辞》，一为《离骚》残句，仅存四字，一为《涉江》残句，仅存五字。"① 根据这个介绍，我们还不知道残句的实际情况。1987 年，整理小组发表了《阜阳汉简〈楚辞〉》一文，对此做了较为详细的介绍：

> 阜阳汉简《楚辞》仅存有两片。一片是屈原《离骚》第四句"惟庚寅吾以降"中的"寅吾以降"四字，简纵裂，存右边字的三分之二，残长 3.5；宽处 0.5 厘米。另一片是屈原《九章·涉江》"船容与而不进兮，淹回水而凝滞"。（引者按：此处句号似误用）两句中"不进旖奄回水"六字，"水"字仅存一残笔，"不"字完整，其他四字存左边的四分之三。简残长 4.2；宽处 0.4 厘米。简文淹作"奄"，兮作"旖"，与今本不同。兮字在阜阳《诗经》里也作"旖"，马王堆本《老子》中的兮作"呵"，旖、呵都是楚声，长沙、阜阳均为楚地，楚地作楚声是很自然的。阜阳汉简《楚辞》虽说仅存下片文只字，但它是我们今天能够看到的 2100 多年前屈原作品的最早写本。一字千金，十分可贵。②

据墓中出土的铜器、漆器上的铭文和《史记》《汉书》的有关记载，可知墓主人是西汉开国功臣夏侯婴之子第二代汝阴侯夏侯灶。灶卒于汉文帝十五年（公元前 165 年），因此这批汉简的下限年代不晚于这一年。这说明，西汉时期流传的《楚辞》，语气词"兮"还不作"兮"。上述异文材料及出土《楚辞》与楚辞体文献皆有利于"兮"源于"可"的说法。

已有学者指出，就目前掌握的出土文献看，语气词"兮"出现于汉代。如《敦煌汉简》编号 2253 的《风雨诗》："日不显目兮黑云多，月不可视兮风非（飞）沙？从（纵）恣蒙水诚（成）江河，州（周）流灌注兮转扬

---

① 文物局古文献研究室、安徽省阜阳地区博物馆阜阳汉简整理组：《阜阳汉简简介》，《文物》1983 年第 2 期。
② 阜阳汉简整理组：《阜阳汉简〈楚辞〉》，《中国韵文学刊》1987 年总第 1 期。

波。辟柱槙（颠）到（倒）忘（妄）相加，天门来（侠／狭）小路彭（滂）池（沱）。无因以上如之何，兴章教海（诲）兮诚难过。"西汉铜器铭文亦可见"兮"字，如西汉中期昭明连弧纹镜"内清质以昭明，光兮象夫日月"，西汉中晚期四乳铭文镜"长宜了孙，富贵昌兮"，西汉晚期四神博局镜"景公之象兮""长相思兮世不绝"，西汉晚期云雷连弧纹镜"清光兮宜佳人"。铜镜铭文"兮"字多作"个"，如"胯"字右旁。"胯"异体作"胯"，可见"胯"字右旁即"兮"。①

从"兮"字出现的时代及出土战国秦汉文献反映的用字习惯看，《楚辞》原本的"兮"似当写作"可"或以"可"为声符的字。

002. 后悔遁而有他

王逸注此句曰："言怀王始信任己，与我评议国政，后用谗言，中道悔恨，隐匿其情，而有他志也。"王注认为"有他"即"有他志"，《楚辞》学者也多采此说。唯黄灵庚、张晓蔚在《楚辞简帛义证札记》（下简称黄文）中提出了不同看法，他们说："王逸注'有他志'云云，以'他'解'他志'，盖以意解之。'他'，犹上'信谗'之谗佞。有他，谓任用谗佞也。他者，犹恙也。《孟子·告子》上：'所以考其善不善者，岂有他哉？'《春秋繁露·身之养重于义》：'圣人天地动四时化者，非有他也。'《上海楚竹书》（三）《周易》：'有孚海缶，冬（终）逨有他。'《战国楚竹书》（五）《苦成家父》：'吾毋有他，正公事。'《信阳楚墓·墨子》残简：'附如□，相保如□，毋（无）佗'。有他、无他，皆古之恒语，犹有恙也。"②

今按： 黄文认为"有他""无他"，皆古之恒语，这是对的，但说"犹有恙也"则不对，一则"有他"虽可理解为"有恙"，但"无他"不能理

---

① 相关论述可参胡敕瑞《试论"兮"与"可"及其相关问题》，《民俗典籍文字研究》2015年第1期。

② 黄灵庚、张晓蔚：《楚辞简帛义证札记》，《中国文化研究》2010年春之卷。

第四章 考古发现与《楚辞》疑难词语训解 ◆◇◆

解为"有恙";二则古代的"有他"(或作它、佗,下皆以"他"代替)、"无他"有两种常见用法,一是"他"作名词,意思是"恙";二是"他"作代词,意思是"别的""其他的",黄文的说法以偏概全。黄文为证明"他"有"恙"义,举了五个例子,由于《信阳楚墓·墨子》是残简,文意不清,我们不做讨论。我们对其他四例试做分析。先看《孟子·告子上》中的"有他"。由于黄文引文较为简略,我们将其相关上下文引述如下,然后再做分析。

> 孟子曰:"人之于身也,兼所爱;兼所爱,则兼所养也。无尺寸之肤不爱焉,则无尺寸之肤不养也。所以考其善不善者,岂有他哉?于己取之而已矣。

孟子这段话的大意是,人对自己的身体是普遍的爱护,普遍的爱护就是普遍的保养。考察人是不是善于爱护自身,难道有其他的办法吗?从自己身上来取例就可以了。文中"岂有他哉"是对"考其善不善"的方法的询问,而下文"于己取之而已矣"正是对此问的回答。根据文意,"有他"的含义是"有别的办法",而不是"有恙"。

黄文所引《春秋繁露·身之养重于义》的引文也较简略,其相关上下文是:

> 先王显德以示民,民乐而歌之以为诗,说而化之以为俗,故不令而自行,不禁而自止,从上之意,不待使之,若自然矣,故曰:圣人天地动四时化者,非有他也,其见义大,故能动,动故能化,化故能大行,化大行故法不犯,法不犯故刑不用,刑不用则尧舜之功德,此大治之道也,先圣传授而复也。

根据文意,"圣人天地动四时化"的原因"非有他"(没有别的),而是因为"其见义大,故能动,动故能化"等等。因此文中的"他"不能理解成"恙"。

黄文所引简本《周易》原文作：

又（有）孚海缶，冬（终）逑（来）又（有）它吉。①

黄文漏引"吉"字。此为《比》初六之辞。《象》曰："《比》之初六，有它吉也。"《周易》这句话的意思是，如果人的诚信如海如缶那样饱满充实，终会有其他的吉利。②

《苦成家父》原简作：

吾毋又（有）它（他），正公事，唯死安（焉）逃之？③

根据简文文意，"正公事"是对"毋有他"的进一步解释说明，因此"他"不能解释为"恙"。

根据上面的分析，黄文所举的这四个例子都不能证明"他"可理解为"恙"。

确如黄氏所说，"有他""无他"，皆古之恒语，文献中常见"有他""无他"的说法，如：

1. 上谓共王："我未有子，人命不讳，一朝有它（他），且不复相见。尔长留侍我矣！"（《汉书·元后传》）

2. 诏告嚣曰："若束手自诣，父子相见，保无佗（他）也。（《后汉书·隗嚣传》）

3. 援间至河内，过存伯春，见其奴吉从西方还，说伯春小弟仲舒望见吉，欲问伯春无它（他）否，竟不能言，晓夕号泣，婉转尘中。（《后汉书·马援传》）

---

① 马承源主编：《上海博物馆藏战国楚竹书》（三），上海古籍出版社2003年版，第148页。
② 译文参袁庭栋《周易初阶》，巴蜀书社2004年版，第32页。
③ 马承源主编：《上海博物馆藏战国楚竹书》（五），上海古籍出版社2005年版，第244页。

第四章 考古发现与《楚辞》疑难词语训解 ◆◇◆

4. 昔武王克商，光有天下，其兄弟之国者十有五人，姬姓之国者四十人，皆举亲也。夫举无他，唯善所在，亲疏一也。(《左传·昭公二十八年》)

5. 文子使王孙齐私于皋如，曰："子将大灭卫乎？抑纳君而已乎？"皋如曰："寡君之命无他，纳卫君而已。"(《左传·哀公二十六年》)

6. 司城茷使宣言于国曰："大尹惑蛊其君，而专其利，今君无疾而死，死又匿之，是无他矣，大尹之罪也。"(《左传·哀公二十六年》)

7. 其君子思其君，且知其罪，曰："必事秦，有死无他。"(《国语·晋语三》)

8. 古之大立功名与安国免身者，其道无他，其必此之由也。(《吕氏春秋·报更》)

9. 古之人所以大过人者无他焉，善推其所为而已矣。(《孟子·梁惠王上》)

10. 学问之道无他，求其放心而已矣。(《孟子·告子上》)

11. 欲知舜与跖之分，无他，利与善之间也。(《孟子·尽心上》)

12. 专惟君而无他兮，又众兆之所雠也。(《楚辞·九章·惜诵》)

13. 疾亲君而无他兮，有招祸之道也。(《楚辞·九章·惜诵》)

根据文意，前三个例子中的"有他""无他"是我们上文说的第一种用法，后十个例子中的"无他"是我们讲的第二种用法。既然"有他"可以有两种解释，那么"后悔遁而有他"中的"有他"该如何解释呢？我们认为，要想正确理解"有他"，应该紧紧围绕《楚辞》文本本身来探讨。"后悔遁而有他"所在的语境是：

曰黄昏以为期兮，羌中道而改路。初既与余成言兮，后悔遁而有他。

与此相类的诗句亦见于《九章·抽思》：

昔君与我诚言兮，曰黄昏以为期。羌中道而回畔兮，反既有此他志。

二者虽用词不同，但表达的含义相近，都是在讲自己当初与国君有所约定，并商定以黄昏为期，但国君半道儿改变了初衷而有了别的打算。《离骚》中的"他"，《抽思》作"他志"。可见王逸将"有他"解释为"有他志"是有根据的。《离骚》之"有他"、《抽思》之"他志"承上文"成言""诚言"而来。"成言"，约定之言，"有他""他志"意谓背弃约定之言而有其他的想法。如照黄文，将"他"理解为"羌"，则"后悔遁而有羌"窒碍难通，故黄说殊不可取。

洪兴祖怀疑"曰黄昏以为期兮，羌中道而改路"两句是后人所增，楚辞学者多从此说。如果从文意上考虑，一三句在说自己与国君有所约定，二四句是讲国君半路改变了主意。照此考虑，一二句与三四句表达的意思是一样的，因此陆侃如先生在谈到前两句为后人所增时说，这二句与下文"初既与余成言兮，后悔遁而有他"的意义一样，可不是画蛇添足吗？依陆侃如等学者的意见，"羌中道而改路"与"后悔遁而有他"表示的含义相同，则"有他"正与"改路"相对应，因此从这个角度看，"有他"也不能理解为有羌。

003. 哀民生之多艰

王逸注："艰，难也。言己自伤所行不合于世，将效彭咸沈身于渊，乃太息长悲，哀念万民受命而生，遭遇多难，以殒其身。申生雉经，子胥沈江，是谓多难也。"五臣云："言我自伤忠信，不合当代，故太息掩涕，哀此万姓，遭轻薄之俗，而多屯难。"陆侃如、高亨认为这两句揭出作者自己爱人民的思想。"汤炳正《楚辞今注》注曰："民生，指民众。"汪瑗《楚辞集解》曰："'哀人生之多艰'与'终不察夫人心'人字，是屈原自谓也。一作民字，旧注谓指万民百姓而言，非是。"王夫之《楚辞通释》云："民，人也。谓同列之小人，如靳尚之党。"蒋骥《山带阁注楚辞》说："民，人也。原自谓，下民心同。"陈本礼《屈辞精义》曰："民，泛指孤臣孽子言。"游国恩《离骚纂义》认为："民生即人生，本书多以

第四章　考古发现与《楚辞》疑难词语训解

民代人,下文终不察夫民心,相观民之计极,民好恶其不同;《哀郢》民离散而相失,皆是也。民生多艰盖指广大楚国人之遭遇而言。"

今按: 上引各家对"民"字的理解不同,王逸以"万民"、五臣以"万姓"释"民",他们是将"民"理解为"人民""民众",这是高亨、汤炳正等说法的来源,更是后人将其解读为屈原忧国忧民、关心民生疾苦的表现的基础。然根据《离骚》上下文:

> 謇吾法夫前修兮,非世俗之所服。虽不周于今之人兮,愿依彭咸之遗则。长太息以掩涕兮,哀民生之多艰。余虽好修姱以鞿羁兮,謇朝谇而夕替。既替余以蕙纕兮,又申之以揽茝。亦余心之所善兮,虽九死其犹未悔。怨灵修之浩荡兮,终不察夫民心。众女嫉余之蛾眉兮,谣诼谓余以善淫。

此段文字写"吾"效法先贤,非但不为今人所认可,反遭嫉妒,并且灵修亦不体察自己之衷心。可见,"哀民生之多艰"是哀自己人生多艰,与民众无关,故王逸等人的说法实不可信。

汪瑷等将"民"理解为"人",但具体所指有所不同。对此游国恩有过评论,他说:"汪瑷、蒋骥所谓屈原自谓,陈本礼以为泛指孤臣孽子,并非;王夫之谓指同列小人,更谬以千里。"[①]游国恩指出陈本礼、王夫之之说非,是也。然他认为汪瑷、蒋骥之说误及解释"民生多艰"为"盖指广大楚国人之遭遇而言",则非。原因如下:第一,如上文所说,此处之"民生"是屈原自己之人生,汪瑷、蒋骥的说法是可信的;第二,将"民生"解释为广大楚国人,与王逸等人的说法并无本质区别。

《民生》,《辞源》收有三义:一是平民的生计;二是人的本性;三是明代科举制度,庶民纳粟入官,援生员之例取得监生资格的,叫民生。而无"人生"之义。

[①] 游国恩:《离骚纂义》,游国恩著,游宝谅编:《游国恩楚辞论著集》第一卷,中华书局2008年版,第130页。

《民生》，古当有"人生"之义。清华简《越公其事》简17—18："孤疾痌（痛）之，以民生之不长而自不终亓（其）命，用事（使）徒遽趣圣（听）命于……人还越百里。"相关语句亦见简73："殹民生不仍，王其母（毋）死。民生地上，寓也，其与几可（何）？"简文所记亦见于《国语·吴语》："因使人告于吴王曰：'天以吴赐越，孤不敢不受。以民生之不长，王其无死！民生于地上，寓也，其与几何？'"清华简整理者注："民生不长，大意是人的寿命不长。""民生不仍，犹人生不再，意为人只有一次生命。"①整理者说是。《左传·宣公十二年》："楚自克庸以来，其君无日不讨国人而训之于民生之不易，祸至之无日，戒惧之不可以怠……箴之曰：民生在勤，勤则不匮。"此段中的"民生"，或理解为"人民的生计"，②不确。武家璧指出，此所谓"民生之不易""民生在勤"都是人生观的问题。屈原"哀民生之多艰"，实即其祖训"民生之不易"的翻版。③

《离骚》："民生各有所乐兮，余独好脩以为常。"王逸注："言万民禀天命而生，各有所乐，或乐谄佞，或乐贪淫，我独好脩正直以为常行也。"朱熹《集注》："言人生各随气习，有所好乐，或邪或正，或清或浊，种种不同。"朱注得之。

004. 亦余心之所善兮

王逸连下句"虽九死其犹未悔"注曰："悔，恨也。言己履行忠信，执守清白，亦我中心之所美善也。虽以见过支解九死，终不悔恨。"詹安泰说："亦，这里作实在、真正解。善，美善。《后汉书·窦融传》赞：

---

① 清华大学出土文献研究与保护中心编，李学勤主编：《清华大学藏战国竹简》（柒），中西书局2017年版，第124、151页。
② 李梦生：《左传译注》，上海古籍出版社2004年版，第481页。《辞源》在义项一下亦引此句为例。
③ 武家璧：《屈原"哀民生之多艰"正解》，《中国语文》2012年第1期。

第四章 考古发现与《楚辞》疑难词语训解

'亦称雄才。'注：'亦犹实也。'"①徐仁甫《古诗别解》卷二《楚辞别解》认为："'亦'犹'固'也，亦训乃，固亦训乃，则亦犹固，可推知。"②金开诚等认为亦为语助词。

今按：王逸未单释"亦"字，在串讲文意时，又直落下来，可见王逸是将"亦"理解为其常用义的。但将"亦"理解为常用义"也""又"，实际上是有问题的。"亦"作"也""又"讲，常为承上之词，而"亦余心之所善兮"一句，无上可承。考虑到按照"亦"的常用义理解该句并不合适，詹安泰、徐仁甫等才专门做了解释。但他们的说法也是有问题的。詹安泰认为"亦"当作"实在""真正"解，可"亦"本身并无此义，《窦融传》赞中的"亦"完全可以理解为"也""又"。徐仁甫的说法，在逻辑上是有问题的。我们讲的同义关系，是就义项而言的，不是就整个词说的。"亦训乃，固亦训乃"，只能说明"亦"的诸多义项中有一个和"乃"的诸多义项中的一个可构成同义关系，"亦"的诸多义项中有一个和"固"的诸多义项中的一个可构成同义关系，因此想证明"亦犹固也"，必须证明与"乃""固"构成同义关系的是"亦"的同一个义项。然作者并未就此做进一步说明。下面我们试做分析。"亦"训"乃"，见于《经传释词》《古书虚字集释》《经词衍释》《助字辨略》等书。解惠全等在列举各家所举例句后加按语说："以'乃'释'固'，失之笼统，因为'乃'用法复杂，义项繁多。"并进一步指出，各书所出例句，只有例③⑨的"固""故"可训乃，译为于是、就、才。"亦"训"乃"，见于《古书虚字集释》，解惠全等按曰："其实'亦'仍为也义，在例中可译为也就、也就是，'就'是按今之习惯加上的。"③解惠全等所加按语是可信的。根据解惠全等人的意见，"亦"训"乃"实际上是不成立的。"亦"无"乃"训，"则亦犹固也"的结论也就失去了存在的基础。即使我们承认"亦"训"乃"

---

① 詹安泰：《离骚笺疏 李璟李煜词校注 花外集笺注》，上海古籍出版社 2011 年版，第 36 页。
② 徐仁甫：《古诗别解》，中华书局 2014 年版，第 26 页。
③ 解惠全等人的说法参解惠全、崔永琳、郑天一编著《古书虚词通解》，中华书局 2008 年版，第 226、924 页。

可以成立，但"亦"训"乃"，依《古书虚字集释》，当理解为"即""则"之义，为副词，起加强语气的作用；而"固"训"乃"，是取其"于是""就"之义，为连词，表承接，二者并非同一义项上的比较。

徐仁甫为说明"亦犹固也"，举了一些例子，如《论语·卫灵公》："子路愠见曰：'君子亦有穷乎？'子曰：'君子固穷。'"徐仁甫根据问句中用"亦"，答句中用"固"，认为"固犹亦也"。仔细阅读《卫灵公》中的这段文字，"亦"与"固"表达的语义是不同的，子路是问：君子也有困厄之时吗？孔子回答说：君子本来就困厄。子路认为君子不应该"有穷"，所以才会用"亦"，孔子认为"君子固穷"，用"固"来加强语气。"亦"依常用义"也"来理解，是完全可以的。徐仁甫所举的其他例子皆可如是分析。综上所述，"亦"训为"固"实不可信。

"亦"用为语助词的说法，见于《经传释词》《古书虚字集释》《助字辨略》《词诠》，然通过对各家所引例句的分析，解惠全等认为各例中的"亦"为"也""又"义，实际上否定了"亦"有语气助词用法的观点。

我们认为"亦"可能是"夹"字之误。楚文字中"亦"可写作：夾（郭店《性自命出》简29）；"夹"可写作：夾［上博（三）《周易》简27］。两个字的形体已经有些接近。到隶书里面，"亦"可写作：夾（《马王堆简帛文字编》，第414页）；"夹"可写作：夾（《马王堆简帛文字编》，第415页）。两个字的形体已经非常接近，讹误的可能性极大。古代"夹"与"挟"可通用。《礼记·檀弓上》："则与宾主夹之也。"《释文》："夹本又作挟。"《吕氏春秋·知分》："有两蛇夹绕其船。"《淮南子·道应训》"夹"作"挟"。出土战国秦汉文献中亦有二字相通的例子。上博简《竞公疟》："举邦为钦（禁），约夹（挟）者（诸）关。"张家山汉简《脉书》："出臂上廉，入肘中，乘臑，穿颊，入齿中，夹（挟）鼻。""挟"有"怀藏"之义。《尔雅·释言》："挟，藏也。"邢昺疏："谓隐藏物也。秦有挟书之律。"《广韵·帖韵》："挟，怀也，藏也。"《庄子·齐物论》："旁日月，挟宇宙。"成玄英疏："挟，怀藏也。"《资治通鉴·唐顺宗永贞元年》：" 侍御史窦群奏屯田员外郎刘禹锡挟邪乱政，不宜在朝。"

"夹（挟）余心之所善兮，虽九死其犹未悔"的意思是，内心藏有自己真心所喜爱的，即使为之死亡多次也不后悔。

005. 伏清白以死直兮

王逸注："言士有伏清白之志，以死忠直之节者。"王逸于"伏"如字解。闻一多《离骚解诂》认为当读作"服"。①

今按："伏"，当读作"服"，闻说是。"伏""服"古皆为并母职部，可通。《战国策·秦策一》："嫂蛇形匍伏。"《史记·苏秦列传》"匍伏"作"蒲服"。《史记·项羽本纪》："众乃皆伏。"《汉书·项籍传》伏作服。《易·同人·九三》："伏戎于莽。"汉帛书本伏作服。马王堆汉墓帛书《五十二病方》："伏食，父居北在，母居南止，同产三夫，为人不德。""伏"，读为"服"。②"服"，行也。《尔雅·释诂一》："服，行也。"《书·召诰》："越厥后王后民，兹服厥命。"孔颖达疏："谓继世之君及其时之人皆服行其君之命。"《晏子春秋·内篇谏上三》："君身服之，故外无怨治，内无乱行。"吴则虞曰："此服字当训行，身服之者犹言躬行之也。"

006. 孰云察余之中情

王逸注曰："屈原外困群佞，内被姊詈，知世莫识，言己之心志所执，不可户说人告，谁当察我中情之善否也。"《离骚》中还有一句相似的话："孰云察余之善恶"，王逸注："屈原答灵氛曰：当世之君，皆暗昧惑乱，不分善恶，谁当察我之善情而用己乎？是难去之意也。"王逸未单释"云"为何义，从文意串讲中可知，他似将其理解为"当"。后世治《楚辞》者，多将其理解

---

① 闻一多：《古典新义》，商务印书馆2011年版，第262—263页。
② 马继兴：《马王堆古医书考释》，湖南科学技术出版社1992年版，第413页。

为句中语气助词，如金开诚、熊任望、赵逵夫等。或理解为"说"，如谭介甫曰："云，犹言谁说。"王锡荣说："孰云，为何说。"或理解为"能"。①

今按：将"云"理解为无意义的语气助词，在《离骚》中很不合适，因为《离骚》中主语和谓语之间未见用语气助词之例。理解为"说"，不合文意。解释为"能"，于古无征。因此，这个问题还有继续探讨的必要。我们认为"云"为"其"字之误。战国楚文字中，"其"字主要有下面两种写法：丌［上博（三）《周易》简 26］、丌［上博（三）《周易》简 37］，"云"字作：乙［上博（三）《亘先》简 4］两个字字形还有一定差距，相讹混的可能性不大。至隶书阶段，"其"字及其古文写作：其（《银雀山汉简文字编》第 160 页）、丌（《银雀山汉简文字编》第 163 页），"云"字写作：云（北大《老子》简 163）。字形与第二种写法的"其"字极为接近，因此，"云"与"其"有发生讹混的可能。古书中确有二字讹混的例子。今本《诗经·卫风·氓》第四章"桑之落矣，其黄而陨"中的"其"字，在阜阳汉简《诗经》中写作"云"，整理者已经指出它是"其"字之误。②古书在传抄过程中，文字因形近而产生讹误的情况时有发生，即以出土文献为例，阜阳汉简中除"其"误作"云"之外，胡平生、韩自强还指出了简文中的其他错字，可参看。③郭店、上博竹简中的错字，裘锡圭先生已经撰文予以指出。④马王堆汉墓帛书《明君》行 423 将"栝"写成了"枯"，《战国纵横家书》行 055、《五十二病方》行 274 将"商"写成"商"，《缪和》行 034 将"天"写成"而"，《老子甲》行 064 将"徙"写成"送"。抄写工整，书法精美的北京大学藏西汉竹书《老子》中也有不少错字，如简

---

① 赵逵夫在《屈骚探幽》初版中，将"云"理解为"能"，在修订版中，改注为语气助词。有些学者虽未注释为"能"，但在翻译时，是译为"能"的，如梅桐生《楚辞今译》，贵州人民出版社 2000 年版，第 14 页。
② 文物局古文献研究室、安徽阜阳地区博物馆阜阳汉简整理组：《阜阳汉简〈诗经〉》，《文物》1984 年第 8 期。
③ 胡平生、韩自强：《阜阳汉简〈诗经〉简论》，《文物》1984 年第 8 期。
④ 裘锡圭：《谈谈上博简和郭店简中的错别字》，《裘锡圭学术文集》第二卷，复旦大学出版社 2012 年版，第 372—377 页。

7将"列"写成"死"、简55将"国"写成"固"、简93将"夫"写成"天"、简146将"治"写成"沽"、简196将"式"写成"武"等。因此，《离骚》中的"其"被错当成"云"一点儿都不奇怪。

"孰其"连用，古书有例。王充《论衡·超奇》："山之秃也，孰其茂也？地之洿也，孰其滋也？"张衡《大司农鲍德诔》："孰其能御？"此类句式中"其"用作语气副词，起加强语气的作用。

007. 世并举而好朋兮

举，王逸注曰："言世俗之人，皆行佞伪，相与朋党，并相荐举。"汤炳正《楚辞今注》认为"举"当读为"与"，"并与"谓互相勾结。

今按：汤说是也。古"举""与"相通之例甚多，如《周礼·地官·师氏》："王举则从。"故书"举"为"与"，杜子春云："当为与。"《史记·吕后本纪》："苍天举直。"《集解》引徐广曰："举一作与。"《汉书·赵幽王传》"举"作"与"。《韩非子·外储说右下》："庆赏赐与，民之所喜也。"《韩诗外传》七"与"作"举"。"举""与"相通之例，还多见于战国秦汉简帛中，如：

1. 君子智（知）而与（举）之，胃（谓）之尊贤；智（知）而事之，胃（谓）之尊贤者也。（郭店《五行》简43—44）

2. 古者尧之与（举）舜也：昏（闻）舜孝，智（知）其能养天下之老也；昏（闻）舜弟，智（知）其能事天下之长也。（郭店《唐虞之道》简22—23）

3. 夫子唯（虽）有与（举），女（汝）蜀（独）正之，几（岂）不又（有）狂（匡）也。（上博《仲弓》附简）

4. 将欲去之，必古（固）与（举）之。（马王堆《老子》甲）

5. 能与（举）曲直，能与（举）冬（终）始。（马王堆《经法·名理》）

6. 寡人已举（与）宋讲矣，乃来诤（争）得，三。（马王堆《战国纵横家书·苏秦自赵献书于齐王章》）

《楚辞》中"举""与"二字亦通用，如《九章·涉江》"与前世而皆然兮"，《七谏》作"举世而皆然兮"，且"举"洪兴祖引一本作"与"。

008. 依前圣以节中

王逸注："节，度也。言己所言，皆依前世圣人之法，节其中和。"黄灵庚《楚辞异文辩证》曰："节中，同屈赋他篇之'折中'。折，断也。节，本作断，形讹也。"

今按：我们在《考古发现与〈楚辞〉校读》中曾认为黄灵庚的"讹字说"较为精彩。但随着新材料的发现，我们认为黄说是有问题的。清华（柒）《子犯子余》简2—3："吾主好定而敬信，不秉祸利，身不忍人，古（故）走去之，以即中于天。"整理者注："即，读为'节'。《礼记·乐记》'好恶无节于内'，郑玄注：'节，法度也。'节中，即折中。"①出土文献中常见"即"与"节"相通的例子，如《易·夬》："不利即戎。"汉帛书本"即"作"节"。《易·鼎·九二》："我仇有疾，不我能即。"汉帛书本"即"作"节"。郭店《性自命出》简17—18："体其宜（义）而即夒（文）之，里（理）其青（情）而出内（入）之。""即"，裘锡圭先生怀疑当读为"节"。②"即"，上博简《性情论》正作"节"，裘先生的说法当可信。《性自命出》简20、21中的"即"，亦当读作"节"。根据出土文献尤其是楚简用字习惯，"即中"读作"节中"是非常合适的。这说明《离骚》中的"节"当不误，黄氏"讹字说"不可信。

009. 夏康娱以自纵

王逸注："夏康，启子太康也。娱，乐也。纵，放也。言太康不遵禹、启之乐，而更作淫声，放纵情欲，以自娱乐。"王逸以"夏康"连言，谓

---

① 清华大学出土文献研究与保护中心编，李学勤主编：《清华大学藏战国竹简》（柒），中西书局2017年版，第94页。

② 荆门市博物馆：《郭店楚墓竹简》，文物出版社1998年版，第182页注【一〇】。

第四章 考古发现与《楚辞》疑难词语训解

启子太康。钱杲之等从其说。然楚辞中"康娱"连用共三见,另两处亦见于《离骚》,作"日康娱而自忘兮""日康娱以淫游",因此,王逸注以"夏康"连言实误,"康"当与"娱"连读。汪瑗《楚辞集解》即已指出:"康娱,犹言逸豫也。"戴震《屈原赋注》亦曰:"言启作《九辩》《九歌》,示法后王,而夏之失德也,康娱自纵,以致丧乱。""康娱"连言,今已为学界所公认。然"夏"作何解,则众说纷纭。汪瑗曰:"夏,禹有天下之号,而此曰夏者,犹曰夏之子孙,指太康而言也。"姚鼐说:"'启九辩'下十六句,皆言失道君之致祸;'汤、禹'四句,皆言得道君之致福。启之失道,载《逸书·武观》篇,《墨子》所引是也。屈子以与浇并斥为'康娱',王逸误以'夏康'连读,解为太康;伪作古文者,遂有'太康尸位'之语,其失始于逸也。"胡绍煐说:"据《海外西经》、《大荒西经》、《易归藏》、《墨子》,是古于启恒有荒唐之说。'康娱'属启言,自是确当。窃谓'夏'当读如《尚书》'须夏之子孙'之夏,《礼记·乡饮酒礼》:'夏之为言假也'。《释名》:'夏,假也'。谓宽假也。盖暇豫之意,即《墨子》所谓'淫溢康乐'者也。"①王引之认为:"夏,当读为下,即《大荒西经》所谓夏后开'上三嫔于天,得九辩与九歌以下。此大穆之野,高二千仞,开焉始得歌九招'者也。"②姜亮夫《屈原赋校注》认为:"夏,读《诗》'夏屋渠渠'之夏,毛传'大也',《释诂》同。"刘永济说:"王氏训夏为下,虽据《大荒西经》之文,而以'下康娱以自纵'之下,为下大穆之野,文义终嫌太晦。夏本有大义,大康娱以自纵,犹言极康娱以自纵,即武观淫溢康乐之意。不烦假下字为说,而文意自足。……是夏也,假也,皆大之义,不必从宽暇立说固通也。"③于省吾《泽螺居楚辞新证》说:"'夏'字承上句'启九辩与九歌'为言。是说夏自启以来,逸豫恣纵。"游国恩《离骚纂义》云:"窃谓夏者,谓夏王也,

---

① 姚鼐、胡绍煐说见崔富章主编《楚辞集校集释》,湖北教育出版社 2003 年版,第 337—338 页。
② 王引之说见王念孙《读书杂志·余编下》,江苏古籍出版社 2000 年版,第 1037 页。
③ 刘永济:《屈赋通笺 笺屈余义》,中华书局 2007 年版,第 52—53 页。

犹下文不言文、武，而言周也。上言启而下言夏，变词以避复耳。"汤炳正《楚辞今注》说："夏，诸说纷纭，实当指夏启。此乃屈赋常用之'借代'格，即借朝代名称代指该朝帝王。"金开诚《屈原集校注》曰："其实'夏'即夏王朝，指的就是上句中的'启'。"赵逵夫云："泛指夏初朝廷，包括启、太康。"①各家关于"夏"字之说，可概括为如下几种。（1）指夏王，其中又可分为泛指与特指两类。泛指如游国恩、于省吾说；特指又可细分为指启，如汤炳正说；指太康，如汪瑗说；指启与太康，如赵逵夫说。（2）"夏"引申有"大"义，如刘永济、姜亮夫说。（3）"夏"通"假"，如胡绍煐说。（4）"夏"通"下"，如王引之说。

今按："夏"不能用为主语，姜亮夫已经做过很好的分析，可参看。"夏"不必读为"假"或"下"，上引刘永济说已经做过说明。"夏"虽有"大"义，然此种用法的"夏"多与名词连用，罕见与谓词性词语连用的例子，故刘永济、姜亮夫说亦不可信。我们认为"夏"当读为"雅"。古"夏"与"雅"通用。《韩非子·外储说右上》："公子夏。"《左传·襄公二十八年》作公子雅。《荀子·荣辱》："越人安越，楚人安楚，君子安雅。"《儒效》则作："居楚而楚，居越而越，居夏而夏。"郭店《缁衣》简7—8："《大夏》员（云）：'上帝板板，下民卒担。'《少（小）夏》员（云）：'非其止之，共唯王恶。'"《缁衣》所引为《诗》之《大雅·板》及《小雅·巧言》。简文"夏"当读为"雅"。上博简《孔子诗论》："大夏（雅），盛德也，多言。"帛书《五行·说》："犹孔子之闻轻者之鼓而得夏之卢。"白于蓝认为："'夏'似当读作'雅'。"②

古代"雅"有副词的用法，表示动作行为或事物的状态、性质向来如此，相当于素常、向来。《玉篇·隹部》："雅，素也。"杨树达《词诠》卷七："雅，时间副词。"《古书虚字集释》："雅，犹素也。"《助字辨略》："雅，故也，素也。"睡虎地秦简《法律答问》："甲乙雅不相

---

① 赵逵夫：《屈骚探幽》（修订本），巴蜀书社2004年版，第270页。
② 白于蓝：《战国秦汉简帛通假字汇纂》，福建人民出版社2012年版，第258页。

智（知）。""雅不相知"即素不相知。张家山汉简《奏谳书》简115："和曰：毛所盗牛雅扰易捕。"简220—221："改曰：'贫急毋作业，恒游旗下，数见买人券，言雅欲剽盗，详为券，操，视可盗，盗置券其旁，令吏求贾市者，毋言。'"上引《奏谳书》中的两个"雅"亦"素"义。《史记·高祖本纪》："雍齿雅不欲属沛公。"裴骃《集解》引苏林曰："雅，素也。"《汉书·董贤传》："光雅恭谨，知上欲尊宠贤，及闻贤当来，光警戒，衣冠出门侍。""雅恭谨"，"素恭谨也"。"夏（雅）康娱"即"素康娱"，与下文之"日康娱"结构、意义皆相近。

010. 浇身被服强圉兮

王逸注："浇，寒浞子也。强圉，多力也。"又连下句解释为："言浞取羿妻而生浇，强梁多力，纵放其情，不忍其欲，以杀夏后相也。"

今按：今本《竹书纪年》记此事曰："初，浞娶纯狐氏，有子，早死。其妇曰女岐，寡居。浇强圉，往至其户，阳有所求。女岐为之缝裳，共舍而宿。"学者已指出《竹书纪年》所记源于《离骚》《天问》。"强圉"，亦见于出土文献。马王堆帛书本《五行》："【□（肆）而】不畏强圉，果也。""强圉"又可作"强御"，《诗·大雅·烝民》："不畏强御。"又可作"强御"。《左传·昭公十二年》："穆子曰：'吾军帅强御，卒乘竞劝，今犹古也，齐将何事？'"《国语·周语中》："晋得其民，四军之帅，旅力方刚，卒伍治整，诸侯与之。是有五胜也：有辞，一也；得民，二也；军帅强御，三也；行列治整，四也；诸侯辑睦，五也。"汉桓宽《盐铁论·禁耕》："今放民于权利，罢盐铁以资暴彊（强），遂其贪心，众邪群聚，私门成党，则强御日以不制，而并兼之徒奸形成也。"还可作强圄，《汉书·公孙贺刘屈氂等传赞》："九江祝生奋史鱼之节，发愤懑，讥公卿，介然直而不挠，可谓不畏强圄矣。"亦可作"勥语"，郭店《五行》简34："肆而不畏勥语，果也。"

强圉可作强（或彊）御、勥（强）语，是因圉、御、语三字或其声旁古可通用。上引《烝民》句郑玄注："圄当作御。"《管子·轻重甲》："守圄之国用盐独甚。"尹知章注："圄与御同。"《左传·桓公十四年》："郑伯使其弟语来盟。"《公羊传》同，《穀梁传》语作"御"。《史记·天官书》："其人逢俉。"《索隐》："俉亦作迕。"《汉书·艺文志》："列子八篇。"班固自注："名圄寇。"《庄子》作列"御寇"。《汉书·司马迁传》："或有抵梧。"颜师古注引如淳曰："梧读曰迕，相触迕也。"出土文献中也有"吾"声与"午"声相通的例子。毛公鼎："以乃族干吾王身。"吴大澂《说文古籀补》说"干吾"即"骮敔"，"骮敔"，文献或作"捍御"。

"强圄"古有二义：一，强而有力，强而有力的保护者。上引《离骚》《左传》《国语》皆其例。二，豪强，有权势的人。如上引《诗》《盐铁论》《汉书》、简帛《五行》之例。

011. 相观民之计极

计，王逸注："谋也。"并解释此句说："言前观汤、武之所以兴，顾视桀、纣之所以亡，足以观察万民忠佞之谋，穷其真伪也。"洪兴祖《补注》："言观民之策，此为至矣。计，策也。极，至也。相观，重言之也。"朱熹、钱杲之、王夫之、吴汝纶、朱骏声、郭沫若、高亨、游国恩等都从训诂的角度做出种种解释。但这些解释由于既找不到训诂上的确凿根据，又缺乏史籍上的坚实证验，故只得就字作解，望文生义。因而在本句则词气扞格，在全节则语意乖舛，当然缺乏说服力。于省吾、汤炳正则从校勘的角度提出新的看法。于省吾《泽螺居楚辞新证》认为"计"字本应作"信"。汤炳正认为"计"是"许"字之误。他说：

考《离骚》此节用韵，以"极"字与下句"服"字叶，皆为古韵之部入声职部字，则"极"字非误文，可以肯定。问题当出于与"极"字连用的"计"字。按屈赋句末"极"字与他字连用而构成语句者甚多。如："四极"（《离骚》）、

第四章 考古发现与《楚辞》疑难词语训解

"未极"(《湘君》)、"既极"(《大司命》)、"能极"(《天问》)、"爰极"(《天问》)、"焉极"(《哀郢》)、"终极"(《远游》)、"所极"(《天问》凡一见,《招魂》凡二见),等等。从字形上看,上述各条"极"上一字皆无与"计"字讹混的可能。只有"所极"的"所"字,如果据古代典籍多以同音关系与"许"字相通假之例进行考虑,则"许"以形近讹而为"计",则是有可能的。古人"所""许"通用,如《诗经·伐木》"伐木许许",《说文·斤部》引"许许"作"所所";又如《墨子·非乐》"吾将恶许用之",即吾将何所用之;《礼记·檀弓》"高四尺所",即高四尺许。此皆"所"可通"许"之证。故疑《离骚》原作"相观民之所极",古本"所"或借"许"为之。因为"许"与"计"形近而传写为"计"。金文"许"字,如《五祀卫鼎》作"𧥷",《中山王鼎》作"𧥷",尤易与"计"互讹。①

紧接着根据古书"极"和"亟"常通用这一现象,汤先生认为"极"当读为"亟",训为"敬""爱",而"民之所极"就是"民之所敬爱者"。又根据1979年在河南淅川县的下寺楚墓中出土楚令尹子庚鼎铭文"令尹子庚,殹民之所亟,万年无期,……"指出,"民之所极"是楚国称颂大臣的习用语,《离骚》所谓"相观民之所极",绝不是偶然的。

今按:汤先生将传世文献与出土古文字资料结合起来,从文例、字形、通用等方面说明"计"当为"许"字之误,其说可从。《论衡·变虚》篇:"设国君计其言,令其臣归罪于国。"张宗祥按:"'计'疑'许'讹。"此可为"计""许"讹混之旁证。不但传世文献中有"极"和"亟"相通的例子,②出土文献中也有,如班簋:"乍(作)四方亟"、郭店《唐虞之道》简19—20:"亟仁之至,利天下而弗利也",两个"亟",都读作"极"。可见汤先生将诗句中的"极"读为"亟"是可信的。清华(伍)《汤处于汤丘》简17—18:"汤或(又)问于少(小)臣:'爱民女(如)

---

① 汤炳正:《民德·计极·天命观》,《屈赋新探》,齐鲁书社1984年版,第240页。
② "极""亟"相通之例参高亨《古字通假会典》,齐鲁书社1989年版,第382页。

台?'少(小)臣答曰:'远又(有)所亟,劳又(有)所思,饥又(有)所飤(食),深渊是淒(济),高山是逾,远民皆亟(极),是非爱民虎(乎)。'""所亟"之"亟",整理者注:"亟,《方言》:'爱也'。"①简文"所亟"与《离骚》用语及含义相同,又为汤说提供一重要证据。据楚简用字情况推测,"所极"之"极"楚辞古本当作"亟"。

012. 溘埃风余上征

王逸注:"溘,犹掩也。埃,尘也。言我设往行游,将乘玉虬,驾凤车,掩尘埃而上征,去离世俗,远群小也。"《离骚》此句有两个字意见较为分歧,一个是"溘"字,一个是"埃"字,而且二者相互纠缠。

梁章钜、刘师培、闻一多、姜亮夫等皆指出"溘埃风"有异文作"溢飍风"(详参下文)。刘永济说:"文选旁证曰:'吴都赋注,谢玄晖在郡卧病诗注,江文通杂拟,张黄门诗注,引溘埃风并作溢飍风。'吴都赋注作'溢飍风兮上征。'谢诗作'溢飍风而上征。'惟思玄赋注同此。楚辞考异曰:'文选注所引似即此句异文,存以俟考。'按溢飍风是唐代旧本如此,然溢,说文:'器满也',广雅释诂一:'出也',释诂二:'盛也',不如溘字义长。疑溢又溘之误,当作溘飍风余上征。"②蒋天枢说:"李善他篇注引此句,或作'溢',或作'溘','溢'字不可通,盖'溘'字之误也。"③

"溘"字,王逸解为"犹掩也"。王泗原《楚辞校释》、汤炳正《楚辞今注》皆从王说。何剑熏《楚辞新诂》认为王逸释"溘"字是,并从文字通用角度对王逸注做了说明:"余谓'溘'为'溘'之俗字,盍当读'奄'同'掩'。《远游》'掩浮云而上征'之'掩',亦可作'溘',因古'奄'、'盍'二字音同。'奄'在添部,'盍'在帖部,二部为平入故也。《墨

---

① 清华大学出土文献研究与保护中心编,李学勤主编:《清华大学藏战国竹简》(伍),中西书局2015年版,第140页。
② 刘永济:《屈赋通笺 笺屈余义》,中华书局2007年版,第36页。
③ 蒋天枢说参崔富章主编《楚辞集校集释》,湖北教育出版社2003年版,第403页。

第四章 考古发现与《楚辞》疑难词语训解

子·耕柱》：'古者周公旦非关叔，辞三公，东处于商盖。''商盖'即'商奄'。《左传·昭二十七年》：'吴公子掩余。'《史记·吴世家》、《刺客传》并作盍余……'盍'从'盍（盖）'声，'掩'从'奄'声，盍奄同声，故知'溘'与'掩'同。"

洪兴祖不同意王逸说，提出了另一种解释："溘，奄忽也。征，行也。言忽然风起，而余上征，犹所谓忽乎吾将行耳。"刘梦鹏、沈德鸿等从洪说。

亦有调和王、洪二说者，如黄寿祺说："溘，有两解：一，《章句》：'溘，犹掩也'，掩埃风，即乘着有尘埃的大风。二，《集注》：'奄忽也。'迅速的样子。溘埃风，即迅速地乘着尘风向天上飞行。"①谭介甫则认为："溘，犹言冒。"②

"埃"有异文作"颽"。王逸本作"埃"，故以"埃"之常义"尘"释之。后世学者多从王说，将"埃风"解释为"有尘埃的大风""携带尘沙之风""风起尘飞"等。亦有学者认为当从一本作"颽"，如何剑熏解释说："此句之'埃'字，实为'颽'字之声误。故当从一本作'颽风'。'颽'训'凉风'，亦可训为'暴风'。"

亦有学者虽从王本作"埃"，但以误字或通假说之。王夫之《楚辞通释》："埃，当作竢。传写之讹。"沈德鸿说："埃，疑培之讹。培，读为冯，冯，乘也。溘培风上征，谓忽然乘风而上也。"彭泽陶曰："埃风，犹乘风。埃借为挨，击背也。以龙为马，以凤为车，龙飞凤翔，击风之背，故谓之埃风。"③

对王夫之的说法，后人或支持或反对。支持者有闻一多、姜亮夫等。闻一多《楚辞校补》说："王说殆是也。《远游》曰：'……凌天池以径

---

① 崔富章主编：《楚辞集校集释》，湖北教育出版社2003年版，第410页。黄氏所引"溘，奄忽也"，当源自洪兴祖《楚辞补注》，《楚辞集校集释》引黄说作《集注》，似误。
② 谭介甫：《屈赋新编》，中华书局1978年版，第244页。
③ 沈德鸿、彭泽陶说见崔富章主编《楚辞集校集释》，湖北教育出版社2003年版，第405、409页。

度，风伯为余先驱兮，氛埃辟而清凉'。《淮南子·原道篇》曰：'是故大丈夫……乘云陵霄，与造化者俱，纵志舒节，以驰大区，……令雨师洒道，使风伯扫尘'。诸言飞升者，必先使风扫尘。此亦托为神仙之言，何遽欲冒尘埃之风以上升哉？'溘俟风余上征'与'愿俟时乎吾将刈'句法略同。至《文选·吴都赋》刘《注》，谢玄晖《在郡卧病呈沈尚书诗》注，江文通《杂体诗》注，吴曾《能改斋漫录》五，叶大庆《考古质疑》六所引作飚之本，疑亦非是。虽然，惟其字本作俟，故一本得以声近误为飚。若作埃，则无缘别有作飚之本矣。"姜亮夫《屈原赋校注》说："埃，王夫之曰：'当作竢，传写之误'。按王说是也，文选吴都赋注江淹杂体诗注谢朓在都病呈沈法曹注张黄门诗注，并引作飚风，盖原作竢，以声近字易之，埃风不可通也，埃竢形近而讹。"

不同意王夫之说法的学者有游国恩、何剑熏、胡念贻、金开诚、苏雪林等。游国恩《离骚纂义》说："王夫之以埃为竢之讹，则臆说不可从。"胡念贻曰："'埃'字不误。一，屈原非托为神仙家言，不当以《远游》与《淮南子》来比附。二，如作'溘竢风余上征'，则'溘'字无着落。'溘'字有疾速之义，要等待风来，就不显得疾速了。这和'愿竢时乎吾将刈'句法不同，'竢'字上用一'愿'字，用得恰好。'竢'字上用一'溘'字，语意扞格。三，屈原急欲上征，'溘埃风'正好显出急遽之状。埃尘滚滚，御风而去，方觉'溘'字传神。且王夫之提出的'埃当作竢'，并无版本根据，不可从。"[①]何剑熏亦认为王夫之、闻一多之说不可信，他说："埃风，当从《文选》作'飚风'，刘永济说是，王夫之、闻一多说当作'竢'则非。闻举《远游》及《淮南子》云：'诸言飞升者，必先使风扫尘。'殊知此言凌风上升与扫尘清道并无关系，若举《远游》，当举'掩浮云而上征'，不当举'风伯为余先驱兮'等句，此其一。又闻氏云：作'竢'，乃可因声近而误为'飚'，若作'埃'，（引者注：原文标点

[①] 胡念贻说见崔富章主编《楚辞集校集释》，湖北教育出版社2003年版，第403页。

第四章　考古发现与《楚辞》疑难词语训解

为句号，误）则无由致误。查'竢'、'埃'并从'矣'声，'矣'从'厶'声，二字古音本同，何以'竢'可误为'飂'，而'埃'独不可乎？此其二。王夫之、闻一多以'飂'应作'竢'，是不明'溢'字音训，若知'溢'读为'掩'，则'掩竢风'不词甚矣。有此三证，故其说不可从。"苏雪林说："笔者则以为竢者等待之谓，溢者淹忽之谓，两者意义正相反。既曰奄忽，不得更云等待。"①

今按： 关于异文问题，我们认为，"溢"，当为"溘"之形近讹字，刘氏、蒋氏定"溢"为"溘"字之误，其说可从。"埃"，何剑熏等认为当从《文选》注作"飂"，主要是从文意角度并结合古书古注来考虑的。《说文·风部》："飂，凉风也。"《广雅·释诂四》："飂，风也。"王念孙疏证曰："飂者，刘逵《蜀都赋》注引《离骚》：'溘飂风兮上征。'又引班固注云：'飂，疾也。'"按《集韵·之韵》："飂，《博雅》：'风也。'一曰飂，疾也。"《文选·左思〈吴都赋〉》："汨乘流以砰宕，翼飂风之飂飂。"吕向注："飂，疾风也。"虽说作"飂"文意较为顺畅，然王逸本已作"埃"，"飂"当是后世不解"埃"字之义而改就的。

"溘"字的解释，直接关系到"埃"字。王逸解"溘"为"犹掩也"，是将其看作动词。但从"犹"字看，王逸似乎认为"溘"实际并无"掩"义，而是随文可释为"掩"。何剑熏认为王注正确，但也不认为"溘"有"掩"义，故从文字通用角度做出解释。然虽说"溘"可通"掩"，但"掩"训"覆"、训"盖"，以"覆""盖"解释"溘"，文意并不通畅。"覆埃风"或"盖埃风"说明人已在空中，风在其下，"上征"已成已然之事，而"余上征"是将然之事，前后矛盾。可能意识到王逸注存在的问题，洪兴祖未从王说，而补注为"溘，奄忽也"。"溘"，见于《说文·水部》新附字，解释为"奄乎也"，这是洪兴祖之说的根据。"奄忽也"乃"溘"之常训，如《离骚》"宁溘死以流亡兮"，王逸注："溘，犹奄也。"又，

---

① 苏雪林：《楚骚新诂》，武汉大学出版社 2007 年版，第 103 页。

"溘吾游此春宫兮",王逸注:"溘,奄也。"然"奄忽"为形容词,若"溘"解作"奄忽",则"埃风"无着落。因此,王、洪之说皆有问题。黄寿祺虽对王、洪之说做了调和,但二者无法兼容,并且他对诗意所作的解释明显是增字解经,不足为训。谭介甫认为"溘,犹言冒"。"溘""冒"音义皆远,不知谭说何据。

再说"埃"字。王逸释"埃"为"尘",此为常训。《说文》:"埃,尘也。"唐玄应《一切经音义》卷十七引《通俗文》:"灰尘曰埃,埃亦尘也。"但因"溘"字之释存在问题,故以"尘"释"埃"很难讲通,所以才有了王夫之等人的说法。王夫之认为"埃"为"竢"传写之误,从古籍流传过程看,王说确有可能。可这个解释在文意上依然讲不通,胡念贻等已做了反驳。沈德鸿怀疑"埃"为"培"之讹,"培",读为"冯","冯",乘也。沈说从文意上说较为顺畅,然未见"埃"讹为"培"之例。彭泽陶认为"埃"借为"挨",击背也。"埃风",犹"乘风"。"埃""挨"皆从矣得声,可相通。但"击背之风"是从后向前之风,屈原"上征"当需自下向上之风,故彭说亦不可信。

我们认为,"埃风"不误。谭介甫据《逍遥游》郭象注做出过说明:"《庄子·逍遥游》:'野马也,尘埃也,生物之以息相吹也。'郭象注:'此皆鹏之所冯以飞者耳,野马者游气也。'按马,假为塺,此当读'野塺也,尘埃也'。'生物之以息相吹'即今言空气。空气中必有尘,因其细微不见,故云野塺,但壁隙日光中能见之。这种空气也可叫埃风,或简称为风,郭为'游气'亦得。"苏雪林亦曰:"凡物体动作过于迅疾,激动空气,则起风,起风则必扬起尘埃,物体之大者,所扬风尘亦必更大。今以玉虬驾车,以飞蔽一响之鹥鸟为盖,倏忽上升,则鼓荡埃风,也是必然的事。"

既然"埃风"不误,那么"溘"字该做何解?我们注意到,古书中常有"御风""驭风""培风""乘风"之说。《庄子·逍遥游》:"夫列子御风而行,泠然善也,旬有五日而后反……此虽免乎行,犹有所待也。"

第四章　考古发现与《楚辞》疑难词语训解

郦道元《水经注》："有时朝发白帝，暮到江陵，其间千二百里，虽乘奔御风，不以疾也。"苏轼《前赤壁赋》："浩浩乎如冯虚御风，而不知其所止。"《文选·谢庄〈宋孝武宣贵妃诔〉》："响乘气兮兰驭风，德有远兮声无穷。"刘禹锡《寻汪道士不遇》："仙子东南秀，泠然善驭风。"《逍遥游》："故九万里则风斯在下矣，而后乃今培风；背负青天而莫之夭遏者，而后乃今图南。"《列子·黄帝》："列子师老商氏，友伯高子，进二子之道，乘风而归。"苏轼《潮州修韩文公庙记》："天孙为织云锦裳，飘然乘风来帝旁。"尽管用词不同，但有一点是相同的，即皆需依风而行。如《庄子·逍遥游》："鹏之徙于南冥也，水击三千里，抟扶摇而上者九万里，去以六月息者也。"鹏鸟需借助六月的旋风才能飞到九万里高空。前引两条《逍遥游》的例子，也说明鹏鸟之飞、列子之行，皆要依靠风力。受此启发，我们认为"溘"也应是一个与"御""乘"或"凭依"意义相近的词。循此思路，我们以为"溘"为"去"字之误认，"去"与"寄"通，"寄"，依也。

"溘"字晚出，见于《说文·水部》新附字，分析为"从水，盍声"。"溘"字文献用例，最早见于《楚辞》。而从出土文献资料看，战国秦汉时代还未见"溘"字，《楚辞》中的"溘"字古本不应作"溘"，极有可能写作其声旁"盍"或可与"溘"相通的其他字，而根据战国楚文字反映出来的本字与通假字之间的形体关系，"溘"之前身极有可能是"盍"，而"盍"是"去"字之误认。要想说明这一点，我们需从"去"部字说起。

"去"是鱼部字，但是从"去"得声之字的读音却分成两系。一系是属于鱼部的，如"呿""袪"等。一系是属叶部收-p尾的，如"劫""怯""厺""鉣"等。《说文》把"厺""鉣"说为从"劫"省声，但"怯"字仍然说为从"去"声。古音学家则大都把属于叶部的从"去"声的字全都看作从"劫"省声。但从汉字通例看，"劫"本身就应该是一个从"去"声的字。《说文》将"劫"看作会意字，显然是牵强附会的。裘锡圭先生从古文字学角度指出：

从古文字来看，这个问题非常简单，原来小篆的"去"把较古的文字里两个读音不同的字混在一起了。古文字里有𠫓字，从"大"从"口"，表示把嘴张大的意思，这就是"口呿而不合"（《庄子·秋水》）的"呿"字的初文，也就是离去的"去"字。张开跟离去这两个意义显然是有联系的。古文字里又有一个象器皿上有盖子的𠮷字（也写作𠮷），"盖"字所从的"盍"字的上部的"去"就是这个字。这个字应该读为"盍"，正好是叶部字。……在小篆里𠫓、𠮷这两个形状相近的字已经混同了起来。这样，问题就清楚了，从"去"得声的鱼部字，所从的是离去的"去"。从"去"得声的叶部字，所从的则是象器盖相合的"去"（盍）。①

裘先生指出，古文字里像器皿上有盖子的读为"盍"的"𠮷"字与离去的"𠫓"在汉代已经混同了。楚辞在流传过程中存在文字被后人误认、误写的情况。我们在《考古发现与〈楚辞〉校读》中指出过这种现象。既然如此，《离骚》此句中的"去"字就很可能在汉代转写时被误认、误写为"盍"字。

"去"，古为溪母鱼部，寄为见母歌部。声母见、溪同为牙音，韵部鱼、歌旁转，古代两部常相通。上博（一）《孔子诗论》简21："《于差》吾喜之。"《于差》毛诗作《猗嗟》。"于"，鱼部，"猗"，歌部。马王堆帛书《六十四卦·卒（萃）》初六："一屋（握）于笑，勿血（恤）。"通行本《易》作"一握为笑"。"于"，鱼部，"为"，歌部。马王堆帛书《六十四卦》箇卦，初六、九二、九三、六四爻辞有"榦父之箇""榦母之箇"，"箇"，今通行本及汉石经本皆作"蛊"。"箇"，歌部，"蛊"，鱼部。古代还有去声与寄声直接相通的例子。郭店楚简本《老子》乙简8："爱以身为天下，若可以迲天下矣。""迲"，马王堆帛书甲、乙本，北大汉简本、传世想尔注本、傅奕本《老子》作"寄"，王弼本、河上公本作"托"。"迲"字，《汉语大字典》说音

---

① 裘锡圭：《谈谈古文字资料对古汉语研究的重要性》，《裘锡圭学术文集》第四卷，复旦大学出版社2012年版，第40—48页。

义未详，据汉字结构通例，此字当分析为从辵，去声。帛书本等作"寄"，与"达"乃音近相通关系。白于蓝认为"达"当读为"寓"。① 《说文》："寓，寄也。""寓""寄"义近，既然帛书本、汉简本等作"寄"，将"达"读为"寄"更为直接。王弼、河上公本作"托"，"托"与"寄"义近。《说文》："托，寄也。"《方言》二："托，寄也。凡寄为托。"

"寄"，依也，附也。《广雅·释诂》："寄，依也。"《战国策·齐策四》："（冯谖）使人属孟尝君，愿寄食门下。"《列子·天瑞》："杞国有人忧天地崩坠，身无所寄，废寝食者。"《管子·八观》："故曰：有地君国，而不务耕芸，寄生之君也。"《北齐书·广宁王孝珩传》："嗣君无独见之明，宰相非柱石之寄，恨不得握兵符，受庙算，展我心力耳。"白居易《有木诗》："托根附树身，开花寄树梢。""寄埃风余上征"，屈原是说自己将依尘风而上行。

013. 吾令丰隆乘云兮

王逸注："丰隆，云师，一曰雷师。"洪兴祖《补注》曰：

> 《九歌·云中君》注云：云神丰隆。五臣云：云神屏翳。按丰隆或云云师，或云雷师。屏翳或曰云师，或曰雨师，或曰风师。《归藏》云：丰隆，筮云气而告之，则云师也。《穆天子传》云：天子升昆仑，封丰隆之葬。郭璞云：丰隆筮师，御云得大壮卦，遂为雷师。《淮南子》曰：季春三月，丰隆乃出，以将其雨。张衡《思玄赋》云：丰隆軿其震庭，云师𩰚以交集。则丰隆，雷也；云师，屏翳也。《天问》曰：屏号起雨，则屏翳，雨师也。《洛神赋》云：屏翳收风，则风师也。又《周官》有飘师、雨师。《淮南子》云：雨师洒道，风伯扫尘，说者以为箕、毕二星。《列仙传》云：赤松子，神农时为雨师。《风俗通》云：玄冥为雨师。其说不同。据《楚词》，则以丰隆为云师，飞廉为风伯，屏翳为雨师耳。

---

① 白于蓝：《战国秦汉简帛古书通假字汇纂》，福建人民出版社2012年版，第236页。

汪瑗、蒋骥等皆从王、洪"云师"之说。然后世亦有不同意此说者，如朱熹曰："丰隆，雷师。"王夫之、鲁笔、陈本礼、胡绍煐、傅熊湘、沈德鸿、闻一多、姜亮夫等皆同朱说。何剑熏《楚辞新诂》则从得名之由验证朱说：

> 丰隆当为雷师，古人所取的神名，与所命之物或以声，或以形状为其依据，如风伯为飞廉，飞廉即风之切音。电名列缺，即由连蜷而来。本书《九歌·云中君》："灵连蜷兮既留。"连蜷即状电光委曲之状。云中君，即电神。列缺与连蜷皆双声字，故列缺为电。屏翳当为云师，屏翳，即蔽翳，云起，则天空即为之蔽翳矣。……因雨为云所兴，故又或以为屏翳为雨师。……丰隆即状雷声，长言之即为丰隆，短言之即为蓬。

早在何剑熏前，胡绍煐亦从声音角度分析了"丰隆"当为雷师。[①]对前人之说，游国恩《离骚纂义》有过评论："丰隆说虽不一，然以本书证之，宜从云师为是。且上文已有雷师告余以未具之言，则此处丰隆不当复以为雷师明甚。朱熹以下，多以为雷神，而又曲说之，似未当也。即胡氏征引传注，以明丰隆之为雷声，不知此自古有异说，不妨彼此各据所闻，非必定训，毋庸强合之也。"

今按：语境不同，"丰隆"所指不同。就《楚辞》而言，当从王逸、洪兴祖等人之说，"丰隆"实指云师。《九章·思美人》："愿寄言于浮云兮，遇丰隆而不降。"上句言"浮云"，下句言"丰隆"，"丰隆"指云神无疑。《远游》："召丰隆使先导兮，问太微之所居。"此承上句"掩浮云而上征"而来，"丰隆"亦当指云神。"丰隆"指云神，亦见于出土文献。北京大学藏西汉竹书《节》篇简17—18：

[①] 胡绍煐说参崔富章主编《楚辞集校集释》，湖北教育出版社2003年版，第477页。

子午刑德，丑未丰龙（隆），寅申风伯，卯酉大音，辰戌雷公，己亥雨师。刑德，将军也。酆（丰）龙（隆），司空也。风伯，侯公也。大音，令尉也。雷公，司马也。雨师，仓主也。

整理者注曰："'丰龙'，即丰隆。"[①]此简后文有雷公，则此当是以"丰隆"为云师。

014. 索藑茅以筳篿兮

王逸连下句"命灵氛为余占之"注曰："索，取也。藑茅，灵草也。筳，小折竹也。楚人名结草折竹以卜曰篿。灵氛，古明占吉凶者。言己欲去则无所集，欲止又不见用，忧懑不知所从，乃取神草竹筳，结而折之，以卜去留，使明智灵氛占其吉凶也。"

今按：王注"筳，小折竹也"不确，当为"筳，小策也"；"篿"也不是占卜方法，而是一种占卜工具，关于这个问题，汤炳正有过详细讨论，[②]我们也对此做过补证。根据已有的研究成果，我们知道楚人占卜以折竹为工具，并且在战国时期，这种小折竹还可借"敞""篙"等字来表示。楚人如何用这种小折竹来占卜，与一般卜筮之法是相同还是不同，这是我们要进一步探讨的问题。文献中有关于卜筮之法的记载，如敦煌数术书有《周公卜法》，是一种以四为数，十六卦为占的筮法，所用算筹为三十四枚。陶宗仪《南村辍耕录》卷二十还提到一种以三为数、九卦为占的筮法，号称"九天玄女课"，据说流行于吴楚之地，但无确证。

2009年初，北京大学接受捐赠，获得了一批从海外回归的西汉竹简。这批汉简全部属于古代书籍，含有近二十种文献，基本涵盖了《汉书·艺文志》的古书分类法"六略"中的各大门类，内容相当丰富，也是迄今发

[①] 北京大学出土文献研究所编：《北京大学藏西汉竹书》（伍），上海古籍出版社2014年版，第41页。

[②] 汤炳正：《楚辞类稿》，巴蜀书社1988年版，第210—215页。

现的古书类竹简中数量最大的一批。这批材料包含有总数达一千六百余枚竹简的种类繁多、内容丰富的数术书。2014 年,《北京大学藏西汉竹书》(伍)出版,本册中收有一篇卜筮类文献,原有篇题"荆决",写在第 2 简的背面。该篇简文现存竹简 39 枚,缀合后为 33 支,估计还有两支简缺佚,整理者根据北大简《日书》中所存的《荆决》部分补出了缺文。"荆"字指楚,"决"字同"诀",内容是讲楚地筮占的要诀。其中简 1—3 记载了卜筮之法:

> 镌(钻)龟告筮,不如荆决。若阴若阳,若短若长。所卜毋方,所占毋良,必察以明。卅筭以卜其事,若吉若凶,唯筭所从。左手持书,右手操筭,必东面。用卅筭,分以为三分,其上分衡(横),中分从(纵),下分衡(横)。四四而除之,不盈者勿除。

据简文,占卜者立于西,面朝东,右手持筭筹,左手持筮书。其筮占之法是把三十根筭筹任意分为上中下三份,任意分成的上中下三组数字,四个四个去掉,余数等于四或小于四,则不必再去掉。如上为十五,中为八,下为七,十五包含三个四,四个四个去掉,还剩一个三;八包含两个四,去掉一个四,还剩一个四;七包含一个四,去掉一个四,还剩一个三。这样得出的卦象是上三、中四、下三。用横画表示在上面的一组,竖画表示分在中间的一组,横画表示分在下面的一组。每卦只有三爻,三爻成卦,分别与十干、十二支相配,系之以辞,供人查验,每卦最后,附以吉凶的占断。① 占辞是以四言为主的韵语,如同诗歌,与传本《归藏》和《易林》的卦爻辞相似。北大汉简《荆决》的抄写时代虽为西汉中期,但其来源会更早,从"荆决"二字看,来源于先秦楚地应该是没有问题的。因此《荆决》的发现,对我们了解战国时期楚人及楚辞中的占卜具有重要意义。

---

① 北京大学出土文献研究所编:《北京大学藏西汉竹书》(伍),上海古籍出版社 2014 年版,第 169—171 页。

第四章 考古发现与《楚辞》疑难词语训解

015. 挚咎繇而能调

王逸连上句"汤禹严而求合兮"注曰:"严,敬也。合,匹也。挚,伊尹名,汤臣也。咎繇,禹臣也。调,和也。言汤、禹至圣,犹敬承天道,求其匹合,得伊尹、咎繇,乃能调和阴阳,而安天下也。"楚辞学者对"汤""禹""挚""咎繇"为人名皆无异议,唯姜亮夫有不同观点,他说:

> 挚者、王注"伊尹名,汤臣也"。按依王说挚为名词,则而能调三字不甚通。离骚句法,两句明一义者,下句首字多为动词:如"户服艾以盈要兮,谓幽兰其不可佩","及少康之未家兮,留有虞之二姚"皆是,则此挚必为动字无疑。又用而字成句者,其上必有一动字,如"遭周文而得举","偭规矩而改错","就重华而陈辞","望崦嵫而勿迫","帅云霓而来御","依(引者按:当作倚)阊阖而望予"等句法皆与此同,则挚字决无作名词用之理。挚者广雅释诂"引也"。王逸不知汤禹之汤宜训大,故以挚为汤臣伊尹之名,不知汤禹连文为不辞,更未审挚作名词用,则全句为不通矣,故不从,此言大禹敬求匹合,故能挚引皋陶,而能与之和调也。①

姜亮夫不同意王逸注的原因主要有两条:一是前一句"汤禹严而求合兮"的"汤"宜训为"大";二是根据离骚句法,"挚"所处的位置应该是一个动词,如为名词,则全句不通。

今按:我们认为姜说不可信。首先,"汤"不当训为"大",黄灵庚有过阐释,②我们根据楚简用字习惯也做过说明,故此说无据。其次,根据离骚句法,用"而"字成句者,其上不一定必有一动字,如"众薆然而蔽之"。再次,姜氏所谓全句不通,主要是指语法上不通。但实际上,将"挚"理解为名词,全句语法上并无问题。"挚""咎繇"并列短语作主语,"能调"作谓语,"而"为连词,用在主谓之间,这种现象古

---

① 姜亮夫:《屈原赋校注》,人民文学出版社1957年版,第114—115页。
② 黄灵庚:《楚辞异文辩证》,中州古籍出版社2000年版,第73—74页。

书中较为常见，如：

  1. 先生独未见夫仆乎？十人而从一人，宁力不胜，智不若耶？（《战国策·赵策》）

  2. 君子而不仁者有矣夫。（《论语·宪问》）

  3. 人而无信，不知其可也。（《论语·为政》）

  4. 子而思报父母之仇，臣而思报君之雠。（《国语·越语上》）

上引各句"而"皆用在主谓之间，正与"挚咎繇而能调"句式相同。另外，"挚"为伊尹之名，除见于《离骚》《天问》外，还见于下列记载：

  1. 帝乃降观，下逢伊挚。（《天问》）

  2. 伊挚，有莘氏之私臣，亲为庖厨，与接天子之政，治天下之民。（《墨子·尚贤中》）

  3. 昔殷之兴也，伊挚在夏；周之兴也，吕牙在殷。（《孙子·用间》）

  4. 汤往征弗服，执（挚）度，执（挚）德不僭。[清华（壹）《尹至》简4—5]

  5. 执（挚）告汤曰："我克协我友，今隹（惟）民远邦归志。"汤曰："於（呜）呼！吾可（何）祚于民，卑（俾）我众勿韦（违）朕言？"执（挚）曰："句（后）亓（其）赍之，亓（其）又（有）夏之[金]玉日（实）邑，舍之吉言。"[清华（壹）《尹诰》简2—4]

上引材料，皆将"挚"与"汤"联系在一起，因此将诗句中的"挚"理解为伊尹之名，无论从文意上还是从语言表达上皆无问题，姜氏之新解不可信。

016. 说操筑于傅岩兮

王逸连下句"武丁用而不疑"注曰："说，傅说也。傅岩，地名。武

第四章　考古发现与《楚辞》疑难词语训解

丁，殷之高宗也。言傅说抱道怀德，而遭遇刑罚，操筑作于傅岩。武丁思想贤者，梦得圣人，以其形像求之，因得傅说，登以为公，道用大兴，为殷高宗也。《书序》曰：高宗梦得说，使百工营求诸野，得诸傅岩，作《说命》，是佚篇也。"

今按：傅说为武丁贤臣，①武丁与傅说君臣相得之事，传世文献多有相关记载。②至南宋，蔡沈作《书集传》，释"筑"为"居"，后世学者有采其说者。③然释"筑"为"居"实不可信。若说《尚书·说命》"说筑傅岩之野"尚有理解为"居于傅岩之野"的可能，至于《孟子》"举于版筑之间"、本句"操筑于傅岩"之"筑"则不可解为"居"也，盖此二句之"筑"与"板""操"连用，指筑墙之工具无疑。此亦可据出土楚简说之。傅说之事亦见于郭店简、清华简。郭店《穷达以时》简4："释板筑而差（佐）天子，遇武丁也。"④简文"板筑"连言，皆指筑墙之工具，在文中构成并列短语作"释"的宾语。清华简《说命上》简1—2："隹（惟）殷王赐敚（说）于天，甬（庸）为失中（仲）使人。王命㡭（厥）百攻（工）向（像），以货旬（徇）求敚（说）于邑人。隹（惟）弼人得敚（说）于専（傅）岩，㡭（厥）卑（俾）绷弓、绅（引）关辟矢。敚（说）方筑城，塍降庸力。"简文叙傅说为上天所赐，时为失仲庸役之人。武丁命百工画像营求于邑，弼人得之于傅岩，傅说当时正躬身带索修筑城墙。文中"塍降庸力"正是

---

① 清华简（叁）收有《良臣》一篇，主要记叙黄帝以至春秋著名君主的良臣，其中简2记载："武丁有傅说。"参清华大学出土文献研究与保护中心编，李学勤主编《清华大学藏战国竹简》（叁），中西书局2012年版，第157页。

② 关于傅说的记载，见于《尚书》《庄子》《孟子》《墨子》《史记》等典籍。如《尚书·说命》："王庸作书以诰曰：'以台正于四方，惟恐德弗类，兹故弗言。恭默思道，梦帝赉予良弼，其代予言。'乃审厥象，俾以形旁求于天下。说筑傅岩之野，惟肖。爰立作相。王置诸其左右。"《庄子》："傅说胥靡。"《孟子》："傅说举于版筑之间。"《墨子》："昔者傅说居于北海之洲，圜土之上，衣褐带索，庸筑于傅岩之城，武丁得而举之，立为三公。"《史记》："武丁夜梦得圣人，名曰说。以梦所见视群臣百吏，皆非也。于是乃使百工营求之野，得说于傅险中。是时说为胥靡，筑于傅险。见于武丁，武丁曰是也。得而与之语，果圣人，举以为相，殷国大治。故遂以傅险姓之，号曰傅说。"

③ 学界意见可参游国恩《离骚纂义》，游国恩著，游宝谅编《游国恩楚辞论著集》第一卷，中华书局2008年版，第394—399页。

④ 此条所记为傅说之事，整理者已在注释中说明，参荆门市博物馆《郭店楚墓竹简》，文物出版社1998年版，第145—146页。

其筑城情况的再现。

游国恩对释"筑"为"居"的说法做过评论,他说:"傅说以胥靡而为武丁举用,虽未必信史,然证以古书,盖傅说如此而无可疑也。且《离骚》《天问》述此均极明确,不容更有异解,注骚而多引曲说,徒乱人意,毕竟何预于阐释本文耶?诸说之以筑为居,而以说为圣之隐者,或谓其代胥靡刑人筑道云云,盖皆不信奴隶之中亦有贤者耳,噫,何所见之偏耶!"今证之简文,"筑"不当释为"居"愈明矣。

017. 乱

《离骚》:"乱曰:已矣哉,国无人莫我知兮,又何怀乎故都?既莫足与为美政兮,吾将从彭咸之所居。"除《离骚》外,《九章》之《涉江》《哀郢》《抽思》《怀沙》,以及《招魂》等亦皆有"乱曰"。此"乱"为何义,又因何而得名,学者意见较为分歧。关于"乱"之含义,传统上主要有五种说法。

第一,"治理说"。王逸为《离骚》之"乱"作注曰:"乱,理也。所以发理词指,总撮其要也。屈原舒肆愤懑,极意陈词,或去或留,文采纷华,然后结括一言,以明所趣之意也。"洪兴祖《补注》曰:"《国语》云:其辑之乱。辑,成也。凡作篇章既成,撮其大要以为乱辞也。《离骚》有乱有重。乱者,总理一赋之终。"钱杲之曰:"治乱曰乱,赋末有乱,所以总治一篇之义。"汪瑗说:"乱者,总理之意。"蒋天枢亦云:"乱,理也,理其旨趣以约节之也。"

第二,"乐之卒章说"。很多学者认为"乱"与音乐有关,指乐曲的最后一章。如李陈玉曰:"凡曲终曰乱。盖八音竞奏,以收众声之成。"闻一多说:"乐终曰乱。"周谷城认为"乱为乐之结"。①高亨云:"乱原是用在乐歌上的一个词汇,一个乐歌的末段叫做乱,等于后代所谓'尾声'。大

---

① 周谷城:《古史零证》,新知识出版社1956年版,第1—6页。

第四章 考古发现与《楚辞》疑难词语训解

概乐歌到了末段,是乐器杂作,大家齐唱,所以叫作乱。"金开诚等说:"'乱'本指乐舞之末众乐交奏,众声齐唱,而舞者亦纵情肆意,失其序列。"

第三,"调和说"。还有一部分学者将上引二说结合起来考虑,如朱熹说:"乱者,乐节之名。《国语》云:'其辑之乱。'辑,成也。凡作篇章既成,撮其大要,以为乱辞也。《史记》曰:'《关雎》之乱,以为《风》始。'《礼》曰:'既奏以文,复乱以武。'"姜亮夫说"乱盖古乐章奏节之名",但又说"王逸以理乱释之,至为允当,无可违异矣"。游国恩云:"乱为节乐之名,亦有整治之意。"

第四,"字误说"。郭沫若认为"乱"是"辞"字之误,他说,金文凡司徒,司马,司空之"司"字皆作"嗣"。以文字构造言,"嗣"乃治丝之意,故而为"司",训为"治",并引申为"文辞"之"辞"。迨汉人误"嗣"为"乱","嗣"字失传。古书中每每训"乱"为"治",乃至训诂家创相反为训之例,实为以讹传讹。楚辞各篇落尾处多有"乱曰",即"辞曰",正是"楚辞"命名之所由来。①

第五,"通假说"。学者认为"乱"为通假字,如易重廉认为"乱"当读为"申"。②路百占认为"乱"当读为"叹"。③

"乱"得名之由,传统上主要有以下三种说法。

第一,源于"治理"之义。前引王逸、洪兴祖、钱杲之等人认为,"乱"辞为辞赋之终,有总理一赋之作用,其含义正与"乱"字的"治理"之义相近,故可称之为"乱"。

第二,源于"混乱"之义。吴仁杰说:"曲终乃更变章乱节,故谓之乱。"胡文英说:"取所未尽之意,不择次序而并言之,故谓之乱。"蒋骥曰:"余意乱者,盖乐之将终,众音毕会,而诗歌之节,亦与相赴,繁音促节,交错纷乱,故有是名耳。"④蒋说影响最大。文怀沙说:"我觉得

---

① 郭沫若说见崔富章主编《楚辞集校集释》,湖北教育出版社2003年版,第701页。
② 易重廉:《楚辞"乱曰"义释》,《学术月刊》1983年第5期。
③ 路百占:《为〈离骚〉"乱曰"进一解》,《许昌师专学报》1990年第1期。
④ 吴、胡、蒋之说见崔富章主编《楚辞集校集释》,湖北教育出版社2003年版,第700—701页。

蒋说亦颇能令人首可,绎文作尾声,从蒋说亦甚允当。"①黄仕忠曰:"蒋氏之说,一破拘于文辞之解,并从音乐的角度,进一步指明其音乐上的特点,可谓直入奥里,惜未能举例列证,故今人犹有以赋与乐有别而非之。愚以为乱之名实从音乐中来,确为'众音毕会',而且'繁音促节,交错纷乱'钟鼓齐鸣,众声皆和。""简言之,因众器并陈,众声俱作,'交错纷乱',故此得到'乱'这一名称;又因杂乱中奏出统一的旋律,即杂多中含统一,所以'乱'又有'理'的特点。"②

第三,源于"音乐结束"之义。周苇风认为,欲知"乱"的真正含义,须先研究"乱"的左偏旁"𠬪"。他认为在字源上,"𠬪"有两个来源,一个是"𤔔",一个是"𢆶"。"𤔔"是表示"乱""治"等义之"乱"所从的"𠬪";而另一个来源"𢆶"则与音乐有关,是"乱辞"之"乱"所从的"𠬪",他说,"𢆶"上下为两只手,中间部分是簨虡。"𤔔"为一个木架,正似簨虡,且有钟磬悬其上。"𢆶"之形状正表示有人以手摇虡。"𢆶"表示双手摇虡,能发出声音,由此可见,由"𢆶"隶变而来的'𠬪'与音乐有关。隶变之前的"𠬪"义为双手摇簨,与音乐有关,添一表示停止的偏旁"乙"构成一个会意字"乱",意思当然是指音乐的结束。因此,偏旁𠬪由"𢆶"隶变而来的乱是指终了的乐章,亦即全曲的尾声。③

今按: 关于"乱"之含义,在上引五种说法中,我们认为第二种说法较为可信(详下文)。

第一种说法,以"理"解"乱",从训诂上说是有根据的。《说文·乙部》:"乱,治也。"《书·皋陶谟》:"乱而敬。"孔安国注:"乱,治也。"《左传·襄公二十八年》:"武王有乱臣十人。"杜预注:"乱,治也。"虽然"乱"可解释为"理",但这并不意味着楚辞中的"乱"就一定要解为"理",对此,蒋骥说过:"旧解'乱'为总理一赋之终。今

---

① 文怀沙:《屈原离骚今绎》,百花文艺出版社2005年版,第99页。
② 黄仕忠:《和、乱、艳、趋、送与戏曲帮腔合考》,《文献》1992年第2期。
③ 周苇风:《楚辞"乱曰"新证》,载李国昌、赵昌平主编《中华文史论丛》总第76辑,上海古籍出版社2004年版,第155—165页。

第四章 考古发现与《楚辞》疑难词语训解

按《离骚》二十五篇,乱词六见,惟《怀沙》总申前意,小具一篇结构,可以总理言。《骚经》《招魂》,则引归本旨;《涉江》、《哀郢》,则长言咏叹;《抽思》则分段叙事,未可一概论也。"蒋骥结合文本内容,指出楚辞中"乱"的含义的复杂性,因此以总理一赋之终解释楚辞中的"乱",并不合适。

第三种说法是对第一、二两种说法的调和,似乎较为全面,但正如上文所说,第一种说法是有问题的,因此这种"调和"是不可取的。

郭沫若的字误说也是不可信的。徐嘉瑞就曾对郭说提出质疑,其疑问主要有三点:第一,古书上说到音乐上的"辞"字的,何以都错为"乱"?第二,《楚辞》中用"辞"的地方很多,何以都不错为"乱"?而只有"辞曰"之处,都完全误"辞"为"乱"?第三,《论语》是"始""乱"相对,《乐记》也是"始""乱"相对,又是"训""乱"相对,假如《论语》的"关雎之乱",是"辞"误为"乱",那么"师挚之始,关雎之辞"怎么讲得通呢?①徐氏的这些疑问切中要害,是郭氏无法回避的。因此,郭沫若的说法并不可信。

易重廉、路百占等提出的"通假说"亦不可信。易重廉根据部分古文字学者的意见,认为出土蔡国铜器上的"䚗"即"䚗"字,为"䚗"字之繁文,且该字在铭文中用为"申",因此"乱"与"申"可通。而实际上,"䚗"左右所从并非四口,将此字与下文所引金文及楚简中确定的"䚗"字比较,它们形体上的差异很明显,因此"䚗"字与"乱"字无关,此字应从裘锡圭说,释为"绅"。②路百占从六个方面证明"乱"当读为"叹",其主要证据是"难"与"乱"相通,而"难""叹"又可通,故"乱"与"叹"可通。路文举出"乱"与"难"相通的证据是,《列子·说符篇》"民果作难"《释文》引"难"一作"乱"。实际上,正如作者自己指出

---

① 徐嘉瑞:《楚辞乱曰解》,《文学遗产》增刊第1辑,1955年,第74—79页。
② 裘说参裘锡圭、李家浩《谈曾侯乙墓钟磐铭文中的几个字》,载《裘锡圭学术文集》第三卷,复旦大学出版社2012年版,第50—60页。

的，"难、乱谊相应，难即乱也。""难""乱"之间的关系，不是通假，而是义近。"难""叹""乱"虽古皆为元部韵，但我们尚未见到它们相通的例证。因此，"通假说"也不可信。

我们认为第二种说法较为可信。已有多位学者指出，"乱"乃音乐上之专有名词，以通常义释之，不妥。因此，我们在探讨"乱"的含义时，当把《楚辞》与乐歌结合起来考虑。我们知道，《楚辞》是在楚地乐歌的基础上发展来的，独具特色的楚声楚歌，是《楚辞》的直接来源，《楚辞》的发展与乐歌有着千丝万缕的关系。王国维《人间词话》云："楚辞之体，非屈原所创也……《沧浪》、《凤兮》二歌，已开《楚辞》体格。"李炳海认为，《楚辞》是从诗与歌相杂的综合艺术中孕育生成的，因此，早期《楚辞》，亦即出自屈原之手的作品，或多或少地还保留歌诗的特点，具有它所脱胎的母体的痕迹。①乐歌对《楚辞》的影响，一方面是，有些《楚辞》作品还能够配乐演唱，如祭祀神灵的《九歌》；另一方面，有些作品虽不能演唱，②但乐歌的一些形式还保留着，如乐歌卒章的"乱"。李炳海说，屈原的其他作品虽然不能配乐演唱，但有乐章体制的遗留。《离骚》《招魂》都有乱辞，《九章》除《惜诵》《思美人》《惜往日》《橘颂》外，其余也有乱辞。《悲回风》虽然末尾没有明确标示乱辞，是以"曰"字把前后分开，同样起着乱辞的作用。至于《抽思》，除结尾有乱辞外，后半部分先有"少歌"，接着是"倡曰"，三段相连，是完整的乐章体制。金开诚也说过："古时诗为乐歌，其末章之'乱'，仅指所配乐舞而言，与诗句文义并无关系。至于其后世出现的大篇辞赋，则显已不能入乐，只具'倡'、'乱'等形式，仍是乐歌遗意。"屈原的许多作品袭用这个术语，正表明了早期楚辞和音乐存在密切的关系。

在关于"乱"之得名之源的三种说法中，因为"乱"辞并非皆有总理

---

① 李炳海：《楚辞语词与楚地歌舞的关系》，《文艺研究》2001年第5期。
② 郭纪金认为所有的楚辞作品都是乐歌。但正如金开诚所说："至于《离骚》，则因篇幅过长，必不能唱。"我们认为不但《离骚》不能入乐演唱，《天问》《九章》《九辩》等也不能入乐。郭纪金说参氏著《"诵"字的音义辨析与楚辞的歌乐特质》，《深圳大学学报》（人文社会科学版）2000年第3期。

第四章 考古发现与《楚辞》疑难词语训解

一赋之作用，故"治理"说不可信。黄仕忠能从音乐角度出发，是其合理的地方，但将音乐与纷乱联系在一起，与古人强调的乐和观念不符，①且"众器并陈，众声俱作"并非即"交错纷乱"，因此，"乱"之得名当与"纷乱"义无关。

周苇风之说虽比较新颖，但实不可信。首先，关于"🗆""🗆"的关系，周谷城、杨树达等学者早已指出，二者实为一字，②因此，"䜌"实际上只有一个源头。其次，钟磬等是通过打击而不是通过双手摇虡发声的。《吕氏春秋·古乐》："帝喾乃令人抃，或鼓鼙，击钟磬、吹苓、展管篪。"《楚辞·招魂》："铿钟摇虡。"《大招》："叩钟调磬。"《史记·卫康叔世家》："孙林父为击磬。"《孔子世家》："孔子击磬。"钟磬为打击乐器，亦可得到出土材料的证实。1978 年，湖北随州曾侯乙墓出土了战国初年的一架编钟和一套石编磬。伴随编钟、编磬出土的还有演奏用的撞钟棒、钟槌、磬槌。钟槌用以击中层和上层钟，撞钟棒用以撞击下层大钟，经试奏证实，如不用撞钟棒撞击，就难以激发整个钟体的共振，从而得到理想的音响效果。磬槌 2 件，均木制，似钟槌，呈"T"形而较细小。演奏编磬时，奏者双手各执一槌，敲击磬点在侧面。③再次，虡不是摇的。作为悬挂钟磬的架子，虡需要稳固，因此其下方有起稳定作用的底座。如曾侯乙墓编钟底座制成半球体，其主要目的之一当为求稳固。《九歌·东君》《招魂》之"摇虡"，乃夸张手法，形容撞钟力量之大，以致虡都摇动了，并非想通过"摇虡"而使钟发声。另外，如果像曾侯乙编钟，钟及镈重 2567 公斤，梁套、挂钩、铜人重 1854.48 公斤，总重达 4421.48 公斤，这又如何"摇"得动！最后，从文字构形看，"乱"之本义也与音乐无关。《说文·𠬪部》："䜌，治也。幺子相乱、𠬪治之也。"《说文》对字形解

---

① 关于这点，《礼记·乐记》有多处记载，如"乐者为同""大乐与天地同和""乐者，天地之和也"。上引材料见阮元校刻《十三经注疏》，中华书局 1980 年版，第 1529、1530 页。

② 参周谷城《古史零证》，新知识出版社 1956 年版，第 1—6 页；杨树达《积微居小学述林全编》，上海古籍出版社 2007 年版，第 138—139 页。

③ 湖北省博物馆编：《曾侯乙墓》，文物出版社 1989 年版，第 134—151 页。

释有误。"圝"已见于金文,作"🐛"形。对于"圝"字之构形,郭沫若认为:"许所云幺字,以字形推之,似即蚕茧之意,'圝'本象治丝之形。"杨树达说:"余谓糸古文作𢆶,'圝'字所从之幺,乃古文糸字之省作,许君以为从幺者,违误甚明。H位幺字之中,盖象用器收丝之形。《说文·竹部》云:'筃,可以收绳也,'古文作互,H乃象互形也。丝绳同类之物,互可以收绳,亦可以收丝矣。又许君解字从𠬪,说为𠬪治,说亦非是。余谓字当从爪从又,爪又皆手也。'圝'从爪从又者,人以一手持丝,又一手持互以收之,丝易乱,以互收之,则有条不紊,故字训治训理也。"彭浩认为,"圝"字实际上反映了古代缫丝绕线的操作过程,即把数粒蚕茧的丝绺合,绕于纱板之上。①郭、杨、彭三位学者的解释虽不全同,但皆认为"圝"之本义与治丝有关。验之于古文字字形,郭、杨、彭之说当可信。故"圝"之本义与音乐无关。

我们认为,《楚辞》之"乱"既然源于乐歌,就应从乐歌之"乱"入手研究其得名原因。乐歌之"乱"有一个特点,即以合乐方式结束。姜亮夫说:"考乱皆在篇末,句韵短促,则乱盖即乐节之终,所谓合乐是也。他篇或曰'少歌',或曰'唱',义例正同。乐将竟,则众乐众声皆作,大合唱以终之。"苏雪林曰:"乱本是乐曲终结时合唱。"前引金开诚、高亨之说也都指出过"乱"的这个特点。古代合乐的场面是很盛大的。《论语·泰伯》:"《关雎》之乱,洋洋乎盈耳",概括了乐章结尾时的繁华情状。《九歌》之乱辞《礼魂》"成礼兮会鼓,传芭兮代舞,姱女倡兮容与"正是合乐盛大场面的描写。②如果知道"乱"是以合乐结束的,那么"乱"之得名问题也就很容易解决了。

古"乱"有合乐之义。上引《论语·泰伯》"关雎之乱"中的"乱",

---

① 彭浩:《楚人的纺织与服饰》,湖北教育出版社1996年版,第18页。
② 《礼魂》是《九歌》的最后一篇。关于此篇的性质,旧说较为分歧。洪兴祖说:"或曰礼魂谓以礼善终者。"胡文英认为是祭祀乡贤名宦的。何剑熏认为是祭祀巫神的。汪瑗、屈复、刘永济、黄灵庚等认为此篇乃前十篇之乱辞。汤炳正也将其理解为乱辞,但认为是《国殇》之乱辞。王夫之、马茂元、王泗原、金开诚等认为是送神之曲也。比较众说,我们认为当以汪瑗等的"乃前十篇之乱辞"说为是。

第四章　考古发现与《楚辞》疑难词语训解

清代学者多认为是合乐之义。戴望《论语戴氏注》曰："乱，谓合乐之时。"刘宝楠《论语正义》引刘台拱《论语骈枝》曰："合乐谓之乱。"凌廷堪《礼经释例》说："《关雎》之乱，谓合乐也。"①结合上下文考虑，合乐之说较为允洽。《大招》："叩钟调磬，娱人乱只。"王逸注："娱，乐也。乱，理也。言美女起舞，叩钟击磬。得其节度，则诸乐人各得其理，有条序也。"王夫之曰："乱，曲终也，歌竟而人娱也。"汤炳正认为："娱人，使人娱乐。乱，乐曲末章。此言最使人娱乐的，是乐曲最后的高潮。"王逸以"理"释"乱"，并不合适。王夫之等将"乱"理解为乐曲之末章，从意义上看，要比训为"理"合理。但这种说法也有问题。本节"投诗赋只""极声变只""听歌譔只"皆为动词性短语，如果将"乱"解释为"乐之末章"，则为名词，如这样，"娱人乱只"这句话就很难理解，大概只能如汤炳正那样，将其处理为判断句，但这种解释又与本节文例不合。因此，"娱人乱只"的含义还需重新考虑。

我们认为，此处的"娱人"是名词，指歌舞艺人，相当于汉代的乐人。《史记·秦始皇本纪》："始皇不乐，使博士为仙真人诗，及行所游天下，传令乐人歌弦之。"《吕太后本纪》："王有所爱姬，王后使人酖杀之。王乃为歌诗四章，令乐人歌之。"王逸解"乱"为"理"虽不确，但能将"娱人"解释为"诸乐人"，则明显优于后世学者。

既知"娱人"为乐人，又据本节句意及句式特点，可知"乱"当为与音乐有关的动词，故黄仕忠认为"这'娱人'之'乱'是钟磬齐鸣的"。黄氏将"乱"理解为动词性短语"钟磬齐鸣"，是此说合理的地方，但不够全面。据"二八接舞""听歌譔只"，我们认为，此"乱"还应包括诸乐人的合唱合舞。下文"四上竞气，极声变只"正是众器齐鸣、众声齐唱、众人齐舞场面的生动描写。

"乱"有合乐之义，应与"乱"之本义有关。上文已经指出，"乱"

---

① 上引各家之说，参黄怀信主撰《论语汇校集释》，上海古籍出版社2008年版，第711—714页。

之本义为治丝。彭浩根据文献及出土材料,对古代治丝的过程做了较为详细的说明。治丝较为复杂,需要经过缫丝、络并与牵经等过程。缫丝的方法是把茧放在用盆盛着的沸水中煮,一边煮一边把蚕茧反复按入水中搅动,使丝絮浮现出来。缫丝时,要将若干根茧丝合并成一根较粗的生丝,然后将其绕在绕纱板上。络丝是将丝绞(从绕纱板上取下的丝)络上籆子。由于缫制的单丝比较细,不适合织造各种织物,因此在络之后还要并丝,也就是把数根生丝合并成一根粗丝。牵经是把纱线从籆子上转移到经轴上的一道工序。如果以齿耙作为工具,参照《天工开物》的记载和图示,其过程是:绕在籆子上的经线经过溜眼,从掌扇上下两层的孔中穿过,把经丝作两层分绞,再分两束分别往复绕经耙的竹钉,最后从中理出"交头"。如果某些织物因要求有特殊的外观效果或采用特殊方法织造,需要对丝线加捻。如马山一号楚墓出土的针织绦所用丝线的捻度在 1000 次/米—3500 次/米,单纱 Z 捻,股线为 S 捻,巧妙地利用不同的捻向把两根单股线合成一股。我们注意到,在整个治丝过程中,较为突出的一个现象是"聚合":若干茧丝聚合成一根生丝(缫丝);数根生丝合并成一根粗丝(并丝);若干经线分别聚合为两束(牵经);两根单股线合成一股(捻丝)。可以这样说,所谓的治丝,就是聚丝、合丝。"乱"有合乐之义,当是从聚合之义引申而来。

"乱"有合乐之义,还可从字形上得到证明。古"𤔔"有"治"义,亦有"乱"义,同一字形表示"治""乱"两相反义,给表达上带来了不便。至西周初期,出现了以"𤔔"为意符的"嗣"字,表示"治"及其引申义。而"乱"义则仍由"𤔔"字表示,如召伯簋:"余弗敢𤔔。"西周晚期,出现了"𤯔"(毛公鼎)字,下"止"形为"又"形之讹,该字当由"甾"和"𤔔"两部分构成,可隶定为"𤯔"。至战国时期,楚文字材料中,"𤯔"字大量出现,如郭店《唐虞之道》简 28、《尊德义》简 6、简 23,包山简 192、《楚帛书》乙,上博《孔子诗论》简 22、《容成氏》简 43、《周易》简 42、《亙先》简 8、《弟子问》简 4、《鬼神之明》简 3;字形或省去"爪",如郭店《尊德义》简5，上博《从政甲》简2、简9，《从政乙》简3，《内豊》简10，《鲍叔牙与隰朋之谏》简8；还可省去"又"，如上博《内豊》简6，《季庚子问于孔子》简10、简22。① 魏《三体石经》《无逸》篇亦有"𠧧"字。

《三体石经》中的"𠧧"是作为"乱"之古文刻写上去的。战国楚文字材料中的"𠧧"，皆用为"乱"，如：

1. 𠧧之，至灭贤。（郭店《唐虞之道》简28）
2. 禹以人道治其民，桀以人道𠧧其民。桀不易禹民而后𠧧之，汤不易桀民而后治之。（郭店《尊德义》简5—6）
3. 初六：又孚不终，乃𠧧乃啐。[上博（三）《周易》简42]
4. 凡多采物先者有善，有治无𠧧。有人焉有不善，𠧧出于人。[上博（三）《亘先》简7—8]

有《三体石经》确定的字形比对，又有楚简大量文例参照，可肯定"𠧧"即乱字。毛公鼎中的𠧧，郭沫若怀疑读为"靭"，或以为当读为"銮"，② 尽管读法不同，但前提都是把"𠧧"当作乱的。

关于"𠧧"字的构形，李孝定认为所从之四口乃"88"形之省，③ 但据上文所引战国楚文字材料可知，其说不确。郭沫若说："𠧧本象治丝之形，治丝时其声嚣骚，故字复从㗊。"季旭升认为"可能𠧧以㗊表示众口喧乱之义"。④ 《说文·㗊部》："㗊，众口也。从四口。读若戢，又读若呐。"

---

① 楚文字字形可参张守中《郭店楚简文字编》，文物出版社2000年版，第195页；张守中《包山楚简文字编》，文物出版社1996年版，第221页；汤余惠主编《战国文字编》，福建人民出版社2001年版，第960页；李守奎、曲冰、孙伟龙编著《上海博物馆藏战国楚竹书（一—五）文字编》，作家出版社2007年版，第210页。

② 参周法高主编《金文诂林》0533号"𠧧"字条下所引丁佛言、张之纲等之说。

③ 李孝定说参刘志基等主编《古文字考释提要总览》第二册，上海人民出版社2010年版，第373页。

④ 季旭升：《说文新证》，福建人民出版社2010年版，第334页。

但徐锴、桂馥皆认为"呬"应该是字义。徐锴《说文解字系传》："朌，一曰呬。臣锴曰：'呬，谨也。'"桂馥《说文解字义证》："呬乃字义，非字音，不当言读若。"据此，"朌"，当有二义：众口；喧闹。"𠶷"字从"朌"，当与众口或喧闹有关。因此郭沫若、季旭升将该字所从之"朌"与"喧乱"之义联系在一起，应该是可信的。但是，"朌"既然有众口之义，那么"𠶷"也应该可以表示"合乐"之义，因为"合乐"与"众口"皆与"众"有关，尤其"众口"与"合唱"之义关系更为密切。因此，我们认为"𠶷"应既可表"喧乱"，亦可表"合乐"，或可以说，"𠶷"是为"喧乱""合乐"二义而造的字。

"乱"有合乐之义，乐之卒章又以合乐方式结束，故乐之卒章可称为"乱"。

第二节　考古发现与《天问》疑难词语训解

018. 何续初继业，而厥谋不同

王逸注："言禹何能继续鲧业，而谋虑不同也。""谋"，学者多认为指治水之措施、方法，并根据相关文献之记载，进而认为鲧治水以堙、禹治水以疏，便是"厥谋不同"。

今按：实际上，禹治水是在继承了鲧的方法之外有所创新而已。传世文献中关于鲧、禹治水之事多有记载，如：

1. 箕子乃言曰："我闻在昔，鲧陻洪水，汩陈其五行。"（《尚书·洪范》）
2. 洪水滔天，鲧窃帝之息壤以堙洪水，不待帝命。帝命祝融杀鲧于羽郊。鲧复生禹。帝乃命禹卒布土以定九州。（《山海经·海内经》）
3. 鲧障洪水而殛死，禹能以德修鲧之功。（《国语·鲁语》）
4. 禹乃以息土填洪水以为名山。（《淮南子·地形训》）
5. 墨子称道曰："昔禹之湮洪水，决江河而通四夷九州也。"（《庄子·

6. 昔共工弃此道也,虞于湛乐,淫失其身,欲壅防百川,堕高堙庳,以害天下……其后伯禹念前之非度,厘改制量,象物天地,比类百则,仪之于民,而度之于群生,共之从孙四岳佐之,高高下下,疏川导滞,锺水丰物,封崇九山,决汩九川,陂鄣九泽,丰殖九薮,汩越九原,宅居九隩,合通四海。(《国语·周语下》)

从前三条材料看,鲧治水采用的是堙障之法。堙,堵塞。《广雅·释诂三》:"堙,塞也。"王念孙疏证曰:"堙者,《说文》:'䧜,塞也。'引《洪范》:'鲧䧜洪水。'今本作陻。《周官·掌蜃》作闉,襄二十五年《左传》作堙,昭二十九传作陻,并字异而义同。"障,以堤防水。堙、障虽具体方式不同,但实质皆为壅塞水流。

从后三条材料看,禹也采用过壅塞之法。但与鲧不同的是,禹还采用了疏通的方式。禹平治水土时采用壅塞与疏通相结合的方式的记载,还见于出土文献。保利博物馆新近购藏一件失盖的有铭铜盨,其时代为西周中期。已有多位学者对此盨铭文做过研究。该盨开头几句与大禹治水有关:"天令(命)禹尃(敷)土、隓(堕)山、濬川。"敷土,其原始意义应指禹以息壤堙塞洪水。"隓"是堕的初文,字形像用手使"阜"上之土堕落,是一个表意字。其所从之"圣"后来变成"左",当是由于"圣""左"形近,而"左"字之音又与"堕"音相近的缘故。①据上引《国语·周语》,堕山的目的当是"堙庳"。敷土、堕山皆壅塞的手段。"濬",原篆从奴从川从"○",为"濬"字初文。"濬""睿"为异体,"睿",《说文·谷部》训为"深通川也"。濬川,疏通水道。

上博(二)《容成氏》简24—25记载禹平治水土之事:"禹亲执耒耜,以波明都之泽,决九河之阻,于是乎夹州、徐州始可处。禹通淮与沂,东

---

① 此处之字形考释参裘锡圭《中国出土古文献十讲》,复旦大学出版社2004年版,第48—52页。

注之海，于是乎竞州、莒州始可处……""波"，当读为"陂"，壅塞之意。《正字通》："陂，障也。"《国语·吴语》："乃筑台于章华之上，阙为石郭，陂汉，以象帝舜。"韦昭注："陂，壅也。""决""通"意思是开凿壅塞，疏通水道。

从上引文献看，禹平治水土的方法除"续初继业"，即继承了鲧的壅塞之法外，还创新出疏通之法。屈原之所以会发出"何续初继业，而厥谋不同"的疑问，实际上是问禹是如何总结经验教训而创造出疏通之法的。

019. 遂成考功

王逸注："父死称考。绪，业也。言禹能纂代鲧之遗业，而成考父之功也。"后世治楚辞者，多从王注训"考"为父。惟王泗原《楚辞校释》连"纂就前绪"解释说："纂，同缵，继续。就，上承。前绪，父业。遂，终究。考，大。旧注以考为父，与前绪重复，非。言禹继续父业，终究成大功。"

今按：父死称"考"，乃"考"之常训，然正如王泗原所指出，以"考"为"父"，于诗意并不合适。王泗原释"考"为"大"，虽较旧注允洽，但"考"无"大"义，故此说还有进一步研究的必要。我们认为"考"当读为"訏"。"考"，从老省丂声，古属溪母幽部；訏，从言于声，古属晓母鱼部。溪、晓同为牙喉音，幽部鱼部旁转。幽部、鱼部可相通，其例甚多，可参看张儒、刘毓庆编著的《汉字通用声素研究》。

古"丂"声与"于"声可直接或间接相通。《说文·丂部》："丂，古文以为亏字，又以为巧字。"段玉裁《说文解字注》曰："亏与丂音不同，而字形相似，字义相近，故古文或以丂为亏。"又在"又以为巧字"下注曰："此则同音假借。"段玉裁认为"以丂为亏"是形义皆近，与音无关，"丂"用为"巧"，属同音假借。朱骏声《说文通训定声》则认为"丂"用为"亏（于）""巧"，皆为假借。朱说是也。"丂"古为溪母

第四章　考古发现与《楚辞》疑难词语训解

幽部,"丂(于)"古为匣母鱼部,声母同为牙喉音,韵部幽、鱼旁转,因此"丂"用为"于",还因为二字读音相近。

《说文·丂部》:"粤,亏也,审慎之词也。从亏,从宷。《周书》曰:'粤三日丁亥。'"甲骨文、金文中有"雩"字,从雨,于声,刘心源、王国维等皆以为即古粤字。林义光《文源》说:"粤音本如于……字作雩,因音转如越,故小篆别为一字。其形由雩而变,非从宷也。"季旭升在《说文新证》中亦认为:"秦汉以后粤、雩意义不同,于是把'雩'字的上部稍作改变,产生了'粤'字;把'雩'作'祈雨之祭'用,粤作语词用。《说文》误以为'粤'从'宷',不可信。"何琳仪亦指出:"粤即雩之形讹兼音变。粤、雩均属匣纽,从于得声。"①据学者所论,"粤"源于"雩","粤""雩"皆从"于"得声。《说文新证》"粤"下引东汉刘宽后碑"粤"字下部从"丂",此"丂"字明显当读为"于"。

扶风庄白出土的恭王时期的青铜器史墙盘,铭文长达二百八十四字,前半段称颂了文、武、成、康、昭、穆诸先王和当时天子的业绩。关于穆王的颂辞是:祗覭穆王,井(型)帅宇誨。其中的"宇誨"二字,裘锡圭先生在《史墙盘铭解释》中说:"'誨'、'谋'二字古通。《诗·大雅·抑》:'訏谟定命',毛传:'訏,大。谟,谋。''宇誨'当读为'訏谋',与'訏谟'同意。"②汤炳正认为裘说极是,并在此基础上指出,"穆王巧梅"中的"巧梅"就是史墙盘铭文"宇誨"二字的又一异形,即"訏谋"的同音借字。③汤说可从,我们亦有所补证。④"宇"从"于"声,"巧"从"丂"声。

以上是"丂"声与"于"声直接相通的例子,下面再举些间接相通的例子。《荀子·哀公》:"君虢然也?"杨倞注:"虢读为胡,声相近,

---

① 何琳仪:《战国古文字典——战国文字声系》,中华书局1998年版,第458页。
② 裘锡圭:《史墙盘铭解释》,《裘锡圭学术文集》第三卷,复旦大学出版社2012年版,第6—17页。
③ 汤炳正:《试论〈天问〉所反映的周、楚民族的两次斗争》,《屈赋新探》,齐鲁书社1984年版,第222—237页。
④ 参徐广才著《考古发现与〈楚辞〉校读》,线装书局2009年版,第214—216页。

字遂误耳。""虢",《说文》分析为从号从虎,但段玉裁、王筠等皆已指出当分析为号亦声。"号",《说文》分析为从口在丂上,将其看作会意字。然据甲骨文字形,"丂"为"柯"之象形,非《说文》所解释的"气欲舒出,ㄅ上碍于一也",因此"丂"在"号"字构形中并不表意,故"号"字当分析为从口丂声。这是丂声与古声相通的例子。《周礼·壶涿氏》:"则以木榨午贯象齿而沈之。"郑玄注引杜子春云:"榨读为枯。枯榆,木名。书或作樗。"榨,从辜声,辜从古声,樗从雩声,雩从亏(于)声。丂与古通,古与于通,丂与于间接相通。《说文通训定声》:"恶,又假为污。"恶从亚声,污从亏声。古亚与阿通用,亚与猗通用。于省吾《甲骨文字释林·释亚》:"章炳麟《新方言》:'凡亚声语,后多转为可声',又谓'阿读若亚',甚是。""亚与阿双声,鱼歌通谐,《石鼓文》的'亚箬其华',王国维谓'亚箬与猗傩音义俱近。亚箬其华,犹《诗》言猗傩其华。'"阿从可声,猗从奇声,奇从可声,可从丂声,故亚声与丂声可通。亚声与于声通,亚声又与丂声通,故丂声与于声间接相通。

"訏",大也。《广雅·释诂上》:"訏,大也。"《方言》卷一:"訏,大也。中齐、西楚之间曰訏。"《诗·大雅·抑》:"訏谟定命,远犹辰告。"毛传:"訏,大也。""遂成訏功",即遂成大功。

020. 何启惟忧,而能拘是达

达,王逸注为"通"。王夫之释为"逸出兴师"。马其昶曰:"能平服之,是谓能达。"曹耀湘认为:"达者,天下之人从之也。"程嘉哲说:"是达,古语汇,是有掌管的意思,达有权柄的意思。"闻一多、孙作云、谭介甫、游国恩、金开诚、汤炳正等人的说法大致相似,认为是"逃脱""逃逸"的意思。①

今按:根据文义,这两句连同上两句是说启代替益作了国君,将益驱

---

① 上引各家之说可参崔富章主编《楚辞集校集释》,湖北教育出版社2003年版,第1113—1114页。

第四章 考古发现与《楚辞》疑难词语训解

逐出去,后来益反攻打败了启,并将启拘禁,启逃脱之后,又打败了益。"能拘是达"是问启是如何逃脱益的拘禁的。因此,将"达"释为"逃脱""逃逸"是正确的。但是,"达"并无"逃脱"之义。可能是考虑到这一点,闻一多、汤炳正引《方言》卷一三"倠,逃也",认为"达"通"倠"。此说虽可,但除《方言》《集韵》等字典、韵书之外,文献中未见"倠"用为"逃"的例子。因此,认为"达"通"倠",训为"逃",缺乏根据。我们根据楚文字字形及文字使用情况,曾经指出"达"为"遴(逸)"字之误,并举了古书及出土简帛文献中质部与月部相通的例子,如《庄子·庚桑楚》:"窃窃乎又何足以济世哉。"《释文》:"窃窃,崔本作察察。""窃"为质部字,"察"为月部字。《诗·豳风·东山》:"有敦瓜苦,烝在栗薪。"郑玄笺:"栗,析也。古者声栗裂同也。"《周礼·考工记·弓人》:"茵栗不迆,则弓不发。"郑玄注:"栗,读为裂繻之裂。""栗"为质部字,"裂"为月部字。睡虎地秦简《为吏之道》:"……楼楔矢阅……",阅读为穴。阅为月部字,穴为质部字。马王堆帛书《老子》乙本《德经》:"塞其堄,闭其门,终身不勤。""堄",通行本作"兑",俞樾认为"兑"当读作"穴"。"堄",从"兑"得声,兑为月部字,"穴"为质部字。马王堆帛书《老子》乙本《德经》:"是以方而不割,兼(廉)而不刺,直而不绁,光而不眺(耀)。"通行本"绁"作"肆"。"绁"为月部字,"肆"为质部字。马王堆帛书《老子》乙本卷前古佚书《十六经·姓争》:"夫天地之道,寒涅燥湿,不能并立。"涅读为热。涅为质部字,热为月部字。随着出土文献数量越来越大及我们阅读的文献越来越丰富,能够证明质部与月部关系很近的例子也越来越多。如上博(三)《周易·艮》:"丌心不悸。""悸",马王堆帛书本、今本皆作"快"。"悸",质部字,"快",月部字。清华简《赤鹄之集汤之屋》简13:"句(后)女(如)撤屋,杀黄它(蛇)与白兔,坒地斩陵,句(后)之疾亓(其)瘳。""坒",读为"发"。"坒"从"必"声,质部字,"发",月部字。马王堆帛书《老子》甲本《德经》:"使我挈有知也。""挈",乙本及通行本皆作"介"。

"挈"为质部字，"介"为月部字。北大汉简《老子》简116："故有德司契，无德司肆。""肆"，传世本作"彻"。"肆"，质部字，"彻"，月部字。关于真元合韵的例子，我们曾举《九歌》《九章》为例。《九歌·湘君》以元部的"浅""闲"与真部的"翩"合韵，《九章·抽思》以元部的"愿"与真部的"进"合韵。月部为元部的入声，质部为真部的入声，既然真、元可以合韵，质、月也完全可以合韵。《楚辞》虽未见质月合韵的例子，但传世文献与出土文献中的例子却有很多。张双棣《淮南子用韵考》中多有揭示，如《原道训》："故天下神器，不可为也，为者败之，执者失之。""器""败""失"韵，"器""失"，质部，"败"，月部。《主术训》："汤之时，七年旱，以身祷于桑林之际，而四海之云凑，千里之雨至。""际""至"韵，"际"，月部，"至"，质部。上博（七）《武王践阼》乙本简14："敬胜怠则吉，怠胜敬则灭。""吉""灭"韵，"吉"，质部，"灭"，月部。马王堆帛书《经法·国次》："毋阳窃，毋阴窃，毋土敝，毋故埶（设），毋党别。""窃""窃""敝""设""别"韵，窃，质部，"敝""设""别"，月部。《经法·名理》："以刚为柔者栝（活），以柔为刚者伐。重柔者吉，重刚者灭。""栝（活）""伐""吉""灭"韵，"活""伐""灭"，月部，"吉"，质部。因此我们认为"逸"和"蠥"相押是没有问题的。

021. 启棘宾商

王逸注曰："棘，陈也。宾，列也。言启能修明禹业，陈列宫商之音，备其礼乐也。"王注问题较多，如解"棘"为"陈也"、解"宾"为"列也"、释"商"为"宫商"。后经过学者们不断努力，有些问题已经得到解决，如解"宾"为"宾主"之宾，确定"商"为"帝"之讹。但对于"棘"字，虽说也有些新观点，[①]但终觉未达一间。

[①] 各家之说可参崔富章主编《楚辞集校集释》，湖北教育出版社2003年版，第1117—1119页。

今按：我们认为"棘"当读为"陟"。"棘"，见母职部；"陟"，端母职部。韵同为职部，声虽有牙、舌之别，但并非绝不可通，如贪，古为透母，属舌音，但其声旁"今"古为见母，则为牙音。唐，古为定母，舌音，而其声旁庚则为见母，牙音。"涒"，古为透母，舌音，而其声旁君则为见母，牙音。"归"，古为见母，牙音，而其声旁自为端母，舌音。上为谐声之例。郭店简《唐虞之道》简1"汤吴之道，禅而不传"、上博（一）《缁衣》简3尹诰员（云）："佳（惟）尹孜及康，咸有一惪"及上博（四）《曹沫之陈》简65"今与古亦然，亦佳（唯）闻夫禹、康、傑（桀）、受矣"三句中的"康"，根据文意很明显应该读为"汤"。"康"古为溪母，牙音；"汤"古为透母，舌音。上为通假之例。因此，从音理上说，"棘"通"陟"应无问题。

"棘"与"力"声相通。《诗·小雅·斯干》："如矢斯棘。"《释文》："棘，《韩诗》作朸。"马王堆汉墓帛书《老子》甲本《道经》："〔师之〕所居，楚朸生之。""楚朸"，通行本作"荆棘"。"楚""荆"义同。"朸""棘"音近相通。马王堆汉墓帛书《六十四卦·习贛（坎）》上六："系用讳（徽）嫘（纆），亲（置）之于縬（丛）勒，三岁弗得，凶。""勒"，通行本作"棘"。"陟"也与"力"声相通。清华简《周公之琴舞》由十篇颂诗构成，其中冠有"元内（入）启曰"的一篇中有这样的话："毋曰高高在上，阞降其事，卑（俾）监（监）在兹。"李学勤先生在《新整理清华简六种概述》中指出，该篇诗即是传世《周颂》里的《敬之》。简文"阞降"，传世《敬之》作"陟降"。"阞"，当分析为从力得声，与《改并四声篇海》引《川篇》音"渚"的"阞"非一字。"棘"还可与"来"声相通。郭店楚简《穷达以时》简10："骥駒（驹）张（长）山，騷（骐）空于峇峚。"徐在国在《郭店楚简文字三考》一文中认为"峇峚"当为"鸠棘"，义为丛棘。验之于文意，说确可信。又，《穷达以时》简4："吕望为牂（臧）峚漼。"裘锡圭先生认为"峚漼"当读为"棘津"。吕望的故事见于《史记》《韩诗外传》《说苑·杂言》。《说苑·杂言》

记载："吕望行年五十，卖飮（食）于棘津。"将"棶瀜"读为"棘津"正可与吕望传说中的地名相合，故裘说当可信从。"棶"，从止来声。"陟"也可与"来"声相通。《书·益稷》："敕天之命。"《史记·夏本纪》作"陟天之命"。现虽未找到"棘""陟"直接相通的例子，但从它们皆可与"力"声、"来"声相通情况看，二字相通亦应无问题。因此，无论从音理上还是从通假用例上说，"棘""陟"相通都毫无问题。

"陟"，登也，升也，上也。《说文》："陟，登也。"《书·舜典》："汝陟帝位。"孔安国传："陟，升也。"《文选·嵇康〈琴赋〉》："陟峻崿。"李周翰注："陟，上。""陟"，还可具体表示升天之义。《诗·大雅·文王》："文王陟降，在帝左右。"毛亨传："言文王升天，下接人也。"

文献多记启登天之事。《山海经·大荒西经》："西南海之外，赤水之南，流沙之西，有人珥两青蛇，乘两龙，名曰夏后开。开上三嫔于天，得《九辩》与《九歌》以下。"王家台秦简《归藏·明夷》："昔者夏后启卜乘龙以登于天而枚占。"又："昔者夏后启是以登天，啻弗良而投之渊。"我们把"棘"读为"陟"，正与上引文献相合。

022. 何勤子屠母，而死分竟地

王逸注："勤，劳也。屠，裂剥也。言禹副剥母背而生，其母之身，分散竟地，何以能有圣德，忧劳天下乎？"柳宗元、洪兴祖亦认为这两句话与禹母产禹有关。多数学者认为此事与启有关，但具体所指略有不同。或认为与启母化石生启有关，如朱熹怀疑此当为启母化石之事。黄文焕、钱澄之、戴震、姜亮夫、游国恩等亦主此说。或认为这两句话是写启死后，与国家分裂有关之事，如胡文英、朱亦栋、孙诒让、刘永济、闻一多等学者皆主此说。

今按：王逸等以此事系于禹，不确，因为禹之事上文已经问完。这两句话是在问启事之后、弈事之前，故从文意上考虑应该与启或弈有关。下文"帝降夷羿"才是写"弈"之事的开始，因此，这两句话与"弈"无关，

应与启有关。尽管《天问》对一些神话传说提出了疑问，但对上古君王神异的出生之事却从未问过，因此根据文例，这两句话与启的出生应该无关。我们认为这两句话所问与启死后国家分裂一事相关，在诸家之说中，闻一多的说法是比较可信的。

闻一多在《天问疏证》中认为，"死"当作"列"，"列"读为"裂"，"列（裂）分境地"是指"五子据洛汭观扈之地以叛启，形同割据"。"死""列"形近而讹，出土文献中有其例。北大汉简《老子》简7："其致之也，天毋已精（清）将恐死，地毋已宁将恐发（废）。"简文中的"死"字，马王堆帛书《老子》甲本残缺，乙本作"莲"，传世本皆作"裂"，故整理者认为"死"当为"列"字之讹。此说至确。"列""死"形近而讹。"列""裂"古音皆为来母月部，音同可通。"莲"，古音来母元部，与"列"字声同为来母，韵是月元对转，音近可通。北大汉简《儒家说丛》简5："梁（梁）君问于中（仲）尼曰：'我欲长有国，欲使死都得'"；简7："君慧臣忠，则死都得。"本章内容与《说苑·政理》内容相近，《孔子家语》亦载此事。"欲使死都得"，《说苑》作"吾欲列都之得"，《孔子家语》作"列都得之"。据此，简文之"死"当为"列"字之讹。岳麓秦简《为吏治官及黔首》简11正："死弗补。"据文意，"死"当为"列"字之讹，"列"，读为"裂"。马王堆帛书《五星占》"死星监正"及"于是岁天下大水，不乃天死"中的"死"，皆为"列"字之讹。

023. 冯珧利决

王逸注："冯，挟也。珧，弓名也。决，射韝也。"朱熹《集注》曰："冯，满也，言引满也。"王夫之《楚辞通释》曰："冯，藉也，恃也。"姜亮夫《屈原赋校注》云："冯与利对文。按《庄子·知北游》'彷徨于冯闳'，《释文》引李注'冯大也'；《孙子》曰'羿得宝弓，犀质玉文曰珧弧'；《尔雅·释器》'弓以蜃者谓之珧'，注'用蜃饰弓两头，因取其象，以为名'；则冯珧犹大弓矣。"闻一多认为"冯"读为"弸"。

"弸",弓强貌。

今按:姜亮夫根据文例,指出"冯"与"利"为对文,甚是,故王逸等人的"挟""引满"等说法就显得不甚合理。然姜亮夫解"冯"为"大"则不如闻一多读为"弸"可信。首先,古人以弓强为优。读"冯"为"弸"正与古人观念相合。其次,"冯"与"弸"相通,亦符合古代用字习惯。古音"冯""弸"皆为并母蒸部,读音相同,古"冯"声常与"朋"声相通。《战国策·秦策二》《史记·樗里子甘茂列传》:"而臣受公仲侈之怨也。"《集解》引徐广曰:"侈,一作冯。""侈"当是"倗"字之讹变。《艺文类聚·宝部下》引《六韬》:"九江得大贝百冯。"《淮南子·道应训》"百冯"作"百朋"。 马王堆汉墓帛书《战国纵横家书·苏秦谓陈轸》章:"魏王谓韩倗、张仪……""韩倗"即韩朋,战国韩相,见《战国策》之《东周》《楚》《魏》《韩》诸策,《史记·田敬仲完世家》作"韩冯"。河南淅川下寺楚墓群多出倗之器物,如"楚叔鬻之孙子倗之浴缶",李零在《"楚叔之孙倗"究竟是谁》一文中认为"倗"与"冯"相通,"鬻子倗"即《左传·襄公二十一年》"使薳子冯为令尹"之"薳子冯"。

"珧",王逸训为"弓名",据文意,甚为允洽。然《说文·玉部》:"珧,蜃甲也,所以饰物也",其本义为蜃的甲壳,似与弓名无关。故"珧"用为弓名,需作进一步解释。"珧",古时常用作刀、弓等器物上的装饰。《诗·小雅·瞻彼洛矣》"鞞琫有珌",毛传:"天子玉琫而珧珌。"郑玄笺:"以蜃者为之珧。"《尔雅·释器》:"(弓)以金者谓之铣,以蜃者谓之珧,以玉者谓之珪。"郭璞注:"用金、蚌、玉饰弓两头,因取其类以为名。""珧"可表弓,当源于其为弓之饰物。这种命名方式可得到出土文献的证明。1999 年 1 月,湖南常德市河家坪村寨子岭一号战国楚墓出土一对铜距末,其上有错金铭文。陈松长在《湖南常德新出土铜距末铭文小考》一文对这对铜距末做过详细介绍和深入研究。李家浩在陈先生研究的基础上,写成《忏距末铭文研究》一文,指出铭文中的"末"当指称弓,而"末"可指称弓,与"弭"相同,皆是以"弓末"代替整张弓。以弓末代弓或以弓饰代弓，这种命名方式，如果从修辞角度看，皆是借代。

李家浩先生还指出铭文中"距末"之"距"当读为"弲"或"弡"，表示"弓力强貌"。由"弲末"之义也可证明闻一多读"冯"为"堋"的说法是合理的。

024. 何献蒸肉之膏，而后帝不若

王逸注："若，顺也。言羿猎射封狶，以其肉膏祭天帝，天帝犹不顺羿之所为也。"王逸解"若"为"顺"，后世楚辞学者多从之。但也有学者提出不同意见，如闻一多《天问释天》说，不若犹不善也。郭在贻《楚辞解诂（续）》也认为"若"当训为"美""善"。所谓"后帝不若"，即"后帝不美""后帝不善"，意谓后帝不以羿之行为为美善也。郭世谦在《屈原天问今译考辨》中认为，"若"当通"诺"，义为顺从佑护。此问后羿既射死封狶以除夏民之害，又把其肉膏作为贡品，烝祭上帝，为什么上帝还不护佑他呢？我们曾根据唐钰明先生的研究成果，认为"若"当解为保佑。

今按："若"，可读作"赦"。"若"，古日母铎部，"赦"，古书母铎部，读音相近。"若"声与"赦"声相通。如《史记·田儋列传》："蝮螫手则斩手，螫足则斩足。"《汉书·田儋传》"螫"作"蠚"。出土战国文献中有"若""赦"直接相通的例证。如中山王𰯀鼎："隹（虽）又（有）死辠，及参（三）世亡（无）不若。""诒（辞）死辠之又（有）若，智（知）为人臣之宜（义）旃（也）。"《中山王兆域图》："进退逃（兆）乏者，死亡（无）若。"上引三个"若"皆读为"赦"。岳麓秦简《为吏治官及黔首》简6正："反若其身。"睡虎地秦简《为吏之道》作"反赦其身。""赦"，赦免。《广韵·祃韵》："赦，赦宥。"《易·解》："君子以赦过宥罪。"孔颖达疏："赦谓放免。""何献蒸肉之膏，而后帝不若"的意思是，羿已经进献祭品给天帝，天帝为何不赦免其罪？

顾颉刚、姜亮夫等学者对古书中羿的传说做过梳理。顾颉刚认为，从先秦到西汉中期所传述的羿的故事可以分作三组：第一组是神话家所传说的，主要见于《山海经》和《淮南子》；第二组是诗歌家所传说的，以《楚辞》为代表；第三组是儒墨等学派所传说的，主要见于《论语》《孟子》《吕氏春秋》《左传》等书。据姜亮夫研究，《楚辞》中的羿凡两人，一指尧时射官之羿，即《天问》"羿焉彃日"之羿；另一羿指有穷后羿，见于《离骚》和《天问》。《离骚》记载后羿之事为：

> 羿淫游以佚畋兮，又好射夫封狐。固乱流其鲜终兮，浞又贪夫厥家。

王逸注曰："羿，诸侯也。畋，猎也。言羿为诸侯，荒淫游戏，以佚田猎，又射杀大狐，犯天之孽，以亡其国也。浞，寒浞，羿相也。妇谓之家。言羿因夏衰乱，代之为政，娱乐田猎，不恤民事，信任寒浞，使为国相。浞行媚于内，施赂于外，树之诈慝而专其权势，使家臣逢蒙射而杀之，贪取其家，以为己妻。"据王逸注，射杀封狐是"犯天之孽"。《天问》记羿之事较《离骚》详细：

> 帝降夷羿，革孽夏民。胡射夫河伯，而妻彼雒嫔？冯珧利决，封狶是射。何献蒸肉之膏，而后帝不若？浞娶纯狐，眩妻爰谋。何羿之射革，而交吞揆之？

此段记载所言羿事有如下几项：一，受帝命革除百姓之忧；二，射杀河伯并占有其妻；三，射封狶；四，给天帝进献祭品；五，为寒浞等人灭杀。其中第一、二、四三项为《离骚》所不载。《离骚》言射"封狐"，《天问》说射"封狶"，顾颉刚认为封狐似乎就是封狶，因为协韵的关系，所以改"狶"字为"狐"字。姜亮夫以为"狐"为"狶"之形误。闻一多认为"狐"是猪字之误。汤炳正在《从屈赋看古代神话的演化》中指出："狐"字不误，此乃神话传说因演化而歧异。据《方言》八，南楚谓猪曰狶，而北燕、朝鲜之间又曰豭。《左传·昭公四年》《左传·哀公五年》

亦称"豭",齐鲁间亦称猪曰豭。后羿射猎事之神话传说,或称封豨、或称封狐者,乃因"豭"与"狐"古同音,故转化为封狐。我们认为汤先生的说法较为可信。既已知《离骚》之"封狐"即《天问》之封豨,而《离骚》又是把"射封狐"看作反面事例的,那么《天问》中的"射封豨"也应该与《离骚》一样是反面事例。

通过《离骚》《天问》,我们知道,后羿本是天帝派下来解除百姓忧患的,可是在取得政权后,却沉湎田猎,不恤民事,并且做出杀河伯娶其妻、射杀封豨这样的事,最后不但自己身首异处,就连妻子也被寒浞占有。很明显,《楚辞》传说系统中,后羿是有罪的,在《离骚》中,屈原将羿与五子、浇、桀、纣相提并论,可为旁证。顾颉刚先生在比较《山海经》系统与《楚辞》系统中的羿的故事的不同之处时曾指出,《山海经》一派传说中的羿是个能除天下之害的好人,射封豨是他的功;《楚辞》一派传说中的羿是个淫游佚畋的坏人,射封豨是他的罪。

既已知在《楚辞》传说系统中,射封豨是羿之罪行,那么我们再回过头看上引《天问》中的材料。我们认为这十二句话实际是围绕一个中心问题展开的,即后羿何以会落得如此下场。这段话可分为三个层次来理解:一,羿是受天帝之命,解百姓之忧的;二,列举羿之罪:射河伯并占有其妻,射杀封豨;三,诘问后羿何以会落得如此下场。作者从两个角度发问,一是问天帝:后羿是受帝命解百姓之忧的,并已经进献祭品给天帝,天帝为何不赦免其罪?一是问后羿:羿有射则贯革之力,为何会被寒浞与纯狐破灭?此段文字想表达的思想与《孟子·公孙丑上》"天作孽,犹可违;自作孽,不可活"相类似。

025. 何由并投,而鲧疾脩盈

王逸注:"疾,恶也。脩,长也。盈,满也。由,用也。言尧不恶鲧而戮杀之,则禹不得嗣兴,民何得投种五谷乎?乃知鲧恶长满天下也。"

今按:王逸释"疾"为"恶"及串讲句意皆不确。"并",读为"迸",

斥逐之义。《篇海类编·人事类·辵部》："迲，斥逐也。"《群经字诂·大学》："迲，除也，去也。""投"，抛弃，弃置。《小尔雅·广言》："投，弃也。""疾"，读为息。上博（五）《鲍叔牙与隰朋之谏》简5："人之生（性）三，食、色、息。"郭店《语丛一》简110"食牙（与）色牙（与）疾"，将两条简文材料对比可知，"息""疾"通用。郭店《缁衣》简22—23："毋以少（小）谋败大作，毋以卑（嬖）御息妆（庄）句（后），毋以卑（嬖）士息大夫、卿事（士）。"清华（壹）《祭公》简16："女（汝）母（毋）以俾（嬖）御息尔庄句（后），女（汝）母（毋）以少（小）谋败大作，女（汝）母（毋）以俾（嬖）士息大夫、卿士。"郭店《缁衣》及清华简《祭公》所引文字见于今本《礼记·缁衣》，"息"，今本作"疾"。清华简《赤鹄之集汤之屋》简8："其下舍后疾，是使后悆疾而不知人。"简文中的两个"疾"，于茀先生在《清华简〈赤鹄之集汤之屋〉补释》一文中认为皆当读为"息"。

"息"，子息。《正字通·心部》："息，子息。子吾所生者，故曰息。"《战国策·赵策四》："老臣贱息舒祺最少，不肖，而臣衰，窃爱怜之。"《天问》于此是问：为何鲧遭弃逐，而其子息竟能长盛？

026. 桀伐蒙山，何所得焉

王逸注："桀，夏亡王也。蒙山，国名也。言夏桀征伐蒙山之国，而得妹嬉也。"王逸以为桀伐蒙山所得为妹嬉。洪兴祖、黄文焕、周拱辰、夏大霖等皆从之。徐文靖根据《汲冢书》"帝癸十四年，扁帅师伐岷山"注曰"岷山女于桀二人，曰琬曰琰"，认为旧注以妹嬉为蒙山之女的说法是错误的。闻一多认为琬、琰二女即妹喜，岷山即蒙山，《纪年》之伐岷山得二女，即注之伐蒙山得妹嬉也。琬琰则妹嬉之别名。

今按：学者多认为"蒙山"即《竹书纪年》《韩非子·难四》中的"岷山"，"蒙""岷"一声之转。此说可信。《太平御览》卷一三五引《竹书纪年》曰："后桀伐岷山，岷山女于桀二人，曰琬，曰琰。桀爱二女，无子，刻其名于苕华之玉，苕是琬，华是琰，而弃其元妃于洛，曰末喜氏。末喜以与伊尹交，遂以间夏。"关于桀伐岷山得女之事的记载也见于楚简。上博（二）《容成氏》简38："（桀）不量亓（其）力之不足，起师以伐昏（岷）山是（氏），取亓（其）两女琰、琬。"据上述记载，桀确有伐岷山、得岷山氏女之事，但所得为琰、琬二女，并非王逸所说的"得妹嬉也"，闻一多"琬、琰二女即妹喜"之说亦误。桀得妹喜之事见于《国语·晋语一》："昔夏桀伐有施，有施人以妹喜女焉，妹喜有宠，于是乎与伊尹比而亡夏。"注曰："有施，嬉姓之国，妹嬉，其女也。"有可能是桀先伐有施得妹喜，后伐岷山氏得琬、琰，因为据《竹书纪年》记载，桀伐岷山得琬、琰之后而弃其元妃末喜氏于洛，妹喜失宠，与伊尹联合亡夏。清华（壹）《尹至》简2："亓（其）又（有）句（后）㠯（厥）志亓（其）仓（爽），龙（宠）二玉，弗虞亓（其）又（有）众。民沇曰：'余及女（汝）皆亡。'"这段简文亦记载桀因宠二玉，即琬、琰，而亡国。

027. 妹嬉何肆，汤何殛焉

王逸注："言桀得妹嬉，肆其情意，故汤放之南巢也。"关于"肆"字，王逸似以"放纵""放肆"之常见意义解之，后世学者多有从其说者，然解说亦有所不同，如金开诚《屈原集校注》曰："肆"，放纵，这里指过分的行为。以上二句是说：妹嬉有什么过分的行为，汤为什么要惩罚她？聂石樵《楚辞新注》说："肆，放荡。殛，诛罚。妹嬉何肆的'何'当训为不。这两句是说妹嬉若不纵其情欲，汤怎么能诛罚她呢？"姜亮夫《重订屈原赋校注》认为："肆读为《汉书·叙传》'何有踞肆于朝'之肆，即《列女传》所谓'桀置末嬉于膝上'是也。"朱季海亦有此说。汤炳正《楚辞今注》认为："肆，弃也。《汉书·扬雄传下》'平不肆险'服虔曰：'肆，弃也。'"何剑熏认为"肆"假借为"祟"，"祟"，祸也，害也，并引郭沫若《卜辞通纂》关于"祟"字的考释为据。闻一多《天问疏证》认为："肆"犹"罪"也。妹嬉与伊尹交而亡夏，是于桀为有罪，于汤为有功，乃汤既败桀，并妹嬉亦放之南巢，故曰"妹嬉何肆，汤何殛焉？"游国恩《天问纂义》说："桀既得琬琰，而遂弃妹嬉，则桀之恶，琬琰实成之，于有施乎何尤？故曰何肆。"

今按：各家之说可谓纷纭，说明这个问题还有进一步研究的必要。放纵其情，不能成为汤殛之的理由；"肆踞"，多形容人态度傲慢，汤因为妹嬉态度傲慢而诛罚她，于理不通；如将"肆"理解为"弃"，则上下两句之间就失去了内在的逻辑关系。因此，前引金开诚、姜亮夫、汤炳正等人的说法明显不可信。何说存在两个问题：第一，"祟"，多指鬼神降下的祸患，即使通指一般祸患，放在句中也不恰当；第二，郭沫若释为"祟"的字，裘锡圭先生在《释"求"》一文中，根据字形和文例，已经改释为"求"了。揣摩游国恩先生的意思，他似将"肆"理解为"尤"。从句意上讲，闻一多、游国恩二位先生将"肆"解释为"罪""尤"甚为允洽，但"肆"本身并无"罪""尤"之义。我们怀疑此处的"肆"原本当作"求"，读为"咎"，训为过失、罪过。

传世文献中的"肆"字，在出土文献中多写作"希"或从"希"得声的字，如：

1. 子生于眚（性），易生于子，希生于易，容生于希。（郭店《语丛二》简23—24）

裘锡圭先生按："希"疑读为"肆"。

2. 不悳（直）不遂，不遂不果，不果不柬（简），不柬（简）不行，不行不义。（郭店《五行》简21—22）

3. 悳（直）而述（遂）之，遂也。遂而不畏勥（强）语（御），果也。（郭店《五行》简34）

第四章　考古发现与《楚辞》疑难词语训解 ◆◇◆

上引两例中的"遷"字，李零《郭店楚简校读记》皆读为"肆"。"遷"当分析为从"辵"，"帚"声。《语丛二》中的"帚"原简写作"🗡"，《五行》"遷"字所从声旁"帚"原简写作"🗡"，"🗡"与"🗡"当为一字之变。

楚文字中，"求"字写作："🗡"（郭店《成之闻之》简1）。与用为"肆"的"🗡"形体较为接近，尤其是与《五行》中读为"肆"的"遷"字的声旁"🗡"更为相近，因此"求"与"帚"讹混的可能性较大。出土文献中，形近而讹的现象亦较为常见。刘玉环《秦汉简帛讹字研究》专门对此做了研究，可参看。"求"虽是一个常见字，但在出土文献中也有被讹写的情况，如郭店《性自命出》简36："凡学者隶其心为难。""隶"，整理者用尖括号括注为"求"，说明整理者是将其看作"求"之误字的。裘锡圭先生按曰："'者'下一字，从字形看是'隶'字，但从文义看应是'求'字，当是抄写有误。他篇亦有'求'讹作'隶'之例。"李零直接将其写作"求"。廖名春《新出楚简试论》则认为"隶"字不误，下文"隶其心有伪也"亦作"隶"。廖先生说的下文即37号简，从字形看，该字是"求"，不是"隶"，整理者所释不误。"求心"一语，见于《孟子·告子上》。将36号简与37号简对比，可知简36之"隶"确为"求"字之误。裘先生所说的"他篇亦有'求'讹作'隶'之例"是指《尊德义》简30"仓隶其类"中的"隶"，裘先生在注十六中加按语曰："'隶'可能是'求'之误。"但有学者认为此句中的"隶"字不误。[①]"求"既然可被讹写作形近的"隶"，就亦有可能被错写成形近的"帚"字。据《秦汉魏晋篆隶字形表》，"肆"字见于汉代，这也从一个侧面说明，秦汉之前"肆"字所表达的意思是借"帚"或从"帚"得声的字表示的。汉代人在用隶书转写先秦古籍的时候，根据自己的用字习惯，将战国文字中的"帚"及从"帚"得声之字改写成"肆"，遂成今本之模样。

[①] 各家之说可参看单育辰《郭店〈尊德义〉〈成之闻之〉〈六德〉三篇整理与研究》，科学出版社2015年版，第67—69页。

"求",可读为"咎"。甲骨文中常见"旬有△""羌甲△王"这样的文例,其中"△"代表的字,郭沫若等读为"祟",裘锡圭先生《释"求"》一文承罗振玉、王国维说,隶作"求",读为"咎"。将"△"代表的字改释为"求(咎)",无论从字形还是从文意上讲,都比释作"祟"要好。"咎"有"罪过""过失"之义,如《广韵·有韵》:"咎,愆也。"《诗经·小雅·伐木》:"宁适不来,微我有咎。"毛传:"咎,过也。"

"妹嬉何肆,汤何殛焉"是问:妹嬉有何罪过,汤为什么要杀她?

028. 舜闵在家,父何以鳏

王逸注:"舜,帝舜也。闵,忧也。无妻曰鳏。言舜为布衣,忧闵其家。其父顽母嚚,不为娶妇,乃至于鳏也。"洪兴祖《补注》曰:"此言舜孝如此,父何以不为娶乎?"闻一多《楚辞校补》说:"父当为夫,二字形声并近,故相涉而误。本篇屡曰'夫何'(原注:凡七见)。'夫何以鳏'犹何以鳏也。闵字义亦难通,以下云:'夫何以鳏'推之,当系妻妃诸字之讹。……疑此本作'舜妻在家',古篆妻与敏相似,遂误为敏,后又转写作闵也。"谭介甫《屈赋新编》云:"后面'闵妃匹合',闵皆假婚字为义,因闵,文声;婚,昏声;文昏皆属'痕'部通用。父,当是夫的误字,以形近音同之故。"何剑熏《楚辞新诂》亦持此说,并解释句意为"止言舜已有婚于家,何得谓之鳏夫?"刘盼遂《天问校笺》认为,"闵"乃"母"字之讹。萧兵《楚辞全译》亦有类似说法,只不过是从通假角度说的,他说:"闵,旧注俱不可通。闵通敏,敏通每,每通母,可能正是这种曲折的'通转'说明'敏(闵)'是楚人对'母'的一种特殊叫法。"

今按:这两句话之所以有种种异说,关键在"闵"字;而"闵"字的理解,又关乎"父"字的理解。我们先从"父"字说起。闻、谭、何等人皆认为"父"为"夫"之误,原因是"父"和"夫"形音并近。但实际上,"父"和"夫"形实不近。战国楚文字"父"作:夂(郭店《语丛三》简1)、

第四章 考古发现与《楚辞》疑难词语训解

✍（郭店《尊德义》简7），"夫"作：夫（郭店《老子》甲简30）、夫（郭店《语丛一》简109），二字字形区别很明显。至篆隶阶段，"父"作：✍（马王堆《阴阳甲》145）、"夫"作：夫（马王堆《阴阳甲》021）。字形区别仍然十分明显，讹误的可能性极小。"父""夫"虽然古音皆为并母鱼部，但因声同而误的例子我们还未见到。因此说"父"为"夫"字之误，并无根据。既然"父"字不可能是"夫"字之误，则"闵"为"妻"字之误、为"婚"字之借的说法也就失去了根基。

刘盼遂、萧兵的说法亦不可信。首先，"闵""母"字形不近，"闵"不可能讹为母；其次，"闵"通"母"，辗转相通，过于曲折，难以取信于人；再次，古书多言舜鳏，如《书·尧典》："有鳏在下，曰虞舜。"《史记·五帝本纪》："众皆言于尧曰：'有矜（鳏）在民间，曰虞舜。'"却从未言舜父鳏；最后，楚人称"母"为"敏（闵）"，并无根据，纯属臆测。

王逸解"闵"为"忧"、串讲"舜闵在家"为"舜为布衣，忧闵其家"虽不准确，然对"父何以鳏"的理解还是正确的。洪兴祖将"舜闵在家"理解为"此言舜孝如此"，虽说对句意理解大体可信，然"闵"无"孝"义。

我们认为，"闵"当读作"文"。"闵"从"文"声，读作"文"，音理上自无问题。古代有"闵""文"相通的例子。《礼记·儒行》："不闵有司。"郑注："闵或为文。"楚简中常见一个写作"✍"的字，可隶定为"夏"（因学者隶定不同，下文遇到此字时直接写作"夏"），见于郭店《尊德义》简17；《性自命出》简20；《语丛一》简60、88、97；《语丛二》简5；《语丛三》简10、41、44、71；《语丛四》简6；上博（一）《孔子诗论》简28；《性情论》简10、11、12；上博（二）《子羔》简5；上博（四）《曹沫之陈》简11；上博（六）《用曰》简18、上博（七）《凡物流形》（甲）简14、《凡物流形》（乙）简10等，该字还见于仰天湖、望山、包山楚简中，可见此字在楚文字中是个常见字。下

◆◇◆ 考古发现与《楚辞》新证研究

面举一些例子：

    1. 行此𩰙也，然句（后）可逾也。（郭店《尊德义》简 17）

    2. 或舍为之即（节）则也。至（致）颂（容）貌，所以𩰙即（节）也。（郭店《性自命出》简 19—20）

    3. 豊（礼）因人之情而为之。（郭店《语丛一》简 31）

       即（节），𩰙者也。（郭店《语丛一》简 97）

    4. 追习𩰙章，益。（郭店《语丛三》简 10）

    5. 东反人登环，屈贮，𩰙缁。（《包山》简 190）

    6. 二𩰙筭。（《望山》M2∶48）

    7. 一赢偲，又（有）𩰙。（仰天湖∶2）

    8. 居不亵𩰙。[上博（四）《曹沫之陈》简 11]

    9. 丘昏（闻）之床𩰙中又（有）言曰。[上博（五）《季庚子问于孔子》简 9]

    10. 人无𩰙。[上博（六）《用曰》简 18]

学者对此字的释读较为分歧。①例 3 中两枚简，整理者分置两处，陈伟在《〈语丛〉一、三中有关"礼"的几条简文》中指出，二简当连读，作"礼因人之情而为之即𩰙者也"，语相当于《礼记·坊记》"礼因人之情而为之即文"。受陈说启发，李天虹在《郭店楚简〈性自命出〉研究》中，通过对《礼记》《孟子》《管子》《史记》等传世文献的梳理，发现相当于简文"即𩰙"之处，一律同《坊记》，作"节文"，从而指出"𩰙"当读为"文"，并由此出发，考察楚简中各条相关辞例，除文义难明者，余者文义均能得到通解。

尽管"𩰙"读为"文"已为学界公认，但对此字构形各家意见不一。李

---

① 相关说法可参看李天虹《郭店楚简〈性自命出〉研究》，湖北教育出版社 2003 年版，第 14—22 页；单育辰《郭店〈尊德义〉〈成之闻之〉〈六德〉三篇整理与研究》，科学出版社 2015 年版，第 85—90 页。

家浩和李学勤皆指出此字即见于《汗简》和《古文四声韵》引《石经》，是古文"闵"字，这一点已得到多数学者认可。룂（闵）读为文，属于音近通假。

三晋、燕文字中有从门文声的"闵"字，但用为"门"。楚文字中尚未见到"闵"字，"闵"皆写作其古文形体"룂"，常见用法是用为"文"。根据这种用字习惯，我们认为古本"舜闵在家"的"闵"当写作"룂"，读为"文"。"文"，古有美、善之义。《广韵·文韵》："文，美也，善也。"《礼记·乐记》："礼减而进，以进为文；乐盈而反，以反为文。"郑玄注："文，犹美也、善也。"孔颖达疏："文，谓美善之名。"《韩非子·说疑》："文言多，实行寡。"

《史记·五帝本纪》记舜之事曰："（舜）盲者子。父顽，母嚚，弟傲，能和以孝，烝烝治，不至奸。"又曰："舜父瞽叟盲，而舜母死，瞽叟更娶妻而生象，象傲。瞽叟爱后妻子，常欲杀舜，舜避逃，及有小过，则受罪。顺事父及后母与弟，日以笃谨，匪有解。"舜对顽父嚚母傲弟"能和以孝，烝烝治，不至奸""日以笃谨，匪有解"，正是其在家中美善之行的表现。

"舜闵（文）在家，父何以鱞"，"文""鱞"皆用为动词，此句屈原是在问，舜于家有如此美善之行，他父亲为何不给他娶妻呢。

029. 女娲有体，孰制匠之

王逸注："传言女娲人头蛇身，一日七十化。其体如此，谁所制匠而图之乎？"王逸未解"有"字。刘永济根据王逸注，在《屈赋通笺》中认为：

今本有体二字，不出注中，疑有乃货字传写之误，货化古字声义皆同。说文："货，财也。从贝，化声。"徐锴曰："可以交易曰货，货，化也。尚书曰：'贸（懋）迁有无化居。'"段玉裁曰："广韵引蔡氏化清经曰：'货者，化也。变化交易之物，故字从化。'"是其证。此本作化体，写人以货为之，而货字，或又省作貣，与有形近，妄改为有耳。

今按：刘永济拘囿于王逸注，认为"有"当为"货"字之讹，而"货""化"义同。这样解释的好处是正文与注文可对应上。但"货""有"二字字形不近，讹误的可能性不大，即使"货"省作"貣"，字形也不近，故刘说不可信。《太平御览》卷七八引《风俗通》："俗说天地开辟，未有人民。女娲抟黄土作人，剧务力不暇供，乃引绳于絚泥中，举以为人，故富贵者黄土人也，贫贱、凡庸者絚人也。"这即是女娲造人的传说。根据这个传说，闻一多认为"此问万民之身，女娲所作，女娲之身，复谁所作邪？"，闻一多对文意的理解是非常正确的，但他未明确解释句中的"有"字，但从他阐述的文字中，似乎可推断他是将其理解为"之"的。但"有"无"之"义，因此，尚有对闻说做进一步补充的必要。我们认为，"有"当读为"之"。"有"从"又"得声，故战国楚简中，多借"又"表"有"，其例甚多，可参看白于蓝《战国秦汉简帛古书通假字汇纂》。而"又"与"之"可通。"之"，古为章母之部，"又"，古为匣母之部，韵皆为之部，声章匣二母有关，如淮从隹声，淮，匣母，隹，章母；匯，匣母，从淮得声，淮从隹得声。上博（三）《周易》简21"亡（无）忘又疾"，又，帛书本、今本皆作"之"。我们推测，《天问》原本作"女娲又体"，意思是"女娲之体"。汉人转写时，可能不理解"又"字之义，遂根据当时的用字习惯，将"又"改写成了"有"。

030. 缘鹄饰玉

王逸注："言伊尹始仕，因缘烹鹄鸟之羹，修玉鼎，以事于汤。汤贤之，遂以为相也。""缘"，王逸解为"因缘"，即"借助""依靠"之义。徐文靖、曹耀湘、金开诚、汤炳正等解为"缘饰"之义，闻一多认为当读为"臑"，熟烂之义。"鹄"，王逸以为即鹄鸟，蒋骥、金开诚等将

第四章 考古发现与《楚辞》疑难词语训解

其理解为像鹄一样的纹饰,陈本礼将其解释为"鼎之形象鹄者",谭介甫认为假借为"朴"。可谓众说纷纭。

今按：王逸既将"缘"解释为"因缘",则不得不将"鹄"解为"烹鹄鸟之羹",这样一来,不但要将"鹄"解为动词,而且还要加上"之羹"以补足文意,很明显是增字解经。

徐文靖等将"缘"解为"缘饰"以及蒋骥、陈本礼、谭介甫等对"鹄"的解释,文意虽可通,但由此故事之本义则不明,故亦不可取。

闻一多将"缘"读为"臑",解为熟、熟烂,从文意上看,较为可信。但根据《说文·肉部》对"臑"的解释,其本义为"臂羊矢",与"熟烂"无关。其之所以可解为"熟烂",当是因为它可用为"胹"。《说文·肉部》："胹,烂也。从肉,而声。"关于"胹""臑"的关系,或认为是异体,如《集韵·之韵》："胹,或作臑。"或认为是通假,如《汉语大字典》"臑"字条。"胹",日母之部,"臑",日母侯部,因此不管"胹""臑"是什么关系,它们的读音都与"缘"相去甚远,故"缘"不能读为"臑"。因此,从目前的研究成果看,"缘鹄"之含义还有进一步探讨的必要。

《清华大学藏战国竹简》（叁）收有一篇记汤与伊尹之事的佚书《赤鹄之集汤之屋》。该篇简文简长45厘米,共十五支简,第十五支简背写有标题"赤鹄之集汤之屋"。整理者介绍说,简文引人注目的特点,是有浓厚的巫术色彩。如说汤诅咒伊尹,使他"寝于路,视而不能言",随后伊尹被称作"巫乌"的鸟拯救,并由之知道"夏后"（桀）身患重病的原因是天帝命"二黄蛇与二白兔居后之寝室之栋",从而解救了"夏后"的危难。这些可能与楚人好信巫鬼的习俗有关,是在楚地流传的伊尹传说。

伊尹的故事见于《墨子》《吕氏春秋》《韩非子》《荀子》《管子》《孟子》等书。《汉书·艺文志·诸子略》第二《道家》著录《伊尹》五十一篇,第十《小说家》著录《伊尹说》二十七篇,学者皆以为其为后人之伪托,但亦可说明伊尹故事在当时之流行。至于战国楚地流传的伊尹故事,则主要见于《楚辞·天问》,今天,有幸见到清华简《赤鹄之集汤之屋》，且其所记亦为楚地流传的伊尹传说，因此将两篇文献对读，或可解决《天问》研究中的一些问题。

《赤鹄之集汤之屋》简 1 有这样一段话：

> 曰故（古）有赤鹄（鹄），集于汤之屋，汤射之获之，乃命少（小）臣曰："脂（旨）臛（羹）之，我亓（其）享之。

"鹄"从"告"声，古为见母幽部，"鹄"古为匣母觉部。见、匣两母关系密切。如"叚"为见母，而从"叚"得声的霞、暇、遐等为匣母。"或"为匣母，而从"或"得声的国、馘为见母。幽、觉韵部对转。"臛"字就是徐王糧鼎和庚儿鼎的"𩱦"字，应释为羹。伊尹曾为小臣，汤举之于庖厨之中，是古时流行的传说，故简文中的小臣当指伊尹。此段简文的文意是，有一只赤鹄落在汤的居处之上，汤将其射获，命小臣伊尹将其烹煮作羹。已有学者指出，此段简文与《天问》"缘鹄饰玉，后帝是飨"关系密切。[①] 确实，这段简文讲汤与伊尹之事，而"缘鹄饰玉，后帝是飨"尽管理解略有不同，但楚辞学者也多将诗句文意与汤、伊尹联系在一起，且二者所记之事亦皆与"鹄"有关，因此此段简文可与"缘鹄饰玉，后帝是飨"对读。

根据简文，汤射获赤鹄之后，命小臣"羹之"。"羹"在这里用为动词，做"羹"；"之"，代词，指代赤鹄。简文的"羹之"与《天问》"缘鹄"相对，因此，我们认为"缘"当读为"臇"。《说文·肉部》"臇"下收有一个异体"䐈"。"䐈"，当依朱骏声说，分析为从火，巽声。"缘"，从彖得声；"臇"，从隽得声；"䐈"，从巽得声。巽声与隽声相通。汉武都太守李翕《西狭颂》："鑴烧破析。"王念孙《读书杂志·汉隶拾遗》："鑴，与镌同。"巽声又与全声相通。《论语·先进》："异乎三子者之撰。"《经典释文》："撰，郑作僎，读曰诠。"《说文·车部》："辁，

[①] 此为刘国忠先生的发现。参李学勤《新整理清华简六种概述》，《文物》2012 年第 8 期。

读若馈。"彖声也与全声相通。《庄子·达生》:"死得于朕楯之上。"王念孙《读书杂志·余编上》:"輇,此作朕,义亦同也。"巽声与川声相通。《礼记·少仪》:"介爵、酢爵、僎爵皆居右。"郑玄注:"僎,或为骏。"《经典释文》:"骏,又作驯。""骏"为"驯"字之误。"彖"声也与"川"声相通。《周礼·巾车》:"孤乘夏篆。""篆",《说文·车部》"輇"字条引作"輲"。

《说文·肉部》:"臇,䐑也。""䐑,肉羹也。"此"臇"为名词。"臇"还可作动词用,如《楚辞·招魂》:"鹄酸臇凫。"洪兴祖曰:"言复以酸酢烹鹄为羹。""臇鹄",烹煮鹄鸟。这样理解,不但文意畅通,故事本义明了,而且亦可与出土文献互证。

031. 后帝是飨

王逸注:"后帝,谓殷汤也。言伊尹始仕,因缘烹鹄鸟之羹,脩玉鼎,以事于汤。汤贤之,遂以为相。"洪兴祖《补注》曰:"《史记》:阿衡欲干汤而无由,乃为有莘氏媵臣,负鼎俎,以滋味说汤,致于王道。《淮南》云:伊尹忧天下之不治,调和五味,负鼎俎而行。注云:负鼎俎,调五味,欲其调阴阳,行其道。《孟子》云:吾闻以尧、舜之道要汤,未闻割烹也。伊尹负鼎干汤,犹太公屠钓之类,于传有之。孟子不以为然者,虑后世贪鄙之徒,托此以自进耳。若谓初无负鼎之说,则古书皆不可信乎?"王逸、洪兴祖皆以为"后帝"指汤。后世治《楚辞》者亦多采此说。然亦有不同观点,如钱澄之、王夫之、陈本礼、曹耀湘等皆认为是指天帝、上帝,谭介甫以为是指地祇。

今按:关于楚辞中的"帝"字,姜亮夫《楚辞通故》认为:"屈赋帝字十四见,其义可大别为二。一指上帝,见《九歌》、《天问》、《招魂》。一指人王,随文为解,不主一说。"裘锡圭先生《读书札记九则》认为:"《天问》里的'帝',从文义看都应该是天帝而非人王。王逸等人把有些'帝'解释为天帝,有些'帝'解释为人王,是不正确的。"《天问》

中的"帝"，根据文义，不能如裘先生所言皆指天帝，如"帝乃降观，下逢伊挚"，王逸注："帝，谓汤也。挚，伊尹名也。言汤出观风俗，乃忧下民，博选于众，而逢伊尹，举以为相也。"下逢伊尹者为商汤，非天帝，甚明，王注当可信。再如"不胜心伐帝，夫谁使挑之"，王逸注："帝，谓桀也。言汤不胜众人之心，而以伐桀，谁使桀先挑之也？""帝"为伐之对象，不指"天帝"亦明。

《清华大学藏战国竹简》（壹）收有《尹至》一篇，简文记述伊尹自夏至商，向汤陈说夏君虐政、民众疾苦的状况，以及天现异象时民众的意愿趋向，汤和伊尹盟誓，征伐不服，终于灭夏。其中最后一支简文："夏播民内（入）于水曰战，帝曰：'一勿遗'。"帝，整理者指出当指已即位之汤。可见，在战国时期，人君亦可称帝。因此从《天问》文意及战国文献所提供之证据看，此"帝"指汤当无疑义。

032. 何条放致罚

王逸注："条，鸣条也。黎，众也。说，喜也。言汤行天之罚，以诛于桀，放之鸣条之野，天下众民大喜悦也。"王逸释"条"为"鸣条"，以为即汤、桀交战之地。此说对后世影响较大，如洪兴祖、姜亮夫、孙作云等皆从其说。但"鸣条"省为"条"，古书似未见。柳宗元《天对》"条伐巢放"误认"条"为"鸣条"之省，一可能是受王说之影响，二可能是受句式所限。

今按：我们认为"条"当读为"逐"。"条""逐"古音相近。"条"，古定母幽部，"逐"，古定母觉部，二字声母同为定母，韵部幽觉对转。古"条"声与"攸"声相通。《尔雅·释训》："条条，智也。"《释文》："条条，舍人本作攸攸。"上博（二）《容成氏》简40："汤或（又）从而攻之，降自鸣攸之述（遂），以伐高神之门。""攸"读为"条"，"鸣攸"即"鸣条"。"攸"又与"逐"相通。《易·颐》："其欲逐逐。"《释文》："逐逐，《子夏传》作攸攸。"上博（三）《周易》简25："颠颐，吉，虎视眈眈，其欲攸攸，亡咎。""攸攸"，传世本作"逐逐"。

"逐""放"义同。《说文》："放，逐也。""逐""放"连用，亦见于古书，如蔡邕《戍边上章》："逐放边野。"据战国文献记载，汤逐放夏桀，并非简单的流放，而是以武力为基础的带有进攻性的行为。《容成氏》简39—41记载："如是而不可，然后从而攻之，升自戎述（遂），入自北门，立于中囗。桀乃逃之鬲山氏。汤又从而攻之，降自鸣攸（条）之述（遂），以伐高神之门。桀乃逃之南巢氏。汤又从而攻之，述（遂）逃，迖（去）之桑（苍）虐（梧）之埜（野）。"

033. 可往营班禄，不但还来

王逸注："营，得也。班，遍也。言汤往田猎，不但驱驰往来也，还辄以所获得禽兽，遍施禄惠于百姓也。"洪兴祖曰："《诗》云：经之营之。营，度也。曰：请班诸兄弟之贫者。班，分也。言汤田猎禽兽，往营所以施禄惠于百姓者，不但还来而已，必有所分也。"王逸、洪兴祖将此事系于汤，王国维《殷卜辞中所见先公先王考》已考证此节所记之事与殷王恒有关，故王、洪之说不确。但，王逸、洪兴祖、蒋骥、马其昶等皆未释。刘梦鹏《屈子章句》云："但，语辞。"胡文英《屈骚指掌》云："但，空也。"曹耀湘曰："但，徒也。"游国恩《天问纂义》说："但，空也，徒也。"刘永济怀疑"不但"是"不得"之误。聂石樵认为"但，可能是能之错字。"孙作云《天问新注》、汤炳正《楚辞今注》怀疑"但"读为"旦"。黄灵庚《楚辞与简帛文献》认为"但"当读为"惮"，"还"读为"亥"。

今按：将"但"理解为语词，与《天问》文例不合。将"但"解释为"空""徒"，文意仍无法讲通。将"但"理解为"得""能"之误字，从文意上看是合适的，但这种说法并无确证，完全是臆测，不足信。黄灵庚读"但"为"惮"，读"还"为"亥"，但上文已问完"王亥"之事，此段文字是问"王恒"之事，何以又横生"亥"事？我们认为，"但"，当读为"亶"。"亶"从"旦"得声,古皆为端母元部,故"亶"声与"旦"声可通。郭店《缁衣》简7:"《大夏(雅)》员(云)'上帝板=(板板),下民卒担。'"今本《缁衣》"担"作"瘅"。《穷达以时》简7:"白(百)里迡奚五羊,为伯牧牛,释板筑而为朝卿,遇秦穆。""迡"当读为"亶"。①《忠信之道》简8:"其言尔信,古(故)怛(亶)而可受也。"整理者注曰:"怛,疑借作'亶'。《尔雅·释诂》:'亶,诚也。'"《尊德义》简37—38:"夫唯是,古(故)惪(德)可易而施可迡也。又(有)是施少(小)又(有)利,迡而大又(有)害者,又(有)之;又(有)是施少(小)又(有)害,迡而大又(有)利者,又(有)之。""迡",陈伟《郭店竹书别释》认为即"亶"字初文。九店楚简《相宅》:"凡坦南囗。"李家浩注曰:"《说文》说'亶'从'旦'声,所以古代'亶'字或从'亶'得声之字,可以跟从'旦'得声之字通用,……疑简文'坦南'应当读为'坛南'。'坛'是古代祭祀用的土台。"清华(壹)《金縢》简2:"周公乃为三坦同埤,为一坦于南方,周公立焉。""坦",当读为"坛",筑土为坛。清华(叁)《傅说之命》简3—4:"敚(说)廼(乃)曰:'隹(惟)帝以余畀尔,尔左执朕袂,尔右稽首。'王曰:'旦肰(然)。'""旦",读为"亶",信也、诚也。出土汉代简帛文献中也有"旦"声与"亶"声相通的例子,白于蓝《战国秦汉简帛古书通假字汇纂》多有搜集,如马王堆汉墓帛书《养生方》:"一日一夜而出,以汁渍疸(襢)糜九分升二。"帛书《周易·履》:"九二,礼(履)道亶(坦)亶(坦),幽人贞吉。"张家山汉简《引书》:"去起宽亶(袒),偃治巨引,以与相求也,故能毋病。"

"遭",转也。《离骚》"遭吾道夫昆仑兮",王逸注:"遭,转也。楚人名转曰遭。"《九歌·湘君》"遭吾道兮洞庭",王逸注:"遭,转

---

① 裘锡圭先生在注释【九】中加按语曰:"各书多言百里奚以五羊之皮卖身,'五羊'上二字疑当与'卖'义有关。疑第二字从'辵''畜'声,即'遭'字,读为'卖',通'鬻'。第一字从'旦'声,似可读为'转'。"后来裘先生在发表于《文史》2012年第三辑上的《说从"𠳵"声的从"贝"与从"辵"之字》一文中,采纳了周凤五等先生的意见,认为读"迡"为"转",不如读为"亶"好。

也。""遭还来"义近连用,与《离骚》"览相观四极兮"之"览相观"相类。汤炳正先生《屈赋修辞举隅》将此种现象归纳为同义联迭。《天问》此节是问,为何王恒"往营班禄",却没有回来?

034. 眩弟并淫

王逸注:"眩,惑也。厥,其也。言象为舜弟,眩惑其父母,并为淫泆之恶,欲共危害舜也。""眩",学者多从王逸注解为"惑也",然此说无法疏通文意。何剑熏认为"眩"当为"舜"之音误,舜弟即象。谭介甫、汤炳正皆怀疑"眩"为"胲(亥)"之误字,亥弟即亥与其弟王恒。如汤炳正说:"眩弟,指亥与其弟恒。眩,疑为'亥'之误字。'亥'又写作'胲',与'眩'形近。"

今按:王国维已经揭示,从"该秉季德"至"后嗣而逢长"实纪王亥、王恒、上甲微三世之事,此说已为学界所公认。故王逸、何剑熏将此二句所叙之事系于舜、象,不确。谭介甫、汤炳正的理解,从文意上讲是比较可信的,然亦有可商之处。第一,"眩"误为"胲(亥)"并无确证。第二,"亥弟"表示"亥"与"弟"和古人表达习惯不合。

我们认为"眩"当读为"长"。"眩",古为匣母真部,"长",古为端母阳部。端、匣古音有关,如合为匣母,从合得声的盒为匣母,答、搭为端母。真部、阳部可通。如《尔雅·释天》:"太岁……在壬曰玄黓。"《史记·历书》"玄黓"作"横艾"。玄,真部,"横",阳部。《诗·大雅·荡》:"天生烝民。""民",《韩诗外传》卷五作"明"。"民",真部,"明",阳部。《周礼·地官·遂人》:"以疆予任甿。""甿",《诗·周颂·载芟》郑笺引作"民"。"甿",阳部,"民",真部。《周礼·夏官·职方氏》:"其泽薮曰弦蒲。"《逸周书·职方》"弦蒲"作"彊蒲"。"弦",真部,"彊",阳部。《大戴礼·卫将军文子》:"欲善则讯。"《孔子家语·弟子行》"讯"作"详"。讯,真部,"详",阳部。上博(六)《孔子见季桓子》简26"㲋天而叹","㲋"字整理者释为"卬",读为"仰"。李锐认为简文字形为"色",但是"卬"的误写,在简文中应该读为"仰"。苏建洲根据李家浩"古文字'色'多以'卬'为之"的说法,并结合楚简字形,认为"㠯"可以理解为"卬",读为"仰"。苏说可从。"卬",真部,"仰",阳部。马王堆帛书《易·兑·上六》:"景兑。""景",传世本作"引"。"景",阳部,"引",真部。古代有真、阳合韵的例子。如《诗·小雅·车辖》:"陟彼高冈,析其柞薪。"冈、薪韵,冈,阳部,薪,真部,真、阳合韵。《九章·惜诵》:"恐情质之不信兮,故重著以自明。矫兹媚以私处兮,愿曾思而远身。"明、身韵,明,阳部,身,真部。

古有六博之戏,《西京杂记》"许博昌"条记录了西汉时期较为完整的六博资料,其中记载了六博共有"方、畔、揭、道、张、究、屈、玄、高"九个行棋位置。东海尹湾汉墓出土有木牍《博局占》,其行棋位置为"方、廉、楬、道、张、曲、诎(屈)、长、高"九字。《北京大学藏西汉竹书》(伍)中有《六博》一篇,其中亦见六博的九个行棋位置,北大竹书的整理者介绍说,"本篇(《六博》)所述六十干支在博道上的布列次序,为'高长诎曲张、张道楬兼(廉)方,方兼(廉)楬道张,张诎曲长高'"。我们将这些行棋用字进行对比后发现,《西京杂记》中的"玄",《博局占》《六博》写作"长"。这是玄声与长声直接相通的例子。

"长",兄也。《国语·晋语四》:"父事狐偃,师事赵衰,而长事贾陀。"韦昭注:"长,兄事之也。"《礼记·祭仪》:"立爱自亲始,教民慕也。立敬自长始,教民顺也。"郑玄注:"亲长,父兄也。"眩(长)弟并淫,谓兄亥与弟恒并淫于有易。

035. 何践吾期

王逸注:"言武王将伐纣,纣使胶鬲视武王师。胶鬲问曰:欲以何日至殷?武王曰:以甲子日。胶鬲还报纣。会天大雨,道难行,武王昼夜行。

或谏曰：雨甚，军士苦之，请且休息。武王曰：吾许胶鬲以甲子日至殷，今报纣矣。吾甲子日不到，纣必杀之。吾故不敢休息，欲救贤者之死也。遂以甲子日朝诛纣，不失期也。"王逸注以"践吾期"为"践胶鬲之期"，此说对后世影响较深，如桂馥曰："屈子引《诗》'会朝清明'作问，盖云以甲子日赴胶鬲请盟之期。"刘永济、何剑熏等亦持此说。然亦有不同意见者，如王夫之《楚辞通释》云："践期，不期而会也。言牧野之师，诸侯争赴，如群鹰飞击，惟纣之无道，故有以致之也。"戴震《屈原赋注》曰："言诸侯毕会之朝，争趋而至，何以皆践吾师期乎？盟者，河北地名也。《史记》：'师毕渡盟津，诸侯咸会。'是其事。"王夫之、戴震以"践吾期"为"践武王之期"。姜亮夫、金开诚、聂石樵、萧兵、汤漳平等亦持此说。闻一多虽同意"践吾期"为"践武王之期"，但认为是言天践武王之期。

今按：楚辞学者皆认为此段文字与武王伐纣有关，是也。然践谁之期，则意见不同。或以为践胶鬲之期，或以为践武王之期。意见分歧之原因，全在一"吾"字。王逸以为此段内容为武王践胶鬲期，然"践吾期"何以即"践胶鬲之期"？"吾"与"胶鬲"之间的关系为何？王注未作说明。后世楚辞学者多从误字角度给予解释，如刘永济说："吾期，疑即鬲期之误。"何剑熏亦云："'吾'字应为'鬲'字。'吾'、'鬲'形近，因而致误。"然而"吾""鬲"皆见于出土文献，形体并不接近，形近而误的可能性不大。因此，以"吾"为"鬲"之误字的说法并不可信。将"践吾期"理解为"践武王之期"的说法，同样需要解释"吾"与"武"的关系。姜亮夫怀疑"吾"是"武"之声误字。金开诚曰："吾，指周，以周的口气说话。"聂石樵云："吾，武之错字。"吴广平说"吾"指武王，此处是以武王的口气说话。姜亮夫、聂石樵从误字角度给出解释，但"吾""武"字形并不近，形近而误的可能性较小；声误虽有可能，但无例可证，难以让人信服。金开诚、吴广平从说话者的口气的角度阐述，明显与《天问》文例不合。

我们认为，"吾"，当读为"许"。古"吾""午"皆为疑母鱼部，"吾"声与"午"声音近可通。《左传·桓公十四年》："郑伯使其弟语来盟。"《公羊传》同，《穀梁传》语作"御"。《史记·天官书》："其人逢悟。"《索隐》："悟亦作迕。"《汉书·艺文志》："列子八篇。"班固自注："名圄寇。"《庄子》作"列御寇"。《汉书·司马迁传》："或有抵梧。"颜师古注引如淳曰："梧读曰迕，相触迕也。"出土文献中也有"吾"声与"午"声相通的例子。毛公鼎："以乃族干吾王身。"吴大澂《说文古籀补》说"干吾"即"馭敔"，"馭敔"，文献或作"捍御"。郭店《五行》简34："悳（直）而述（遂）之，肆也；肆而不畏骒（强）语（御），果也。"上博（二）《民之父母》简9："其才（在）许也，败矣！厷（宏）矣！大矣！""许"，刘信芳读为"语"。马王堆汉墓帛书《九主》："汤乃自吾=至伊尹。"原注曰："'自吾'之吾疑读为驾御之御。'吾至'之吾与'吾达'之吾疑读为五，意谓汤五次去请伊尹。"《长沙马王堆汉墓简帛集成》证成其说曰："古书记君主礼贤下士，常'自御'以示其诚，如齐桓公迎管仲于鲁郊而自御、齐桓公载麦丘邑人自御以归。此言汤'自御'以见伊尹，似与上述传说相类。"又："臣主始不相吾（忤）也。"又："者（诸）侯时有雔罪，过不在主。干主之不明，虞下蔽上，□法乱常，以危主者，恒在臣。"又："专授之臣擅主之前，虞下蔽上。"原注："虞，当是从虍，吾声之字。虞字与御、逜二字音近相通，在此处似当解释为压制。《史记·范雎传》：'妒贤嫉能，御下蔽上，以成其私。'《鹖冠子·近迭》：'逜（原误作"吾"）下蔽上，使事两乖。'"

"许"，应允，许可。《说文·言部》："许，听也。从言，午声。"段玉裁注："听从之言也。耳与声相入曰听，引申之，凡顺从曰听。"杨树达《积微居小学述林》："许君以听释许，非朔义也。今谓：许从午声，午即杵之象形字。字从言从午，谓舂者送杵之声也……举杵动力有声，许字之本义也……舂者手持物而口有声，故许字从言从午。口有言而身应之，故许之引申义为听。许君以引申义为朔义，则失文从午声之故矣。"①据杨树达说，"听"为"许"之引申义。"许"由"听"义又引申出应允、许可之义。《广韵·语韵》："许，许可也。"《书·金縢》："尔之许我，我其以璧与珪归，俟尔命；尔不许我，我乃屏璧与珪。"《左传·闵公二年》："及密，使公子鱼请，不许。"《史记·廉颇蔺相如列传》："秦王度之，终不可强夺，遂许斋五日。"

《史记·周本纪》载武王九年："是时，诸侯不期而会盟津者八百诸侯。诸侯皆曰：'纣可伐矣。'武王曰：'女未知天命，未可也。'乃还师归。"此次是不期而会。武王十一年："于是武王徧告诸侯曰：'殷有重罪，不可以不毕伐。'乃遵文王，遂率戎车三百乘，虎贲三千人，甲士四万五千人，以东伐纣。十一年十二月戊午，师毕渡盟津，诸侯咸会。"此次是诸侯接到武王告伐纣之命后而会盟。"何践吾（许）期"，屈原是问纣之诸侯为什么会践行对武王所许之期约。

036. 到击纣躬

到，洪兴祖引一本作"列"，黄省曾、朱多煃、庄允益、明翻宋本同洪本。朱熹《楚辞集注》作"列"，并曰："一作到，非是。"闻一多、谭介甫、马其昶、刘盼遂等认为当作"到"，但具体看法又有不同。闻一多认为"到"为"劲"字之误，"劲"，力也。谭介甫说："到，无义。疑到的形误；《玉篇》：'刭，以刀割颈也。'割颈即断其首。"马其昶认为"到"同"倒"。刘盼遂认为当为"刀"之借字。蒋骥、刘梦鹏、于省吾、姜亮夫、游国恩、汤炳正、聂石樵等认为当作"列"，具体解释仍有不同。蒋骥认为"列"为"列击"，指大会孟津言。刘梦鹏认为"列，诛也"。于省吾以为"列"当读作"厉"，训为"猛"。姜亮夫认为，"列击纣躬"者，言会孟津之诸侯，整列而击纣也。游国恩、汤炳正认为是"诛

---

① 杨树达：《积微居小学述林全编》，上海古籍出版社2007年版，第37页。

杀""斩杀"的意思。聂石樵认为"列"通"裂","列击纣躬",即《史记·周本纪》所载:"武王持大白旗以麾诸侯,……至纣死所。武王自射之,三发而后下车,以轻剑击之,以黄钺斩纣头,县大白之旗。"可谓众说纷纭。

今按:我们认为当作"列","到"为形近讹字。"列"可读为"戾"。"列",古为来母月部,"戾",古为来母质部,声同为来母,韵一为月部,一为质部。月、质二部关系密切,我们在《考古发现与〈楚辞〉校读》中有过集中举证。后来在出土战国楚文献及秦汉文献中,我们又发现了许多"月"部与"质"部关系密切的例子,可参看本章"能拘是达"条。"列"声与"戾"声亦有通假之例,如《楚辞·九辩》:"心憭悷而有哀","悷",洪兴祖引一本作"恻"。马王堆汉墓帛书《六十四卦·井》九五:"井戾寒渌(泉),食。""戾",通行本《易》作"冽"。马王堆汉墓帛书《六十四卦·根(艮)》》九三:"【艮其限,】戾其夤,厉薰心。"通行本《易》"戾"作"列"。"戾",劲疾也。《玉篇·犬部》:"戾,势也。"《文选潘岳〈秋兴赋〉》:"庭树槭以洒落兮,劲风戾而吹帷。"李善注:"戾,劲疾之貌。""戾击",即"劲击""疾击"也。

037. 何亲揆发足,周之命以咨嗟

王逸注:"揆,度也。言周公于孟津揆度天命,发足还师而归,当此之时,周之命令已行天下,百姓咨嗟叹而美之也。"洪兴祖曰:"一无'何'字。一云:周命咨嗟。"朱熹《楚辞集注》本作:"何亲揆发,定周之命以咨嗟",并曰:"定,一作足,属上句,非是。一无之以二字。"姜亮夫疑当作"亲拨正周命,何以咨嗟"。孙作云《〈天问〉新注》认为"何亲揆发足"即"何亲揆发正'","足"为"正"字之误。何剑熏订为"何躬亲揆发,定周之命以咨嗟"。黄灵庚《楚辞异文辩证》认为"足"为"疋"之误字。

今按:此段文字,楚辞学者意见最为分歧。首先是异文的问题,其次

第四章　考古发现与《楚辞》疑难词语训解

是断句的问题，再次是词语及句意的理解问题。

先说异文。一本无"何"字，则不成问意，当有。据后文"殷之命以不救"及王逸注，当有"之""以"二字。"足"，一本作"定"，当为形近而讹。学者校改为"正"或"疋"，亦认为是形近而讹。

异文取舍的不同，加之对文意理解的差异，于是出现了下面几种断句情况：（1）何亲揆发足，周之命以咨嗟；（2）何亲揆发，足周之命以咨嗟；（3）何亲揆发，定周之命以咨嗟；（4）亲拨正周命，何以咨嗟；（5）何躬亲揆发，定周之命以咨嗟。

受文本形式及词语多义性等诸多因素的影响，学者们对这两句话的理解也是言人人殊。"揆"，王逸注"度也"，后世学者多从其说，然亦有他说，如马其昶曰："揆，灭也。"谭介甫怀疑是"拨"字之误。"发"，王逸未单释，连"足"一起解释为"发足还师而归"。朱熹、蒋骥等解为武王名，马其昶认为与"伐"同字，林庚认为是"调兵"。何剑熏认为当假借为"廄"。"足"，属上读，多以常训释之，如谭介甫解"拨足"为"绊足"，曹耀湘解"发足"为"乃谓出师也"。属下读者，王夫之解为"满也，成也"。金开诚曰："足，完成。"从一本作"定"者，多从朱熹说，解为安定。认为"足"为"正"字之误的学者，如姜亮夫认为"拨正"是拨乱世反之正之义。孙作云认为"正""政"古通用，"发正"即武王发之政。校改为"疋"者，认为"疋者疏也，言布也，发疋，言发布也。谓周公佐武王亲揆度发布政令也。"

此节文字所叙之史事，学者或从王逸说，以为系武王伐纣之事。或以为此与周公东征有关，如姜亮夫说，此当指周公东征言。"何以咨嗟"，指管蔡流言。或以为与周公摄政有关，如孙作云曰，"亲揆发正"，即言武王死，成王幼，周公摄政事。

就文本本身而言，王逸本作"何亲揆发足，周之命以咨嗟"，这是从王逸注很明显就能看出来的。朱熹从一本之说，认为"足"当作"定"，并属下读，则朱本应作"何亲揆发，定周之命以咨嗟"。对此，孙作云指出:"定周之命",不顺,且与"咨嗟"不贯。孙氏所论,较为中肯。姜亮夫、何剑熏所作校订,对文本改动过大,实不足取。孙作云认为"足"为"正"字之误,但战国时期楚文字"足"作"⻊","正"作"正""正",两个字的区别还是很明显的,这种区别一直延续到秦汉时代,因此"足"讹为"正"的可能性不大。黄灵庚认为"足"为"疋"之讹误,这种说法,可能性极大。疋,战国楚文字作"疋",与"足"极为接近。帛书《周易经传·系辞》:"子曰:'句(苟)疋者(诸)地而可矣。'""疋",学者多释为"足",陈剑认为从形、音上看,与"疋"字更为密合,故改释为"疋"。该字之所以有"足""疋"两种释法,主要是字形极其相像。出土文献中有二字直接讹混的例子,如郭店《老子甲》简 27 有"疋"字,从形体上看,应该是"疋",从文意及与今本对应关系上看,明显应该是"足"字。

基于文意及汉字形体角度等多方面考虑,我们认为原本当作"何亲揆发疋,周之命以咨嗟",下面谈谈我们对相关词语及文意的理解。

"揆",度也。《说文·手部》:"揆,葵也。"《说文解字注》作:"揆,度也。"段玉裁注:"各本作'葵也',今依《六书故》所据唐本正。"《诗·鄘风·定之方中》:"揆之以日,作于楚室。"毛传:"揆,度也。"

"发"读为"废"。《史记·仲尼弟子列传》:"子贡好废举,与时转货赀。"《汉书·货殖传》"废"作"发"。《易·蒙·初六》:"发蒙,利用刑人,用说桎梏。""发",帛书本作"废"。银雀山汉简《五令》:"义也,战国所以立威侵敌,弱国之所不能发。""发"读为"废"。"废"有弃、止之义。《论语·微子》:"废中权。"陆德明《经典释文》引马云"弃也"。《庄子·让王》:"左手攫之而右手废。"《经典释文》引李云"弃也"。《尔雅·释诂下》:"废,止也。"《淮南子·原道训》:"是故能天运地滞,轮转而无废。"高诱注:"废,休也。"

"疋"读为"措"。"疋",山母鱼部,"措",清母铎部,音近相通。前引帛书《周易经传·系辞》"句(苟)疋者(诸)地而可矣"中的

"疋",今本作"错"。"错"通"措"。"措",设置、制订。《说文·手部》:"措,置也。"《太玄·攡》:"攡措阴阳而废气。"范望注:"措,犹设也。"王安石《酬王詹叔奉使江东访茶法利害见寄》:"余闻古之人,措法贻厥后。""何亲揆发(废)疋(措)"是问周公为什么亲自考量各种制度的废立。

038. 逢彼白雉

王逸连"厥利惟何"注曰:"厥,其也。逢,迎也。言昭王南游,何以利于楚乎?以为越裳氏献白雉,昭王德不能致,欲亲往逢迎之。"闻一多《楚辞校补》说:"雉当为兕,声之误也。《吕氏春秋·至忠篇》'荆庄襄王猎于云梦,射隋兕',《说苑·立节篇》作科雉,《史记·齐太公世家》'苍兕苍兕',《索隐》曰:'一本或作苍雉',《管蔡世家》曹惠伯兕,《十二诸侯年表》作雉,并其比。考《殷虚兽骨刻辞》屡纪获白兕……周初习俗,多与殷同,殷人以获白兕为盛事,周亦宜然。《初学记》六引《纪年》曰:'昭王十六年,伐楚荆,涉汉,遇大兕。'本篇所问,即指斯役。然则昭王所逢,是兕非雉,又有明征矣。"

今按:闻说以"逢白雉"为"逢白兕",可从。然"雉"非"兕"之声误字,二字当为通用关系。"雉",从隹,矢声,古"矢"声与"兕"声通。除前闻一多所引传世文献之例外,出土文献中亦有其例。《老子》第 50 章"盖闻善摄生者,陆行不遇兕虎,入军不被甲兵。兕无所投其角,虎无所措其爪,兵无所容其刃。"文中两"兕"字,帛书乙本、北大汉简本及传世本皆作"兕",而帛书甲本作"矢"。马王堆帛书《老子》甲本卷后古佚书《明君》:"务敬弓弩,脩(修)车马,驼(驰)骤也,猎射雉虎,必胜之,主非弗乐也。""雉"当读为"兕"。

039. 穆王巧梅,夫何为周流

王逸注:"梅,贪也。言穆王巧于辞令,贪好攻伐,远征犬戎,得四白狼、四白鹿。自是后夷狄不至，诸侯不朝。穆王乃更巧词周流，而往说之，欲以怀来也。"姜亮夫认为周流犹言周游。孙作云曰，"流""游"古通，"周流"即"周游"。

今按："流""游"古常通用。《史记·项羽本纪》："必居上游。"集解引文颖曰："游或作流。"《汉书·项籍传》："必居上游。"颜师古注引文颖曰："游或作流。"北大汉简《周驯（训）》简137—138："今寡人适为下游，而欲勿使从，其可得乎？"整理者注："'游'，通'流'。'下游'，古书多作'下流'。"马王堆帛书《合阴阳》"一曰虎游"，《天下至道谈》作"一曰虎流"。

040. 受礼天下，又使至代之

王逸注："言王者既已修行礼义，受天命而有天下矣，又何为至使异姓代之乎？"后世治楚辞者多从王说。然郭在贻在《〈楚辞〉解诂》中说："王说实不可通。《天问》问例，皆就具体的人或事发为问句，而王氏则以抽象的意义解之，此不可通者一；'又使至代之'一句中之'使至'二字，乃动宾结构，'至'字当为名词，王氏解为'至使'，此乃倒乱文次，此不可通者二。"王注既不可通，学者便另求新解。刘梦鹏《屈子章句》曰"礼，通作履，即履帝位之履。代，更易也。商受不知自戒，故天以周易之。"王闿运曰："受、至盖君名，今所未详也。"谭介甫《屈赋新编》说："'至'不好讲，疑原作'旦'，篆文至作'㐭'，旦作'旦'，形本相近致误。盖谓成王受礼于天下，又何以使叔旦来代他呢。"闻一多认为，"礼"读为"履"。"履"，汤名。"至"，太甲名。同时又引一说："受"读为"授"，"至"读为"挚"，"挚"，伊尹名，言天既授汤以天下，旋复使伊尹代之。并认为此说亦通。郭在贻在前引那篇文章中认为："今谓'受'即殷纣王，'至'乃'周'之借字，指周文、武。全句指的是周代殷的历史事实……至、周二字，古音并隶照纽开口三等，为正纽双声，故可通借。如《尚书·泰誓中》：'虽有周亲，不如仁人。'孔《传》：

第四章　考古发现与《楚辞》疑难词语训解

'周，至也，言纣至亲虽多，不如周家之少仁人。'又《诗·小雅·鹿鸣》传、《逸周书·谥法解》、《广雅·释诂一》、《汉书·叙传》注引刘德语、《后汉书·章帝纪》注，并云'周，至也'。又《诗·小雅·六月》之'轩轾'，《仪礼·既夕礼》作'轩輖'，此均周、至通用之证。"聂石樵、何剑熏、汤炳正等看法与此同。

今按：刘梦鹏、王闿运的说法对后世很有启发。谭介甫"至"为"旦"之误字的说法不可信，因为从篆文字形看，两个字字形并不接近。闻一多态度模糊。郭在贻认为"受"即殷纣王，此说可信。传世文献及出土文献中纣王多被称作"受"。因此把"受"解为纣王，比较符合楚文字的用字习惯。"礼"当从刘梦鹏说读作"履"。《诗·商颂·长发》："率履不越，遂视既发。"《韩诗外传》三，《汉书》之《宣帝纪》、《萧望之传》并引"履"作"礼"。应侯视工簋中有一个从"酉""履"声之字，裘锡圭先生在《应侯视工簋补释》中认为该字应该就是"醴"字异体。马王堆帛书《六十四卦·礼》："礼虎尾，不真（咥）人，亨。初九，错（素）礼，往无咎。九二，礼道亶=（坦坦），幽人贞吉。六三，眇能视，跛能利，礼虎尾，真（咥）人，凶。武人迥（用）于大君。九四，礼虎尾，朔=（愬愬），终吉。九五，史〈夬〉礼，贞厉。尚（上）九，视礼，巧（考）翔（祥），亓（其）睘（旋），元吉。"又，《川（坤）》初六："礼霜，坚冰至。"又，《罗（离）》初九："礼昔（错）然，敬之，无咎。"以上诸礼字，今通行本《易》皆作"履"。"至"，郭在贻等认为当读作"周"，我们也曾赞同过此观点，但现在看来，这种观点还是有问题的，即郭在贻等所举"至""周"二字相通的例子是不可靠的。关于"至"与"周"的关系，章炳麟《文始》说，《诗传》曰："周，至也。"《说文》"周"训"密"，此犹言周到，至亦有密义。章说可从。"至""密"义近，非通假。"轾"，车前重向下，也作"鸷"。《玉篇·车部》："鸷，前顿曰鸷，后顿曰轩。轾，同鸷。"《广韵·至韵》："鸷，车前重也。轾，同鸷。""輖"，车重。《说文·车部》："輖，重也。"段玉裁注："谓车重也……

轩谓车轻，輖言车重。引申为凡物之轻重。"" 轾""輖"为义近关系，非通假。故郭在贻等所举之例，不能证明"至""周"相通。既然如此，读"至"为"周"也就失去了根据。

我们认为"至"当读为"敌"。"至"，古与"适"通。"至"，章母质部，"适"，书母锡部。章、书古皆为舌音，关系密切。如"者"为章母，从其得声的"诸""煮""渚"为章母，而"奢"为书母。"至"为章母，从其得声的"蛭""桎"为章母，而"室"为书母。锡、质旁转，古可通。《诗·小雅·常棣》："脊令在原。"《经典释文》："脊，亦作即。"脊，锡部，即，质部。《仪礼·士冠礼》："设扃鼏。"郑玄注："古文鼏为密。"鼏，锡部，密，质部。《史记·楚世家》："伏师闭涂。"裴骃集解引徐广曰："闭，一作壁。"闭，质部，壁，锡部。武威汉简《泰射》甲本简48—49："负侯皆许若（诺），以宫趋，直西，及乏南，有（又）若（诺）以商，适乏，声止。""适"，今本作"至"。《说文·辵部》："适，之也。"《尔雅·释诂上》："适，往也。"邢昺疏："谓造于彼也。"郝懿行义疏："适者，之也；之者，适也。又互相训其义，又皆为往也。"《泰射》这句话的意思是，负侯人用宫声答应着快速向西到达避箭器具的南边，又用商声答应着，直到避箭器具的地方，声音停止。负侯者直到避箭器具的地方，声音才停止。所以，据文意当以作"至"为是，简本"适"当读为"至"。"适"又与"敌"通。马王堆帛书《老子》甲："祸莫于〈大〉于无适（敌）。"《明君》："令其所以实邦充军者，非胜适（敌）者也。"《六分》："万民和辑而乐为其主上用，地广人众兵强，天下无适（敌）。"张家山汉简《盖庐》："盖庐曰：'凡击适（敌）人，何前何后，何取何予？'"银雀山竹简《孙膑兵法·威王问》："我强适（敌）弱，我众适（敌）寡，用之奈何。"[①]

将这两句与上文"皇天集命，惟何戒之"连贯起来看，可以发现诗人在这里是批判殷周奴隶主阶级所宣扬的天命论。按照天命论，殷的天下是

[①] 出土文献中，"适""敌"相通之例甚多，可参看王辉《古文字通假字典》，中华书局2008年版，第259页；白于蓝《战国秦汉简帛古书通假字汇纂》，福建人民出版社2012年版，第476—479页。

上帝赋予的，因而是神圣不可侵犯的。屈原反对这种论调，他反问道："既然殷的天下是上帝赋予的，为什么又被敌家代替了呢？"

第三节　考古发现与《九章》疑难词语训解

041. 壹心而不豫兮

豫，王逸注"犹豫也"；林云铭《楚辞灯》解曰"预防"；孙诒让《札迻》训为"诈"；闻一多读为"訏"；曹海东《屈原赋"不豫"新解》认为，将"豫"释作"犹豫"是不太精审的，训为"预先"更欠精审，训为"诈""訏"亦显迂阔，因此他将"豫"训作"媚悦"。

今按：和本条讨论有关的还有下列两句："行婞直而不豫兮"（惜诵）和"余将董道而不豫兮"（涉江）。已有多位学者指出上举三例中的"豫"用法相同，现在我们放在一起讨论。对于王逸等前人之说，曹海东已经指出其非。但曹海东解为"媚悦"也不恰当。朱季海《楚辞解故》曾对孙诒让的说法提出批评，他说：

> 孙氏《札迻卷十二》读"豫"如"诋豫"字，释云："豫，犹言诈也"；然此三句，依王《注》，以"不犹豫"继之，则壹心之致、婞直之状、董道之忱，胥情见乎辞，于文故上下相承，端若贯珠矣。必如孙说，则既言壹心、婞直、董道矣，而犹以不诈自明，何其迂阔。况以楚语衡之，益知其不然也。

尽管我们不同意朱氏解"豫"为"犹豫"，但他对孙诒让的批评还是很中肯的。曹海东解为"媚悦"和孙诒让解为"诈"在本质上是一样的，因此曹说也不可信。我们认为这三个"豫"皆当读为"舍"。"豫""舍"古音相近，"豫"，余母鱼部；"舍"，书母鱼部。二字韵母同为鱼部，声母一为余母，一为书母，余、书二纽古音关系密切。如"俞"为余母，从"俞"得声的"输"为书母;"予"为余母,而从"予"得声的"抒""纾"为书母;"攸"为余母,而从"攸"得声的"倏"为书母;从"易"得声的"扬(揚)""杨(楊)""阳(陽)"为余母,而"殇""觞"属书母。"豫""舍"古有相通之例,如:

1. 初九:豫尔灵龟。[上博(三)《周易》简 24]

2. 中(仲)尼:"夫贤才不可弇也。举而(尔)所知,而(尔)所不知,人其豫之者。"[上博(三)《中弓》简 10]

3. 且臣之闻之:不和于邦,不可以出豫。不和于豫,不可以出陈。[上博(四)《曹沫之陈》简 18—19]

4. 庄公曰:"为和于豫女(如)可(何)?"曹沫曰:"三军出,君自率,必聚群又(有)司而告之:'二三子勉之,过不在子在口。'亓(期)会之不难,所以为和于豫。"[上博(四)《曹沫之陈》 简 22—23]

5. 楚王豫回(围)归,居方城。[清华(贰)《系年》简 42]

6. 襄而〈夫〉人闻之,乃抱灵公以号于廷曰:"死人可(何)辠(罪),生人可(何)辜?豫亓(其)君之子弗立,而召人于外,而焉将置此子也。"[清华(贰)《系年》简 51—52]

7. 楚人豫回(围)而还,与晋师战于长城。[清华(贰)《系年》简 117]

8. 天猷畏矣,豫命亡(无)成。[清华(叁)《芮良夫毖》简 15]

9. 内(入)月五日,豫巽。[清华(肆)《筮法》简 40]

10. 今天为不惠,或爰(援)然,与不谷争伯父,所天不豫伯父,伯父而口口口口口口口口口谷。[清华(陆)《郑文公问太伯》简 2—3]

例 1 中的"豫"字,马王堆汉墓帛书本及今本《周易》皆作"舍"。例 2 中的"豫"字整理者读作"舍"。《中弓》的这句话与《论语·子路》中的"中弓曰:'焉知贤才而举之?'子曰:'举尔所知,尔所不知,人其舍诸。'"相近。可见,整理者读为"舍"是可信的。例 3、4 中的"豫",

陈剑《上博竹书〈曹沫之陈〉新编释文》读为"舍",可从。例 5 至例 10 中的"豫",清华简整理者皆读为"舍"。其中例 6 所记之事,见于《左传·文公七年》,作"先君何罪,其嗣亦何罪,舍适嗣不立而外求君,将焉置此。"简文中的"豫",《左传》正作"舍"。

"舍"可训为"止"。《离骚》:"余固知謇謇之为患兮,忍而不能舍也。"王逸注:"舍,止也。"《论语》:"子在川上曰:逝者如斯夫,不舍昼夜。""舍"亦"停止"之义。上举《楚辞》中的三个"豫"字也当读为"舍",训为"止"。"壹心而不豫兮",指忠诚专一的事君之心不止,正与上文"竭忠诚以事君兮""专惟君而无他兮",及下文"疾亲君而无他兮""思君其莫我忠兮""事君而不贰兮"相照应。"行婞直而不豫兮",是说鲧刚直不阿,一直坚持自己的想法。"余将董道而不豫兮",意思是坚持正道而不停止,这和下文"固将重昏而终身"语义非常连贯。这种忠诚事君、坚持正道的思想与从《楚辞》作品反映出来的屈原对美政理想的执着追求是一致的。可见,将"豫"读为"舍"、训为"止",无论是从用字习惯上还是从文意上看都是非常合适的。

042. 亦非余心之所志

王逸注:"亦非我本心宿志所望于君也。"何剑熏《楚辞新诂》认为:"'志'假作'识'。古二字音同通用。《周礼·保章氏》:'掌天星以志星辰日月之变动。'郑玄注:'志,古文识。识,记也。'《论语·述而》:'多见而识之。'班固《白虎通·礼乐篇》引作'多见而志之。'本篇《怀沙》'章画志墨兮',《史记》作'章画识墨兮',是'识'、'志'通用之证。识,知也。此言忠于君主应无罪,但却遇到惩罚,什么原因,则不是我所知道的。"

今按:何说可从。出土文献中也有"志""识"相通的例子。清华(陆)《子产》简 18—19:"下能弋(式)上,此胃(谓)民信志之。"整理者注:"'志'通'识'字,意云民信而记识之。"郭店《老子》甲简 8:"深不可志"，"志"，马王堆汉墓帛书甲、乙本作"志"，北大汉简本、通行本作"识"。帛书《老子》甲、乙本："夫唯不可志，故强为之容。""志"，帛书乙本、北大汉简本、传世本皆作"识"。帛书《十六经·行守》："故言寺（持）首，行志（识）卒。"《顺道》："不辨阴阳，不数日月，不志（识）四时。"

043. 晋申生之孝子兮

王逸注："申生，晋献公太子也。体性慈孝。献公娶后妻骊姬，生子奚齐，立为太子。因误申生使祭其母于曲沃，归胙于献公。骊姬于酒肉置鸩其中，因言曰：胙从外来，不可信，乃以酒赐小臣，以肉食犬，皆毙。姬乃泣曰：贼由太子。于是申生遂自杀。"又，《七谏·沉江》："晋献惑于骊姬兮，申生孝而被殃"。又《九辩》"虽愿忠其焉得"，王逸注："申生至孝，而被谤也。"

今按：申生被谤自缢，典籍多有记载，如《左传·僖公四年》《国语·晋语》《史记·晋世家》《公羊传·僖公十年》《穀梁传·僖公十年》《吕氏春秋·上德》《韩非子·备内》与《内储下》《礼记·大学》与《檀弓上》《说苑》《论衡·感应》等，可见此事流传之广。《惜诵》《沉江》将申生自缢看作至孝，亦可得到出土文物之证明。1960年，山东泰安大汶口发现了一座汉画像石墓，程继林《泰安大汶口汉画像石墓》对该墓石像有过相关介绍。石墓共有画像石9块，其中有4组带榜题的孝子故事画像石。刻于第6石的"孔子见老子"1组为常见题材，另外3组刻于木门前室西壁横额的第2石，其中位于第2石中部的一组，王恩田先生据榜题和画像内容，已经正确指出是春秋晋国骊姬杀申生的故事，王恩田在《泰安大汶口画像石历史故事考》一文中介绍说：

画像中共有4人，榜题3条。中间1人席地而坐，面前置杯案，榜题"此晋浅（献）公贝（被）离（丽）算"。右侧1人跪向坐者，手执环刀对准喉咙作自刎状，题曰"此浅（献）公前妇子"；身后1人手拉跪者作劝解状，坐者左方1妇女，执便面躬身站立，欲有所语，题曰："此后母离（骊）居（姬）{也}"。

上揭文字，王先生释为"浅"读为"献"的字，董珊《山东画像石榜题所见东汉齐鲁方音》释为"沙"，并指出"沙"读为"献"是东汉齐鲁方音。王先生释文中的所谓"算"字，在原石有些残泐，结合字形、文义来看，董珊认为该字应改释为"其"，读为"欺"。古人认为申生受谤自杀是至孝的行为，所以图写孝子申生的故事来劝谕世人。

044. 虽僻远之何伤

王逸注："僻，左也。言我惟行正直之心，虽在远僻之域，犹有善称，无害疾也。"王逸未释"之"字。黄侃曰："之，言之间也。"王泗原《楚辞校释》曰："之字不合句法，当是又字之误，以形近。用又，与虽关联。"

今按：此句中的"之"字，按其常见用法解释，确实难以理解。故黄侃以"之间"解之，然"之"无"之间"之义，黄侃之说明显有增字解经之嫌。王泗原认为当是"又"之形误，但"之"楚简作：㞢（郭店《忠信之道》简1）、㞢（郭店《老子》甲简2）、㞢（郭店《尊德义》简1）、㞢（郭店《成之闻之》简22）、㞢（郭店《唐虞之道》简16），"又"作：ㄋ（郭店《老子》甲简1）、ㄋ（郭店《缁衣》简47）。二字字形明显不近，至秦汉魏晋篆隶阶段，二字字形亦相差甚大，因此形误说不可信。但王泗原将之理解为"又"，从文意上看，却是合理的。这里，"之"当读为"又"。"之"，古为章母之部。"又"，古为匣母之部；韵皆为之部，声章匣二母有关，如淮从隹声，淮，匣母，隹，章母；匯，匣母，从淮得声，淮从隹得声。上博（三）《周易》简21："亡（无）忘又疾"，"又"，帛书本、今本皆作"之"。

045. 与前世而皆然兮

王逸注："谓行忠直，而遇患害，如比干、子胥者多也。"王逸未单释"与"字,王夫之曰:"与,数也。历数前世之贤而不用者。"蒋骥曰:"与,犹合也。"王闿运曰:"与,于也。"姜亮夫云:"与,与翳声同,词也。"王泗原曰:"与同暨,借作既,与……既……关联。"沈德鸿曰:"与,犹谓也。"黄侃、高亨、刘永济等认为"与"当读作"举"。

今按:"与"当读为"举"。古"举""与"相通之例甚多。《周礼·地官·师氏》:"王举则从。"故书"举"为"与",杜子春云:"当为与。"《史记·吕后本纪》:"苍天举直。"《集解》引徐广曰:"举一作与。"《汉书·赵幽王传》"举"作"与"。《韩非子·外储说右下》:"庆赏赐与,民之所喜也。"《韩诗外传》七"与"作"举"。"举""与"相通之例,还多见于战国秦汉简帛中,如郭店《五行》简43—44:"君子智(知)而与(举)之,胃(谓)之尊贤;智(知)而事之,胃(谓)之尊贤者也。"《唐虞之道》简22—23:"古者尧之与(举)舜也,昏(闻)舜孝,智(知)其能养天下之老也;昏(闻)舜弟,智(知)其能事天下之长也。"上博简《仲弓》附简:"夫子唯(虽)有与(举),女(汝)蜀(独)正之,几(岂)不又(有)狂(匡)也。"马王堆帛书《战国纵横家书·苏秦自赵献书于齐王》章:"寡人已举(与)宋讲矣,乃来诤(争)得,三。"《老子甲·道经》:"将欲去之,必古(固)与(举)之。"《经法·名理》:"能与(举)曲直,能与(举)冬(终)始。"《五行》经文:"【和】则乐,乐则有德,有德则国家与。"解说部分:"有德则国家与,国家与者,言天下之与仁义也。"原注认为以上三"与"字疑皆"兴"字之误。涂宗流、李家浩皆指出"与"字不误。涂宗流进一步指出,"与"当读为"举",意思相当于"兴"。涂、李之说可从。北大汉简(伍)《荆决》简20:"齐其翠羽,或(又)与旌旗。"整理者认为"与"当读为"举"。

"与前世而皆然兮",《七谏》相似语句作"举世而皆然兮",亦可证"与"当读为"举"。

046. 燕雀乌鹊，巢堂坛兮

王逸注："燕雀乌鹊，多口妄鸣，以喻谗佞。言楚王愚暗，不亲仁贤，而近谗佞也。"朱熹注："比也。言仁贤远去，而谗佞见亲也。"王逸、朱熹对诗句句意的理解及朱熹对艺术手法的揭示，都是可信的。然"堂坛"又该作何解？"燕雀乌鹊巢堂坛"因何可喻"近谗佞"？关于"堂坛"之义，学者意见并不统一。汪瑗说："《尚书·金縢》注曰：'筑土曰坛。'《礼记·祭法》注曰：'起土曰坛。'是坛乃起土而筑之者也。此所谓坛者，盖指台观之类欤？"胡文英认为"坛"是祧庙藏主之所。文怀沙认为"堂坛"是指厅堂和高坛。胡念贻说"坛"指宫室，是楚方言。吴孟复根据《说文》的解释，认为"坛"是祭坛场也。何剑熏云："《辞》言'燕雀乌鹊，巢堂坛'，以为怪也。雀、乌、鹊实不在堂坛筑巢，今竟筑巢于堂坛，故以为异。若燕，则正处堂坛之鸟。"金开诚解释说："堂，殿堂。坛，土筑的高台。古代用于祭祀、朝会、盟誓、封拜等国家大事的场所。"汤炳正认为，"堂坛"，犹言庙堂，此指朝廷。萧兵认为"堂"是厅堂，"坛"是庭院。汤漳平注曰：殿堂和祭坛，指位居朝廷高位。吴广平认为是指殿堂和祭坛，比喻朝廷的高位。聂石樵说，楚地方言称中庭为坛。熊任望说，"堂"，古代国君行礼、理政、祀神的处所。"坛"，古代举行祭祀、誓师等大典用的台。综合各家之说，学者多认为"堂"指殿堂之类的建筑，"坛"是人工堆起的土台。

今按：《说文·土部》："堂，殿也。"段玉裁注曰："许以殿释堂者，以今释古也。古曰堂，汉以后曰殿。"《字汇·土部》："堂，殿也，正寝也。"清华（壹）《耆夜》简2："作册逸为东尚（堂）之客。"简9—10："周公秉爵未歙（饮），蟋蟀趯降于尚（堂）。"简文记武王八年伐黎归来，于文王太室行饮至礼之事。简文明确交代行礼于太室，故简文中的"堂"亦是殿堂之义。《说文·土部》："坛，祭场也。"段玉裁注："场有不坛者，坛则无不场也。"《玉篇·土部》："坛，封土祭处。"《书·金縢》："公乃自为功，为三坛同墠。"陆德明《经典释文》引马融曰："坛，土堂。"《公羊传·庄公十三年》:"庄公升坛。"何休注:"土基三尺土阶三等曰坛。"楚辞学者释"堂"为"庙堂""堂室",释"坛"为土台,大概就是以这些故训为基础的。

"堂"字,甲骨文及早期金文皆未见,其始见于战国晚期的中山王墓出土的铜制《兆域图》中,该字作"坣",与《说文》所收"堂"字古文形体相同。虽说甲骨文及早期金文等古文字材料中未见"堂"字,[①]但在传世古书中,"堂"字出现较早,如《书·大诰》:"若考作室,既厎法,厥子乃弗肯堂,矧肯构?"

古代的"堂",还有一个常见意义,指人工筑成的方形土台。《玉篇·土部》:"堂,土为屋基也。"上引《大诰》伪孔传曰:"子乃不肯为堂基,况肯构立屋乎?"俞樾平议说:"古人封土而高之,其形四方,即谓之堂。"《礼记·檀弓上》:"吾见封之若堂者矣。"郑玄注:"堂,形四方而高。"古代人工筑成的方形土台,其主要功用是祭祀、理政、会盟等。

如果将"堂"解为殿堂、堂室、庙堂等,则燕雀乌鹊筑巢于其上,是可理解的。因为燕雀筑巢于屋中或屋檐下,今日亦可见。乌鹊筑巢于高处,目的是遮风避雨御寒以及保护幼鸟,故常筑巢于树的乌鹊筑巢于殿堂之上,亦在情理之中。但如果燕雀乌鹊筑巢于坛,则很难理解。因为坛是人工临时起土筑成的,为祭祀、会盟而用,自然不会太高,又因无遮挡之物,燕雀乌鹊筑巢于其上,无法达到遮风避雨御寒以及保护幼鸟的目的。可能考虑到了这点,所以胡文英将"坛"解释为"祧庙藏主之所",胡念贻解释为"宫室",萧兵、聂石樵解释为"庭院""中庭",都将其与"堂"的"殿堂"意义相靠,但遍寻古书古注,"坛"皆无"庭"义,故胡念贻等以"楚方言"说之,亦无据。

我们认为《涉江》中的"堂坛"为同义词连用,皆指祭祀会盟所用之

[①] 晁福林认为甲骨文中释为"丁"的"囗"字有可能就是"堂"字,终因证据不足,未为学者认可。晁说见晁福林《试释甲骨文"堂"字并论商代祭祀制度的若干问题》,《北京师范大学学报》(社会科学版)1995年第1期。

土台，屈了以"燕雀乌鹊巢堂坛"设喻，其含义有二：其一，本不可筑巢之"堂坛"，燕雀乌鹊竟筑巢于其上，令人诧异，此其字面之义也；其二，"燕雀乌鹊"以喻小人，"堂坛"以代朝廷，"燕雀乌鹊巢堂坛"喻小人当政，此其比喻之义也。

其他古书中亦有"堂坛"，如《汉旧仪》记载西汉帝陵："天子即位明年，将作大匠营陵地，用地七顷，方中用地一顷。深十三丈，堂坛高三丈，坟高十二丈。武帝坟高二十丈，明中高一丈七尺，四周二丈……"王志友《从先秦墓上建筑的台基到汉代帝陵的堂坛》认为，堂坛就是封土之下大的方形台座，它是从先秦墓上建筑之下的方形台基之制发展而来的。东周时随着冢墓的出现和流行，中原各国王陵将原来建在墓室口上"堂"的低矮台基，发展成为大型台座之上、或直接成为在封土之上的高台建筑。战国晚期的秦芷阳陵园则将建在墓室口上的"堂"移至封土之侧，演变为"寝"，被秦始皇陵所继承。墓上建筑之大型台基的名称也随着墓侧设寝而发生变化，到西汉，受先秦墓上建筑"堂"的名称及汉陵封土形状的影响，帝陵封土之下大的夯土台基的名称，就成为"堂坛"了。据这种解释，《汉旧仪》中的"堂坛"与《涉江》中的堂坛虽有渊源关系，但所指并非一事。

047. 露申辛夷

王逸注："露，暴也。申，重也。丛木曰林。草木交错曰薄。言重积辛夷露而暴之，使死于林薄之中，犹言取贤明君子，弃之山野，使之颠坠也。""露申"该作何解，是楚辞研究中的一个难题。或采取阙疑、犹疑的态度，如朱熹注说："露申，未详。"汪瑗曰："露申，朱子曰未详……王解露申，亦为牵强，详本文正意，则露申似亦是香草之名。《离骚》及《惜诵》凡三言申椒，所谓申者，或指露申欤？他无所据，未考其审，姑缺之。"戴震注："露申，即申椒，状若繁露，故名。未闻其审。"或径释为草木之名，如陈子展说："《湘阴县图志》：露申，瑞香。《庐山记》：一比丘昼寝，闻花香酷烈，觉求得之，因名睡香。人以为瑞应，名瑞香。

《洛阳花木记》：杂花八十二品，首瑞香。《花木考》：二十四候风信，每候五日，一候瑞香。《灌园史》：瑞香，即《楚辞》露申，庐山僧始易名瑞香。"①

今按：将"露申"解为香草或香木名最简洁省事，然难度亦最大。因为我们并不知"露申"到底为何物，从王逸注看，似乎汉人已不知"露申"为何物，或根本就没有这种东西。陈子展所引材料以为即瑞香，当是后人附会之说，不足信。在现有材料基础上，我们认为王逸注的思路是对的。验之文意，王逸注除"申"字的解释有问题外，其余皆可信。我们认为"申"当读为"陈"。"申"及从"申"得声的字古与"陈"相通。《说文》："陈古文作敶。"《礼记·缁衣》："《君陈》曰。"《释文》"陈本亦作古敶字。"上博（二）《容成氏》简53："武王素甲以申于殷蒿（郊）。""申"读作"陈"。上博（一）《缁衣》简10："《君迪》员（云）……"简20："《君迪》员（云）：'出内（入）自尔市（师）雩……'"《君迪》《君迪》即《尚书》之《君陈》。又，郭店《缁衣》简19："《君迪》员（云）：'未见圣……'"《君迪》，今本《礼记》作《君陈》。上博（四）《曹沫之陈》简13："问戟奚女（如）？""戟"，还见于简14、19、24、43、44、52。上博（九）《陈公治兵》简15："背军而戟。""戟"，还见于简18、19。又，清华（壹）《祭公》简4："王曰：'於（呜）虎（呼），公，朕之皇且（祖）周文王、剌（烈）且（祖）武王，宅下国，作戟周邦。'""戟"，字书未见，当分析为从戈申声，简文皆读为"陈"。王辉《古文字通假字典》多举银雀山汉简中"戟"通"陈"之例。如《王兵》："故不明适（敌）国之制者不可伐也，不知其蓄积不能约，不明其士卒弗先戟，不审其将不可军。"此条与《管子·七法·选阵》内容相似，后者作："不明于敌人之阵不先军，不明于敌人之士不先阵也。"又，简书同篇："故号令行，卒□戟，则士知几矣。"又，《兵令》："戟以数必

---

① 陈子展说转引自崔富章主编《楚辞集校集释》，湖北教育出版社2003年版，第1413页。

固，以疏□□。"此篇内容与《尉缭子·兵令》篇相合，宋本《尉缭子》此句作："陈以密则固，锋以疏则达。"又，简书同篇："兵之恒战，有乡（向）适（敌）者，有内乡者，有立戟者，有坐戟……"诸戟字宋本《尉缭子》皆作陈。伸也可与陈相通。银雀山汉简《兵令》："伸斧越（钺），饬章旗……及至两适（敌）之相起，行伸薄近……出卒伸兵，行伸视适（敌）……"前两句与宋本《尉缭子·兵令》合，"伸"皆作"陈"。

"陈"有"处"义。《周礼·内宰》："凡建国，佐后立市，设其次，置其叙，正其肆，陈其货贿。"郑玄注："陈，犹处也。"前引清华简《祭公》中的"戟（陈）"也当解作"处"也。"辛夷"，作者自比之词。"露申（陈）辛夷"即作者暴处山野之义。此与上文"步余马兮山皋，邸余车兮方林""入溆浦余儃徊""深林杳以冥冥兮""山峻高以蔽日兮""幽独处乎山中"等诗句相照应。"死林薄"喻困厄于山野之中，作者因"不能变心而从俗"，且"将董道而不豫"，所以"固将愁苦而终穷""固将重昏而终身"。

048. 过夏首而西浮兮

王逸注："言己从西浮而东行，过夏水之口，望楚东门，蔽而不见，自伤日以远也。"汪瑗解"西浮"为向西而流也。林云铭以为"西浮"是舟行之曲处，路有西向者。戴震认为"西浮"是既过夏首而东，复溯洄以望楚都。郭沫若在《屈原赋今译》中说此句与下文"背夏浦而西思"为同例语，故知"西浮"为心思向西而船行向东。文怀沙《屈原九章今绎》绎此句曰："经过夏水口，随着江水迂回往西。"姜亮夫认为"西浮"是自西而浮，非浮向西也。马茂元认为"南渡"和"西浮"都是记述"过夏首"以后的转折方向，可是总的行程，对郢都来说，则是西向东的。于省吾认为"浮"字在此应读作"背"，"浮""背"双声。"过夏首而西浮兮"，应读为"过夏首而西背兮"，背于西而东行谓之"西背"。苏雪林认为屈原自郢都携眷往陵阳进发，应曰"东浮"，"西"字乃后人不得其解而妄改者耳。吴孟复以为"西"并非方位词，而是"迁"的本字，"浮"即"汃"，而"汃"是古"流"字，"西浮"即"迁流"，就是"迁徙""飘荡"的意思。郭在贻认为"西"字当读作"迅"，所谓"西浮"即疾浮，谓船行甚疾速也。

今按：王逸解"西浮"为"从西浮而东行"，有增字解经之嫌。且如解"西浮"为从西浮而东行，则上文"方仲春而东迁"之"东迁"就该理解为从东而西迁，但这显然是不合理的。船既是向东而行，汪瑗谓"向西而流"，方向正误。林氏、戴氏之说亦不可信。下文"顾龙门而不见"，"顾"，回头看，"龙门"，谓郢都之东门，顾视郢都之东门，可见船是东行，不会"舟行之曲处，路有西向者"。郭沫若解为"心思向西而船向东"，然则"西浮"到底是向西还是向东呢，郭说模棱两可，殆亦难通。于省吾解"西浮"为"西背"，认为是背于西而东行，但"西背"的说法很奇怪，不合古人表达习惯。苏雪林以误字解"西"字，全属臆测，不足信。苏建洲《出土文献对〈楚辞〉校诂之贡献》已指出吴孟复的说法成立的可能性不大。综合考虑各家之说，我们认为郭在贻的说法较为可信。唯郭说举证"西""迅"相通之例时，只据《说文》"讯"古文从"西"立说，证据略显单薄，今试为之补证。《诗·大雅·皇矣》："执讯连连。"《经典释文》："讯，字又作誶。""卤"即古文"西"。上博（四）《相邦之道》简4："孔=（孔子）曰：'女（如）訙。'""訙"，从言，西声，孟蓬生《上博竹书》（四）《间诂》认为当读为"讯"。上博（五）《苦（姑）成家父》简1："姑（苦）成家父事厉公，为士序，行正（政）訙强。""訙"，沈培《上博简〈姑成家父〉一个编联位置的调整》读为"迅"。从上引两条上博简材料看，"西"声与"卂"声确实可相通，故郭在贻的说法当可信。

049. 览余以其脩姱

王逸注："陈列好色，以示我也。"据注，王逸似解"览"为"示"，但未明言。朱熹《楚辞集注》曰："览,示也。"此说多为后世学者采纳。但根据诗意,这两句诗是写楚王向我夸耀他的美好俦旁;同时,本章下文有这样两句:"憍吾以其美好兮,敖朕辞而不听","憍"与"敖(傲)"相对,皆为贬义词,因此,此处的"览"用一个中性词"示"去解释并不妥帖。可能考虑到这一点,现代一些楚辞学者提出了新的看法,如潘啸龙说,"览余",给我展示,向我炫耀。汤漳平注"览"为"炫耀"。吴广平解"览"为"显示""炫耀"。聂石樵说"览"为"炫示"之义。

今按: 潘啸龙等先生将"览"解释为炫耀,从文意上看,比较合适。但"览"并无"炫耀"之义,我们认为这里的"览"是个通假字,当读为"譀"。"览""譀"古皆为谈韵。"览"所从声旁"监"与"譀"所从声旁"敢"皆为见母,因此"览""譀"古音接近。古有"敢"声与"监"声相通的例子,如《左传·哀公六年》:"阚止知之。"《史记·田仲敬完世家》"阚止"作"监止"。马王堆汉墓帛书《战国纵横家书·朱己谓魏王章》:"有(又)长驱梁(梁)北,东至虖(乎)陶卫之【郊,北至乎】监。""监",《战国策·魏策》作"阚"。因此,"览"和"譀"应可通。"譀"有夸大、夸耀之义。《说文·言部》:"譀,诞也""夸,譀也"。段玉裁《说文解字注》指出"诞也"当作"夸也","譀"与"夸"互训。按"譀""夸"义近,古常连用,如《东观汉记》:"虽夸譀犹令人热。"段注以为"譀"与"夸"互训之说当可信。《广韵·麻韵》:"夸,大言也。"唐玄应《一切经音义》卷十一引《通俗文》:"自矜曰夸。"将"览"读为"譀",训为夸耀、夸大,不但文意顺畅,且可和"憍""敖"相应。

050. 狂顾南行

王逸连下句"聊以娱心兮"注:"狂,犹遽也。娱,乐也。君不肯还己,则复遽走南行,幽藏山谷,以娱己之本志也。"王说对后世影响很大,学者多认为"南行"即向南行进。如朱熹说,自江入湖,自湖入湘,皆溯流而南行也。汪瑗认为南行即南迁也。汤炳正认为："狂顾，一个劲地失神回望，形容忧心烦乱至极。南行，往南（郢都所在）行进。"汤先生又连上句"长濑湍流，溯江潭兮"解释说，（屈原）本往汉北进发，却因思郢至极，不免失神回顾，终于转身南行，聊慰渴思。然此时作者身处汉北，君无召还之命，故南行之事令人生疑。如杨胤宗认为："长濑湍流，泝江潭兮，似是由汉北反郢途中所经，若奉诏反郢，下不应有烦冤督容，愁叹苦神诸语，若云狂顾南行，为自江入湖，自湖入湘则《抽思篇》之作，则非怀王朝在汉北矣。若云特姑以快其南归之思，非真返郢，乃想象中词，则下文轸石崴嵬，为途经所见，低徊夷犹，宿北姑兮，与《涉江篇》之朝发枉渚兮，夕宿辰阳，同为写途行夜宿之地，既书地名，复言当时心情，显不类想象之作；若以上文南指，乃追惟在汉北之情，此文南行，乃远放江南之事，亦觉未妥，姑存疑于此。"亦有学者据"南行"认为此乃记远放江南之事。如刘永济说，此文"南行"，乃远放江南之事。对远放江南之说，徐英批评说，怀王既不召原南还郢都，原行吟江边，南望狂走，亦所以慰情于无憀耳。考证家必谓此乃原放沅湘之间，更南行也。不知既放沅湘，更顾南行，将何所之乎？有学者已意识到集汉北与南行之间是矛盾的，故为之通融调解。如闻一多说，本当北去，而思作南行之态，以自慰痴情。然犹虑后有追及者，故其行也，瞿瞿反顾。

今按：学者多认为《抽思》作于汉北，如汤炳正指出：《抽思》是屈原在陵阳居住九年后，溯长江西行，又转而溯汉水北上、到达汉北的作品。该篇主题前半部分仍然是对怀王时期忠心事君反遭谗害的回忆，后半部分则主要表达在现实中孤苦无告和不忘国君的心绪。本篇"倡曰"部分已有"有鸟自南，来集汉北"句，说明此时作者正在汉北，故此篇作于汉北之说当可信从。由"倡曰"部分还可知，此时作者居于汉北，"既茕独而不群兮，又无良媒在其侧"，"惟郢路之辽远""愿径逝而未得"，皆述南归无望之情状。由汤说可知，作者实未有"南行"之事，王逸、汤炳正等以为"南行"为向南行进，与作者行踪不合。闻一多认为"本当北去，而思作南行之态”，当为臆想之词。

我们认为，“行”，当解为道路。《说文·行部》：“行，人之步趋也。”《说文》以为“行”为行走之义。甲骨文“行”作“”，像四通八达的道路之形，其本义当为道路，《说文》误以引申义为本义。《诗·豳风·七月》：“女执懿筐，遵彼微行。”孔颖达疏：“行，训为道也。步道谓之径，微行为墙下径。”《吕氏春秋·慎大览·下贤》：“桃李之垂于行者，莫之援也；锥刀之遗于道者，莫之举也。”行、道相对，行亦道也。

《抽思》“乱曰”开头“长濑湍流，泝江潭兮。狂顾南行，聊以娱心兮”记流亡之历程由南而北。如汤炳正说，此句记流亡历程由南而北，即前文‘有鸟自南兮，来集汉北’之意。作者一路北行，为表达思念旧故之情，常失神回望南路。此“顾南行”正与上文“望南（此从一本）山”“南指月与列星”相同，皆以表达南思之情。

051. 轸石崴嵬，蹇吾愿兮

王逸注：“轸，方也。故曰：轸之方也，以象地。崴嵬，崔巍，高貌也。言虽放弃，执履忠信，志如方石，终不可转，行度益高，我常愿之也。”王逸未释“愿”义，当以常义解之。后世学者多从之。然有学者认为“愿”义不可解，且与下文“进”字不韵，故有异说。沈祖緜认为，“蹇吾愿兮”义不可解。当作“蹇吾轸兮”方允。“轸石”之“轸”，涉下而讹入。“轸石”疑作“方石”，或作“磐石”。磐石，即大石也。这样“轸”“进”乃韵。何剑熏认为“轸”“愿”二字当互换，“轸”与“进”乃得协韵。“轸”于此处代表车。“愿石”即大石。郭沫若亦认为“愿”“进”不韵，但他从“行隐进兮”入手，认为“进”当为“难”字之误。

今按：“愿”，古为元部，“进”，古为真部，真、元二部古音近，可韵。《诗经·大雅·生民》“厥初生民，时维姜嫄。”民、嫄韵，民，真部，嫄，元部。楚辞中亦有元真合韵的例子，如《九歌·湘君》：“石濑兮浅浅，飞龙兮翩翩。交不忠兮怨长，期不信兮告余以不闲。”浅、闲，元部，翩，真部，此为元真合韵。王力《楚辞韵读》即认为"愿""进"为元真合韵。因此，沈祖緜、何剑熏、郭沫若从押韵角度对原文所作的改动皆不可从。但"愿"作"如"字解，文意确实难通。沈祖緜、何剑熏认为"愿""轸"当调换位置，进而从"轸"字立意。但这种调换，并无实证，且王逸注"轸，方也。故曰：轸之方也，以象地。"王逸所见本"石"前之字明显作"轸"，不误。故沈、何之说不可从。

我们认为"愿"当读为"前"。"愿"，从页，原声。古"前"声可与"泉""原"声相通。《左传·昭公二十三年》："前城"，《水经注·伊水注》引服虔曰"前读为泉"。《山海经·中山经》："又东南五十里曰高前之山。"《吕氏春秋·本味》"高前"作"高泉"。《吕氏春秋·本味》："高泉之山，其上有涌泉焉。"《山海经·中山经》："高前之山，其上有水焉。"《货系》二四六四收三孔布面文"阳湔"，何琳仪《战国古文字典——战国文字声系》认为"阳湔"当读为"阳原"，地名。阜阳汉简《诗经》39："日之方中，在泉□□。"今本《诗·邶风·简兮》作"日之方中，在前上处"。

《说文·止部》："歬，不行而进谓之歬。从止在舟上。"此"歬"为前进之"前"的本字，但"前进"之义，后人多借"前"字为之。而"前"本为"剪断"之"剪"的本字。"前"，前进，往前走。《广雅·释诂二》："前，进也。"

《说文·足部》："蹇，跛也。""跛"，走路困难。故"蹇"又引申出"难""困苦"等义。《广雅·释诂三》："蹇，难也。"《易·蹇》："彖曰：'蹇，难也，险在前也。'""蹇"在本句中，是楚辞中常见的句首状语。"轸石崴嵬，蹇吾愿兮"是说"山石崎岖，我艰难前行"。

052. 孔静幽默

王逸注："孔，甚也。"何剑熏怀疑此"孔"乃"空"之假借字。

今按："孔""空"古音皆溪母东部，古可通。《庄子·秋水》："不似罍空之在大泽乎？"《经典释文》："空，音孔。罍空，小穴也。"《释名·释车》："笭横在车前，织竹作之，孔笭笭也。"王先谦疏证补："《御览》引'孔'作'空'，音谊并同。"出土秦汉简帛文献中亦有二字相通之例。马王堆汉墓帛书《十六经·成法》："万物之多，皆阅一空。"此与《淮南子·原道训》"万物之总，皆阅一孔，百事之根，皆出一门"句式相似。马王堆汉墓帛书《五十二病方》之《牡痔》："末大本小，有空其中。"又："而入之其空中。"又："多空者，亨（烹）肥豬。"又："以傅痔空。"《牡痔》："牡痔有空。"《朐养（痒）》："痔者其直（脽）旁有小空。"又："有白虫时从其空出。"又："即被菌以衣，而毋盖其菌空。"又："即令痔者居（踞）菌，令直（脽）直（值）菌空，令烟熏直（脽）。"《虫蚀》："傅药薄厚盈空而止。"上引诸"空"字，整理者皆读为"孔"。马王堆汉墓帛书《房内记》："即取入中身空中，举，去之。""空"，整理者读为"孔"。

"孔（空）静幽默"，四字并列，空虚静谧幽深寂静之义。

053. 易初本迪兮

王逸注："言人遭世遇，变易初行，远离常道，贤人君子之所耻，不忍为也。"《史记·屈原贾生列传》亦收《怀沙》一文，其中"迪"作"由"。洪兴祖、朱熹还指出"一无初字"。此为异文情况。《史记集解》云："王逸曰：'由，道也。'"《史记正义》曰："本，常也。言人遭世不道，变易初道，违离光道，君子所鄙。"黄灵庚《楚辞与简帛文献》指出"远"为"违"之讹，"光"为"先"之讹。

今按：我们先来解决"迪""由"异文问题。我们认为楚辞原本当作"迪"。第一，各本楚辞《怀沙》皆不列"迪"有"由"之异文的情况。第二，《补注》本《章句》无"迪，道也"之注，但正德本、隆庆本、刘本、湖北本、朱本、冯本、俞本、庄本《章句》有，说明上述版本与《章句》本一样，原文皆作"迪"。第三，"迪"训"道"，乃古之常训。《说文·辵部》:"迪,道也。"《广雅·释诂卜》:"迪,道也。"《书·大禹谟》:"惠迪吉,从逆凶。"孔安国传:"迪,道也。"王注中的"常道",是王逸串讲句意时对"迪"字的随文而释,不存在学者所说的"增字解经之嫌"。第四,古书中"迪""由"可通用。郭店《缁衣》简19:"《君陈》员:'未见圣,如其弗克见;我既见,我弗迪圣。'""迪",今本《缁衣》作"由"。上博《缁衣》简15引《吕刑》员:"播刑之由。"①"由",郭店本、今本作"迪"。《史记》作"由",楚辞作"迪",正如今本《缁衣》所引《吕刑》"播刑之迪"的"迪",上博简本作"由",郭店本作"迪"一样。因此,不同本《怀沙》作"由"或作"迪",是可以共存的,不必据一本而改另一本。第五,《史记集解》引王逸曰"由,道也",情况有些复杂,我们试作分析:其一,《章句》原有"迪,道也"之注,《补注》本后来遗失,而正德本等保留,《史记集解》引王注时,为迁就正文而改为"由,道也";其二,《章句》原无"迪,道也"之注,《史记集解》所引王注来源不可考,正德本等据《史记集解》而增该注,为迁就正文而改"由,道也"为"迪,道也"。因此,有学者据《史记》作"由"而认为楚辞也应该作"由",实无必要。古书流传过程中,因各种复杂原因,同一部书的不同文本呈现出不同程度的差异,也是极其常见的现象。②"迪""由"的差异正是这种现象的表现。

洪兴祖、朱熹皆说一本无"初"字。我们认为当有"初"字。因为上下文皆四字句,若此处为三字句,不协。

"本"该做何解,意见较为分歧。学者或采取阙如态度,如朱熹云:本迪,未详。或就"本"字立说,如钱澄之认为,"本迪"是本然当行之道。陈本礼认为"本迪"是本于先人启迪之道。钱、陈之说,非但不合文意,还有增字解经之嫌。王夫之曰:"易,变也。初本迪者,始所立志,

---

① 马承源主编:《上海博物馆藏战国楚竹书》,上海古籍出版社2001年版,第191页。
② 读者可对比郭店简本、帛书本、北大汉简本《老子》,亦可比较上博本、帛书本、阜阳本《周易》,自会清楚古书流传过程中呈现出的文本异样。

第四章 考古发现与《楚辞》疑难词语训解 ◆◇◆

本所率由也。"戴震云:"初之木迪,犹工有规画绳墨矣。"王、戴所断,屈赋无此句法。或从校勘入手,如汤炳正据洪兴祖、朱熹所谓一本无"初"字而认为当作"易本迪",犹言改变本来的道路。①然正如上文分析所说,若此处为三字句,不协。尤其后文有"内厚质正兮,大人所盛",与此句法一律,也可说明当有"初"字。闻一多怀疑"本"当作"变","变""卞"古通。推测讹误缘由是,此盖本作"易初卞迪","卞"与草书"夲"相似,故误为"本"。但目前所见出土材料,用草书抄写古书的情况较为罕见,且未见"本"字写作"夲"形的。故闻说不可信。姜亮夫认为此句当作"易由初本兮",后人因不审"易由"之义,变为"易初",而又误作"迪"也。又解释"易由"为今之"夷犹""夷由",为行事不决也。姜说对原文改动太大,过于迂曲,不可信。苏雪林根据屈赋用字习惯,亦认为"姜说虽辩",然"不敢取"。刘永济怀疑本作"易初不由","不""本"形近致误。黄灵庚认为刘说有致,然覆刘说犹有剩义。因"易初""本由",相对为文,皆述宾之语,若作"不由",言不道,则为偏正之语。黄氏根据《郭店楚墓竹简》及《西汉马王堆帛书》凡言"背叛"字皆作"怀"的现象,认为《怀沙》此"不由"当作"怀由"。"易初怀由",言违初背道也。黄氏分析讹误原因时又说,汉时旧本,"本"作"怀",东汉以后讹作今本"本由""本迪"。黄氏还说:"幸二千二百余年前竹简文字今得重见,千年未决之讼,于此得决。"黄说存在三个问题,一,《怀沙》原文到底作"不由"还是作"怀由",未交代清楚。如果原文作"不由",则"不""本"有讹误的可能,如果作"怀由","怀""本"字形相差则稍大,讹误的可能性不大。二,"当作"一词含糊,不知黄先生本意是将其理解"当读作"还是"当写作"。如果"当作"理解"当读作",则"不"通假为"怀";如果理解"当写作",则"不"是"怀"之讹字。从其表述"汉时旧本,'本'作'怀',未讹"来看,黄氏似乎

---

① 汤炳正、李大明、李诚、熊良智:《楚辞今注》,上海古籍出版社 2012 年版,第 150 页。

认为原文当写作"怀"。但正如上文分析所说,怀""本"字形相差稍大,讹误的可能性不大。如果认为原本作"不",虽可解决字形不近的问题,但"不"与"怀"通假的问题无法解决。因为就目前所见古文字资料,还未发现"不"与"怀"相通的例子。三,黄氏认为,"不、本形似,古书亦互讹"。然所举却为"丕""本"讹混之例。因此,黄氏认为"千年未决之讼,于此得决",实未然也。

我们认为《怀沙》原本无"本"字。王注未单释"本"字,根据注与正文之间的对应关系推断,注中的"变易初行"与张守节《正义》中的"变易初道"当是释"易初"二字的,"远〈违〉离常道"与"违离光〈先〉道"当释"本迪"二字的。"迪"有"道"义,上文已说明。查故训古注,"本"无"常"义,①王注中的"常道"是串讲句意时对"迪"字的随文而释,而不是释"本迪"二字的。《正义》有"本,常也"之训,乃是就已讹之本及误会王注"常道"而加的。既知"迪"在文中可理解为"常道",则与"违离"相对的只剩"本"字了,然"本"无"违离"之义,注中"违离"当非释"本"字的。因此,从《章句》及《史记正义》保存下来的古注看,与注文"违离"相对的正文一定不会是"本"字,而应该是一个在意义上与"违离"相近的字。张守节虽就讹本及王注释"本"为"常",已失古本原貌,然其对文意的理解,受王注的影响,还是大致不误的。

《怀沙》今本之"本"字当从刘永济说,为"不"字之形讹。古书流传过程中,文字因形体相近而产生讹误是极常见的现象。汉代隶书"本"可写作"丕"形,"丕"作"不"形,两个字的写法极为相近,文献中有"本""丕"讹混的现象,如前面黄灵庚所引《汉书·司马相如传》颜师古注。隶书"木"可写作"木"形,与"本"字形接近,古书中有"木"和"本"讹混的现象,如《淮南子·内篇》:"国主之有民也,犹城之有基,木之有根。根深即本固,基美则上宁。"王念孙指出,本当为木,上

---

① 宗福邦、陈世铙、萧海波主编:《故训汇纂》,商务印书馆2004年版,第1066—1067页。

文木之有根即其证。隶书"不"可写作"朩"形，与"丕"形体接近，文献中有"不""丕"讹混现象，如《史记·晋世家》"郑不孙"，张文虎指出毛本"不"讹作"丕"。"木"与"本"讹混，"不"与"丕"讹混，实际上只是争一横之有无，与隶书"脩"与"循"讹混为只争一竖之有无，当属同类现象。因此，"不"讹为"本"的可能性是极大的。

但"不"不能如字读，黄灵庚已经指出。"不"当读为"背"。"不"，帮纽之部，"背"，并纽职部，声母帮、并同为唇音，韵部之、职对转。"不"声与"背"声常通用。出土古文字资料中，常见"伓"读为"背"的现象，可参看王辉《古文字通假字典》及白于蓝《战国秦汉简帛古书通假字汇纂》。"伓"，《说文》未收，据汉字结构通例，当分析为从人不声。上博简《孔子诗论》："《浴（谷）风》悹。""悹"读为"背"。"悹"从"否"声，"否"从"不"声。侯马盟书："伓盟犯诅。""伓"读为"背"。"伓"从"否"声，"否"从"不"声。清华（柒）《越公其事》简37："凡市贾争讼訉（反）訐訴（欺）巳（诒）。"整理者根据第43简作"反不訴巳"，怀疑"訉訐訴巳"当读为"反背欺诒"。并指出"訴"当读为背，违背的意思，"反背"，当是指背离事实真相。整理者为第43简"反不訴巳"所作释文为"反不（背）訴（欺）巳（诒）"，直接读"不"为"背"。根据简文文意，读"訴""不"为"背"当可信。上皆"不""背"相通之证，尤其清华简《越公其事》第43简更是"不""背"直接相通的证据。

"背"，违也。《诗·大雅·瞻卬》："谮始竞背。"陈奂传疏："背，犹违也。"《楚辞·离骚》"背绳墨而追曲兮"，洪兴祖注："背，违也。""背迪"，即违离常道，与"易初"结构相同，"易初不（背）迪"即"改易初心，违离常道"。据《章句》"远〈违〉离常道"，知王逸所见本作"不"不误，其误当在王逸之后。

054. 惩连改忿兮

王逸注："惩，止也。忿，恨也。言己知禹、汤不可得，则止己留连之心，改其忿恨。""连"，洪兴祖引《史记》作"违"。王念孙《读书杂志·余编下》认为：

> 连当从《史记·屈原传》作违，字之误也。违，恨也。言止其恨，改其忿也。恨与忿义相近，若云留连之心，则非其类矣。班固《幽通赋》：违事业之可怀。曹大家曰：违，恨也。（《汉书·叙传》违作悷。《广雅》：悷，恨也。）《无逸》曰：民否则厥心违怨。《邶风·谷风》篇：中心有违。《韩诗》曰：违，很也。很，亦恨也。（《广雅》很，恨也。）

"连"，王逸以"留连"释之，明显不通。王念孙认为当从《史记》作"违"，"违"，恨也。学者多从王说，以为当从《史记》作"违"。

今按："惩""改"为动词，"忿"为名词，与"忿"处于相同语法位置的"连"也应为"名词"，且意思应与"忿"相近。因此，据句式结构及文意，《史记》作"违"似乎更好。然若据此而认为楚辞之"连"当从《史记》作"违"，则未必。郭店《尊德义》简1有"忿䜌"一语，其中的"䜌"字，学者释读意见比较分歧，有读"懑""戾""辯""乱""蛮""悷""悁"等不同说法。①上博（七）《武王践阼》简9有"忿连"一词，整理者认为"连"当读作"縺"，"忿縺"，结怨不解。"忿䜌"与"忿连"当为一词之不同写法，"忿"与"䜌""连"为近义关系。尽管学者对"䜌"字的释读不同，但从近义词关系去考虑，这个方向则是相同的。

范丽梅、白于蓝、陈剑皆曾指出简文"䜌""连"与《怀沙》中的"连"关系密切。②此说是也。"䜌""连"可从李零说，读为"戾"。"连""戾"古声母皆为来纽，韵部一为元部，一为月部，元部与月部是严格的对转关

---

① 各家之说可参看单育辰《郭店〈尊德义〉〈成之闻之〉〈六德〉三篇整理与研究》，科学出版社2015年版，第19—24页。
② 范丽梅、白于蓝说参单育辰所引。陈剑之说参复旦大学出土文献与古文字研究中心研究生读书会《〈上博七·武王践阼〉校读》，刘钊主编《出土文献与古文字研究》第三辑，复旦大学出版社2010年版，第261页注23。

系。古"连"声与"列"声可通。《左传·昭公二十九年》："烈山氏",《帝王世纪》作"连山氏"。马王堆帛书《老子》乙本卷前古佚书《称》:"贞良而亡,先人余央(殃)。商(猖)阙(獗)而栝(活),先人之连。"原注据《说苑·谈丛》"贞良而亡,先人余殃。猖蹶而活,先人余烈",指出"连"当读为"烈"。《老子》乙本《德经》:"亓(其)至也,胃(谓)天毋已清将恐莲……"甲本残,通行本作:"其致之,天无以清将恐裂。"①"列"声与"戾"声通。马王堆帛书《六十四卦·根(艮)》九三:"【艮其限】,戾其夤,厉熏心。"通行本《易》"戾"作"列"。《井卦》九五:"井戾寒渌(泉),食。"通行本《易》"戾"作"洌"。

"戾",古有"怒"义,可与"忿"连用。《论语·阳货》:"古之矜也廉,今之矜也忿戾。"何晏《集解》引孔安国曰:"恶理多怒。"《韩非子·外储说》:"夔者忿戾恶心,人多不说喜也。"

从战国秦汉简帛反映出来的古人用字习惯看,"惩连"之"连"可读为"戾",而不必从王念孙说,看作"违"之讹字。《怀沙》在流传过程中,读者可能因不懂"连"字之义,而有将其改为形体与"连"相近、意义与"忿"相近之"违"字的,而这又恰好为司马迁所沿袭。

055. 与缥黄以为期

缥黄,王逸注"盖昏时",学者皆从之。至于句中之"与"字该作何解,王逸、洪兴祖、朱熹及清代的《楚辞学》者皆避而不谈。是不是因为此"与"字的用法较为常见而王逸等学者认为无须作注呢?通过考察,《楚辞》中"与"共出现65次,其用法可分为以下几类:(1)作介词,31次,如"初既与余成言兮"(《离骚》)、"与日月兮齐光"(《九歌·云中君》)、"吾与重华游兮瑶之圃"(《九章·涉江》);(2)作连词,20次,如"扈江离与辟芷兮"(《离骚》)、"言与行其可迹兮"(《九章·惜颂》);

---

① 帛书本之"莲",北大汉简本作"死",整理者指出"死"当为"列"之误。参北京大学出土文献研究所编《北京大学藏西汉竹书》(贰),上海古籍出版社2012年版,第124页注三。

(3)作语气词,1次,如"子非三闾大夫与"(《渔父》);(4)作动词,1次,如"恐年岁之不吾与"(《离骚》);(5)与"容"构成"容与"一词,共出现11次,如"遵赤水而容与"(《离骚》)、"聊逍遥兮容与"(《九歌·湘君》)、"船容与而不进兮"(《九章·涉江》);(6)通"举",如"与前世而皆然兮"(《九章·涉江》)。用这些用法去解释诗句中的"与"都讲不通。即使用"与"的其他用法,如"党与""盟国""随从""亲近""允许""支持""同类""相比""参与""干预"等意义去解释也都很难讲通,因此我们认为,学者之所以不作注,并不是不需要而是不知道该如何作注。可见这个"与"字是《楚辞》研究中的一个难点。

至近现代,才有学者对"与"做出了明确解释,如马茂元解"与"为"数也",金开诚释"与"为"以",熊任望解为"等待",吴广平注为"计算、打算"。

今按:"与"可训为"数",如《礼记·曲礼上》:"生与来日,死与往日。"郑玄注:"与,犹数也。"但将诗句中的"与"解释成"数"并不通畅。吴广平的说法应该是以马说为基础的,但他加上的"打算"这一解释则不准确,"与"有"数""计算"之义,但并无"打算"之义,将这三个解释放在一起是不恰当的。《经传释词》《经词衍释》皆列"与,犹'以'也"一项,并举大量例子以证之。但从其所举例证看,"与"是在作介词时才可训为"以"的。我们对《楚辞》中的"以为"做了考察,发现"以为"连用时,其最常见的用法是"动词+名词(短语)+以为",而未见"介词+名词(短语)+以为"这样的用法,因此金开诚的说法也不可信。将"与"解释为"等待",揣摩句意,也不允洽。

从现有的研究成果看,"与"字如何解释的问题实际上还未解决。我们注意到,与"与纁黄以为期"相似的文例还见于《离骚》《九章·抽思》,作"曰黄昏以为期兮",其中"与""曰"相对,因此,我们认为"与"应该是与"曰"相类似的一个词,基于这种考虑,我们认为"与"可能是

"戒"字之误。楚文字中"戒"作：᷂[上博（三）《周易》简10]、᷂[上博（三）《彭祖》简2]、᷂[上博（四）《曹沫之陈》简60]，"与"主要有两种写法，分别作：᷂[上博（三）《恒先》简11]、᷂[上博（五）《竞建内之》简5]和᷂（郭店《语丛三》简17）。

"与"的第一种写法与《说文》正篆同，第二种写法与《说文》古文同。第二种写法的"与"与"戒"字字形相近，有讹混的可能。"戒"古有"告诉""命令"等义，如《仪礼·乡射礼》："主人戒宾。"郑玄注："戒，犹警也，语也。"《仪礼·士冠礼》："主人戒宾。"郑玄注："戒，警也，告也。"《诗·小雅·楚茨》："钟鼓既戒。"朱熹集传："戒，告也。"《左传·庄公二十九年》："戒民以土功事。"孔颖达疏："戒，谓令语之也。"《文选·张衡〈东京赋〉》："先期戒事。"薛综注："戒，犹告也。""与纁黄以为期"即告以黄昏为期。

056. 思久故之亲身兮

王逸注："言文公思子推亲自割其身，恩义尤笃。"王注未释"久"字。

今按："久"，当读为"旧"。"久""旧"古常通用。《书·无逸》："其在高宗时，旧劳于外。"《史记·鲁世家》作"久劳于外"。《书·无逸》："旧为小人。"《史记·鲁世家》作"久为小人"。古文字资料里也常见二字相通之例，如：

1. 盬吉以宝家为左尹它贞：既腹心疾，以上气，不甘食，旧（久）不瘥，上速瘥。（《包山》简236）

2. 古（故）智（知）足不辱，智（知）止不怠（殆），可以长旧（久）。（郭店《老子》甲简36—37）

3. 长生旧视之道。（郭店《老子》乙简3）

4. 命曰："以孤之旧（久）不得由式（二）厽（三）夫=（大夫）以攸（修）

晋邦之政。"［清华（柒）《晋文公入于晋》简1—2］

5. 以远行，旧（久）。（九店M56简33）

"旧故"亦见于《远游》"思旧故以想象兮"，此句王逸注云："恋慕兄弟，念朋友也"，释"旧故"为兄弟朋友。《远游》之"旧故"是泛指，《惜往日》之"旧故"特指介子推。

057. 介眇志之所惑兮

王逸注："介，节也。言己能守耿介之眇节，以自惑误，不用于世也。"王逸单解"介"为"节"，似将其看作名词，然分析句意时却说"言己能守耿介之眇节"，似又解为动词，前后矛盾。后世亦众说纷纭，如王夫之解"介"为"独也"。林云铭释"介"为"因也"。王闿运说"介"犹"绍"也。金开诚云"介"为"坚定、专一"。汤炳正注"介"为"犹隔阂"。

今按：各家之说，验之文意，似皆扞格难通。我们认为，"介"当读作"挈"。"挈"，从手刧声，刧，从刀丯声，古"介"声与"丯"声、"刧"声可通。《说文》："丯，读若介。"《孟子·万章》："夫公明高以孝子之心为不若是恝。"《说文·心部》："忿，忽也。从心，介声。《孟子》曰：'孝子之心不若是忿。'"今本《孟子》之"恝"，《说文》引作"忿"。马王堆汉墓帛书《老子》甲本《德经》："使我挈有知也。""挈"，乙本、北大汉简本及通行本皆作"介"。"挈"，《说文》未收，根据汉字结构的一般规律，当分析为从手絜声。"絜"，《说文·糸部》分析为从糸刧声。马王堆汉墓帛书《老子》甲本《德经》："是以圣人右介而不以责于人。"乙本作："是以圣人执左芥而不以责于人。"通行本作："是以圣人执左契而不责于人。""介""芥"读为"契"，即契约。马王堆帛书《战国纵横家书·苏秦献书赵王》章："秦尽韩、魏之上党，则地兵〈与〉王布（邦）属壤芥者七百里。"《战国策·赵策一》作"秦尽韩魏之上党，则地与国都邦属而壤挈者七百里"。

"挈"，本义为悬持，提起。《说文·手部》："挈，县持也。"后引申为一般的执持。《汉书·韩信传》："后陈豨为代相监边辞信，信挈其手。"颜师古注："挈，谓执提之。""执""持"古有"守"义。《广韵·缉韵》："执，守也。"《礼记·曲礼上》："坐必安，执尔颜。"郑玄注："执，犹守也。"《吕氏春秋·慎大》："胜非其难者也，持之其难者也。"高诱注："持，犹守。"王逸解"介"为"节"虽不可信，然串讲句意为"言己能守耿介之眇节"似得之。

第四节 考古发现与《九歌》《远游》《九辩》疑难词语训解

058. 盍将把兮琼芳

王逸注："盍，何不也。把，持也。琼，玉枝也。言己修饰清洁，以瑶玉为席，美玉为瑱。灵巫何持乎？乃复把玉枝以为香也。"王逸释"盍"为"何不"。朱熹注同王逸注。林云铭释"盍"为"合也"。蒋骥、屈复、戴震同。王闿运、黄孝纾等解"盍"为"词也"。马茂元认为"盍"古通"合"，是集合的意思。

今按：如按王逸说，解"盍"为"何不"，则此句为问句。然《东皇太一》全篇无问句，此句理解为问句，殊为不类。另外，此句是写为降神做准备工作，似乎也不当理解为问句。王闿运等理解为"词也"，与楚辞文例不合，亦不可信。"盍"，当解为"合"。"盍""合"的关系，可依《尔雅·释诂》"盍，合也"立说。亦可从马茂元说，以为二字可通。古"盍"声与"合"声可通。《晏子春秋·外篇》："合色寡人？"于省吾《双剑誃诸子新证》认为"合"即"盍"之音假。《战国策·秦策》："意者，臣愚而不阖于王心耶？"鲍彪注："阖、合同。"随州孔家坡汉墓简牍《日书·朔占》："三以戊朔大稙、大中、叔（菽）、盖（荅）为。"

马王堆帛书《君正》："号令阖（合）于民心，则民听令。"《四度》："参于天地，阖（合）于民心，文武并立，命之曰上同。"《前道》："阖（合）于天地，顺于民，羊（祥）于鬼神。"

059. 餐六气而饮沆瀣兮，漱正阳而含朝霞

王逸注："远弃五谷，吸道滋也。餐吞日精，食元符也。《陵阳子明经》言：春食朝霞。朝霞者，日始欲出赤黄气也。秋食沦阴。沦阴者，日没以后赤黄气也。冬饮沆瀣。沆瀣者，北方夜半气也。夏食正阳。正阳者，南方日中气也。"

今按：沆瀣、朝霞亦见于出土简帛文献。马王堆汉墓帛书《去谷食气》："春食一去浊阳，和以【銧】光、朝暇（霞），【昏（昏）清】可。夏食一去汤风，和以朝暇（霞）、行（沆）暨（瀣），昏（昏）【清】可。"

060. 见王子而宿之兮

王逸注："屯车留止，遇子乔也。"王逸虽未单释"宿"字，但据注"屯车留止"，可知王逸是以"宿"之常训解之。汪瑗、金开诚等从之。朱熹认为"宿"与"肃"通。但朱熹未明言"肃"为何义，后世学者或以"敬"释之，如聂石樵、殷义祥、麻守中等；或以"敬问"解之，如王夫之、王锡荣等。黄灵庚认为"宿"当解为"迎也"。

今按：解"宿"为"留止"，有两点好处。第一，不用破读，且"宿"训为"止"，为古之常训。《说文·宀部》："宿，止也。"《玉篇·宀部》："宿，夜止也。"《楚辞·七谏·初放》："当道宿。"王逸注："夜止曰宿。"第二，文意比较畅通。但这种说法有一个问题，那就是"之"字不好解释。因为"宿"作动词"留止"讲时，后面多不带宾语。古代"之"可作助词，用在动词后，有凑足音节的作用，但楚辞中"之"字出现七百五十次，多用为代词、动词，并未见起凑足音节作用的助词用法。朱熹提出的"宿"通"肃"，首先从语音上看，二字上古音皆为心母觉部，中古

第四章　考古发现与《楚辞》疑难词语训解 ◆◇◆

时同为心母屋部合口三等入声，读音相同；其次，"宿"通"肃"，古书有例。《书·顾命》："王三宿。"孔颖达疏："《释诂》云：'肃，进也。'宿即肃也。"《仪礼·特牲馈食礼》："乃宿尸。"郑玄注："宿，读为肃。"《孟子·公孙丑下》："弟子齐宿而后敢言。"俞樾《古书疑义举例·两字一意而误解例》亦举出"宿""肃"相通之例。但将"宿"破读为"肃"，将会遇到一个问题，即"肃"为形容词，其后不能带宾语；王夫之等以"敬问"解释"肃"字，虽然解决了不能带宾语的问题，但"肃"本身并无"敬问"之意，这种做法明显是增字解经，实不足取。实际上，"宿"通"肃"的说法，早已有学者提出质疑，如汪瑗《楚辞集解》说："朱子曰：'宿与肃通。'容更详之。"金开诚亦指出："朱熹说：'宿与肃通。'为敬肃之意，似非。"黄灵庚认为"宿"当解为"送"，并引《论语》皇侃疏为证。但诗句前面已写"见子乔"了，说明逆迎之事已结束。《章句》"遇子乔"云云，亦不为逆送之意，而是解释"屯车留止"的原因的。这种句式古汉语中较为常见，如《庄子·养生主》："良庖岁更刀，割也；族庖月更刀，折也。"其中，"割也""折也"分别解释"良庖岁更刀""族庖月更刀"的原因。

因此从目前的研究成果看，此问题还需进一步研究。我们认为，"宿"，当从王逸说，解为"留止"，"之"字在这里是"止"字之误。

战国楚文字中"之"可作：[图][上博（四）《内礼》简2]，"止"可作：[图]（郭店《语丛一》简105）。至汉魏隶书阶段，"之"可作：[图]（《字形表》第401页），"止"可写作：[图]（《银雀山汉简文字编》第47页）。

"之""止"两个字字形在战国时期就有些接近，因此传写过程中发生讹误的可能性很大。上博（八）《子道饿》简1、简2、简6中整理者释为"止"的字，从字形上看，都应该是"之"字，关于这一点，复旦大学古文字专业研究生联合读书会《上博八〈子道饿〉校读》一文已经指出。整理者误释的原因之一就是两个字形体相近。《银雀山汉简文字编》"止"字字头下收有下列三个字形：[图]、[图]、[图]，如果这三个字形真是"止"字，则与"之"字形体没有什么差别。但核对原文，这三个字当是"之"字无疑，是字编作者误列于"止"字之下的。

文献中"之""止"互讹的例子多见。《诗经·陈风·墓门》"歌以讯之"，《续列女传》作"歌以讯止"。《诗经·小雅·车辖》"高山仰止"，《释文》曰："本或作仰之。"《尚书·皋陶谟》"合止柷敔"，于省吾《双剑誃尚书新证》指出，"止"即"之"字。《淮南子·说林训》："兰芝以芳，未尝见霜。"王念孙《读书杂志》认为："芝当为茝。字本作䓞，即今之白芷也。隶书止与之相乱，因误而为芝。古人言香草者，必称兰茝。芝非香草，不当与兰并称。凡诸书中言兰芝、言芝兰者，皆是茝字之误。《太平御览·天部》十四引此已误作兰芝，《文子·上德》正作兰茝。又下文'兰芝欲脩而秋风败之'，芝亦茝之误。"王念孙还指出《淮南子·修务训》"杂芝若"之"芝"亦为"茝"字之误。

"之""止"互讹的例子在《楚辞》中也出现过。《离骚》"欲远集而无所止兮"王逸注："言己既求简狄，复后高辛，欲远集它方，又无所之。""止"，据王逸注"欲远集它方，又无所之"，似原本当作"之"。于省吾先生《泽螺居楚辞新证》于此有过论述：

> 正文"止"字，王《注》释作"之"是对的。以古文字验之，"之"字本作"止"，"足趾"之"趾"和"止息"之"止"则均应作"止"，"止"与"止"从不相混。王夫之说："我虽自远而安集之，彼已不以为我栖止之地。"是王氏误以"止"为"栖止"之"止"。此文是说"欲远集而无所之"，"之"字，典籍多训为"往"为"适"。《九章·惜诵》"欲高飞而远集兮，君罔谓汝何之。"洪氏《补注》："言欲高飞远集，去君而不仕，得无谓我远去，欲何所适也。"按洪说甚是。《惜诵》分作两句，也先言"集"而后言"之"，可以互证。

于先生所说的古文字"止"就是今天的"之"字，所说的"止"就是今天的"止"字。于先生认为《离骚》正文的"止"就是"之"字，王逸释"止"为"之"是对的。在《楚辞》流传过程中，文字经过了转写。在转写过程中，古文字"止"都被转写成"之"字，"止"都被转写成"止"字。王逸所见本《楚辞》亦当如此。既然王逸注为"无所之"，则王逸所见本应该作"之"，而不作"止"。今所见本作"止"，乃是"之"字之误。

《九歌·湘夫人》"葺之兮荷盖"中的"之"字，俞樾、马茂元皆以为当作"芷"字。俞樾认为"芷"字缺坏，仅存下半"止"字，误作"之"字。马茂元解释说，"芷"字可作"止"，篆体字与之字形相近而讹。尽管俞樾、马茂元的解释略有不同，但都认为"之"字是"止"字之误。

"之""止"互讹，除字形相近外，可能还有读音的关系。"之""止"上古音皆为章母之部，读音相同。

"止"，止息、留止。《玉篇·止部》："止，住也。"《广韵·止韵》："止，息也。"《诗·商颂·玄鸟》："邦畿千里，维民所止。"郑玄注："止，犹居也。"本诗"宿止"为同义连用。《楚辞》中词语同义连用现象比较常见，如《离骚》之"览相观"，《九章·抽思》之"好姱佳丽"。

《楚辞·七谏·自悲》"见韩众而宿之兮"、《全梁文》卷四十六陶弘景《寻山志》"遇王子而宿之"，黄灵庚认为上引"宿之"皆谓迎之。实际上，两句中的"宿之"也当为"宿止"，其误为"宿之"皆当源于《远游》之误。

061. 载营魄而登霞兮

王逸注："抱我灵魂而上升也。霞谓朝霞，赤黄气也。"王逸以"霞"为云霞之霞。朱熹《楚辞集注》曰："霞与遐通，谓远也。"在《楚辞辩证》中又进一步申说："登霞之霞，本遐之借用，犹曰适远云尔，《曲礼》告丧之词，乃又借以为死之美称也。《庄子》作登假，盖亦此例。但此篇注者，遂解为赤黄之气，释《庄》音者又读假为格，而训至焉，则其误愈远矣。"姜亮夫、黄灵庚等亦认为"霞"通"遐"。汤炳正则认为"登霞",古本或作"登遐","登遐"即远游。

今按:"霞""遐"古通。《字汇补·雨部》:"霞,与遐同。"《墨子·节葬下》:"其亲戚死,聚柴薪而焚之,燻上,谓之登遐。"《太平广记》引"登遐"作"登烟霞",《刘子新论·风俗》作"升霞"。李白《秋夕书怀》:"海怀结沧州,霞想游赤城。""霞",一本作"遐"。五代王谠《唐语林·文学》:"(李白)轩然霞举,上不觉忘万乘之尊,与之如知友焉。""霞举",即"遐举"。

"霞"字出现较晚,《说文》列于"雨"部新附字下。出土文献借"煆"表"霞",如马王堆汉墓帛书《去谷食气》:"春食一去浊阳,和以【铣】光、朝煆(霞),【昏(昏)清】可。夏食一去汤风,和以朝煆(霞)、行(沆)暨(瀣),昏(昏)【清】可。"战国秦汉简帛或借"叚""騢"表"遐"。马王堆帛书《战国纵横家书·见田仆于梁南》章:"齐、楚见亡不叚(遐),为梁(梁)赐矣。"马王堆帛书《周易·泰》:"九二,枹(包)妄(荒),用冯河,不騢(遐)遗,弗忘(亡),得尚于中行。"从出土文献反映出来的用字情况看,《远游》原文也许既不作"霞",亦不作"遐",而是写作"叚""煆""騢"或一个可与"霞""遐"相通的字,汉代以后,楚辞文本在经过转写及不断流传的过程中,抄写者据己意改为"霞"或"遐"。"登霞"当读为"登遐",即远游也。

062. 恐时世之不固

固,朱熹认为当作同,叶通、从、诵、容韵。陆侃如从朱熹说,认为是形讹。

今按:朱熹、陆侃如主要从押韵的角度考虑,以为"固"与下文的"凿"一为鱼部,一为药部,二部相隔,不能相押,而校改为"同",以与上文之"通""从""诵""容"相押。实际上,下文的"凿"当为"错"字,闻一多《楚辞校补》早已指出。"固"为鱼部，"错"为铎部，二字为鱼铎通韵。故朱、陆之说实不可信。"固"当读为"古"。"古""固"古通用。《老子》三十六章："将欲歙之，必固张之。将欲弱之，必固强之。将欲废之，必固兴之。将欲夺之，必固与之。"此段文字中的四个"固"字，汉帛书乙本及北大汉简本皆作"古"，帛书甲本除一处残缺外，其余三处亦皆作"古"。郭店《尊德义》简 17"因亘（恒）则古"的"古"，整理者读为"固"。上博（一）《孔子诗论》简 16、20、24"民眚（性）古然"的"古"，整理者都读为"固"。"恐时世之不固"即"恐时世之不古"，言恐时世不和以前一样。

第五节　考古发现与《招魂》《大招》疑难词语训解

063. 封狐千里些

王逸注："又有大狐，健走，千里求食，不可逢遇也。""千里"，王逸认为是说封狐健走，千里求食。吕向认为封狐即大狐，其长千里，以为是形容封狐身体之长。胡文英以为"千里"是状写封狐之多。张学城在《〈招魂〉"封狐千里"校诂》一文中首先回顾了学术史上对《楚辞·招魂》"封狐千里"的解释，并将其归为三类，继而从字形、句式、文义方面做了分析。在字形、句式方面，张学城认为"千里"乃后人误拆"重"字而来，主要根据是古书中重文用法绵延不绝。又据《楚辞》行文特点，认为上句为"蝮蛇蓁蓁"，下句应作"封狐重重"。古人写"重重"作"重="，在文献传抄过程中，或许因为误将重文符号当作合文符号，或许因为重文符号脱落，而后人为了凑足音节，组成四字句，于是误拆"重"为"千里"；并列举文献传抄中因重文符号脱落导致误读及古书中误拆一字为二字各三例作为论据。字义方面，张学城认为"重重"可表示"往来不绝貌、盛貌"。彭春艳《是"封狐千里"还是"封狐重重"》不同意张学城的说法，并从《楚辞·招魂》用韵、句式特点及先秦典籍中"千里"之义三方面考证，认为"封狐重重"之说不成立，当作"封狐千里"，其中"千里"与上文"蝮蛇蓁蓁"之"蓁蓁"互文，"蓁蓁"言分布之密，"千里"换言分布之广，二者从密度、广度上合言蛇、狐极多。

今按：张说较为新颖，但实不可信。第一，如果原文作"重重"，则此句失韵。《招魂》在陈"四方之恶"时，是严格押韵的，如陈"东方不可托"时，韵脚是"托""索""石""释""托"，皆为铎部；陈"西方之害"时，韵脚是"里""止""字""壶""食""得""极""贼"，中间换韵，分别押之部、鱼部、职部；陈"北方不可以止"时，韵脚是"止""里""久"，皆为之部。"封狐千里"一句见于陈"南方之害"一节，"里"正处于韵脚位置，如果原文作"封狐千里"，则此节韵脚是"止""齿""祀""醢""里"，皆为之部。如果原文如张文所说作"重重"，重古为东部韵，则与之部相去太远，无法押韵。第二，"重"字不太可能被误拆为"千里"。"重"字，郭店楚简作"𤯔"，睡虎地秦简写作"𤯔"，银雀山汉简写作"𤯔"，小篆作"𤯔"，《说文》分析"重"字结构为从壬东声，这种写法的"重"字即使误拆也不可能拆作"千里"。张文为证明"重"字被误拆为"千里"，从俞樾的《古书疑义举例》中摘取了"豳""忘""乔"几个例子作为旁证。我们发现，张文所举及未举的被误拆的字都有个共同特征，即该字上下两个偏旁是相离的，根据一般书写习惯，只有这种上下两个偏旁相离的字才有被误拆的可能。而"重"字中间的一竖画是从上到下贯穿的，而"千里"两个偏旁是相交的，这样的字是不大可能被误拆的。①彭春艳认为"蓁蓁"言分布之密，"千里"言分布之广，

---

① 俞樾在《古书疑义举例》中举了一个"夫"被误拆为"一人"的例子，似乎可作为"重"可被误拆的旁证。但这个例子并不可信。首先，原文作"一人"是讲得通的。其次，"夫"即使被误拆，也不可能拆为"一人"，而是很有可能被误拆为"一大"或"二人"。

二者从密度、广度上合言蛇、狐极多，这种说法较为合理。

064. 丽而不奇些

王逸注："丽，美好也。不奇，奇也。犹《诗》云：不显文王。不显，显也。言美女被服绮绣，曳罗縠，其容靡丽，诚足奇怪也。"

今按："不"当读为"丕"。"不""丕"古通用。《书·盘庚中》："予丕克羞尔。"《汉石经》"丕"作"不"。《书·立政》："以并受此丕丕基。"《汉石经》"丕丕"作"不不"。郭店《成之闻之》简 22："《君奭》曰：'唯髟（冒）丕单称悳（德）'害（盖）？言疾也。"今本《尚书·君奭》"不"作"丕"。上博（一）《孔子诗论》简 6："乍（亡）竞隹（唯）人，不显隹（唯）悳（德）。"清华（壹）《耆夜》简 8："明明上帝，临下之光，不显逨（来）各（格），歆厥禋明（盟）""不显"即"丕显"。清华（壹）《皇门》简 6："王用能盍（奄）又（有）四邻，远土不承。""不"，今本《皇门》作"丕"。清华（壹）《祭公》简 13—15 有下面几句话："不隹（惟）周之旁""不隹（惟）句（后）后稷之受命是羕（永）厚""不隹（惟）周之厚屏""不则亡遗后""不隹（惟）文武之由""不则寅言哉"，这几句可与今本对照，除残缺处外，简文中的"不"今本皆作丕。

《说文·一部》："丕，大也。"《尔雅·释诂》："丕，大也。""不奇"即丕奇，大奇也。

065. 螭龙并流

王逸注："言海水之中，复有螭龙神兽，随流上下，并行游戏。"

今按："流"，当读为"遊"或"游"。"流"，《说文·水部》："流，水行也。""流"的本义是"水的移动"。"游"，《说文》解释为"旌旗之流也"。"游"的本义是古代连缀于旗帜正幅下沿的垂饰。"游"，也有"在水中浮行或潜泳"的意思，《方言》卷十"潜，遊也"，晋郭璞

注:"潜行水中,亦为游也。"《玉篇·水部》:"游,浮也。"在表"行走"义时,"游""遊"通。朱骏声《说文通训定声·孚部》:"流,假借为游。"《史记·项羽本纪》:"必居上游。"《集解》引文颖曰:"游或作流。"晋陶潜《归去来兮辞》:"策扶老以流(游)憩,时矫首而遐观。"《老子》第61章"大国者下流"一句中的"流"字,北大汉简本作"游"。马王堆汉墓帛书《道原》:"鸟得而蜚(飞),鱼得而流,兽得而走。""流",当读为"游"。

066. 长爪踞牙

王逸注:"手足长爪,出齿踞牙。"未释"踞"义。洪兴祖《补注》释"踞"为"蹲也"。朱熹怀疑"踞"当作"锯"。"锯牙",言其牙如锯也。朱熹之说对后世影响很大,学者多从之。

今按:《说文·足部》:"踞,蹲也。"又,《尸部》重出,以为"居"之俗体。以"踞"之常见意义解"踞牙",皆不通。朱熹读为"锯牙",从文意上看,较为合适,古书有"锯牙""锯齿"之说,如《逸周书·王会解》:"若白马锯牙,食虎豹。"北齐刘昼《新论·伤谗》:"鱼之哆唇锯齿者,鳞族畏之。"但如果将"锯"读为"锯",则在句中要解释为"像锯一样",而前文"长"为形容词,二者缺少对应。因此从句式整齐角度看,我们认为"踞"当读为"巨"。"踞",从居声,见母鱼部,"巨",群母鱼部,居声与巨声音近可通。《史记·匈奴列传》:"使当户且居雕渠难、郎中韩辽遗朕马二匹。"司马贞《索隐》:"且居,《汉书》作且渠。"郭店《唐虞之道》简15—17:"夫古者舜伛于艸(草)茅之中而不忧,升为天子而不乔(骄)。伛艸(草)茅之中而不忧,智(知)命也。""伛",整理者读为"居"。睡虎地秦简《为吏之道》:"一曰见民昊敖(傲)。""昊",读为"倨"。银雀山汉简《孙膑兵法·势备》:"夫陷齿戴角,前蚤后锯,喜而合,怒而斲,天之道也,不可止也。"整理者注引《淮南子·兵略》:"凡有血气之虫,含牙戴角,前爪后距。……喜而相戏，怒而相害，天之性也。"读锯为距。马王堆一号墓竹简："右方居女。""居女"，即"粔籹"。

"巨"，大也。《方言》卷一："巨，大也。""巨"与"长"皆形容词，修饰"爪"和"牙"，句式整齐。

第五章　考古发现与《楚辞》押韵问题研究

"楚辞"为韵文，学界并无异议。从明清开始，学者已据"楚辞"韵脚研究上古音韵。然由于语音的变化、楚方音的特点及"楚辞"文本流传过程中产生的种种问题，后人再读"楚辞"，有些地方已不押韵。于是学者或以"无韵"称之，或以"误倒"解之，或以"字误"说之，产生各种异说。我们在《考古发现与〈楚辞〉校读》《楚辞"无韵句"考辨》中，将出土文献材料与传世文献材料结合起来，对"楚辞"中与押韵有关的一些疑难问题做过梳理。现根据考古发现材料，再对该问题做一些解释说明。

第一节　考古发现与《离骚》《天问》押韵问题

001. 民生各有所乐兮，余独好修以为常　虽体解吾犹未变兮，岂余心之可惩

根据《离骚》韵例，"常""惩"当协韵，但"常"古为阳部，"惩"为蒸部，两部相隔似乎远了些。因此有人认为"常"当为"恒"，"恒""蒸"同为蒸部，正相押。如姚鼐、孔广森、梁章钜、王念孙皆认为"常"

当作"恒",因避汉讳而改为"常"。郭沫若、刘永济等从之。黄灵庚根据郭店楚简用字习惯,也认为当作"恒"。

今按:避讳之说不可信,因为《楚辞》里有"恒"字,如:《七谏·自悲》:"凌恒山其若陋",《哀时命》"举世以为恒俗兮",这说明《楚辞》不讳"恒"字,因此避讳说不能成立。黄灵庚从楚简的实际用字情况来考虑这个问题是很好的,但他的说法却是错误的。因为"余独好修以为常"的"常"是"常行""常规"的意思,不是"固常"的意思,将这种用法的"常"和表示"固常"意义的"恒"联系起来是不恰当的。楚简里有和"余独好修以为常"的"常"用法相同的例子,如:

1. 长民者衣服不改,从容有常,则民德弌(一)。(郭店《缁衣》简16—17)
2. 天升大常,以里(理)人仑(伦)。(郭店《成之闻之》简31)
3. 是故小人乱天常以逆大道。(郭店《成之闻之》简32—33)
4. 昔者君子有言曰"圣人天悳(德)"害(盖)?言慎求之于己,而可以至川(顺)天常矣。(郭店《成之闻之》简37—38)
5. 是故君子慎六立(位)以巳(祀)天常。(郭店《成之闻之》简39—40)

"常",原简写作"裳",从尚,从示,学者们将其读作"常"。简文中的"常"和"余独好修以为常"的"常"用法一样,作常规、常行、常道讲。这表明出土楚文献与《楚辞》的用字习惯是相同的,因此,从用字习惯上不但不能证明《离骚》原本作"恒",而恰恰可证明原本当作"常"。此处押韵当从江有诰说,为阳蒸合韵。闻一多、姜亮夫等亦赞同江说。古音阳、蒸二部比较接近,有两部相通的例证。《左传·昭公二十五年》:"章为五声。"《昭公元年》作:"征为五声。""章",阳部,"征",蒸部。《仪礼·燕礼》:"升媵觚于宾。"郑注:"媵读或为扬。""媵",蒸部,"扬",阳部。《礼记·檀弓下》:"杜蒉洗而扬觯。"郑注:"《礼》扬作腾。"《礼记·乡饮酒义》:"盥洗扬觯。"郑注:"扬,今《礼》皆作腾。""扬",

阳部，"腾"，蒸部。《吕氏春秋·举难》："则问乐腾与王孙苟端孰贤。"《新序·杂事四》"乐腾"作"乐商"。"腾"，蒸部，"商"，阳部。《周礼·秋官·薙氏》："春始生而萌之。"郑注："故书萌作蘉。"杜子春云："蘉当为萌。《书》亦或为'萌'。""萌"，阳部，"蘉"，蒸部。《庄子·天运》："使民心竞。"《太平御览》三六〇引"竞"作"兢"。《史记·龟策列传》："阴兢活之。"《集解》引徐广曰"兢一作竞。""兢"，蒸部，"竞"，阳部。出土文献里也有阳部与蒸部相通的例子。如新蔡简，上博（四）《柬大王泊旱》，上博（七）《郑子家丧》甲、乙篇中皆有"迊"字。《柬大王泊旱》中的"迊"，原释文作"记"，陈斯鹏、何有祖、宋华强等皆认为当释为"迊"，可信。"迊"，学者或读为"乃"，或读为"应"，杨泽生先后发表《〈上博七〉补说》《〈上博七〉释读补说（四则）》《续说楚简用作"迎"的"迊"字》等文章，认为"迊"当读为"迎"。将"迊"读作"迎"，相关简文可以通读无碍，因此杨说可信。"迊"，蒸部，"迎"，阳部。王辉《古文字通假字典》和周祖谟《汉代竹书和帛书中的通假字与古音的考订》都指出马王堆汉墓帛书中有阳"蒸"相通的例子。如《十六经·观》"寺（待）地气之发也，乃梦者梦而兹（孳）"，"梦"当读为"萌"。"梦"，蒸部，"萌"，阳部。又，《十六经·行守》："逆节梦生，其谁骨〈肯〉当之。"影印本注读"梦"为"萌"，引《汉书·主父偃传》偃论吴楚七国之反，言："今以法割削之，则逆节萌起。"与此句式相同。从上引传世文献和出土文献的例子可以看出，阳部和蒸部的关系是比较近的。

"阳""蒸"合韵，《淮南子》一书中多见，张双棣《淮南子用韵考》多有揭示。如《淮南子·天文训》："日冬至则斗北中绳，阴气极，阳气萌。"绳、萌韵。"绳"，蒸部，"萌"，阳部。《天文训》："蚕不登，菽、麦昌，民食四升。"登、昌、升韵，"登""升"，蒸部，"昌"，阳部。因此，阳部的"常"和蒸部的"惩"可以押韵。

第五章 考古发现与《楚辞》押韵问题研究

002. 汝何博謇而好修兮，纷独有此姱节 薋菉葹以盈室兮，判独离而不服

关于此节押韵问题，江有诰、王力先生认为无韵。王念孙、段玉裁认为"节"与"服"押韵。朱骏声认为"节"为"饰"字之误，如此"方合古韵"，此说得到了很多学者的赞同。沈祖緜认为后两句误倒，原本当作"判独离而不服兮，薋菉葹以盈室"，节、室韵，王显先生等从之。

今按：《离骚》全篇 372 句，除包括此处在内的两处"无韵"外，王力先生认为其余 364 句的偶数句，共 182 句都押韵。既然在 364 句偶数句中有 182 句押韵，如果只有四句不押韵，显然与《离骚》整篇韵例不合，因此无韵说不可信。朱骏声认为"节"是"饰"字之误，这种说法的优点是"饰""服"皆为职部，同部相押毫无问题。但是，无论是战国时期还是秦汉时期，"节"和"饰"的形体都相差较远，[①]无由致讹，故此说并不可信。沈祖緜之说也不可信，因为从王逸注看，后两句王逸所见本已如此。学者认为"误倒"的诗句还有一些，但这种解释都面临同一个问题，即介于两句中间的"兮"字为何都不倒？难道这样的抄写之误竟可连犯多次？因此"无韵"说、"字误"说、"误倒"说皆不可信。我们认为王、段的说法是可信的。"节"，古为质部，"服"，古为职部。黄绮《论古韵分部及支、脂、之是否应分为三》已经指出之、职部和脂、质部古音关系很近，因此，职、质两个韵部的字押韵应该没有问题。

首先，从谐声偏旁看，之、职部与脂、质部有谐声关系。如"乙"为质部，而从"乙"得声的"肊"为职部；"匿"为职部，而从"匿"得声的"暱"为质部。郭店《缁衣》简 17、《穷达以时》简 14、《性自命出》简 9、《六德》简 39 和 40 皆有"弌"字，此字与《说文》"一"字古文字形合，而且简文也都用为"一"。王筠《说文释例》卷六认为"弌"，从一弋声。王筠对"弌"字的结构分析是可信的。一，质部；弋，职部。

[①] "节""饰"的古文字字形可参看汉语大字典编辑委员会编纂《汉语大字典》（缩印本），四川辞书出版社、湖北辞书出版社 1993 年版，第 1241、1849 页。

其次，从通假来看，之、职部和脂、质部相通的例子很多。《礼记·玉藻》："童子之节也。"《仪礼·士冠礼》郑注引节作饰。"节"，质部；"饰"，职部。此正为"节""饰"音近之证。《论语·学而》："抑与之与？"《汉石经》"抑"作"意"。"抑"，质部；"意"，职部。《礼记·乐记》："迭相为经。"《史记·乐书》《说苑·修文》"迭"作"代"。"迭"，质部；"代"，职部。《荀子·议兵》："《传》曰：威厉而不试，刑措而不用。"《说苑·政理》"试"作"至"。"试"，职部；"至"，质部。《诗·大雅·文王有声》："筑城伊淢，作丰伊匹。"《释文》："淢，况域反，沟也。字又作洫。""淢"，职部；"洫"，质部。《礼记·投壶》："壶中实小豆焉。"《大戴礼记·投壶》"实"作"置"。"实"，质部；"置"，职部。《周礼·考工记·弓人》："凡昵之类，不能方。"郑注："故书'昵'作'樴'，杜子春云：'樴'，读为'不义不昵'之'昵'。""昵"，质部；"樴"，职部。《吕氏春秋·慎势》："陈成果攻宰予于庭，即简公于庙。"《说苑·正谏》"即"作"贼"。"即"，质部；"贼"，职部。

出土简帛文献中也有之、职部与脂、质部相通的例子。郭店《缁衣》简23："毋以卑（嬖）御息庄句（后），毋以卑（嬖）士息大夫、卿士。""息"，整理者读为"塞"。简文中的两个"息"字，传世本皆作"疾"。"疾"，质部；"息""塞"皆职部。《穷达以时》简6："完（管）寺（夷）吾拘繇弃缚，释杙（桎）楛而为诸侯相。"完寺吾即管夷吾，"寺"，之部；"夷"，脂部。"杙"，整理者读为"桎"。"杙"，职部；"桎"，质部。《六德》简18："能与之齐，终身弗改之也。"陈伟《郭店竹简别释》指出此与《礼记·郊特牲》"壹之与齐，终身不改"略同。《六德》之"能"，《郊特牲》作"壹"。"能"，之部；"壹"，质部。《五行》简16："淑人君子，其仪罷也"，"罷"，今本作"一"。《太一生水》简7"罷缺罷盈"及鄂君启节"岁罷返"中的"罷"也都读作一。"罷"，从能得声。"能"，之部，"一"，质部。

第五章 考古发现与《楚辞》押韵问题研究

上博（二）《民之父母》简 7—8："亡（无）圣（声）之乐，亡（无）体之礼，亡（无）服之丧，可（何）志（诗）之遷。"《从政》甲简 13："君子之相就也，不必在近遷乐。""遷""遷"，原整理者分别隶作"㢠""遍"而读为"迟""昵"。黄德宽《战国楚竹书（二）释文补正》分别改隶作"遷""遷"，读为"昵"。黄说可从。"遷""遷"皆从"匿"得声。"匿"，职部；"昵"，质部。《容成氏》简 44："（受于）是乎作为九城之台，视孟炭其下，加圜木于其上，使民蹈之。""视"，当读为"置"。"视"，脂部，"置"，职部。上博（三）《周易》简 55"非台所思"之"台"，传世本作"夷"。"台"，之部；"夷"，脂部。清华（叁）《周公之琴舞》简 2："敬之敬之，天佳（惟）显帀。"今本《诗·周颂·敬之》作："敬之敬之，天维显思。""思"，之部，"帀"，脂部。清华简《越公其事》之"越公其事"，孟蓬生等认为即"越君其次"。"事"，之部；"次"，脂部。

张家山汉简《引书》："累足指，上摇之，更上更下三十，曰累童。""指"，读为趾。"指"，脂部；"趾"，之部。张家山汉简《算数书·合分》21："七〈子〉亦辄倍。"整理者认为"七"为"子"之错别字，王志平《"罷"字的读音及其相关问题》指出"七"与"子"应是通假关系。"七"，质部；"子"，之部。西安杜陵汉牍《日书》："利一播种、出粪。"张铭洽、王育龙《西安杜陵汉牍〈日书〉"农事篇"考辨》认为"一"假借为"以"。"一"，质部；"以"，之部。《武威汉代医简》25："年已过百岁者不可灸刺，气脉壹绝，灸刺者随针灸死矣。"张延昌主编的《武威汉代医简注解》指出"气脉壹绝"即"气脉以绝"的文字异写。"壹"，质部；"以"，之部。

马王堆帛书《五十二病方》："干加（痂）：治蛇床实……""蛇床实"，整理者认为即"蛇床子"。"实"，质部；"子"，之部。马王堆帛书《六十四卦·蒙》："初筮吉，再参（三）渎，渎即不吉。"又，《六十四卦·罗（离）》："日昃之罗（离），不鼓缶而歌，即大耋之嗟，凶。"

又，《六十四卦·乖（暌）》上九："往愚（遇）雨即吉。"上引帛书中的"即"通行本《易》作"则"。"即"，质部；"则"，职部。

再次，从声训看，之、职部与脂、质部关系也很近。《释名·释形体》："臆犹抑也，抑气所塞也。""臆"，职部；"抑"，质部。《释言语》："起，启也，启一举体也。""起"，之部；"启"，脂部。

最后，从押韵看，之、职部与脂、质部的字可以押韵。上引《诗·大雅·文王有声》"筑城伊淢，作丰伊匹"，"淢"、匹韵。"淢"，职部；"匹"，质部。《诗·大雅·桑柔》："国步灭资，天不我将；靡所止疑，云徂何往？君子实维，秉心无竞。谁生厉阶？至今为梗。""资""疑""维""阶"押韵。"资""阶"，脂部。"疑"，之部；"维"、微部。《诗·豳风·鸱鸮》："既取我子，无毁我室。""子""室"韵。"子"，之部；"室"，质部。上博（五）《三德》简2："敬者得之，怠者失之。""得""失"韵，"得"，职部，"失"，质部。通过上面的讨论，我们认为，之、职部与脂、质部的关系是较为密切的，因此，节、服押韵没有任何问题。

003. 惟兹佩之可贵兮，委厥美而历兹　芳菲菲而难亏兮，芬至今犹未沬

此节文字，江有诰、王力皆以为无韵。段玉裁认为"兹""沬"合韵。沈祖緜怀疑"沬"原作"已"，"兹""已"叶。刘永济认为"兹"从"丝"声，古音在之咍部，"沬"从"未"声，古音在脂微部，两部音近通押。陆志韦认为前两句当校乙作"委厥美而历兹兮，惟兹佩之可贵。"彭泽陶认为"兹"当作"此"，"此""沬"韵。

今按：根据《离骚》韵例，此处不能无韵，故江、王之说不可信。陆志韦倒乙之说也不可信，学界已有评论。沈祖緜误字说，王显《屈赋的篇目和屈赋中可疑的文句》已证明其不确。彭泽陶之说也不可信。第一，改"兹"为"此"并无版本根据。第二，通过我们的考察，"此"在《楚辞》中（不包括汉人的模拟之作）共出现45次，作定语41次，占所有用例的

第五章 考古发现与《楚辞》押韵问题研究 ◆◇◆

91%；作宾语 2 次，且皆为介词"与"的宾语，占所有用例的 4.5%；另 2 次作主语。由此我们可以看出，《楚辞》中"此"的语法作用主要是作定语；即使作宾语，也不作动词的宾语。"兹"共出现 9 次，作宾语 3 次，其中 2 次作动词"历"的宾语。因此，改"兹"为"此"与《楚辞》文例不合。第三，即使改"兹"为"此"，"此"为支部，"沫"为物部，所遇问题与不改并无性质上的差异。我们认为"此"当从段、刘之说，兹、沫合韵。"兹"，之部；"沫"，物部，此处是之物合韵。

文献中常见之部与物部相通的例子，如《周礼·天官·内饔》："鸟色而沙鸣狸。"《礼记·内则》"狸"作"鬱"。"狸"，之部；"鬱"，物部。《左传·昭公二十四年》【经】："杞伯郁厘卒。"《公羊传》"郁"作"鬱"。"郁"，职部；"鬱"，物部。出土文献中也有两部相通的例子，如郭店《语丛二》简 51："小不忍，伐大❍。""❍"字还见于本篇 50 号简："母（毋）失吾❍，此❍得矣。""❍"，整理者隶定为"❍"，裘锡圭认为"❍"是"埶"之简写，在简文中读为"势"。李家浩《关于郭店楚墓竹简〈语丛二〉51 号简文的释读》在廖名春、汤余惠和吴良宝等研究的基础上，对郭店楚墓竹简《语丛二》51 号简文的释读进行了讨论，认为"❍"是"未"之古文，该简文应释读为"小不忍，伐大未（谋）"。同时认为 50 号简文中的两个"❍"也应释为"未"，读为"谋"。李先生的释读既有字形上的根据，又有相关文例可以比照，当可信。"未"，物部；"谋"，之部。《周易·井》卦辞"汔至，亦未繘井"，"未"，上博简《周易》作"母"。"未"，物部；"母"，之部。 阜阳汉简《春秋事语》"几日，智柏（伯）与襄子饮酒"，"几"，据文意当读作"异"。"几"，微部，为物部阴声；"异"，职部，为之部入声。无论是传世文献还是出土文献中还常见之、文两部相通的现象。《史记·仲尼弟子列传》："荣旗字子祈。"《孔子家语·七十二弟子》"子祈"作"子祺"。"祈"，文部；"祺"，之部。甲骨文和金文中旧释为"尤"及与"尤"相关的诸字，陈剑《甲骨金文旧释"尤"之字及相关诸字新释》指出皆当改释为"叉

（拇）"或从"殳（拇）"，读为"懋"或"旻"。"殳（拇）"，之部；"旻"，文部。陈剑在此文中还列举了许多之、文两部相通的例子，可参看。之、文两部相通，说明两部读音相近，而物部是文部的入声，此亦可间接证明之、物两部相近。

从押韵看，古代有之、职部与微部相押的例子，如《诗·大雅·桑柔》："国步灭资，天不我将；靡所止疑，云徂何往？君子实维，秉心无竞。谁生厉阶？至今为梗。""资""疑""维""阶"押韵。"资""阶"，脂部。"疑"，之部；"维"微部。《左传·成公四年》引史佚之志曰："非我族类，其心必异。""类""异"押韵。"类"，微部；"异"，职部。虽未见之职部与物部直接相押的例子，但既然之职部可以与物部的阴声韵微部相押，那么和物部相押当无问题。

004. 勋阖梦生，少离散亡　何壮武厉，能流厥严

此段亡、严当韵，但亡古为阳部，严古为谈部，韵部似乎远隔，故俞正燮《癸巳类稿》认为"严"本作"庄"，乃汉人避明帝讳改。陈本礼、丁晏、孙诒让、刘永济、闻一多等皆持相同看法。然汤炳正认为，屈赋用韵，阳部的字与阳声诸部的字的合韵已多有其例，如阳蒸合韵、阳真合韵、阳元合韵等皆是。此是阳谈合韵。

今按：原文当作"严"，汤说可从。据王逸注"流其威严也"，可知王本作严。阳谈二部古音比较接近，两部之字可以相通。《说文·言部》："䛙，俗譀，从忘。""䛙"，从"忘"得声，"忘"，阳部，"譀"，从"敢"得声，谈部。《礼记·杂记下》："四十者待盈坎。"郑玄注："坎，或为圹。""坎"，谈部，"圹"，阳部。《韩非子·外储说左上》："中牟有士曰中章胥己者。"《吕氏春秋·知度》章"胥己"作"胆胥己"。"章"，阳部，"胆"，谈部。阜阳汉简《诗经》：

□羽之子于归远送于野【章□】。（020号）

匽=于非吉。（021号）

远于将之章望。（022号）

上引简文《诗经》可与今本《诗·邶风·燕燕》相对照。简本"章望"，毛诗作"瞻望"。上古音"章"为阳部；"瞻"为谈部，音近可通。马王堆汉墓帛书《春秋事语·鲁文公卒》章："元（其）宰公襄目人曰：'入必死。'"此章事见《左传·文公十八年》及《史记·鲁世家》，《左传》作"其宰公冉务人止之。"《战国纵横家书·虞卿谓春申君章》："秦孝王死，公孙鞅杀；惠王死，襄子杀。公孙央（鞅）功臣也，襄子亲因（姻）也，皆不免，封近故也。"襄子即穰侯魏冉，《战国策·楚策四》作："秦惠王封冉子，惠王死而后王夺之。公孙鞅，功臣也，冉子亲姻也，然而不免夺死者，封近故也。""襄"为阳部，"冉"为谈部。清华简《别卦》简8："蒴"，王家台秦简《归藏》、马王堆帛书本、今本《周易》作"渐"。"蒴"为阳部，"渐"为谈部。以上皆阳、谈两部相通之例。《诗经·大雅·桑柔》第八章"瞻"与"相""臧""肠""狂"韵，"瞻"，谈部，"相""臧""肠""狂"，阳部。《淮南子·泰族训》："法能杀不孝者，而不能使人为孔、曾之行；法能刑窃盗者，而不能使人为伯夷之廉。""行""廉"韵，"行"，阳部，"廉"，谈部。这是阳谈合韵的例子。

第二节　考古发现与《九章》《卜居》《九辩》《大招》押韵问题

005. 揽大薄之芳茝兮，搴长洲之宿莽　惜吾不及古人兮，吾谁与玩此芳草

《思美人》此节"莽""草"当韵，然"莽"为阳部（古人多归为鱼部），"草"为幽部，故关于此节押韵问题，异说较多。朱熹注"莽"字为"莫古反"，注"草"叶"七古反"。"古"为鱼部韵，"草"读为"七古反",则"莽"与"草"押鱼部韵。明清学者多认为"莽"当读为"姥"。"姥"为幽部韵,"莽"读为姥,则"莽"与"草"押幽部韵。这种临时改变字音以求音韵和谐的做法,早已受到音韵学家的批评,故叶音说实不可取。近现代学者多从校勘角度入手解决这个问题。闻一多根据《远游》《哀时命》并云"谁可与玩斯遗芳",怀疑此本作"吾谁与玩斯遗芳","芳"与"莽"韵。姜亮夫亦持此说。沈祖緜怀疑"芳草"当颠倒为"草芳",如此则莽、芳为韵。何剑熏认为"草"字当为"华"之误文,或直为浅人所改。黄灵庚《楚辞异文辩证》在"宿莽"下认为此二句倒乙,本作"搴长洲之宿莽兮,揽(引者注:原书漏此字)大薄之芳苙","苙"与"草"为之幽合韵。紧接着在"草"下又认为"草"字与上下文不入韵,"草"或作"香","香"与"莽"皆为阳部韵。

今按:从朱熹开始直至现代学者,之所以要做出种种解释,都是认为阳部(或鱼部)与幽部关系不近,不能押韵。而实际上,幽部与阳部或鱼部还是有关系的。李家浩在《楚简所记楚人祖先"妣(鬻)熊"与"穴熊"为一人说——兼说上古音幽部与微、文二部音转》一文中曾有举证。幽部与鱼部字音有关,如北方民族"熏鬻"或作"匈奴";人名"辛余靡"或作"辛繇(游)靡";"狖(蜼)"音"由"或"余";《周易·井》六四爻辞"井甃,无咎"之"甃",马王堆汉墓帛书本作"椒",上海博物馆战国竹书本作"𣃚","甃""椒"属幽部,"𣃚"属鱼部;《诗·邶风·雄雉》"自诒伊阻",《左传·宣公二年》引"阻"作"慼","阻"属鱼部,慼属幽部;《礼记·缁衣》引《诗·小雅·正月》"执我仇仇,亦不我力",上博简"仇仇"作"𠁁𠁁","仇"属幽部,"𠁁"属鱼部入声;《说文》说"呶""恢"二字从"奴"声,"呶""恢"属幽部,"奴"属鱼部;《说文》说"貈"从"舟"声,"貈"属鱼部入声,"舟"属幽部;《素问·疏五过论》以鱼部的"绪""女""怒""语"与幽部的"守"合韵。幽部与阳部的字也有关系。如《史记·殷本纪》所记殷人先公"报乙""报丙""报丁"之"报",甲骨卜辞作"匸",《说文》说"匸"

第五章 考古发现与《楚辞》押韵问题研究 ◆◇◆

"读若方","报"属幽部,"方"属阳部;《诗·卫风·硕人》"河水洋洋",《楚辞·九叹·惜贤》王逸注引"洋洋"作"油油","洋"属阳部,"油"属幽部;古史传说中有娀氏所处之台,《离骚》作"瑶台",上博简《子羔》11号作"央台",瑶属幽部,"央"属阳部;《说文》所收"掌"之古字"爪",是由"爪"字分化而来,分化后的字音,"爪"属幽部,"爪"属阳部;《说文》说"舞""读与冈同","舞"与"艸"也是古本一字,由于字音变化,分化为两个字,分化后的字音,"艸"属幽部,"舞"属阳部;在传世古书中,"莽"或与幽部字"茅"相通,如《左传·定公四年》:"申包胥如秦乞师……越在草莽。"《淮南子·修务训》记此事,"越在草莽"作"越在草茅"。除李先生上面所举之例外,我们还可补充如下:《玺汇》0060、0158上皆有"甫易"二字,何琳仪《战国文字通论》说"甫易"即"浮阳"。"甫",鱼部;"浮",幽部。《玺汇》0239"区夫",王辉《古文字通假字典》引或读作"曲阜"。"夫",鱼部;"阜",幽部。上博一《缁衣》简1"万邦作△"中"△"所代表的字在今本及郭店本《缁衣》中皆作"孚",何琳仪、房振三《释巴》认为"△"当释为"巴",读为"孚"。"巴"为鱼部,"孚"为幽部。马王堆汉墓帛书《天下至道谈》:"是以雄杜属,为阳,阳者,外也。""杜",读为"牡"。"杜",鱼部,"牡",幽部。

006. 夫尺有所短,寸有所长 物有所不足,智有所不明 数有所不逮,神有所不通

此段是《卜居》中詹尹对屈原说的话。学者多认为"长""明""通"押韵。王力更明确指出是阳东合韵。王显《屈赋的篇目和屈赋中可疑的文句》则认为此处无韵,因为:第一,这几句是居于《卜居》的篇末,《卜居》是赋体,跟通篇有韵的骚体不同;第二,屈赋中没有阳东通押的旁例。

王显后来在《论〈离骚〉等篇的用韵和韵例,兼论其作者》一文中再

次重申了自己的观点,尽管措辞略有不同。下面我们具体分析一下王说是否可信。

首先,王显认为《卜居》是赋体,跟骚体不同,意从体裁上证明此处无韵。实际上,只要我们把《卜居》和他同样认为是赋体的《渔父》比较一下,就可以看出他的这条证据是靠不住的。《渔父》中的散文句式是不押韵的;赋的主体是屈原与渔父的对话,是押韵的。依此例,我们来看《卜居》。《卜居》中的散文句式也是不押韵的;《卜居》主体是屈原与詹尹的对话,屈原对詹尹所说的话是押韵的,如果詹尹对屈原说的这些话不押韵,恰恰与王先生所说的赋这种形式不合。因此,对照《渔父》看,詹尹所说的话应该是押韵的。

其次,王显因为屈赋中没有阳东通押的旁例而否定此处应该押韵。我们对王力先生《楚辞韵读》一书中所列的合韵(即王显说的通押)做了统计,一共60处,其中:东冬,1次;耕真,6次;文质,1次;阳烝,1次;东幽,1次;微脂,4次;元真,2次;文真,9次;歌支,2次;微歌,2次;之幽,3次;侵东,1次;阳谈,1次;元文,7次;阳真,1次;物月,3次;阳元,1次;职觉,2次;幽宵,1次;侯之,1次;锡铎,1次;支脂,1次;文蒸,1次;阳东,1次;鱼歌,1次;耕阳,1次;宵鱼,1次;鱼元,1次;微歌脂,1次;冬侵东,1次。其中,有20处合韵在《楚辞》中只出现一次。尽管对上引《楚辞》中的某些合韵现象王显并不同意,但他对侵东、阳谈、物月、阳元、幽宵、侯之、锡铎、鱼歌、耕阳等合韵现象并未提出异议,而这几处合韵在《楚辞》中也只出现一次。既然王显承认这些也无旁例的合韵现象,那么为什么就不承认同样也无旁例的阳东合韵呢?是不是认为阳、东两部古音不近而不能相押呢?实际上,阳、东两部古音接近,古书中有两部通假的例子。《史记·乐书》:"太一贡兮天马下。"《汉书·礼乐志》"贡"作"况"。"贡",东部;"况",阳部。《诗·商颂·玄鸟》:"邦畿千里。"《文选·西京赋》李注引"邦"作"封"。"邦",东部;"封",阳部。《荀子·劝学》:"南方有鸟焉，名曰蒙鸠。"《大戴礼记·劝学》"蒙鸠"作"蛏鸠"。"蒙"，东部；"蛏"，阳部。出土材料中也有两部相通的例子，如三晋铜容器记器之容量时，多称"庚"，如上乐厨鼎、信安君鼎、梁上官鼎；也有少数称容，如公朱鼎。通过辞例对比，我们知道"庚"当读为"容"。"庚"，不见于字书，根据汉字的一般结构，此字当从肉庚声。"庚"，阳部；"容"，东部。银雀山竹简《占书》："禹凿孟门。"罗福颐《临沂汉简通假字表》云"孟门"即"龙门"。"孟"，阳部；"龙"，东部。

东阳合韵，古书很常见，如《尚书·尧典》："百姓既明，协和万邦，黎民于变时庸。"董同龢《与高本汉先生商榷自由押韵说兼论上古楚方音特色》指出"明""邦""庸"押韵。明，阳部；"邦""庸"，东部。《老子》第十六章："不知常，妄作凶。""常""凶"押韵。"常"，阳部；"凶"，东部。《老子》第二十二章："不自见故明，不自是故彰，不自伐故有功，不自矜故长。""明""彰""功""长"押韵，"明""彰""长"，阳部；"功"，东部。《楚辞·惜誓》："比干忠谏而剖心兮，箕子被发而佯狂。水背流而源竭兮，木去根而不长。非重躯以虑难兮，惜伤身之无功。""狂""长""功"押韵。"狂""长"，阳部；"功"，东部。《楚辞·七谏·自悲》"何青云之流澜兮，微霜降之蒙蒙。徐风至而徘徊兮，疾风过之汤汤。""蒙""汤"押韵。"蒙"，东部；"汤"，阳部。在《淮南子》中，东阳合韵非常普遍，张双棣《〈淮南子〉用韵考》统计出 63 次。出土文献中也有东阳合韵的例子，如马王堆汉墓出土的《师癸治神气之道》，裘锡圭先生在《谈谈古文字资料对古汉语研究的重要性》一文中指出，这篇文章除开头一小段外，基本上每句用韵，其中有一处是"行""央（殃）""宗"押韵，"行""央"，阳部；"宗"，东部。另有一处是"聪""光"押韵。"聪"，东部；"光"，阳部。马王堆汉墓帛书《经法》之《道法》："公者明，至明者有功。""明""功"韵。"明"，阳部；"功"，东部。《国次》："故唯圣人能尽天极，能用天当。天地之道，不过三功。功成而不止，身危又（有）央（殃）。"

"当""功""殃"韵。"当""殃",阳部;"功",东部。《国次》:"阳窃者天夺【其光,阴窃】者土地荒,土敝者天加之以兵,人设者流之四方,党别【者】□内相功(攻)。""光""荒""兵""方""攻"韵。"光""荒""兵""方",阳部;"攻",东部。《君正》:"无父之行,不得子之用。""行"用韵。"行"阳部;"用",东部。《六分》:"驱骋驰猎而不禽芒(荒),饮食喜乐而不面(湎)康,玩好罢好而不惑心,俱与天下用兵,费少而有功。""荒""康""兵""功"韵。"荒""康""兵",阳部;"功",东部。又"驱骋驰猎则禽芒(荒),饮食喜乐则面(湎)康,玩好罢好则惑心;俱与天下用兵,费多而无功,单(战)朕(胜)而令不【□□】后失【□□□□】□□空;俱与天【□□】,则国贫而民芒(荒)。""荒""康""兵""功""空""荒"韵。"荒""康""兵",阳部;"功""空",东部。《四度》:"倍约则窘,达刑则伤。倍逆合当,为若又(有)事,虽无成功,亦无天央(殃)。""伤""当""功""殃"韵。"伤""当""殃",阳部;"功",东部。《亡论》:"一人擅主,命曰蔽光。从中外周,此胃(谓)重廱(壅),外内为一,国乃更。""光""壅""更"韵。"光""更",阳部;"壅",东部。《论约》:"伐本隋(隳)功,乳(乱)生国亡。""功""亡"韵。"功",东部;"亡",阳部。《名理》:"重逆□□,守道是行,国危有央(殃)。两逆相功(攻),交相为央(殃),国皆危亡。""行""殃""攻""殃""亡"韵。"行""殃""亡",阳部;"攻",东部。《十六经》之《正乱》:"过极失当,擅制更爽,心欲是行,亓(其)上帝未先而擅兴兵,视之(蚩)尤共工。""当""爽""行""兵""工"韵。"当""爽""行""兵",阳部;"工",东部。《三禁》:"毋逆土功,毋壅民明。进不氏,立不让,俓(径)遂凌节,是胃(谓)大凶。""功""明""让""凶"韵。"明""让",阳部;"功""凶",东部。从上引材料看,东阳押韵是很常见的现象。董同龢甚至认为东阳通叶是上古楚方音的特色之一。

总之，无论从韵例上看、从东阳两部的关系上看，还是从东阳合韵的用例上看，《卜居》中的这段话都应该是押韵的，即东阳合韵。王显先生的"无韵"说不能成立。

007. 愿皓日之显行兮，云蒙蒙而蔽之　窃不自聊而愿忠兮，或黕点而污之

关于《九辩》中这段文字的押韵问题，朱熹认为两个"之"字叶韵。王力亦持此观点。朱季海认为"行""忠"韵，"蔽"，故书当为"拂"，与"污"同韵。

今按：二"之"字韵，不合《楚辞》韵例。我们以王力《楚辞韵读》为例，《离骚》："何琼佩之偃蹇兮，众薆然而蔽之。惟此党人之不谅兮，恐嫉妒而折之。"王力认为"蔽""折"韵。《天问》："上下未形，何由考之？冥昭瞢暗，谁能极之？冯翼惟象，何以识之"又："圜则九重，孰营度之？惟兹何功？孰初作之？"又："不任汩鸿，师何以尚之？佥曰何忧，何不课而行之？"又："洪泉极深，何以窴之？地方九则，何以坟之？"又："萍号起雨，何以兴之？撰体协胁，鹿何膺之？鳌戴山抃，何以安之？释舟陵行，何以迁之？"又："汤谋易旅，何以厚之？覆舟斟寻，何道取之？"又："登立为帝，孰道尚之？女娲有体，孰制匠之？"又："干协时舞，何以怀之？平胁曼肤，何以肥之？"又："争遣伐器，何以行之？并驱击翼，何以将之？"又："比干何逆，而抑沈之？雷开阿顺，而赐封之？"又："稷维元子，帝何竺之？投之于冰上，鸟何燠之？何冯弓挟矢，殊能将之？既惊帝切激，何逢长之？"又："皇天集命，惟何戒之？受礼天下，又使至代之？"对于上面这些句子，王力认为韵脚皆为"之"前之字，如"考""极""识"等。而对于《九辩》："宁戚讴于车下兮，桓公闻而知之。无伯乐之善相兮，今谁使乎誉之。罔流涕以聊虑兮，惟着意而得之。纷纯纯之愿忠兮，妒被离而鄣之"一段，则认为四个"之"字押韵。同样的句式，分析押韵却前后矛盾。我们认为《九辩》中的这几句

韵脚也应如《离骚》《天问》一样，"之"前字为韵脚。

朱季海之说存在两个问题，一，"行""忠"非韵脚，二字不韵；二，"蔽"读为"拂"，"拂"为物部，"污"为鱼部，二字不同韵。

我们认为"蔽""污"押韵并无问题。古代鱼部与月部音近可通。段玉裁注《说文》"于"字云："《左传》'于民生之不易。'杜云：'于，曰也。'此谓假于为曰，与《释诂》'于，曰也'合。"于，鱼部，曰，月部。《书·尧典》："曰若稽古。"蔡沈集传："曰，古文作粤。"李贤注《后汉书·李固传》、李善注《文选·东都赋》并引"曰"作"粤"。"粤"从"于"声，"于"，鱼部，"曰"，月部。古"越"与"与"通。朱骏声《说文通训定声》："越，假借为与。"王引之《经传释词》引《广雅》曰："越，与也。"黄侃眉批："此越即与之借。"《书·大诰》："大诰尔多邦越尔御事。"又曰："尔庶邦君越庶士御士。""越"，皆当读为"与"。"越"，月部，"与"，鱼部。出土文献中亦有鱼部与月部相通的例子，如湖北随县曾侯乙墓甬钟铭文多见音律名"割肆"，黄翔鹏《先秦音乐文化的光辉创造——曾侯乙墓的古乐器》说"割肆"即文献之"姑洗"。《礼记·月令》："其音角，律中姑洗。""割"，月部，"姑"，鱼部。清华简第柒册收有一篇记越王勾践灭吴的简文，本篇原有篇题作"越公其事"，简文"越公""越邦""越庶姓"之"越"皆作"雩"。"越"，月部，"雩"，鱼部。阜阳汉简《诗经》〇六九号："齿如会諩。"汉《硕人》镜铭作"齿如会师"。毛诗《卫风·硕人》二章作"齿如瓠犀。""会"，月部，"瓠"，鱼部。

古鱼部与歌部可押韵，而月部为歌部之入声。如《淮南子·俶真篇》："此皆生一父母而阅一和也。是故槐榆与橘柚合而为兄弟，有苗与三危通为一家。""和""家"韵。"和"，歌部；"家"，鱼部。又，本篇："是故神越者其言华，德荡者其行伪。""华""伪"韵。"华"，鱼部；"伪"，歌部。

008. 二八接舞，投诗赋只。叩钟调磬，娱人乱只　四上竞气，极声变只。魂乎归来，听歌譔只

关于《大招》此节押韵，后世学者意见较为分歧。朱熹采取阙疑的态度说："赋，与下文乱、变、譔不叶，未详。"邱仰文《楚辞韵解》"舞"作"武"，解释此段韵例时说："武在虞韵，虞之上也，赋在遇韵，虞之去也。二句虞三声合。"王念孙《古韵谱》以"赋""乱""变""譔"韵。江有诰怀疑脱偶句。何剑熏《楚辞新诂》亦有类似说法，他说："'赋'虽韵，但上下皆无沾着。又此段写跳舞，仅有两句，而两句又自为韵，于本篇体例不合，余疑有脱句，以意求之，每句上当有一句，后面复有'魂乎归来，□□□只'二句，今写定如下：□□□□，二八接舞。□□□□，投诗赋只。魂乎归来，□□□只。如此，始圆满，但究竟所脱如何？则不可知矣。"王泗原则认为"赋"是咏的误字。王力认为此处是鱼元通韵。

今按：朱熹阙疑，态度审慎。邱仰文以"武""赋"韵，不合韵例。江有诰、何剑熏疑有脱句，纯属臆测。王泗原误字说，亦无根据。此处当从王念孙、王力说，"赋""乱""变""譔"韵，为鱼元通韵。

古鱼部与元部可通。《易·说卦》："为寡发。"《经典释文》："寡，本作宣。""寡"，鱼部，"宣"，元部。《左传·定公十三年》："董安于闻之。""董安于"，《韩非子·内储说上》作"董阏于"。《史记·历书》："端蒙单阏二年。"裴骃《集解》引徐广曰："单阏，一作亶安。""阏"，《说文》分析为从门，"於"声。"於"，鱼部，"安"，元部。《盐铁论·非鞅》："封之于商安之地。"王念孙《读书杂志》认为"商安"即"商於"。《礼记·少仪》："加夫襓与剑焉。"郑玄注："夫，或为烦，皆发声。""夫"，鱼部，"烦"，元部。《庄子·天地》："子贡瞒然惭。"《经典释文》："瞒，司马本作怃，崔本作抚。""瞒"，元部，"怃""抚"，鱼部。《汉书·天文志》："奢为扶。"颜师古注引郑氏曰："扶，当为蟠。""扶"，鱼部，"蟠"，元部。《史记·赵世家》："番吾君自代来。"张守节《正义》："《括地志》云：'蒲

吾故城在恒州房山县东二十里。'番、蒲古今音异耳。""番",元部,"蒲",鱼部。

出土文献中亦有二部相通的例子。1990年河南淅川和尚岭出土的镇墓兽座上有铭文八字,其中最后二字"且埶"为镇墓兽自名。赵平安《河南淅川和尚岭所出镇墓兽铭文和秦汉简中的宛奇》认为"且埶"当读为"宛奇"。"且",鱼部,"宛",元部。马王堆汉墓帛书《十六经·前道》:"道有原而无端,用者实,弗用者雚。"原注曰:"雚,读若桓,在此处假为华,犹华表亦作桓表。华和实对言,如《老子·德经》言大丈夫'居其实而不居其华'。""雚""桓",元部,"华",鱼部。出土文献中还有鱼部与歌部、月部相通的例子。马王堆帛书《六十四卦》有箇卦,初六、九二、九三、六四爻辞"榦父之箇""榦母之箇"。"箇",今通行本及汉石经本皆作"蛊"。"箇",歌部,"蛊",鱼部。湖北随县曾侯乙墓甬钟铭文多见音律名"割肄",黄翔鹏《先秦音乐文化的光辉创造——曾侯乙墓的古乐器》说"割肄"即文献之"姑洗"。《礼记·月令》:"其音角,律中姑洗。""割",月部,"姑",鱼部。马王堆帛书《五行·经》:"简之为言也猷(犹)贺,大而罕者。"解说部分"贺"作"衡"。《长沙马王堆汉墓简帛文献集成》加按语曰:

> 帛书解说部分云:"閒(简)为言,犹衡也。大而炭(罕)者,直之也。"郭简本经文作"东〈柬(简)〉之为言,猷(犹)练也,大而晏者也。"(简39—40)《郭简》注[五二]:"练,疑借作'间'。"(释文注释一五四页)帛书本"贺"与郭简本"练"声韵皆近,与解说部分的"衡",声虽同而韵不近。但"加"及从"加"得声的"嘉"、"驾"、"笳"、"茄"等歌部字,古书皆有与"假"、"家"、"葭"等鱼部字相通之例(参看高亨、董治安《古字通假会典》六六九—六七〇页,齐鲁书社,一九八九年),《说文·十上·马部》以"骼"为"驾"之籀文,"骼"是鱼部的入声字。所以也不排除"贺"与鱼部的阳声字"衡"音近的可能性。

第五章 考古发现与《楚辞》押韵问题研究

据古书通假之例，可确定帛书"贺"与"衡"为音近假借关系。"贺"，歌部，"衡"，阳部。歌部、月部与元部为对转关系，鱼部与阳部为对转关系。鱼部、阳部与歌部、月部相通，亦可证明鱼部与元部的关系应该较近。

出土文献中有鱼部与元部押韵的例子，如北大汉简《周驯（训）》简189："发谓庸（诵）曰：'天监临下，日临九野，尔杀不当，司命在户，所处不远，居以视女（汝）。'"① 此段文字有韵，"下""野""当""户""远""女"句句韵，"下""野""户""女"为鱼部，"当"为阳部，"远"为元部。

---

① 北京大学出土文献研究所编：《北京大学藏西汉竹书》（叁），上海古籍出版社2015年版。

引书简称表

全称	简称
《甲骨文合集》	《合集》
《殷周金文集成》	《集成》
《包山楚墓竹简》	《包山》
《九店楚简》	《九店》
《郭店楚墓竹简》	《郭店》
《上海博物馆藏战国楚竹书》	《上博》
《清华大学藏战国竹简》	《清华》
《北京大学藏西汉竹书》	《北大》
《马王堆汉墓帛书》	《马王堆》
《睡虎地秦墓竹简》	《睡虎地》
《秦汉魏晋篆隶字形表》	《字形表》
《楚辞补注》	《补注》
《楚辞集注》	《集注》

参考文献

一 传统文献

班固：《汉书》，中华书局1962年版。

陈彭年等撰：《钜宋广韵》，上海古籍出版社1983年版。

戴震：《屈原赋注》，中华书局1999年版。

丁度：《集韵》，中国书店1983年版。

段玉裁：《说文解字注》，上海古籍出版社1988年版。

洪兴祖：《楚辞补注》，中华书局1983年版。

胡文英：《屈骚指掌》，北京古籍出版社1979年版。

黄伯思：《新校楚辞序》，《宋文鉴》卷二十九，《四部丛刊》影印瞿氏铁琴铜剑楼藏宋本。

黄以周：《礼书通故》，中华书局2007年版。

钱大昕：《十驾斋养新录》，江苏古籍出版社2000年版。

司马迁：《史记》，中华书局1959年版。

孙诒让：《札迻》卷十二，孙诒让著，梁运华点校：《学术笔记丛刊》，中华书局1989年版。

汪瑗：《楚辞集解》，北京古籍出版社1994年版。

王夫之：《楚辞通释》，上海人民出版社1957年版。

王念孙：《读书杂志》，中国书店1985年版。

王念孙：《广雅疏证》，江苏古籍出版社2000年版。

王引之：《经传释词》，江苏古籍出版社1985年版。

王引之：《经义述闻》，江苏古籍出版社 2000 年版。

王筠：《说文句读》，上海古籍书店 1983 年版。

许慎：《说文解字》，中华书局 1963 年版。

俞樾等：《古书疑义举例五种》，中华书局 2005 年版。

朱骏声：《说文通训定声》，中华书局 1984 年版。

朱熹：《楚辞集注》，上海古籍出版社 1979 年版。

二　近人论著

（一）著作

［美］艾兰、［英］魏克彬原编，邢文编译：《郭店〈老子〉：东西方学者的对话》，学苑出版社 2002 年版。

安徽大学汉字发展与应用研究中心编，黄德宽、徐在国主编：《安徽大学藏战国竹简》（一），中西书局 2019 年版。

白于蓝：《战国秦汉简帛古书通假字汇纂》，福建人民出版社 2008 年版。

北京大学出土文献研究所编：《北京大学藏西汉竹简》（贰），上海古籍出版社 2012 年版。

北京大学出土文献研究所编：《北京大学藏西汉竹简》（壹），上海古籍出版社 2015 年版。

北京大学出土文献研究所编：《北京大学藏西汉竹简》（叁），上海古籍出版社 2015 年版。

北京大学出土文献研究所编：《北京大学藏西汉竹简》（伍），上海古籍出版社 2015 年版。

北京大学出土文献研究所编：《北京大学藏西汉竹简》（肆），上海古籍出版社 2016 年版。

蔡伟：《误字、衍文与用字习惯——出土简帛古书与传世古书校勘的几个专题研究》，台湾花木兰文化事业有限公司 2019 年版。

陈初生：《金文常用字典》，陕西人民出版社 2004 年版。

陈剑：《战国竹书论集》，上海古籍出版社2013年版。

陈仁仁：《战国楚竹书〈周易〉研究》，武汉大学出版社2010年版。

陈斯鹏：《简帛文献与文学考论》，中山大学出版社2007年版。

陈斯鹏：《楚系简帛中字形与音义关系研究》，中国社会科学出版社2011年版。

陈松长编著，郑曙斌、喻燕娇协编：《马王堆简帛文字编》，文物出版社2001年版。

陈伟：《新出楚简研读》，武汉大学出版社2010年版。

陈伟：《燕说集》，商务印书馆2011年版。

陈伟武：《愈愚斋磨牙二集——古文字与古文献研究丛稿》，中西书局2018年版。

陈英杰：《文字与文献研究丛稿》，社会科学文献出版社2011年版。

程鹏万：《简牍帛书格式研究》，上海古籍出版社2017年版。

程千帆、徐有富：《校雠广议》，齐鲁书社1998年版。

崔富章：《楚辞书目五种续编》，上海古籍出版社1993年版。

崔富章主编：《楚辞集校集释》，湖北教育出版社2003年版。

戴志均：《论骚三集》，黑龙江教育出版社1999年版。

戴志均：《读骚十论》，黑龙江人民出版社1999年版。

丁冰：《屈原》，黑龙江人民出版社1982年版。

董运庭：《〈楚辞〉与屈原辞再考辨》，中国社会科学出版社2005年版。

范常喜：《简帛探微》，中西书局2016年版。

方诗铭、王修龄：《古本竹书纪年辑证》，上海古籍出版社1981年版。

方勇：《秦简牍文字编》，福建人民出版社2012年版。

冯胜君：《二十世纪古文献新证研究》，齐鲁书社2006年版。

甘肃省博物馆、中国社科院考古研究所编：《武威汉简》，中华书局2005年版。

甘肃省文物考古研究所：《天水放马滩秦简》，中华书局2009年版。

高亨：《古字通假会典》，齐鲁书社 1989 年版。

高亨：《楚辞选》，清华大学出版社 2004 年版。

高明：《中国古文字学通论》，北京大学出版社 1996 年版。

耿相新：《中国简帛书籍》，生活·读书·新知三联书店 2011 年版。

管锡华：《汉语古籍校勘学》，巴蜀书社 2003 年版。

郭沫若：《屈原研究》，新文艺出版社 1941 年版。

郭沫若：《殷周青铜器铭文研究》，人民出版社 1954 年版。

郭沫若：《奴隶制时代》，人民出版社 1954 年版。

郭沫若主编，中国社会科学院历史研究所编：《甲骨文合集》，中华书局 1978—1982 年版。

郭沫若：《两周金文辞大系图录考释》，科学出版社 2002 年版。

郭沫若：《屈原赋今译》，上海书店出版社 2003 年版。

郭锡良：《汉字古音手册》，北京大学出版社 1986 年版。

郭永秉：《古文字与古文献论集》，上海古籍出版社 2011 年版。

郭永秉：《古文字与古文献论集续编》，上海古籍出版社 2015 年版。

郭在贻：《训诂学》（修订本），中华书局 2005 年版。

汉语大字典字形组编：《秦汉魏晋篆隶字形表》，四川辞书出版社 1985 年版。

何剑熏：《楚辞拾沈》，四川人民出版社 1984 年版。

何剑熏：《楚辞新诂》，巴蜀书社 1994 年版。

何琳仪：《战国文字通论》，中华书局 1989 年版。

何琳仪：《战国古文字典——战国文字声系》，中华书局 1998 年版。

河南省文物研究所：《信阳楚墓》，文物出版社 1986 年版。

河南省文物研究所等：《淅川下寺春秋楚墓》，文物出版社 1991 年版。

河南省文物考古研究所编著：《新蔡葛陵楚墓》，大象出版社 2003 年版。

洪湛侯：《楚辞要籍解题》，湖北人民出版社 1984 年版。

湖北省博物馆：《曾侯乙墓》，文物出版社 1989 年版。

湖北省荆沙铁路考古队：《包山楚墓》，文物出版社 1991 年版。

湖北省荆州市周梁玉桥遗址博物馆编：《关沮秦汉墓简牍》，中华书局2001年版。

湖北省社会科学院历史研究所编：《楚文化新探》，湖北人民出版社1981年版。

湖北省文物考古研究所：《江陵望山沙冢楚墓》，文物出版社1996年版。

湖北省文物考古研究所、北京大学中文系编：《九店楚简》，中华书局2000年版。

湖北省文物考古研究所、随州市考古队编：《随州孔家坡汉墓简牍》，文物出版社2006年版。

胡念贻：《楚辞选注与考证》，岳麓书社1984年版。

胡平生：《胡平生简牍文物论稿》，中西书局2012年版。

胡小石：《胡小石论文集》，上海古籍出版社1982年版。

黄灵庚：《楚辞异文辩证》，中州古籍出版社2000年版。

黄灵庚：《楚辞章句疏证》，中华书局2007年版。

黄灵庚：《楚辞集校》，上海古籍出版社2009年版。

黄灵庚：《楚辞与简帛文献》，人民文学出版社2011年版。

黄人二：《战国楚简研究》，上海古籍出版社2012年版。

黄文杰：《秦至汉初简帛文字研究》，商务印书馆2008年版。

黄中模：《屈原问题论争史稿》，北京十月文艺出版社1987年版。

黄中模：《现代楚辞批评史》，湖北教育出版社1990年版。

黄中模：《与日本学者讨论屈原问题》，华中理工大学出版社1990年版。

季旭升：《说文新证》，福建人民出版社2010年版。

姜亮夫：《屈原赋校注》，人民文学出版社1957年版。

姜亮夫：《楚辞今绎讲录》，北京出版社1981年版。

姜亮夫：《重订屈原赋校注》，天津古籍出版社1987年版。

姜亮夫：《屈原赋今译》，北京出版社1987年版。

姜亮夫：《楚辞通故》，云南人民出版社1999年版。

金开诚：《屈原辞研究》，江苏古籍出版社1992年版。

金开诚、董洪利、高路明：《屈原集校注》，中华书局1996年版。

荆门市博物馆编：《郭店楚墓竹简》，文物出版社1998年版。

雷庆翼：《楚辞正解》，学林出版社1994年版。

李春桃：《古文异体关系整理与研究》，中华书局2016年版。

李家浩：《安徽大学汉语言文字研究丛书——李家浩卷》，安徽大学出版社2013年版。

李零：《长沙子弹库战国楚帛书研究》，中华书局1985年版。

李零：《郭店楚简校读记》（增订本），北京大学出版社2002年版。

李零：《简帛古书与学术源流》，生活・读书・新知三联书店2004年版。

李明晓：《战国楚简语法研究》，武汉大学出版社2010年版。

李锐：《新出简帛的学术探索》，北京师范大学出版社2010年版。

李若晖：《郭店竹书老子论考》，齐鲁书社2004年版。

李守奎：《楚文字编》，华东师范大学出版社2003年版。

李守奎：《上海博物馆藏战国楚竹书（一—五）文字编》，作家出版社2007年版。

李守奎：《古文字与古史考——清华简整理研究》，中西书局2015年版。

李守奎、肖攀：《清华简〈系年〉文字考释与构形研究》，中西书局2015年版。

李天虹：《郭店楚简〈性自命出〉研究》，湖北教育出版社2003年版。

李学勤：《古文字学初阶》，中华书局1985年版。

李学勤：《古文献丛论》，上海远东出版社1996年版。

李学勤：《走出疑古时代》，辽宁大学出版社1997年版。

李学勤：《缀古集》，上海古籍出版社1998年版。

李学勤：《重写学术史》，河北教育出版社2002年版。

李学勤：《中国古代文明十讲》，复旦大学出版社2003年版。

李学勤：《古代文明研究》，华东师范大学出版社2005年版。

李学勤：《东周与秦代文明》，上海人民出版社 2014 年版。

力之：《〈楚辞〉与中古文献考说》，巴蜀书社 2005 年版。

廖名春：《出土简帛丛考》，湖北教育出版社 2004 年版。

廖序东：《楚辞语法研究》，语文出版社 1995 年版。

林庚：《天问论笺》，人民文学出版社 1983 年版。

林庚：《林庚楚辞研究两种》，清华大学出版社 2006 年版。

刘彬徽：《楚系青铜器研究》，湖北教育出版社 1995 年版。

刘大钧：《今、帛、竹书〈周易〉综考》，上海古籍出版社 2005 年版。

刘信芳：《包山楚简解诂》，艺文印书馆 2003 年版。

刘永济：《屈赋通笺　笺屈余义》，中华书局 2007 年版。

刘永济：《屈赋音注详解　屈赋释词》，中华书局 2010 年版。

刘雨、卢岩：《近出殷周金文集录》，中华书局 2002 年版。

刘玉环：《秦汉简帛讹字研究》，中国书籍出版社 2013 年版。

刘钊：《古文字考释丛稿》，岳麓书社 2005 年版。

刘钊：《书馨集——出土文献与古文字论丛》，上海古籍出版社 2013 年版。

陆侃如、龚克昌：《楚辞选译》，上海古籍出版社 1981 年版。

罗运环：《出土文献与楚史研究》，商务印书馆 2011 年版。

马承源主编：《上海博物馆藏战国楚竹书》（一），上海古籍出版社 2001 年版。

马承源主编：《上海博物馆藏战国楚竹书》（二），上海古籍出版社 2002 年版。

马承源主编：《上海博物馆藏战国楚竹书》（三），上海古籍出版社 2003 年版。

马承源主编：《上海博物馆藏战国楚竹书》（四），上海古籍出版社 2004 年版。

马承源主编：《上海博物馆藏战国楚竹书》（五），上海古籍出版社 2005 年版。

马承源主编：《上海博物馆藏战国楚竹书》（六），上海古籍出版社 2007 年版。

马承源主编：《上海博物馆藏战国楚竹书》（七），上海古籍出版社 2008 年版。

马承源主编：《上海博物馆藏战国楚竹书》（八），上海古籍出版社 2011 年版。

马承源主编：《上海博物馆藏战国楚竹书》（九），上海古籍出版社 2012 年版。

马继兴：《马王堆古医书考释》，湖南科学技术出版社 1992 年版。

马茂元：《楚辞选》，人民文学出版社 1958 年版。

倪其心：《校勘学大纲》，北京大学出版社 1987 年版。

聂石樵：《屈原论稿》，人民文学出版社 1992 年版。

聂石樵：《楚辞新注》，商务印书馆 2004 年版。

聂中庆：《郭店楚简〈老子〉研究》，中华书局 2004 年版。

潘啸龙注评：《楚辞》，黄山书社 1997 年版。

潘啸龙：《屈原与楚辞研究》，安徽大学出版社 1999 年版。

彭浩：《楚人的纺织与服饰》，湖北教育出版社 1996 年版。

骈宇骞编著：《银雀山汉简文字编》，文物出版社 2001 年版。

钱存训：《书于竹帛》，上海书店出版社 2002 年版。

钱锺书：《管锥编》，中华书局 1991 年版。

清华大学出土文献研究与保护中心编，李学勤主编：《清华大学藏战国竹简》（壹），中西书局 2010 年版。

清华大学出土文献研究与保护中心编，李学勤主编：《清华大学藏战国竹简》（贰），中西书局 2011 年版。

清华大学出土文献研究与保护中心编，李学勤主编：《清华大学藏战国竹简》（叁），中西书局 2012 年版。

清华大学出土文献研究与保护中心编，李学勤主编：《清华大学藏战国竹简》（肆），中西书局 2013 年版。

清华大学出土文献研究与保护中心编，李学勤主编：《清华大学藏战国竹简》（伍），中西书局 2015 年版。

清华大学出土文献研究与保护中心编，李学勤主编：《清华大学藏战国竹简》（陆），中西书局 2016 年版。

清华大学出土文献研究与保护中心编，李学勤主编：《清华大学藏战国竹简》（柒），中西书局 2017 年版。

清华大学出土文献研究与保护中心编，李学勤主编：《清华大学藏战国竹简》（捌），中西书局 2018 年版。

清华大学出土文献研究与保护中心编，黄德宽主编：《清华大学藏战国竹简》（玖），中西书局 2019 年版。

裘锡圭：《古文字论集》，中华书局 1992 年版。

裘锡圭：《古代文史研究新探》，江苏古籍出版社 1992 年版。

裘锡圭：《中国出土文献十讲》，复旦大学出版社 2004 年版。

裘锡圭：《裘锡圭学术文集》，复旦大学出版社 2012 年版。

裘锡圭：《文字学概要》（修订本），商务印书馆 2013 年版。

裘锡圭主编，湖南省博物馆、复旦大学出土文献与古文字研究中心编纂：《长沙马王堆汉墓简帛集成》，中华书局 2014 年版。

饶宗颐：《楚辞地理考》，上海商务印书馆 1946 年版。

饶宗颐：《楚地出土文献三种研究》，中华书局 1993 年版。

容庚：《金文编》，中华书局 1985 年版。

单育辰：《楚地战国简帛与传世文献对读之研究》，中华书局 2014 年版。

单育辰：《郭店〈尊德义〉〈成之闻之〉〈六德〉三篇整理与研究》，科学出版社 2015 年版。

商承祚：《战国楚竹简汇编》，齐鲁书社 1995 年版。

沈兼士：《广韵声系》，中华书局 1985 年版。

沈建华编：《饶宗颐新出土文献论证》，上海古籍出版社 2005 年版。

沈祖緜：《屈原赋证辨》，中华书局1960年版。

宋华强：《新蔡葛陵楚简初探》，武汉大学出版社2010年版。

苏雪林：《屈原与〈九歌〉》，武汉大学出版社2007年版。

苏雪林：《天问正简》，武汉大学出版社2007年版。

苏雪林：《楚骚新诂》，武汉大学出版社2007年版。

苏雪林：《屈赋论丛》，武汉大学出版社2007年版。

孙常叙：《楚辞〈九歌〉整体系解》，吉林教育出版社1996年版。

孙作云：《孙作云文集·〈楚辞〉研究》，河南大学出版社2003年版。

谭介甫：《屈赋新编》，中华书局1978年版。

唐兰：《殷墟文字记》，中华书局1981年版。

唐兰：《唐兰全集》，上海古籍出版社2015年版。

汤炳正：《屈赋新探》，齐鲁书社1984年版。

汤炳正：《楚辞类稿》，巴蜀书社1988年版。

汤炳正、李大明、李诚、熊良智：《楚辞今注》，上海古籍出版社2012年版。

汤余惠：《战国铭文选》，吉林大学出版社1993年版。

汤余惠主编：《战国文字编》，福建人民出版社2001年版。

汤漳平：《出土文献与〈楚辞·九歌〉》，中国社会科学出版社2004年版。

汤漳平译注：《楚辞》，中州古籍出版社2005年版。

唐作藩：《音韵学教程》，北京大学出版社1991年版。

滕壬生：《楚系简帛文字编》，湖北教育出版社1995年版。

王国维：《观堂集林》，中华书局1961年版。

王国维：《古史新证——王国维最后的讲义》，清华大学出版社1994年版。

王光镐：《楚文化源流新证》，武汉大学出版社1988年版。

王辉：《古文字通假字典》，中华书局2008年版。

王辉：《商周金文》，文物出版社2006年版。

王晖：《古文字与商周史新证》，中华书局2003年版。

王力：《楚辞韵读》，上海古籍出版社1980年版。

王力：《汉语史稿》，中华书局1980年版。

王力：《同源字典》，商务印书馆1982年版。

王泗原：《楚辞校释》，人民教育出版社1990年版。

王锡荣注释：《楚辞》，吉林文史出版社1999年版。

魏炯若：《离骚发微》，四川人民出版社1980年版。

文怀沙：《屈原离骚今绎》，百花文艺出版社2005年版。

文怀沙：《屈原九歌今绎》，百花文艺出版社2005年版。

文怀沙：《屈原九章今绎》，百花文艺出版社2005年版。

文怀沙：《屈原招魂今绎》，百花文艺出版社2005年版。

闻一多：《离骚解诂》，上海古籍出版社1985年版。

闻一多：《天问疏证》，上海古籍出版社1985年版。

闻一多：《九歌解诂·九章解诂》，上海古籍出版社1985年版。

闻一多：《楚辞校补》，巴蜀书社2002年版。

闻一多：《古典新义》，商务印书馆2011年版。

吴孟复：《屈原九章新笺》，黄山书社1986年版。

吴建伟：《战国楚音系及楚文字构件系统研究》，齐鲁书社2006年版。

吴广平注译：《楚辞》，岳麓书社2001年版。

吴平、回强达主编：《楚辞文献集成》，广陵书社2008年版。

吴辛丑：《简帛典籍异文研究》，中山大学出版社2002年版。

吴镇烽：《商周青铜器铭文暨图像集成》，上海古籍出版社2012年版。

武汉大学简帛研究中心、湖北省博物馆、湖北省文物考古研究所编：《秦简牍合集》，武汉大学出版社2014年版。

萧兵：《楚辞与神话》，江苏古籍出版社1987年版。

萧兵：《楚辞文化》，中国社会科学出版社1990年版。

萧兵译注：《楚辞全译》，江苏古籍出版社1998年版。

萧毅：《楚简文字研究》，武汉大学出版社2010年版。

熊任望译注：《屈原辞译注》，河北大学出版社2004年版。

徐在国：《安徽大学汉语言文字研究丛书——徐在国卷》，安徽大学出版社 2013 年版。

徐中舒主编：《甲骨文字典》，四川辞书出版社 1988 年版。

徐中舒：《徐中舒历史论文选辑》，中华书局 1998 年版。

晏昌贵：《巫鬼与淫祀——楚简所见方术宗教考》，武汉大学出版社 2010 年版。

晏昌贵：《简帛数术与历史地理论集》，商务印书馆 2010 年版。

杨伯峻：《古汉语虚词》，中华书局 1981 年版。

杨建忠：《秦汉楚方言声韵研究》，中华书局 2011 年版。

杨宽：《西周史》，上海人民出版社 2003 年版。

杨宽：《杨宽古史论文集》，上海人民出版社 2003 年版。

杨宽：《战国史》，上海人民出版社 2004 年版。

杨树达：《积微居小学金石论丛》（增订本），中华书局 1983 年版。

杨树达：《积微居小学述林》，中华书局 1983 年版。

杨树达：《积微居金文说》（增订本），中华书局 1997 年版。

杨胤宗：《屈赋新笺——离骚篇》，中国友谊出版公司 1985 年版。

杨胤宗：《屈赋新笺——九章篇》，中国友谊出版公司 1985 年版。

杨泽生：《战国竹书研究》，中山大学出版社 2009 年版。

银雀山汉墓竹简整理小组编：《银雀山汉墓竹简》（贰），文物出版社 2010 年版。

尹盛平：《周原文化与西周文明》，江苏教育出版社 2005 年版。

游国恩：《楚辞论文集》，古典文学出版社 1957 年版。

游国恩主编：《离骚纂义》，中华书局 1980 年版。

游国恩主编：《天问纂义》，中华书局 1982 年版。

游国恩：《游国恩学术论文集》，中华书局 1989 年版。

游国恩著，游宝谅编：《游国恩楚辞论著集》，中华书局 2008 年版。

虞万里：《上博馆藏楚竹书〈缁衣〉综合研究》，武汉大学出版社 2010 年版。

于省吾：《甲骨文字释林》，中华书局1979年版。

于省吾主编：《甲骨文字诂林》，中华书局1999年版。

于省吾：《泽螺居诗经新证 泽螺居楚辞新证》，中华书局2003年版。

《云梦睡虎地秦墓》编写组：《云梦睡虎地秦墓》，文物出版社1981年版。

曾宪通：《长沙楚帛书文字编》，中华书局1993年版。

曾宪通：《古文字与出土文献丛考》，中山大学出版社2005年版。

詹安泰：《离骚笺疏》，湖北人民出版社1981年版。

詹鄞鑫：《神灵与祭祀——中国传统宗教综论》，江苏古籍出版社1992年版。

张家山二四七号汉墓竹简整理小组：《张家山汉墓竹简（二四七号墓）》，文物出版社2001年版。

张家英：《屈原赋译释》，黑龙江人民出版社1982年版。

张培瑜：《中国先秦史历表》，齐鲁书社1987年版。

张汝舟：《二毋室古代天文历法论丛》，浙江古籍出版社1987年版。

张守中：《睡虎地秦简文字编》，文物出版社1994年版。

张守中：《包山楚简文字编》，文物出版社1996年版。

张守中：《郭店楚简文字编》，文物出版社2000年版。

张双棣：《淮南子用韵考》，商务印书馆2010年版。

张文虎：《校刊史记集解索隐正义札记》，中华书局1977年版。

张显成：《简帛文献学通论》，中华书局2004年版。

张新俊、张胜波：《新蔡葛陵楚简文字编》，巴蜀书社2008年版。

张亚初：《殷周金文集成引得》，中华书局2001年版。

张延昌主编：《武威汉代医简注解》，中医古籍出版社2006年版。

张玉金：《西周汉语代词研究》，中华书局2006年版。

张玉金：《出土战国文献虚词研究》，人民出版社2011年版。

张政烺：《张政烺文史论集》，中华书局2004年版。

张正明：《楚文化史》，上海人民出版社1987年版。

张纵逸：《屈原与楚辞》，吉林人民出版社1957年版。

章必功：《〈天问〉讲稿》，中华书局 2013 年版。

赵辉：《楚辞文化背景研究》，湖北教育出版社 1995 年版。

赵逵夫：《屈原与他的时代》，人民文学出版社 1996 年版。

赵逵夫：《屈骚探幽》（修订本），巴蜀书社 2004 年版。

赵逵夫主编：《楚辞语言词典》，上海辞书出版社 2013 年版。

赵平安：《新出简帛与古文字古文献研究》，商务印书馆 2009 年版。

中国社会科学院考古研究所编：《甲骨文编》，中华书局 1965 年版。

中国社会科学院考古研究所编：《殷周金文集成》，中华书局 1984—1994 年版。

周波：《战国时代各系文字间的用字差异现象研究》，线装书局 2012 年版。

周谷城：《古史零证》，新知识出版社 1956 年版。

周建忠：《当代楚辞研究论纲》，湖北教育出版社 1992 年版。

周建忠：《楚辞考论》，商务印书馆 2003 年版。

周守晋：《出土战国文献语法研究》，北京大学出版社 2005 年版。

周勋初：《九歌新考》，上海古籍出版社 1986 年版。

朱承平：《异文类语料的鉴别与应用》，岳麓书社 2005 年版。

朱汉民、陈松长主编：《岳麓书院藏秦简》（壹），上海辞书出版社 2010 年版。

朱汉民、陈松长主编：《岳麓书院藏秦简》（贰），上海辞书出版社 2011 年版。

朱汉民、陈松长主编：《岳麓书院藏秦简》（叁），上海辞书出版社 2013 年版。

朱季海：《楚辞解故》，上海古籍出版社 1980 年版。

（二）论文

安徽省文物工作队、阜阳地区博物馆、阜阳县文化局：《阜阳双古堆西汉汝阴侯墓发掘简报》，《文物》1978 年第 8 期。

安志敏：《长沙新发现的西汉帛画试探》，《考古》1973年第1期。

白于蓝：《郭店楚墓竹简考释（四篇）》，李学勤、谢桂华主编：《简帛研究二〇〇一》上册，广西师范大学出版社2001年版。

蔡靖泉：《上博楚简〈桐颂〉与屈原〈橘颂〉》，《晋阳学刊》2014年第4期。

曹大中：《〈怀沙〉新解——怀沙即心伤》，《湖南师范大学社会科学学报》1988年第4期。

曹峰：《从〈逸周书·周祝解〉看〈凡物流形〉的思想结构》，复旦大学出土文献与古文字研究中心网，http://www.gwz.fudan.edu.cn/Web/Show/1084，2010年2月16日。

曹海东：《屈原赋"不豫"新解》，《古汉语研究》2003年第2期。

曹海东：《〈楚辞〉解诂四则》，《语言研究》2004年第2期。

曹锦炎：《上海博物馆藏战国竹书〈楚辞〉》，《文物》2010年第2期。

曹胜高：《屈原研究中对于考古资料的利用》，《南阳师范学院学报》2004年第1期。

常健：《屈原生年的再探讨》，《西华师范大学学报》（哲学社会科学版）1982年第2期。

晁福林：《试释甲骨文"堂"字并论商代祭祀制度的若干问题》，《北京师范大学学报》（社会科学版）1995年第1期。

陈初生：《上古见系声母发展中的一些值得注意的线索》，《古汉语研究》1989年第1期。

陈剑：《据楚简文字说"离骚"》，载谢维扬、朱渊清主编《新出土文献与古代文明研究》，上海大学出版社2004年版。

陈剑：《甲骨金文旧释"尤"之字及相关诸字新释》，北京大学中国古文献中心编：《北京大学中国古文献研究中心集刊》，北京大学出版社2004年版。

陈剑：《楚辞〈惜诵〉解题》，《中文自学指导》2008年第5期。

陈建梁：《宋代〈离骚〉名义说考索》，《文献》1997 年第 2 期。

陈久金：《屈原生年考》，《社会科学战线》1980 年第 2 期。

陈民镇：《上博简（八） 楚辞类作品与楚辞学的新认识——兼论出土文献与中国古典文学研究的关系》，《邯郸学院学报》2013 年第 3 期。

陈民镇：《上博简〈兰赋〉与〈楚辞〉所见"未沫（沫）"合证》，（包头）《职大学报》2013 年第 2 期。

陈汝法：《〈国殇〉"左骖殪兮右刃伤"质疑》，《文学评论》1983 年第 4 期。

陈世辉：《金文韵读续辑》（一），《古文字研究》第五辑，中华书局 1981 年版。

陈思苓：《"朕皇考曰伯庸"考辨》，湖北省社会科学院文学研究所编：《屈原研究论集》，长江文艺出版社 1984 年版。

陈斯鹏：《郭店楚简解读四则》，《古文字研究》第二十四辑，中华书局 2002 年版。

陈斯鹏：《略论楚简中的字形与词的对应关系》，复旦大学出土文献与古文字研究中心编：《出土文献与古文字研究》第一辑，复旦大学出版社 2006 年版。

陈松长：《湖南常德新出土铜距末铭文小考》，《文物》2002 年第 10 期。

陈松青：《从"终古"论及〈天问〉的写作背景》，《云梦学刊》2000 年第 4 期。

陈桐生：《二十世纪考古文献与楚辞研究》，《文献》1998 年第 1 期。

陈伟：《〈语丛〉一、三中有关"礼"的几条简文》，武汉大学中国文化研究院：《郭店楚简国际学术研讨会论文集》，湖北人民出版社 2000 年版。

陈伟：《郭店简书〈尊德义〉校释》，《中国哲学史》2001 年第 3 期。

陈伟：《葛陵楚简所见的卜筮与祷祠》，中国文物研究所编：《出土文献研究》第六辑，上海古籍出版社 2004 年版。

陈伟：《竹书〈容成氏〉零识》，简帛网，http://www.bsm.org.cn/show_article.php?id=72，2005年11月13日。

陈伟：《〈苦成家父〉通释》，简帛网，http://www.bsm.org.cn/show_article.php?id=239，2006年2月26日。

陈伟：《楚人祷祠记录中的人鬼系统以及相关问题》，简帛网，http://www.bsm.org.cn/show_article.php?id=788，2008年2月7日。

陈蔚松：《鄂君启舟节与屈原〈哀郢〉研究》，《华中师院学报》（哲学社会科学版）1982年第S1期。

陈蔚松：《寄怀故土的爱国诗篇——〈怀沙〉解题》，《屈原研究论集》，长江文艺出版社1984年版。

陈学文：《屈原生年辨惑》，《云梦学刊》2009年第4期。

成善楷：《〈招魂〉笺记》，《文史》第二十九辑，中华书局1988年版。

程继林：《泰安大汶口汉画像石墓》，《文物》1989年第1期。

程嘉哲：《屈原生年之"谜"》，《北京社会科学》1996年第4期。

程元敏：《天命禹平治水土》，上海大学古代文明研究中心、清华大学思想文化研究所编：《上博馆藏战国楚竹书研究续编》，上海书店出版社2004年版。

陈子展：《楚辞直解凡例十则》，《复旦学报》（社会科学版）1981年第2期。

代生：《考古发现与楚辞研究——以古史、神话及传说为中心的考察》，博士学位论文，南京大学，2011年。

代生：《清华简〈楚居〉与楚辞研究三题》，《济南大学学报》2016年第3期。

戴伟华：《楚辞音乐性文体特征及其相关问题——从阜阳出土楚辞汉简说起》，《华南师范大学学报》（社会科学版）2014年第5期。

董楚平：《〈离骚〉首八句考释》，《浙江学刊》1984年第5期。

董珊：《新蔡楚简所见的"颛顼"和"雎漳"》，简帛研究网，http//www.

bamboosilk.org/admin3/html/dongshan01.htm，2003 年 12 月 7 日。

董珊：《山东画像石榜题所见东汉齐鲁方音》，《方言》2010 年第 2 期。

范三畏、伏俊连：《〈离骚〉释词二则》，《古籍整理研究学刊》1991 年第 3 期。

范三畏：《释〈离骚〉"宿莽"》，《古籍整理研究学刊》1994 年第 4 期。

范毓周：《荆门郭店楚墓墓主当为环渊说》，《人民政协报》1998 年 12 月 26 日。

方铭：《楚辞文本研究对楚辞研究的重要性——以楚辞研究史为视点看周秉高先生〈楚辞解析〉》，《沧州师范专科学校学报》2005 年第 1 期。

方铭：《〈鄂君启节〉是一把钥匙》，《光明日报》2015 年 1 月 29 日第 007 版。

冯胜君：《有关战国竹简国别问题的一些前提性讨论》，《古文字研究》第二十六辑，中华书局 2006 年版。

复旦大学出土文献与古文字研究中心研究生读书会：《〈上博（七）·凡物流形〉重编释文》，刘钊主编：《出土文献与古文字研究》第三辑，复旦大学出版社 2010 年版。

阜阳汉简整理组：《阜阳汉简〈楚辞〉》，《中国韵文学刊》1987 年总第一期。

高亨、池曦朝：《试论马王堆汉墓中的帛书老子》，《文物》1974 年第 11 期。

高华平：《环渊新考——兼论郭店楚墓竹简〈性自命出〉及该墓墓主的身份》，《文学遗产》2012 年第 5 期。

高正：《论屈原与郭店楚墓竹书的关系》，《光明日报》1999 年 7 月 2 日。

高正：《郭店竹书在中国思想史上的定位——兼论屈原与郭店楚墓竹书的关系》，《中国哲学史》2000 年第 2 期。

高正：《屈原与郭店楚墓竹书》，中国屈原学会编：《中国楚辞学》第四辑，学苑出版社 2004 年版。

高至喜：《楚人入湘的年代和湖南越楚墓葬的分辨》，《江汉考古》1987

年第 1 期。

顾颉刚：《鲧禹的传说》，《顾颉刚古史论文集》，中华书局 1988 年版。

顾颉刚：《息壤考》，《顾颉刚古史论文集》，中华书局 1988 年版。

顾史考：《上博七〈凡物流形〉简序及韵读小补》，简帛网，http://www.bsm.org.cn/show_article.php?id=994，2009 年 2 月 3 日。

顾史考：《〈上博（七）凡物流形〉上半篇试探》，复旦大学出土文献与古文字研究中心网，http://www.gwz.fudan.edu.cn/Web/Show/875，2009 年 8 月 23 日。

顾史考：《上博（七）〈凡物流形〉下半篇试解》，复旦大学出土文献与古文字研究中心网，http://www.gwz.fudan.edu.cn/Web/Show/876，2009 年 8 月 24 日。

[日] 广濑薫雄：《释卜鼎——〈释卜缶〉补说》，《古文字研究》第二十九辑，中华书局 2012 年版。

郭常斐：《出土文献与〈楚辞·九歌〉研究》，《云梦学刊》2010 年第 2 期。

郭德维：《曾侯乙墓中漆箮上日、月和伏羲、女娲图像试释》，《江汉考古》1981 年第 1 期。

郭德维：《〈楚辞·国殇〉新释》，《江汉论坛》1995 年第 8 期。

郭纪金：《"诵"字的音义辨析与楚辞的歌乐特质》，《深圳大学学报》（人文社会科学版）2000 年第 3 期。

郭晋稀：《读骚札记》，《古籍整理研究学刊》1992 年第 2 期。

郭世谦：《〈天问〉错简试探》，《文史》第十八辑，中华书局 1983 年版。

郭永秉：《从战国文字所见的类"仓"形"寒"字论古文献中表"寒"义的"沧/凔"是转写误释的产物》，复旦大学出土文献与古文字研究中心编：《出土文献与古文字研究》第六辑，上海古籍出版社 2015 年版。

郭元兴：《屈原生年新考》，《活页文史丛刊》1983 年第三辑。

郭在贻：《楚辞解诂》，《文史》第六辑，中华书局 1976 年版。

郭在贻：《楚辞解诂（续）》，《文史》第十四辑，中华书局 1982 年版。

[日]海老根量介：《放马滩秦简钞写年代蠡测》，《简帛》第 7 辑，上海古籍出版社 2012 年版。

韩高年：《先秦卜居习俗对〈离骚〉构思的影响》，《齐鲁学刊》2011 年第 6 期。

韩高年：《〈诗〉〈骚〉"求女"意象探源——从清华简〈楚居〉说开来》，《学术论坛》2017 年第 1 期。

韩自强：《马王堆汉墓出土帛画与屈原〈招魂〉》，《江淮论坛》1979 年第 1 期。

何凤桐：《楚鼎铭文考释与屈原词赋记实辨析》，《江汉考古》1988 年第 3 期。

何金松：《〈远游〉〈大招〉非屈原所作》，《华中师范大学学报》（人文社会科学版）2003 年第 3 期。

何琳仪：《楚都丹阳地望新证》，《文史》2004 年第二辑。

何琳仪、房振三：《释巴》，《东南文化》2008 年第 1 期。

何幼琦：《屈原的生年和诞辰》，《江汉论坛》1981 年第 2 期。

胡敕瑞：《试论"兮"与"可"及其相关问题》，《民俗典籍文字研究》2015 年第 1 期。

胡念贻：《屈原生年新考》，《文史》第五辑，中华书局 1978 年版。

胡朝勋：《〈楚辞〉语间"其"字考释》，《古汉语研究》1991 年第 2 期。

黄崇浩：《郭店一号楚墓墓主不是屈原而是慎到》，《光明日报》2000 年 1 月 21 日。

黄德宽：《战国楚竹书（二）释文补正》，上海大学古代文明研究中心、清华大学思想文化研究所编：《上博馆藏战国楚竹书研究续编》，上海书店出版社 2004 年版。

黄凤显：《屈辞〈大招〉释疑》，《中南民族大学学报》2003 年第 2 期。

黄杰：《〈忠信之道〉"此"与〈招魂〉"些"》，《光明日报》2014 年 5 月 27 日第 016 版。

黄怀信：《利簋铭文再认识》，《历史研究》1998 年第 6 期。

黄灵庚：《楚辞简帛释证》，《文史》2002 年第二辑。

黄灵庚：《〈九歌〉源流丛论》，《文史》2004 年第二辑。

黄灵庚：《简帛文献与〈楚辞〉研究》，《文史》2006 年第二辑。

黄灵庚：《〈离骚〉：生与死的交响曲》，教育部省属高校人文社会科学重点研究基地、首都师范大学中国诗歌研究中心主办：《中国诗歌研究》2004 年第 2 辑。

黄灵庚、张晓蔚：《楚辞简帛义证札记》，《中国文化研究》2010 年春之卷。

黄露生、黄海：《〈离骚〉中的"高阳"考辨》，《怀化师专学报》1992 年第 1 期。

黄人二：《〈楚辞·离骚〉结构通释——兼从战国楚系卜筮祭祷简论其错简问题》，《中国楚辞学》第二十辑，学苑出版社 2013 年版。

黄绮：《论古韵分部及支、脂、之是否应分为三》，《河北大学学报》1980 年第 2 期。

黄仕忠：《和、乱、艳、趋、送与戏曲帮腔合考》，《文献》1992 年第 2 期。

黄翔鹏：《先秦音乐文化的光辉创造——曾侯乙墓的古乐器》，《文物》1979 年第 7 期。

黄耀堃：《音韵学与简帛文献研究》，《古汉语研究》2005 年第 2 期。

吉城：《楚辞甄微——〈天问〉十五则》，《文史》第十三辑，中华书局 1982 年版。

纪健生：《郭店一号楚墓是屈原墓吗——〈论屈原与郭店楚墓竹书的关系〉献疑》，《光明日报》1999 年 11 月 26 日。

纪南城凤凰山一六八号汉墓发掘整理组：《湖北江陵凤凰山一六八号墓发掘简报》，《文物》1975 年第 9 期。

冀凡：《湖南楚墓巫黔之役与〈九章〉〈九歌〉》，《江汉考古》1994 年第 2 期。

冀凡：《〈怀沙〉之"沙"与沙市之"沙"——〈九章〉单篇研究之五》，

《黄石教育学院学报》1994年第2期。

姜广辉：《荆门郭店1号墓墓主是谁》，《中国哲学》第二十辑，辽宁教育出版社1999年版。

姜国钧：《从郭店楚简内容看"东宫之师"》，《中州学刊》2002年第4期。

江林昌：《〈楚辞〉异文考例》，《文献》1991年第3期。

江林昌：《楚辞中所见殷族先公考》，《历史研究》1995年第5期。

江林昌：《楚辞巫风习俗考》，《民族艺术》1996年第4期。

蒋南华：《屈原生年考辨》，《贵州教育学院学报》1989年第1期。

柯伦：《〈离骚〉鸩、鸠新说》，《古籍整理研究学刊》1994年第1期。

兰甲云、陈戍国：《〈九歌〉祭祀性质辨析》，《西北师大学报》（社会科学版）2006年第3期。

雷庆翼：《再论"摄提贞"——就屈原生年及其他问题答潘啸龙先生》，《长江大学学报》2004年第1期。

李炳海：《从偏蹇之难到偏蹇之美——〈离骚〉篇名与楚辞审美取向》，《社会科学战线》2002年第2期。

李大明：《敦煌写本〈楚辞音〉释读商兑》，《西南民族学院学报》（哲学社会科学版）1999年第3期。

李家浩：《从战国"忠信"印谈古文字中的异读现象》，《北京大学学报》（哲学社会科学版）1987年第2期。

李家浩：《论〈太一避兵图〉》，《国学研究》第一卷，北京大学出版社1993年版。

李家浩：《包山楚简所见楚先祖名及其相关问题》，《文史》第四十二辑，中华书局1997年版。

李家浩：《䚔钟铭文考释》，《著名中年语言学家自选集·李家浩卷》，安徽教育出版社2002年版。

李家浩：《包山楚简"簸"字及其相关之字》，《著名中年语言学家自选集·李家浩卷》，安徽教育出版社2002年版。

李家浩：《战国官印考释三篇·附记》，中国文物研究所编：《出土文献研究》第六辑，上海古籍出版社 2004 年版。

李家浩：《关于郭店楚墓竹简〈语丛二〉51 号简文的释读》，哈佛大学燕京学社、武汉大学：《新出楚简国际学术研讨会会议论文》，2006 年。

李家浩：《忤距末铭文研究》，李宗焜主编：《古文字与古代史》第二辑，中研院史语所出版品编辑委员会，2009 年。

李家浩：《楚简所记楚人祖先"毓（鬻）熊"与"穴熊"为一人说——兼说上古音幽部与微、文二部音转》，《文史》2010 年第 3 辑。

李家浩：《谈清华战国竹简〈楚居〉的"夷宅"及其他——兼谈包山楚简的"埯人"等》，清华大学出土文献研究与保护中心编：《清华简研究》第一辑，中西书局 2012 年版。

李嘉言：《离骚丛说》，《河南师大学报》1982 年第 5 期。

李金锡：《试从天问看屈原思想的时代精神》，辽宁省文学学会屈原研究会、辽宁师范大学科研处、中文系编印：《楚辞研究》1984 年。

李零：《楚国铜器铭文编年汇释》，《古文字研究》第十三辑，中华书局 1986 年版。

李零：《古文字杂识（五则）》，《国学研究》第三辑，北京大学出版社 1995 年版。

李锐：《〈楚辞·天问〉上甲微事迹新释》，《史学史研究》2015 年第 3 期。

李守奎：《出土楚文献文字研究综述》，《古籍整理研究学刊》2003 年第 1 期。

李新魁：《屈原〈离骚〉"玉軑"解》，《中山大学学报》1983 年第 2 期。

李学勤：《伞》，《缀古集》，上海古籍出版社 1998 年版。

李学勤：《荆门郭店楚简中的〈子思子〉》，《文物天地》1998 年第 2 期。

李学勤：《利簋铭与岁星》，《夏商周年代学札记》，辽宁大学出版社 1999 年版。

李学勤、裘锡圭：《新学问大都由于新发现——考古发现与先秦、秦汉典籍文化》,《文学遗产》2002 年第 3 期。

李延陵:《屈原的生辰与离骚的著作时期》,《学术月刊》1957 年第 12 期。

李裕民:《郭店楚墓的年代与墓主新探》,《陕西师范大学学报》2000 年第 3 期。

连云港市博物馆等:《尹湾汉墓简牍初探》,《文物》1999 年第 10 期。

廖名春:《宋玉散体赋韵读时代考》,《古汉语研究》1993 年第 2 期。

廖群:《出土文物与屈原创作的认定》,《中国楚辞学》第八辑,学苑出版社 2007 年版。

林素清:《郭店、上博〈缁衣〉简之比较——兼论战国文字的国别问题》,谢维扬、朱渊清主编:《新出土文献与古代文明研究》,上海大学出版社 2004 年版。

林沄:《读包山楚简札记七则》,《江汉考古》1992 年第 4 期。

刘彬徽:《楚辞与楚文物》,湖北省社会科学院文学研究所编:《屈原研究论集》,长江文艺出版社 1984 年版。

刘彬徽:《从包山楚简纪时材料论及楚国纪年与楚历》,湖北省荆沙考古队编:《包山楚墓》,文物出版社 1990 年版。

刘彬徽:《楚系金文订补》(之一),《古文字研究》第二十三辑,中华书局 2002 年版。

刘国胜:《信阳长台关楚简〈遣策〉编联二题》,《江汉考古》2001 年第 3 期。

刘娇:《是"循绪"还是"脩绪"》,中国古文字学会、复旦大学出土文献与古文字研究中心编:《古文字研究》第二十九辑,中华书局 2012 年版。

刘乐贤:《郭店楚简杂考(五则)》,《古文字研究》第二十二辑,中华书局 2000 年版。

刘黎明:《〈楚辞〉黔嬴考释》,《四川大学学报》(哲学社会科学版)1992 年第 4 期。

刘盼遂：《〈天问〉校笺》，聂石樵辑校：《刘盼遂文集》，北京师范大学出版社 2002 年版。

刘盼遂：《由天问证竹书纪年益干启位启杀益事》，聂石樵辑校：《刘盼遂文集》，北京师范大学出版社 2002 年版。

刘晓南：《屈辞湘方言小笺》，《古汉语研究》1994 年第 3 期。

刘信芳：《秦简〈日书〉与〈楚辞〉类征》，《江汉考古》1990 年第 1 期。

刘信芳：《包山楚简神名与〈九歌〉神祇》，《文学遗产》1993 年第 5 期。

刘信芳：《郭店简〈缁衣〉解诂》，武汉大学中国文化研究院编：《郭店楚简国际学术研讨会论文集》，湖北人民出版社 2000 年版。

刘信芳：《曾侯乙简文字补释六则》，武汉大学简帛研究中心主办：《简帛》第一辑，上海古籍出版社 2006 年版。

刘杨：《从出土文献看〈离骚〉篇题解》，《殷都学刊》2016 年第 2 期。

刘钊：《利簋铭文新解》，《古文字研究》第二十六辑，中华书局 2006 年版。

刘宗汉：《〈郭店楚墓竹简〉学术研讨会述要》，《中国哲学》第二十辑，辽宁教育出版社 1999 年版。

鲁西奇：《六朝买地券丛考》，《文史》2006 年第二辑。

路百占：《屈原〈怀沙〉题旨新解》，《许昌师专学报》1983 年第 2 期。

路百占：《为〈离骚〉"乱曰"进一解》，《许昌师专学报》1990 年第 1 期。

罗福颐：《汉鲁诗镜考释》，《文物》1980 年第 6 期。

罗运环：《论郭店一号楚墓所出漆耳杯文及墓主和竹简的年代》，《考古》2000 年第 1 期。

马超、胡长春：《邁子受铜器铭文"亡作"试解及其年代推断——楚历建丑说新证》，《四川文物》2017 年第 2 期。

马世之：《试论楚文化的形成及其相关问题》，河南省考古学会、河南省博物馆、河南省文物研究所编：《楚文化觅踪》，中州古籍出版社 1980 年版。

麻荣远：《屈原生卒年考证》，《岳阳职业技术学院学报》2013 年第 1 期。

毛庆：《从考古发掘的楚文化资料看屈赋产生的艺术背景》，《北方论丛》1986年第6期。

毛庆：《略论楚辞研究中出土文物的功用与地位》，《文学前沿》2000年第1期。

毛庆：《〈天问〉研究四百年综论》，《文艺研究》2004年第3期。

梅琼林：《从文物—文本的互证性看楚辞的文化写实主义——一种关于楚辞浪漫主义的异议》，《江汉考古》1998年第2期。

梅琼林：《20世纪中日"屈原否定论"及其批判》，《人文杂志》2001年第1期。

孟蓬生：《"迈"读为"应"补证》，复旦大学出土文献与古文字研究中心网，http://www.gwz.fudan.edu.cn/Web/Show/628，2009年1月6日。

孟蓬生：《"迈"读为"应"续证》，复旦大学出土文献与古文字研究中心网，http://www.gwz.fudan.edu.cn/Web/Show/644，2009年1月10日。

牛淑娟：《〈上海博物馆藏战国楚竹书（二）〉研究概况及文字编》，硕士学位论文，吉林大学，2005年。

潘啸龙：《〈招魂〉研究商榷》，《文学评论》1994年第4期。

潘啸龙：《略评屈原研究中的几种"新说"》，《云梦学刊》1994年第2期。

潘啸龙：《论"岁星纪年"及屈原生年之研究》，《安徽师大学报》1997年第3期。

庞朴：《古墓新知》，《中国哲学》第二十辑，辽宁教育出版社1999年版。

彭春艳：《考古发现与屈原生年、仕履、流放研究》，硕士学位论文，广西民族大学，2009年。

彭浩：《郭店一号墓的年代与简本〈老子〉的结构》，《道家文化研究》第17辑，生活·读书·新知三联书店1999年版。

蒲江清：《屈原生年月日的推算问题》，《历史研究》1954年第1期。

钱贵成：《屈原生年考略》，《南昌大学学报》（人文社会科学版）1979年第3期。

钱玉趾：《屈原生年探讨》，《文史杂志》2000年第3期。

钱玉趾：《屈原自投汨罗江之谜破解》，《文史杂志》2002年第1期。

［日］浅野裕一：《〈凡物流形〉的结构》，简帛网，http://www.bsm.org.cn/show_article.php?id=981，2009年1月23日。

［日］浅野裕一：《上博楚简〈凡物流形〉之整体结构》，复旦大学出土文献与古文字研究中心网，http://www.gwz.fudan.edu.cn/Web/Show/908，2009年9月15日。

丘琼荪：《楚调钩沈》，《文史》第二十一辑，中华书局1983年版。

裘锡圭：《简帛古籍的用字方法是校读传世先秦秦汉古籍的重要根据》，全国高等院校古籍研究工作委员会秘书处编，曹亦冰主编：《两岸古籍整理学术研讨会论文集》，江苏古籍出版社1998年版。

裘锡圭：《释郭店〈缁衣〉"出言有丨，黎民所訯"——兼说"丨"为"针"之初文》，荆门郭店楚简研究（国际）中心编：《古墓新知》，香港国际炎黄文化出版社2003年版。

裘锡圭：《从殷墟卜辞的"王占曰"说到上古汉语的宵谈对转》，《中国语文》2002年第1期。

曲德来：《屈原身份及生年的再探讨》，《文史》第四十二辑，中华书局1997年版。

饶宗颐：《涓子〈琴心〉考——由郭店雅琴谈老子门人的琴学》，沈建华编：《饶宗颐新出土文献论证》，上海古籍出版社2005年版。

邵则遂：《〈楚辞〉楚语今证》，《古汉语研究》1994年第1期。

佘斯大：《郭店楚简与屈赋中理性观念之始探》，《华中师范大学学报》（人文社会科学版）2000年第6期。

沈培：《上博简〈缁衣〉篇"恭"字解》，谢维扬、朱渊清主编：《新出土文献与古代文明研究》，上海大学出版社2004年版。

沈培：《郭店楚简札记四则》，张显成主编：《简帛语言文字研究》，巴蜀书社2002年版。

［日］石川三佐男：《从楚地出土帛画分析〈楚辞·九歌〉的世界》，《中国楚辞学》第一辑，学苑出版社2002年版。

史杰鹏：《从楚简"沙"的写法试解〈怀沙〉的意思》，中国文字学会、吉林大学古籍所：《中国文字学会第七届学术年会会议论文集》，2013年。

史杰鹏：《从古文字字形谈〈楚辞·天问〉的"屏号"及相关问题》，复旦大学出土文献与古文字研究中心编：《战国文字研究的回顾与展望》，中西书局2017年版。

寿勤泽：《〈楚辞·招魂〉新考》，《杭州大学学报》1990年第3期。

斯维至：《论〈楚辞〉的形成及秦楚文化圈》，《陕西师范大学学报》（哲学社会科学版）1994年第4期。

宋华强：《〈离骚〉"三后"即新蔡楚简"三楚先"说——兼论穴熊不属于"三楚先"》，《云梦学刊》2006年第2期。

宋云彬：《谈屈原》，作家出版社编辑部编：《楚辞研究论文集》，作家出版社1957年版。

苏建洲：《出土文献对〈楚辞〉校诂之贡献》，《中国学术年刊》第27期，"国立"台湾师范大学国文学系，2005年。

孙作云：《马王堆一号汉墓漆画棺考释》，《考古》1973年第4期。

汤炳正：《曾侯乙墓的棺画与〈招魂〉中的"土伯"》，《社会科学战线》1982年第3期。

汤炳正：《历史文物的新出土与屈原生年月日的再探讨》，《屈赋新探》，齐鲁书社1984年版。

汤炳正：《屈赋修辞举隅》，《屈赋新探》，齐鲁书社1984年版。

汤炳正：《〈天问〉"顾菟在腹"与南北文化交融》，湖北省社会科学院文学研究所编：《屈原研究论集》，长江文艺出版社1984年版。

汤漳平：《出土文献与〈楚辞·离骚〉之研究》，《中州学刊》2007年第6期。

汤漳平：《〈天问〉与上博简〈凡物流形〉之比较》，《福建论坛》2010

年第 12 期。

唐兰：《西周时代最早的一件铜器利簋铭文解释》，《文物》1977 年第 8 期。

唐钰明：《据出土文献评论两部辞书释义得失三则》，《中国语文》2003 年第 1 期。

唐钰明：《"臭"字字义演变简析》，《著名中年语言学家自选集·唐钰明卷》，安徽教育出版社 2002 年版。

田春花：《〈招魂〉的作者和主题问题研究》，硕士学位论文，山东大学，2014 年。

万德良、陈民镇：《上博简〈李颂〉与〈楚辞·橘颂〉比较研究》，《邯郸学院学报》2013 年第 3 期。

汪耀楠：《外国学者对〈楚辞〉的研究》，《文献》1989 年第 1 期。

王博：《美国达慕思大学郭店〈老子〉国际学术讨论会纪要》，《道家文化研究》第 17 辑，生活·读书·新知三联书店 1999 年版。

王长丰、郝本性：《河南新出"阫夫人鼎"铭文纪年考》，《中原文物》2009 年第 3 期。

王德华：《汉代记载屈原生平事迹考论》，李国章、赵昌平主编：《中华文史论丛》总第七十六辑，上海古籍出版社 2002 年版。

王恩田：《泰安大汶口画像石历史故事考》，《文物》1992 年第 12 期。

王红星：《包山简牍所反映的楚国历法问题——兼论楚历沿革》，湖北省荆沙考古队编：《包山楚墓》，文物出版社 1990 年版。

王胜利：《〈云梦秦简《日书》初探〉商榷》，《江汉论坛》1987 年第 11 期。

王伟：《楚辞校证（二十三则）》，《江汉论坛》2009 年第 10 期。

王伟：《〈楚辞〉所载汉人作品校证（二十五则）》，《古籍整理研究学刊》2011 年第 1 期。

王伟：《〈楚辞〉所载汉人作品校证（三十九则）》，《辽东学院学报》（社会科学版）2016 年第 2 期。

王伟：《〈楚辞〉校证（十五则）》，《重庆师范大学学报》2016年第3期。

王伟：《〈九歌〉、〈九辩〉校证（二十九则）》，《湖北理工学院学报》（人文社会科学版）2016年第4期。

王显：《屈赋的篇目和屈赋中可疑的文句》，《古汉语研究》编辑部：《古汉语研究》第一辑，中华书局1996年版。

王显：《从史实和用词来确认〈离骚〉等篇的作者》，《古汉语研究》编辑部：《古汉语研究》第一辑，中华书局1996年版。

王显：《论〈离骚〉等篇的用韵和韵例，兼论其作者》，《中国语文》1984年第1期。

王延海：《楚辞新证》，《辽宁大学学报》1985年第4期。

王泽强：《战国秦汉竹简研究》，博士学位论文，苏州大学，2003年。

王志平：《"罷"字的读音及其相关问题》，《古文字研究》第二十七辑，中华书局2008年版。

王志友：《从先秦墓上建筑的台基到汉代帝陵的堂坛》，《四川文物》2001年第3期。

闻彩兵：《〈楚辞校补〉之文字校勘论略》，《湖北大学学报》（哲学社会科学版）1997年第1期。

文物局古文献研究室、安徽省阜阳地区博物馆阜阳汉简整理组：《阜阳汉简简介》，《文物》1983年第2期。

文物局古文献研究室、安徽阜阳地区博物馆：《阜阳汉简〈诗经〉》，《文物》1984年第8期。

武家璧：《屈原"哀民生之多艰"正解》，《中国语文》2012年第1期。

吴广平：《屈原〈九歌·东皇太一〉祀主考辨》，《湖北大学学报》2012年第6期。

吴静安：《"帝高阳之苗裔兮，朕皇考曰伯庸"解——屈原先世考》，《南京师院学报》1983年第1期。

吴孙权：《"利簋"铭文新释》，《厦门大学学报》1998年第6期。

吴辛丑：《楚竹书〈周易〉训诂札记》，《古文字研究》第二十六辑，中华书局 2006 年版。

吴心源、叶立东：《屈原生卒年新考》，《云梦学刊》2008 年第 3 期。

吴永章：《楚辞与楚俗》，湖北省社会科学院文学研究所编：《屈原研究论集》，长江文艺出版社 1984 年版。

吴振武：《赵二十九年相邦赵豹戈补考》，四川联合大学历史系：《徐中舒先生百年诞辰纪念文集》，巴蜀书社 1998 年版。

萧兵：《引魂之舟——楚帛画新解》，《湖南考古辑刊》1984 年第 1 期。

萧兵：《〈天问〉难题一则——"焉有虬龙，负熊以游"试解》，《云梦学刊》2004 年第 6 期。

谢元震：《从战国楚历推算屈原的生年》，《东南文化》1990 年第 4 期。

邢文：《〈唐勒〉残简与战国散赋》，《简帛》第一辑，上海古籍出版社 2006 年版。

熊焰：《"鸷鸟"不是"挚"和"鸟"》，《语文建设》2005 年第 2 期。

熊良智：《〈楚辞·九章〉真伪疑案的一段文献清理》，《文献》1999 年第 2 期。

熊良智：《〈楚辞〉"二湘"误读之解释》，《四川师范大学学报》2001 年第 6 期。

熊贤品：《〈楚辞·天问〉"昏微遵迹"与商先公世系问题》，《殷都学刊》2016 年第 3 期。

徐宝贵：《以"它""也"为偏旁文字的分化》，《文史》2007 年第三辑。

徐嘉瑞：《楚辞乱曰解》，《文学遗产》1955 年增刊第 1 辑。

徐锡祺：《关于屈原的生日》，《北京教育学院学报》1996 年第 3 期。

徐在国：《古陶文释丛》，《古文字研究》第二十三辑，中华书局 2002 年版。

徐正国：《湖北枣阳市博物馆收藏的几件青铜器》，《文物》1994 年第 4 期。

徐正英：《赵逵夫的〈屈原和他的时代〉》，《文献》1999 年第 2 期。

禤健聪：《〈怀沙〉题意新诠》，《文史》2013年第四辑。

颜世铉：《楚简"流"、"逸"字补释》，谢维扬、朱渊清主编：《新出土文献与古代文明研究》，上海大学出版社2004年版。

晏昌贵：《楚卜筮简所见神灵杂考（五则）》，《简帛》第一辑，上海古籍出版社2006年版。

晏昌贵：《简帛〈日书〉与古代社会生活研究》，《光明日报》2006年7月10日第011版。

杨泽生：《上博简〈用曰〉中的"及"和郭店简〈缁衣〉中的"出言有及，黎民所慎"》，简帛网，http://www.bsm.org.cn/show_article.php?id=680，2007年7月30日。

杨泽生：《〈上博七〉补说》，复旦大学出土文献与古文字研究中心网，http://www.gwz.fudan.edu.cn/Web/Show/656，2009年1月14日。

杨泽生：《〈上博七〉释读补说（四则）》，《中国文字学报》第三辑，商务印书馆2010年版。

杨泽生：《续说楚简用作"迎"的"迈"字》，中国古文字研究会、清华大学出土文献研究与保护中心、中国社会科学院甲骨学殷商史研究中心、首都师范大学甲骨文研究中心：《中国古文字研究会第二十一届年会散发论文集》，2016年。

姚小鸥：《〈离骚〉"先路"与屈原早期经历的再认识》，《中州学刊》2001年第5期。

姚小鸥：《简牍碑铭文献与〈九歌·湘夫人〉的若干解说》，《北方论丛》2003年第6期。

姚小鸥：《离别之痛：〈离骚〉的意旨与篇题》，《文史哲》2007年第4期。

易重廉：《楚辞"乱曰"义释》，《学术月刊》1983年第5期。

易重廉：《〈九歌〉"九"义释》，《文史哲》1984年第6期。

殷光熹：《楚辞的歌节变化及"少歌""倡"和"乱"的解释》，湖北省社会科学院文学研究所编：《屈原研究论集》，长江文艺出版社1984

年版。

游国恩:《楚辞讲录》,《文史》第一辑,中华书局 1962 年版。

游国恩:《居学偶记》,《文史》第五辑,中华书局 1978 年版。

于茀:《清华简〈赤鹄之集汤之屋〉补释》,中国古文字研究会、清华大学出土文献研究与保护中心、中国社会科学院甲骨学殷商史研究中心、首都师范大学甲骨文研究中心编:《中国古文字研究会第二十一届年会散发论文集》,2016 年。

于省吾:《墙盘铭文十二解》,《古文字研究》第五辑,中华书局 1981 年版。

于省吾:《利簋铭文考释》,《文物》1977 年第 8 期。

虞万里:《由简牍字形的隶定分析形声字通假的背景——以"常"、"尝"为中心》,谢维扬、朱渊清主编:《新出土文献与古代文明研究》,上海大学出版社 2004 年版。

袁国华:《楚简与〈楚辞〉训读(初稿)》,张光裕主编:《第四届国际中国古文字学研讨会论文集》,2003 年。

蕴章、瑞吉:《山东莒南小窑发现"左徒戈"》,《文物》1985 年第 10 期。

曾宪通:《楚月名初探——兼谈昭固墓竹简的年代问题》,《古文字研究》第五辑,中华书局 1981 年版。

翟镇业、姚敏勇:《试论〈国殇〉的写作年代及主题——兼与孙常叙同志商榷》,《南京师院学报》1981 年第 4 期。

张彩华:《上博简(八)楚辞类作品草木意象初探——以〈李颂〉、〈兰赋〉为中心》,《邯郸学院学报》2013 年第 3 期。

张富海:《上博简〈子羔〉篇"后稷之母"节考释》,上海大学古代文明研究中心、清华大学思想文化研究所编:《上博馆藏战国楚竹书研究续编》,上海书店出版社 2004 年版。

张光裕、邓佩玲:《上博竹书"其"、"己"通假例辨析》,上海大学古代文明研究中心、清华大学思想文化研究所编:《上博馆藏战国楚竹书研究续编》，上海书店出版社 2004 年版。

张国荣：《汉墓帛画天神与〈九歌〉天神的比较》，《民间文艺季刊》1987 年第 1 期。

张亨：《楚辞斠补》，《史语所集刊》第 36 本下，1966 年。

张红：《郭店简〈穷达以时〉集释》，硕士学位论文，吉林大学，2006 年。

张铭洽、王育龙：《西安杜陵汉牍〈日书〉"农事篇"考辨》，《陕西历史博物馆馆刊》第 9 辑，三秦出版社 2002 年版。

张庆利：《楚族巫俗与"楚辞·招魂"》，《蒲峪学刊》1994 年第 3 期。

张世超：《战国秦汉时期用字情况举隅》，《中国文字研究》第 1 辑，广西教育出版社 1999 年版。

张世磊：《上博简类楚辞作品与屈骚比较探析》，《船山学刊》2014 年第 2 期。

张世磊：《从先秦文献命名方式看〈离骚〉篇题及其内涵》，《唐都学刊》2016 年第 2 期。

张树国：《扬雄〈畔牢愁〉与〈九章·悲回风〉的"附益"问题》，《文学遗产》2017 年第 1 期。

张树国：《〈楚辞·大招〉：汉高祖丧礼中的招魂文本》，《文学评论》2017 年第 2 期。

张树国：《〈鄂君启节〉与屈原研究相关问题》，《文学遗产》2018 年第 1 期。

张树国：《出土文献与屈赋"彭咸"探研》，《杭州大学学报》2018 年第 6 期。

张闻玉：《〈屈原生年新考〉志疑》，《重庆师院学报》1985 年第 2 期。

张闻玉：《云梦秦简〈日书〉初探》，《江汉论坛》1987 年第 4 期。

张兴武：《〈楚辞·大招〉与楚巫文化》，《西北师大学报》（社会科学版）2002 年第 1 期。

张绪海：《〈怀沙〉别解》，《黔东南民族师专学报》（哲学社会科学版）1997 年第 2 期。

张学城：《〈招魂〉"封狐千里"校诂》，《文献》2012年第2期。

张玉春、唐英：《论〈九歌〉的直接源头》，《古籍整理研究学刊》2006年第1期。

张政烺：《"利簋"释文》，《考古》1978年第1期。

郑曙斌：《楚墓帛画、镇墓兽的魂魄观念》，《江汉考古》1996年第1期。

赵逵夫：《屈氏先世与句亶王熊伯庸》，《文史》第二十五辑，中华书局1985年版。

赵逵夫：《从〈天问〉看共工、鲧、禹治水及其对中华文明的贡献》，《社会科学战线》2001年第1期。

赵逵夫：《"左徒"新考》，《荆州师范学院学报》2003年第1期。

赵平安：《释郭店简〈成之闻之〉中的"遂"字》，《简帛研究二〇〇一》，广西师范大学出版社2001年版。

赵平安：《战国文字的"遴"与甲骨文"奉"为一字说》，《古文字研究》第二十二辑，中华书局2000年版。

赵平安：《〈穷达以时〉第九号简考论——兼及先秦两汉文献中比干故事的衍变》，《古籍整理研究学刊》2002年第2期。

赵平安：《河南淅川和尚岭所出镇墓兽铭文和秦汉简中的宛奇》，《新出简帛与古文字古文献研究》，商务印书馆2009年版。

赵清慎：《读〈楚辞〉札记》，《文史》第十五辑，中华书局1982年版。

赵彤：《"卉"是楚方言词吗？》，简帛网，http://www.bsm.org.cn/show_article.php?id=581，2007年6月8日。

郑文：《〈大招〉是屈原作的吗？》，《中国历史文献研究集刊》第一集，湖南人民出版社1980年版。

钟之顺：《上博简（八）楚辞类作品与屈原赋词类比较研究》，《邯郸学院学报》2013年第3期。

周秉钧：《〈离骚〉札记》，《古汉语研究》1988年第1期。

周秉钧：《〈九章〉臆解》，《古汉语研究》1991年第3期。

周秉高：《也谈出土文献与楚辞研究》，（包头）《职大学报》2016 年第 5 期。

周波：《马王堆简帛〈养生方〉〈杂禁方〉校读》，《文史》2012 年第二辑。

周建忠：《荆门郭店一号楚墓墓主考论——兼论屈原生平研究》，《历史研究》2000 年第 5 期。

周建忠：《宋代楚辞要籍题解》，《古籍整理研究学刊》2002 年第 6 期。

周建忠：《〈楚辞〉"兮"字的意义与作用》，《文史杂志》2002 年第 3 期。

周建忠：《出土文献与屈原研究》，《光明日报》2004 年 11 月 24 日。

周建忠：《屈原仕履考》，《文学评论》2005 年第 2 期。

周建忠：《出土文献·传统文献·学术史》，《文学评论》2006 年第 5 期。

周禾：《屈原：〈楚辞〉一书的惟一主题》，《华中师范大学学报》（人文社会科学版）2005 年第 2 期。

周朋升：《西汉初简帛文献用字习惯研究（文献用例篇）》，博士学位论文，吉林大学，2014 年。

周苇风：《楚辞"乱曰"新证》，李国章、赵昌平主编：《中华文史论丛》总第七十六辑，上海古籍出版社 2004 年版。

周苇风：《〈楚辞〉编纂体例探微》，《文学遗产》2006 年第 5 期。

周文康：《"摄提""孟陬""庚寅"考辨》，《扬州师范学院学报》（人文社会科学版）1985 年第 2 期。

周祖谟：《汉代竹书和帛书中的通假字与古音的考订》，《周祖谟语言学论文集》，商务印书馆 2001 年版。

朱德熙、裘锡圭、李家浩：《望山 1、2 号竹简释文与考释》，湖北省文物考古研究所：《江陵望山沙冢楚墓》，文物出版社 1996 年版。

朱德熙、裘锡圭：《战国文字研究（六种）》，《朱德熙文集》第 5 卷，商务印书馆 1999 年版。

朱东润：《离骚底作者》，作家出版社编辑部编：《楚辞研究论文集》，作家出版社 1957 年版。

朱凤瀚：《论周金文中"肇"字的字义》，《北京师范大学学报》（人文社会科学版）2000 年第 2 期。

诸焕灿：《屈原生年新探》，《文学遗产》1983 年第 3 期。

祝恩发：《从楚辞天问看鲧的历史功绩》，辽宁省文学学会屈原研究会、辽宁师范大学科研处、中文系编印：《楚辞研究》，1984 年。

后　　记

　　这本小书是在国家社会科学规划项目和教育部人文社会科学规划基金项目结题报告的基础上修订而成的。

　　我和张秀华于2004年、2005年先后考入吉林大学古籍研究所，师从吴振武先生攻读博士学位。2004年入学后，根据吴老师的意见，我将博士学位论文题目定为《考古发现与〈楚辞〉校读》。2008年6月，博士毕业论文答辩现场，李守奎先生对我说，《楚辞》新证是个宝藏，一辈子也做不完，可以继续做下去。吴老师的指导，指明了我们的学术研究方向；李先生的鼓励，是我们继续前进的动力。

　　2009年12月，我的博士学位论文《考古发现与〈楚辞〉校读》在线装书局出版。在博士学位论文修改及书稿校对过程中，不断有与《楚辞》关系较为密切的战国楚简材料公布发表。我们越来越意识到，《楚辞》新证，确实如李守奎先生所言，可以继续做下去。

　　张秀华的博士学位论文题目是《西周金文六种礼制研究》。在搜集整理材料过程中，她发现有些材料可以用来研究《楚辞》。2010年6月，张秀华顺利通过博士论文答辩。2010年9月，我们分工合作，对与《楚辞》新证有关的材料又做了一次较为全面的搜集整理。2011年9月，我们以"出土古文字材料与《楚辞》新证研究"为题申请教育部人文社会科学规划基金项目，有幸获批。在搜集整理教育部项目所需材料过程中，我们认识到非文字材料亦可解决《楚辞》研究中的一些问题，在《楚辞》新证研究中亦有重大意义。于是，2013年我们又以"考古发现与《楚辞》新证研究"

后　记

为题申请国家社会科学规划项目，亦侥幸获批。

在项目执行过程中，偶有陋见，草就成文。小文分别发表于《古籍整理研究学刊》《北方论丛》《古文字研究》《中国文字学报》，在此向各位编辑表示感谢。

在教育部项目结题评审过程中，徐在国先生、冯胜君先生、吴良宝先生、王洪军先生、侯敏先生对结题报告提出了中肯的意见和建议，在此向各位先生表示感谢。

两个项目都完成后，我们积极吸取评审专家的意见，并对结题报告做进一步修改。在修改过程中，我们又吸收了一些新材料新成果。2019年，经郭晓鸿女士推荐，《考古发现与〈楚辞〉新证研究》在中国社会科学出版社获出版立项。

在书稿校对过程中，感谢孙刚、黄威两位老师惠赐资料；感谢孙超杰、胡东昕、王萌三位同学的辛苦付出。

在审稿、校稿、编辑出版过程中，郭晓鸿女士提出了很多细致、合理的修改意见，在此向郭晓鸿女士表示感谢。

感谢哈尔滨师范大学文学院为本书出版提供的经费支持。

限于我们个人能力、水平，书中会存在许多疏漏、不足和谬误，恳请读者批评指正。

徐广才

2021年7月于哈尔滨

内容简介

本书以甲骨文、金文、简帛等考古发现材料为主,同时结合传世文献材料,对楚辞研究中的一些疑难问题做了新证研究。

绪论部分回顾了楚辞新证的历史并对各家之说做出评价。

第一章 郭店楚墓墓主与屈原。郭店楚墓发掘后,有学者认为墓主人即屈原。通过对出土实物及文字材料的分析,我们认为将墓主定为屈原,无任何根据。仅依据现有的考古材料,我们还无法将墓主与历史上的某个具体人物联系在一起。

第二章 考古发现与楚辞体。上博简的公布,为研究楚辞体提供了新材料。我们认为《凡物流形》还不是"天问"体,但对"天问"体的产生应该起到过一种积极的促进作用。《李颂》等四篇简文与《橘颂》在形式上有同有异,前者对后者产生过较大影响。

第三章 考古发现与《楚辞》异文考辨。我们利用考古发现材料对《楚辞》50组异文做了考辨,并根据文字出现的时代,大致推断了《楚辞》的古本面貌。

第四章 考古发现与《楚辞》疑难词语训解。考古新材料为我们解决《楚辞》疑难词语提供了基础,我们对楚辞研究中66个疑难问题做出新解。

第五章 考古发现与楚辞押韵问题。《楚辞》为韵文,然由于语音的变化、楚方音的特点及《楚辞》文本流传过程中产生的种种问题,后人再读《楚辞》,有些地方似乎已不押韵。我们根据考古发现材料,对该问题做了一些解释说明。

作者简介

徐广才,1970年生,哈尔滨师范大学文学院副教授。2001年考入哈尔滨师范大学文学院,2004年6月获文学硕士学位。2004年9月考入吉林大学古籍所攻读博士学位,2008年6月毕业,获历史学博士学位。博士论文《考古发现与〈楚辞〉校读》获2010年全国百篇博士论文提名奖。出版专著一部，发表学术论文二十余篇。现承担教育部人文项目一项，完成国家社科项目一项、教育部人文社科项目一项、厅级项目一项、校级项目两项。

张秀华，女，1973年生，哈尔滨师范大学文学院教师。2002年考入哈尔滨师范大学文学院，2005年6月获文学硕士学位。2005年9月考入吉林大学古籍所攻读博士学位，2010年6月毕业，获历史学博士学位。发表学术论文数篇，现主持全国高校古籍整理研究工作委员会项目一项、校级项目一项，参与国家社科项目两项、教育部人文社科项目两项、厅级项目一项。